Super ET

www.einaudi.it

ISBN 978-88-06-20487-7

La prima notte dei vampiri

Diciotto storie pericolose

Introduzione di Carlo Pagetti

Einaudi

Romantici, decadenti, postmoderni – ma sempre vampiri

Nel capitolo XXV di *Jane Eyre* di Charlotte Brontë, uno dei romanzi piú celebri di tutta la letteratura inglese, la protagonista Jane racconta al tenebroso Rochester, il suo signore e promesso sposo, di essersi imbattuta in un'apparizione notturna, il cui volto si è riflesso nello specchio della sua camera:

> – Non ho mai visto, signore, un viso simile! Un viso terreo e selvaggio. Vorrei poter dimenticare il roteare di quegli occhi rossi e il gonfiore nerastro di quei tratti.
>
> – I fantasmi sono di solito pallidi, Jane.
>
> – Questo, signore, era violaceo; aveva le labbra gonfie e livide, la fronte rugosa, le sopracciglia nere, alte sopra gli occhi iniettati di sangue. Posso dirvi che cosa mi ricordava?
>
> – Parlate.
>
> – L'orrendo spettro tedesco: il vampiro.

L'eroina del romanzo scoprirà in seguito di aver incontrato una figura in carne ed ossa, Bertha Mason, la prima moglie di Rochester, che la tiene rinchiusa, a causa della sua follia, nascondendo a Jane la sua esistenza. Al di là degli sviluppi della trama, è curioso notare come nel 1847, l'anno di pubblicazione di *Jane Eyre*, Charlotte evochi in poche righe le due maggiori creature sovrannaturali, che popolavano l'immaginario dell'Inghilterra ottocentesca, già alle prese con le grandi trasformazioni provocate dalla Rivoluzione industriale e con i progetti d'espansione coloniale in molte zone del mondo. Di sicuro, verso la metà dell'Ottocento, il vampiro, «lo spettro tedesco», ha già trovato dimora nella letteratura germanica e in quella inglese, e va diffondendo, almeno metaforicamente, la sua ombra su molte culture europee influenzate dal Romanticismo.

D'altronde, il 1847 è un anno fondamentale per la diffusione dell'immaginario vampirico: a Londra compare in tre volumi il lunghissimo romanzo dell'orrore *Varney il Vampiro*, attribuito in un primo tempo a Thomas Preskett Prest, e, ormai in modo definitivo, a James Malcolm Rymer, un ancora piú oscuro poligrafo vittoriano. Uscito in precedenza a puntate, *Varney il Vampiro* sancisce la popolarità e la definitiva 'anglicizzazione' di un personaggio polimorfo e perverso, anche per la sua decisa preferenza per il sangue di belle e innocenti fanciulle. Gli storici della letteratura lo considerano oggi una sorta di 'anello mancante' che si situa cronologicamente a metà strada tra *Il vampiro* di John William Polidori, pubblicato nel 1819, e *Dracula* di Bram Stoker, appartenente alla *fin-de-siècle* decadente (1897).

Ancora nel 1847, e precisamente nel mese di aprile, l'autorevole rivista letteraria «Blackwood's Edinburgh Magazine», all'interno di una serie di resoconti sulle *Verità contenute nelle superstizioni popolari*, pubblica una lettera sul «Vampirismo», in cui si elencano una serie di fatti documentati accaduti nel 1727 a Meduegna, vicino a Belgrado. Qui, il cadavere dissotterrato di un certo Arnold Paole avrebbe mostrato sulla camicia segni freschi di sangue, e sul corpo non decomposto la crescita recente delle unghie e della pelle: «Poiché era perfettamente chiaro da questi segnali che egli era un vampiro, in conformità all'uso stabilito in casi simili, gli conficcarono un palo nel cuore. In seguito a ciò, egli emise un lamento ben distinguibile, e una certa quantità di sangue sgorgò dal suo corpo. Quello stesso giorno il suo corpo fu bruciato fino a essere ridotto in cenere, e le sue ceneri furono restituite alla tomba». Nel frattempo, però, il contagio si è esteso nel villaggio, tanto che quattro cadaveri vengono bruciati, e altri casi di vampirismo vengono scoperti negli anni successivi. Il presunto vampiro era stato sepolto dopo essere caduto da un carro pieno di fieno: l'ambientazione in un villaggio rurale corrisponde all'ispirazione piú antica della leggenda vampirica, che si svolge in piccoli agglomerati lontani dal centro della civiltà, situati di solito in zone periferiche soprattutto dell'est europeo, tormentate dalle turbolenze dei conflitti etnici e religiosi. Si ricorderà che le vicende del Conte Dracula, il piú famoso dei vampiri, ne esaltano la figura di feroce impalatore dei nemici turchi.

In ogni caso, il racconto del «Blackwood's Magazine», firmato da un certo MacDavus, suggerisce una spiegazione razionale al fenomeno. In buona sostanza, il vampiro è un individuo che è stato sepolto vivo accidentalmente, e «la credulità della gente fa sí che i casi di vampirismo possano moltiplicarsi in una certa zona». A sua volta, la superstizione affonda le sue radici in un passato in cui veniva data per scontata l'esistenza dei fantasmi, «e un vampiro era una specie di fantasma».

Le caratteristiche del vampiro, in quanto morto vivente, che non sopporta la luce del sole, ma è capace di vivere per un lungo periodo di tempo (o addirittura per l'eternità), a meno di non essere ucciso con una pallottola d'argento o con un palo che gli trapassa il cuore, si caricano di ulteriori elementi terrificanti, dal momento che il vampiro si nutre di carne o di sangue, e che ha il potere di trasformare in vampiri coloro che morde. Se il suo fratello (o nemico, a seconda dei casi) di nefandezze notturne, il licantropo, annulla la sua natura umana per trasformarsi in una bestia ferale, il vampiro conserva comunque sembianze umane, spesso affascinanti, ha di solito il potere insidioso della parola, e può travestirsi o cambiare d'aspetto, assumendo la forma di un pipistrello o di altre creature delle tenebre. Appartiene, insomma, ai confini dell'umanità – laddove l'identità umana si fa sfuggente e misteriosa – e si rintana nell'area oscura e magmatica da cui emergono le figure dello straniero, del diverso, dell'altro. È evidente che questo senso dell'alterità, pieno di pericoli, ma anche attraente, può riguardare la sfera della diversità di genere (e dunque della sessualità), ovvero quella delle discriminazioni sociali, o, ancora, il territorio delle differenze etniche. Inoltre, il vampiro si annida nell'area ambigua dove si sovrappongono il racconto orrifico e fantastico e quello realistico, le pulsioni della cultura popolare (quale essa si diffonde, epoca per epoca, proprio come un morbo inarrestabile) e le istanze della letteratura realistica, basata sull'indagine psicologica dei personaggi e interessata alle esperienze della vita quotidiana. Il vampiro non vive in una dimensione a se stante, ma, durante la notte (talvolta anche in pieno giorno), invade il mondo dei vivi, mescolandosi disinvoltamente ad essi, ed è bene accolto per i suoi poteri seduttivi (sia come uomo che come donna), anche perché appartiene sovente a un ceto sociale aristocratico. Peraltro, perfino espressioni idiomatiche del tipo, «Mi succhi il sangue», o «Sei un vampiro», pronunciate, piú o meno scherzosamente, nei confronti di persone che si giudicano persecutorie od oppressive, mostrano quanto si sia diffusa la 'cultura' del mostro dai denti accuminati e dal pallore cadaverico.

A livello letterario, la figura del vampiro emerge dal retroterra variegato delle favole e dalle superstizioni locali recuperato con l'avvento del Romanticismo, tra la fine del Settecento e l'inizio dell'Ottocento, quando tradizioni e leggende del passato entrano a far parte dell'ispirazione di poeti e narratori.

Si tratta, comunque, di un essere che non ha connotati solo occidentali, ma che alcuni studiosi del folklore hanno rintracciato nell'antico Tibet e in altre zone dell'Asia. In un intervento del 2003 sul vampiro 'postcoloniale', Steve Pile ha ricordato l'esistenza di creature vampiriche, i *Pontianak* (spesso donne adescatrici, che vivono negli alberi), nelle leggende metropolitane di Singapore.

Sebbene si serva di *villains* in carne e ossa, il romanzo gotico è certamente uno degli incubatori delle fantasie vampiriche. Inoltre, il Romanticismo esalta figure di ribelli e di sovvertitori dell'ordine costituito; e infatti piú volte è stato sottolineato che il dottor Polidori, l'autore del primo *Vampiro*, egli stesso un personaggio anticonformista, dalla vita travagliata e conclusa forse con un suicidio, faceva parte, assieme a P. B. Shelley e alla giovane moglie di quest'ultimo, della cerchia del poeta Byron, considerato un esempio di sregolatezza scandalosa, ma anche di ardimento e di rifiuto dei valori borghesi. Byron avrebbe ispirato la figura di Ruthven, il tetro protagonista del romanzo di Polidori. Nella sua interpretazione in chiave sociologica della figura del vampiro, Franco Moretti ha ricordato, a proposito dell'opera di Polidori e di *Frankenstein* di Mary Shelley (1818), che «Il mostro e il vampiro nascono insieme in una notte del 1816, nel salotto di Villa Chapuis, presso Ginevra, da un gioco di società tra amici per ingannare un'estate piovosa» (*Dialettica della paura*, 1978).

Dal momento che il vampiro conosce fin dall'inizio (si pensi nella presente antologia al racconto di E. T. A. Hoffmann, uno dei maestri del fantastico) anche una versione femminile, occorre ricordare che il Romanticismo, prima ancora del Decadentismo *fin-de-siècle*, costruisce anche l'immagine fascinosa della *Belle dame sans merci*, la donna ammaliatrice, proveniente da una *fairyland* insidiosa, che, come succede nella celebre ballata di John Keats (1819), stordisce e seduce con i suoi baci il cavaliere errante (una comoda sublimazione del desiderio erotico maschile), privandolo di ogni energia vitale:

> Per me trovò radici dolci e miele,
> La manna come rugiada scese,
> E certamente mi disse ti amo
> In un linguaggio strano[1].

Donne malefiche, cosí ingannatrici e depravate da costituire un pericolo per il loro stesso sesso, non mancano di manifestarsi nelle fantasie dei romantici, come accade già in *Christabel* di Coleridge, pubblicata nel 1816, in cui Geraldine, la fanciulla abbandonata nella foresta e soccorsa dalla purissima Christabel, che la ospita nel castello paterno, assume le sembianze di un serpente, dividendo la figlia dal genitore da lei ammaliato. Del resto, nel 1872, nel romanzo *Carmilla* di Sheridan Le Fanu, il maggiore scrittore vittoriano di racconti orrifici, la figura della vampira, capace di cambiare identità e di rimanere giovane malgrado il passaggio del tempo, non manca di toccare il cuore della narratrice, che la segue nelle sue metamorfosi. Se i vampiri sono creature dell'eccesso e della trasgressione, non v'è da meravigliarsi se in essi si insinui anche il soffio dell'attrazione omosessuale, che può colpire sia donne che uomini. Il vampiro che azzanna i suoi simili e li contagia, insomma, preannuncia anche l'epidemia di Aids, che esplode a livello di consapevolezza popolare negli anni Ottanta del Novecento, e che sembra fare una prima comparsa, a livello immaginativo, nel romanzo *Intervista con il vampiro* di Anne Rice (1976). Qui, il protagonista, Louis, è stato contagiato e trasformato in vampiro dal piú esperto Lestat, che si vuole impadronire della sua piantagione di Pointe du Lac. Ma già in *Dracula* di Bram Stoker, il Conte transilvano allontana le tre vampiresse che si accostano al malcapitato Jonathan Harker, reclamando solo per sé lo sprovveduto ospite inglese.

Per quanto riguarda la variante femminile del vampiro, forse il livello massimo di ambiguità è raggiunto da Edgar Allan Poe in *Berenice* (1835). In questo caso, la giovane che affascina il narratore feticista con i suoi denti bianchissimi («io non avevo pensieri che per i denti. Questi bramavano con demente desiderio»), avrà pure tratti vampirici, tanto da risultare ancora viva dopo la sepoltura, ma l'estrazione dentaria a cui è sottoposta nella tomba da colui che ne era divenuto il marito, sembra piuttosto rovesciare sullo stesso io narrante la follia feroce e disumana del vampiro.

In ogni caso, fino a tempi recenti, la letteratura vampirica, come testimonia questa antologia, che riguarda soprattutto l'Ottocento, secondo Tzvetan Todorov il secolo d'oro del fantastico, è soprattutto creata dall'immaginazione maschile, che esprime una doppia pulsione nel campo della passione amorosa: da una parte il vampiro è una sorta di superuomo, dotato di poteri terribili, che prende con la forza e moltiplica il piacere nel binomio «amore e morte», a suo tempo individuato con tanta finezza da Mario Praz ne *La carne, la morte e il diavolo nella letteratura romantica* (1930); dall'altra parte, la donna vampiro è seducente, ma distruttiva, e cedere alle sue profferte vuol dire morte certa per il malcapitato che soccombe al suo fascino, giungendo perfino a celebrare con lei le nozze fatali. La paura della sessualità, insomma, è altrettanto forte della tentazione della carne.

Certamente questi semplici schemi interpretativi vanno poi modificati man mano che la letteratura vampirica si diffonde, distinguendosi non solo a seconda delle variazioni di ogni autore, ma anche in base alla tradizione culturale a cui egli fa capo, e alle sfumature simboliche che il vampiro assorbe in quanto creatura squisitamente letteraria. D'altra parte, l'appartenenza alla dimensione ambigua, crepuscolare, del fantastico consente al vampiro o alla sua controparte femminile di essere e non essere, di apparire nel suo aspetto piú feroce, ma anche come illusione paranoica di una mente farneticante (esemplare è *L'Horla* di Maupassant, in cui la forza aliena non è neppure definibile fisicamente, in quanto invisibile), come prova di una smagliatura indecifrabile e paurosa nel tessuto quotidiano dell'esperienza, ma anche come affermazione che l'inconoscibile rimane tale e nulla ha da rivelare a chi ambisce al disvelamento degli arcani segreti dell'aldilà. Infatti, il vampiro è una creatura eminentemente materialista – piú che materiale – e non dimostra affatto l'esistenza di un piano ultraterreno, ma incarna, inscena, semmai la maledizione di chi, espulso dall'esistenza 'normale', è costretto ad aggirarsi nei suoi paraggi, non avendo alcuna speranza di redenzione, fisica o spirituale, ma solo la possibilità di nutrirsi della linfa vitale di chi gli capita a tiro. Egli è un *revenant*, tornato in vita senza poter raccontare nulla dell'oltretomba, vuoto al suo interno come il sepolcro che abbandona durante le scorribande notturne. Priva anche del processo di invecchiamento naturale, la materia organica di cui è composto un vampiro non deperisce, ma neppure subisce un arricchimento spirituale, sebbene in alcune versioni novecentesche, come nel già citato *Intervista con il vampiro* di Anne Rice, Louis sia un vampiro disposto a raccontare il suo passato e dotato di ricordi – e dunque di esperienze – non indifferenti. Inoltre, nei suoi vagabondaggi, che lo portano a varcare l'Atlantico, fino a Parigi, Louis incarna con spirito postmoderno l'inquitudine nomadica del vampiro, che già nell'Ottocento non esitava a trasferirsi in Italia (*Varney il Vampiro*) o a raggiungere Londra (*Dracula*). In piú, quello di Rice è un vampiro fortemente 'storicizzato', localizzato, e non piú in un paese remoto come la Transilvania da cui proviene il Dracula di Bram Stoker, ma nell'America stessa, tanto è vero che il giovane intervistatore nota nell'inglese del suo interlocutore una lieve inflessione francese, essendo Louis nato in Louisiana, vicino a New Orleans. Siamo già nell'ambito di quella rivoluzione della letteratura vampirica che ha visto l'opera innovativa di alcune autrici come Rice, le quali si sono impadronite degli stereotipi tradizionali e li hanno manipolati con l'intenzione di umanizzare paradossalmente un essere malefico che non conserva piú nulla di umano, se non l'aspetto fisico, o di riscriverlo in una prospettiva grottesca e parodica. Tra queste ultime, Angela Carter, nel racconto *La signora della casa dell'amore* (1979), ha rovesciato le implicazioni racchiuse nella figura della bella dama keatsiana, immaginando una solitaria regina dei vampiri, chiusa nel suo castello avito, che seduce e uccide tutti gli uomini che le vengono a tiro, finché, innamoratasi di un ingenuo e distratto escursionista inglese in bicicletta, lo lascerà andare, sacrificando per amor suo la propria immortalità. Tuttavia, è difficile pensare che il giovanotto in questione possa farla franca: è destinato a rientrare, dopo essersi allontanato incolume dal castello, al suo reparto militare, in procinto di andare al fronte durante la prima guerra mondiale. Immune ai terrori dell'incontro fatale, egli «imparerà a rabbrividire nelle trincee. Ma questa ragazza non riesce a farlo rabbrividire». Il morso del vampiro non può competere con gli strumenti di morte scatenati dai grandi conflitti bellici e ideologici del secolo XX, cosí come nessun mostro dai denti aguzzi potrebbe incutere paura a chi ha avuto a che fare con l'opera di sterminio di Hitler o di Stalin, nella cui propaganda, tra l'altro, i nemici da annientare (fossero essi gli ebrei o i kulaki) venivano presentati come sfruttatori assetati del sangue dei puri ariani teutonici o dei proletari sovietici.

La versatilità eminentemente istrionica del vampiro è comunque una caratteristica della migliore letteratura orrifica ottocentesca. Non è un caso che Bram Stoker, l'inventore di Dracula, un irlandese come Le Fanu (e dunque in una posizione di marginalità all'interno del Regno Unito), fosse uomo di teatro, molto vicino al grande attore-impresario Henry Irving. Passando di ruolo in ruolo, il vampiro esibisce tutte le sue qualità attoriali, giganteggiando sul palcoscenico del *romance*, che rifiuta di farsi ingabbiare dal realismo borghese. La spropositata lunghezza di *Varney il vampiro* – che la casa editrice romana Gargoyle ha offerto recentemente al pubblico italiano nella successione dei tre volumi originali –

consente già a questo testo della metà dell'Ottocento di valorizzare la mutevolezza dell'identità vampirica. Di volta in volta, di capitolo in capitolo, Varney è una belva assetata del sangue pronta a introdursi di notte nella camera di una vergine (nell'episodio iniziale l'analogia tra il morso sul collo e lo stupro non potrebbe essere piú esplicita), ma anche un raffinato e aristocratico proprietario terriero, che scatena nel vicino villaggio rurale il furore del popolino ignorante; un avido cacciatore di denaro, piú interessato a recuperare un antico tesoro che a dissanguare le sue vittime, e un signore per bene che soccorre viaggiatori in difficoltà, proponendosi come maturo spasimante a giovani piú o meno doviziose. In una delle sue reincarnazioni, rifugiatosi a Londra, egli si travestirà, per adescare una fanciulla spregiudicata, da anziano *nabob*, un ex funzionario dell'East India Company che ha fatto fortuna in Oriente.

Proprio quest'ultima recita ci ricorda come il vampiro acquistasse nuova linfa in seguito all'espansione coloniale dell'Inghilterra. Nel rimescolarsi dei popoli e delle culture che cadono sotto il dominio britannico, non si crea soltanto un movimento unidirezionale, che porta gli abitanti della madrepatria a stabilirsi in India e in Australia, nei Caraibi o in vaste zone dell'Africa. Dai territori ancora sconosciuti comincia una marcia, lenta e graduale, verso il cuore dell'Impero, la città di Londra, sottoposta a una vera e propria invasione di creature che suscitano il terrore di un contagio, e che, in quanto straniere, sembrano possedere poteri occulti e perfino sovrannaturali. L'immaginario dell'ultimo decennio dell'Ottocento inglese brulica di questi personaggi, siano essi i marziani de *La guerra dei mondi* di H. G. Wells, la donna-vampiro de *Il grande Dio Pan* di Machen, il Dracula di Bram Stoker, il quale, una volta casualmente rintracciato nel suo remoto castello transilvano, riesce a raggiungere Londra e a iniziare le sue operazioni di conquista, che non escludono la penetrazione economica, ma che certo non trascurano neppure la seduzione erotica, cosí pericolosa nella visione borghese, circoscritta e rassicurante, della donna come angelo del focolare.

In un saggio già citato, Franco Moretti ha letto il vampiro, e in particolare Dracula, come «metafora del capitale», nel solco di una affermazione di Marx: «Il capitale è lavoro morto, che si ravviva, come un vampiro, succhiando lavoro vivo, e piú vive quanto piú ne succhia». Beninteso, allo stesso ordine sociale appartengono, osserva Moretti, i quattro compagni che lottano col vampiro fino a distruggerlo; anzi, essi rappresentano uno stadio ancora piú arretrato del capitalismo, dal momento che ricorrono alla superstizione religiosa, agli esorcismi, per annientare il potente nemico.

A capo dei quattro vi è la figura di Van Helsing, l'esorcista cacciatore di vampiri, con il suo inglese storpiato di un *outsider*. Nella sua propinquità con il vampiro, di cui conosce ogni piú piccola abitudine, Van Helsing è di fatto una rappresentazione del 'doppio', che rivela in modo esplicito l'affinità del vampiro con le sue vittime, ovvero del vampiro con i suoi persecutori. Quest'ultimo motivo torna alla fine del Novecento. Tra i cacciatori dei *non-morti*, infettato dalle sue prede, c'è anche Blade, interpretato da Wesley Snipes, il protagonista del film che porta il suo nome, girato nel 1998 da Stephen Norrington. A sua volta, Blade è in origine un superuomo nero, entrato nel 1972 tra i ranghi dei personaggi della Marvel Comics nella serie *Tomb of Dracula*. Una versione meno trucida del cacciatore di vampiri compare nel fumetto italiano di *Dampyr*, creato nel 2000 da Mauro Boselli, in cui il bel tenebroso che ha il ruolo di protagonista, Harlan Draka, è un meticcio nato da un vampiro e da una femmina umana.

Certamente, tra la fine dell'Ottocento e l'inizio del Novecento la letteratura vampirica inglese appare all'avanguardia proprio per le innumerevoli implicazioni che coinvolgono la figura del vampiro, e che toccano anche le problematiche del *gender*. In un'epoca in cui sulla scena nazionale fa la sua comparsa la *new woman*, la donna che lotta per la sua emancipazione, per il diritto alla proprietà, all'istruzione universitaria, al voto, non v'è da meravigliarsi che anche la vampira reclami un proprio spazio intellettuale. In un racconto del 1895, *Un vampiro moderno*, pubblicato sul «Cassell's Family Magazine» da W. L. Alden, una certa signorina Vaughan, «giovane e bella», accostatasi a un autore di successo con la scusa di volersi dedicare alle belle lettere, gli succhia dalla mente le trame dei suoi racconti, e diviene una scrittrice affermata, mentre il malcapitato, ormai incapace di continuare nella sua attività, si suicida buttandosi nel Tamigi. Insomma, neppure nel campo privilegiato della letteratura e dell'arte l'antica supremazia maschile può ritenersi al sicuro.

Nello stesso periodo, la produzione vampirica si differenzia radicandosi all'interno delle diverse letterature nazionali. Converrà, da questo punto di vista, individuare nella presente antologia le variazioni che ci riconducono alla Germania o all'Inghilterra, alla Francia o alla Russia, e apprezzare il nucleo dei tre racconti italiani, che si situano anch'essi tra la fine dell'Ottocento e l'inizio del Novecento. Pur nella notevole diversità della loro ispirazione, Salgari, Capuana e Marrama sembrano non escludere un'ombra di scetticismo nella ricostruzione degli eventi paurosi che vengono raccontati. Salgari, in particolare, non esita a introdurre ne *Il vampiro della foresta*, ambientato in una plaga selvaggia dell'Uruguay, un 'vero' vampiro, cioè uno di «quei pipistrelli che sono abbastanza numerosi in queste regioni [e che] quando vedono un uomo od un animale addormentato vi piombano addosso, aprono nella pelle, delicatamente, un forellino e per mezzo d'una piccola tromba succhiano il sangue». È vero che il vampiro della foresta ha anche sembianze umane, essendo «un brutto selvaggio» che non gradisce la presenza di due cercatori d'oro italiani, ma il successo dei nostri eroi non è mai messo in dubbio, traducendosi nell'inevitabile vittoria della civiltà sulla barbarie. E ancora di «immondi e feroci pipistrelli dell'America del Sud», ovvero della Terra del Fuoco, si parla ne *Il Dottor Nero* di Marrama, anche se qui la trama è un po' piú complicata e l'ambientazione in un castello scozzese assolutamente posticcia. Come in *Un vampiro* di Luigi Capuana, si tratta, in ogni caso, di angosciosi drammi borghesi, basati sulla presenza malefica di un passato spasimante della protagonista (in tutte e due i casi, una donna italiana). In piú, nel racconto di Capuana, interviene un efficace livello comico, costituito dal contrasto tra i due personaggi maschili, un poeta e uno scienziato. Quest'ultimo non crede ai vampiri, ma dovrà, forse, cambiare idea nel corso della vicenda, pur senza giungere a smentire pubblicamente le sue teorie positivistiche. Il contributo alla letteratura vampirica dei tre italiani è, dunque, assai vivace, anche se non tocca la nota terrificante de *Il cuscino di piume* di Horacio Quiroga, capace, nel giro di poche pagine, di calare il lettore nella dimensione di un incubo di morte, che potrebbe – in un certo senso – coinvolgere direttamente l'esperienza quotidiana di ognuno di noi. Sul versante opposto si colloca *Il vampiro del Sussex* di Conan Doyle, in cui l'indagine affidata a Sherlock Holmes non può che ricondurre a una spiegazione razionale, sebbene nuovamente legata a una dolorosa situazione familiare, le presunte aggressioni di una donna di origine peruviana. Le regole del poliziesco si rivelano qui piú forti dell'atmosfera sovrannaturale di cui si alimenta la letteratura vampirica, mentre viene salvato l'onore della moglie straniera, «gelosa con tutto l'impeto del suo focoso temperamento tropicale», non dissimile dunque dalla Bertha Mason di *Jane Eyre*, ma, dopo circa mezzo secolo dalla pubblicazione del romanzo di Charlotte Brontë, molto piú innocua e materna di lei.

Malgrado la presenza fondamentale di un capolavoro del cinema muto come *Nosferatu* del tedesco Friedrich Wilhelm Murnau (1922), il Novecento è indubbiamente il secolo dei vampiri americani, che si espandono dal grande schermo (anzi, rivendicano in *Dracula di Bram Stoker* diretto da Francis Ford Coppola nel 1992 la sintonia tra l'esistenza del Conte maledetto a Londra e la nascita del cinematografo) alle serie televisive (da *Buffy* a *True Blood*), dai fumetti alla narrativa *horror* di Lovecraft e di Stephen King. Se la pubblicità e l'industria dei giocattoli contribuiscono alla banalizzazione del mostro sanguinario, il vampiro mostra comunque la sua straordinaria capacità di adattamento alle forme della letteratura di massa, contaminandosi con *zombies*, predatori extraterrestri, *serial killers*. Pensiamo solo agli innumerevoli 'vampiri dello spazio' della produzione fantascientifica, peraltro anticipati dai marziani de *La guerra dei mondi* di H. G. Wells (1898). Costoro sono forniti di un apparato nutritivo che si ciba del sangue dei malcapitati prigionieri terrestri. Una delle piú efficaci versioni fantascientifiche in chiave orrifica, approdata anche al cinema, è *Sono leggenda* di Richard Matheson (1954), in cui Robert Neville, il protagonista, scopre di essere l'ultimo superstite della 'razza' umana a Los Angeles, essendo ogni altro individuo trasformato in un vampiro. Mentre i vampiri fondano una loro organizzazione sociale, sia pure aberrante e feroce, Neville preferisce uccidersi, piuttosto che soccombere ai nuovi signori della Terra, convinto che egli verrà ricordato come una nuova leggenda, il rappresentante di un mondo estinto, di cui comunque, grazie al suo gesto, verrà conservata la memoria.

Con l'avvento della cultura postmoderna, anche il mondo del vampiro abbandona le aree desolate di un'esistenza rurale e si radica sempre di piú nel centro della metropoli, sebbene *Twilight* di Stephenie Meyer preferisca tornare a un'area urbana verde e poco popolata, situata sulla costa dello stato di Washington, a una certa distanza da Seattle. Nello stesso tempo, si rafforza l'irruzione del vampiro in generi narrativi contigui, come il romanzo rosa e la cosiddetta *young adult literature*, in quanto forme di rappresentazione significative della nostra scombinata contemporaneità. È stato proprio il successo clamoroso della saga di Stephenie Meyer, intitolata *Twilight* (il primo romanzo, con questo titolo, è del 2005), subito trasferita sul grande schermo, ad aver spalancato in modo definitivo le porte al recupero del vampiro in chiave adolescenziale, sentimentale, e fondamentalmente americana. Non a caso *Twilight* sfrutta l'ambientazione della *high school*, il liceo come luogo dei primi seri innamoramenti, della scoperta – e della paura – della sessualità, per seguire, attraverso il punto di vista dell'eroina, timida e introspettiva, abbandonata a se stessa da una famiglia in crisi, le fasi del suo innamoramento per un giovane incredibilmente bello e tenebroso. Lasciamo ai pochi lettori o spettatori che non conoscono *Twilight* e le opere successive di seguire le peripezie di Bella, corteggiata da vampiri e licantropi giovani quanto lei e certamente altrettanto bisognosi d'affetto. D'altra parte, non credo sia giusto liquidare con qualche battuta ironica questa produzione, che riesce a cogliere alcuni aspetti non trascurabili della psicologia dei *teenagers*, come aveva fatto qualche anno prima, per una *audience* piú infantile, il ciclo di Harry Potter. Basti dire che le reti americane televisive americane si sfidano a colpi di *audience* proponendo variazioni diverse sul tema del vampiro adolescente e che i tre protagonisti della recente serie *The Vampire Diaries* sono stati ingaggiati per fare la pubblicità alla Croce Rossa americana, comparendo sdraiati in pose languide nei cartelloni stradali sotto l'annuncio «Affamate un vampiro. Donate il sangue».

Pur tenendo nella giusta considerazione questi fenomeni, occorre non dimenticare l'origine nobile della letteratura vampirica, e la sua diffusione soprattutto ottocentesca. In fin dei conti, la saga di *Twilight* conferma la funzione consolidata della narrativa vampirica, almeno dal Romanticismo in poi. In essa le pulsioni trasgressive si scontrano, senza trovare una soluzione definitiva, con la necessità di tenere sotto controllo l'eros, ovvero di esorcizzarlo, ricacciandolo nelle regioni piú oscure dell'inconscio, da cui inevitabilmente esso è destinato a riemergere, relativamente addomesticato, sotto forma di narrazione fantastica. Non dobbiamo pensare necessariamente a strutture semplificate del racconto: le storie di vampiri presentano spesso un andamento complicato, non lineare, inglobando vari punti di vista, differenti interpretazioni dello stesso evento, forme espressive diversificate. Anche in questa frammentazione narrativa stava la grandezza di *Dracula* di Bram Stoker, in cui il Conte transilvano 'parla' e agisce soprattutto attraverso le voci e le testimonianze di coloro che entrano in contatto con lui.

Se vampiri e altre creature ferine, come i licantropi, si scontrano dai primordi dei tempi per il possesso della Terra (cosí succede in un altro ciclo di film per *teenagers* iniziato nel 2003 con *Underworld* di Len Wiseman), se essi sembrano emergere dagli abissi di un passato preumano, come gli Antichi di Lovecraft, questi mostri hanno ottenuto dalla letteratura moderna e dalla cultura di massa la conferma della loro immortalità, della loro capacità di rigenerarsi e di proiettarsi nell'incerto e minaccioso scenario del futuro. «Dopo l'uomo, l'Horla». Parafrasando l'affermazione rassegnata del narratore di *L'Horla* di Maupassant, che si è reso ormai conto di non potersi liberare della malefica creatura invisibile che lo perseguita, potremmo concludere, «Dopo l'uomo, il vampiro».

CARLO PAGETTI

La prima notte dei vampiri

JOHN WILLIAM POLIDORI

Il vampiro

Un inverno, nel bel mezzo della dissoluta stagione mondana londinese, apparve alle feste piú eleganti un aristocratico che colpiva piú per l'eccentricità del suo comportamento che per il suo lignaggio. Guardava con distacco l'allegria di chi lo circondava, come se non potesse prendervi parte. Sembrava essere attratto solo dalle gaie risate delle giovani dame, che riusciva a soffocare con un'occhiata, instillando la paura in quei cuori in cui regnava la spensieratezza. Coloro che provavano questa sensazione di sgomento non sapevano spiegare da che cosa nascesse: alcuni la attribuivano ai suoi occhi grigi come la morte, che fissavano i volti apparentemente senza vederli e penetravano invece fino ai piú segreti recessi del cuore. Il suo sguardo cadeva simile a un raggio pesante come il piombo sulla pelle senza attraversarla.

In virtú di queste sue stranezze, riceveva numerosi inviti. Tutti volevano conoscerlo. Quelli che erano abituati a vivere emozioni intense e ora si sentivano oppressi dalla noia erano ben lieti di avere intorno una persona capace di risvegliare il loro interesse. Nonostante il pallore mortale del suo viso, che non si tingeva mai di un colorito piú caldo, né per il rossore dell'imbarazzo, né per quello della passione, aveva però lineamenti bellissimi e molte donne tentavano di sedurlo, o almeno di catturarne l'attenzione.

Lady Mercer, che da quando si era sposata era al centro dei pettegolezzi salottieri, non volle essere da meno e mise all'opera tutte le sue arti di seduttrice per farsi notare. Invano. Quando gli stava dinanzi, i suoi occhi, seppure fissi su di lei, parevano non vederla, cosicché alla fine persino la sua sfacciata impudenza risultò vana e dovette arrendersi. Sebbene tutte quelle donne volgari non lo attirassero minimamente, Lord Ruthven non era però insensibile al fascino femminile. Tuttavia, parlava alle dame virtuose e alle fanciulle innocenti con tale riservatezza che pochi sapevano se avesse mai corteggiato una donna. In ogni caso, aveva fama di essere un conversatore brillante; che fosse questo a far superare alle gentili signore il timore suscitato dalla sua singolare personalità, o che ammirassero il disprezzo che mostrava per il peccato, fatto sta che era spesso in compagnia sia delle donne che grazie alle loro virtú sono il vanto del gentil sesso, sia di quelle che per i loro vizi ne sono la vergogna.

Quello stesso inverno arrivò a Londra un giovane gentiluomo di nome Aubrey; era orfano e possedeva, insieme con l'unica sorella, un'ingente fortuna ereditata dai genitori, morti quando era ancora un bambino.

Abbandonato a se stesso dai tutori, i quali pensavano che il loro dovere consistesse semplicemente nell'occuparsi dei suoi beni e avevano quindi affidato la ben piú importante cura della sua formazione intellettuale a personale stipendiato, Aubrey era cresciuto coltivando piú l'immaginazione che il giudizio. Aveva cosí sviluppato quel nobile sentimento romantico dell'onore e della sincerità che tanto spesso costituisce la rovina di molte ingenue fanciulle. Credeva che tutti amassero la virtú e che il vizio fosse stato mandato sulla terra dalla Provvidenza per dare un tocco pittoresco alla scena, proprio come accade nei romanzi. Pensava che la povertà consistesse solo in un certo tipo di abbigliamento, magari anche caldo, ma che colpiva l'occhio di un pittore soprattutto per le pieghe irregolari e le pezze colorate. Era convinto, insomma, che i sogni dei poeti fossero la realtà della vita.

Era bello, onesto e ricco. Per questo, quando fece il suo ingresso in società, molte madri si precipitarono ad assediarlo, facendo a gara per decantare le false virtú delle loro figlie insulse o sgarbate. Queste, dal canto loro, non appena lo vedevano si illuminavano in volto e pendevano dalle sue labbra, fissandolo con occhi scintillanti, tanto che Aubrey si convinse di essere dotato di talenti e meriti eccezionali. Abituato com'era a trascorrere le sue ore in solitudine volando sulle ali della fantasia, rimase sorpreso nello scoprire non solo che la fiamma delle candele tremola per la mancanza di uno smoccolatoio e non per la presenza di un fantasma, ma anche che nella vita reale tutte quelle affascinanti immagini descritte nei libri su cui si era formato non avevano alcun fondamento. Trovando però una compensazione nelle lusinghe alla sua vanità, stava quasi per abbandonare quei sogni, quando si imbatté nell'essere straordinario che abbiamo prima descritto.

Aubrey si mise a osservarlo, senza però riuscire a formarsi un'idea su quell'individuo totalmente assorbito in se stesso, che dava pochi altri segni di accorgersi del mondo esterno, con il quale evitava ogni contatto, oltre a un tacito assenso alla sua esistenza. Indulgendo volentieri in tutto ciò che stimolava la sua inclinazione per l'insolito, Aubrey trasformò ben presto quell'uomo in un eroe da romanzo, pronto a seguire i parti della propria fantasia piú che la realtà della persona che aveva di fronte. Fece dunque la sua conoscenza e lo ricoprí di attenzioni; a mano a mano che il loro rapporto diventava piú intimo, Aubrey era tenuto in sempre maggior considerazione dalle persone che frequentava. A poco a poco, il giovane scoprí che Lord Ruthven aveva gravi problemi economici e, vedendo i preparativi che si facevano nella sua casa di ... Street, capí che stava per partire. Spinto dal desiderio di conoscere meglio il misterioso personaggio che aveva stuzzicato la sua curiosità, Aubrey chiese ai propri tutori di poter intraprendere un viaggio, ritenuto ormai da molte generazioni indispensabile per permettere ai giovani di compiere rapidi progressi nella carriera del libertinaggio, in modo da mettersi alla pari con i piú vecchi e non aver l'aria di cadere dalle nuvole quando si parlava di intrighi scandalosi con scherno o approvazione, a seconda del grado di abilità mostrato dai protagonisti dei pettegolezzi.

I tutori acconsentirono. Aubrey corse immediatamente a dare la notizia a Lord Ruthven e, con sua sorpresa, fu invitato ad accompagnarlo. Lusingato da un tale segno di stima da parte di un uomo cosí diverso da tutti gli altri, il giovane accettò con entusiasmo e nel giro di pochi giorni i due si imbarcarono.

Fino a quel momento Aubrey non aveva avuto l'opportunità di scandagliare la personalità di Lord Ruthven e ora, pur potendo osservare da una posizione privilegiata molte delle sue azioni, scopriva che queste erano inspiegabili rispetto alle ragioni che avrebbero dovuto muoverle.

Il suo compagno di viaggio era assai generoso: lo sfaccendato, il vagabondo e il mendicante ricevevano dalla sua mano ben piú di quanto servisse loro per soddisfare i piú immediati bisogni. Ma Aubrey non poté fare a meno di notare che Lord Ruthven non faceva l'elemosina agli onesti ridotti all'indigenza dalle avversità che infieriscono persino contro la virtú; questi erano messi alla porta con malcelato sarcasmo. Invece, quando un uomo dissoluto chiedeva qualcosa non per provvedere alle proprie necessità ma per sguazzare nella depravazione, riceveva offerte molto generose. Aubrey attribuiva questo comportamento al fatto che le persone viziose sono molto piú importune di quelle povere e virtuose, di solito assai timide e modeste. C'era però un aspetto della prodigalità di Lord Ruthven che lo colpí profondamente. Coloro che ne traevano vantaggio scoprivano invariabilmente che su questa incombeva una maledizione: tutti, infatti, o finivano sul patibolo o cadevano nella piú sordida miseria e abiezione.

A Bruxelles e nelle altre città che visitarono, Aubrey si stupí dell'ardore con cui il suo compagno cercava i luoghi in cui si praticavano tutti i vizi piú alla moda, e qui si dedicava al gioco d'azzardo. Ai tavoli del faraone vinceva sempre, a meno che il suo avversario fosse un abile baro; in tal caso perdeva molto piú di quanto aveva vinto, mantenendo però la stessa espressione imperturbabile con cui osservava sempre il mondo. Non accadeva cosí quando si trovava di fronte giovani ingenui e avventati o sfortunati padri di famiglia; allora abbandonava la consueta freddezza e pareva concentrare tutta la sua volontà per dominare la fortuna, mentre gli occhi gli brillavano piú di quelli di un gatto che gioca con il topo ormai mezzo morto.

In ogni città Lord Ruthven gettò sul lastrico giovani facoltosi, strappandoli al loro prestigioso ambiente e precipitandoli nella solitudine di una prigione, a maledire il destino che li aveva portati sulla strada di un simile demonio. Molti padri si ritrovarono a sedere disperati fra gli sguardi mesti dei figli silenziosi e affamati, privati delle loro immense fortune e senza piú un soldo per poter provvedere alla famiglia. Tuttavia Lord Ruthven non teneva il denaro vinto per sé: lasciava tutto ciò che aveva appena strappato alle mani febbrili dei giocatori inesperti in quelle di scaltre canaglie. Questo poteva essere il risultato di una certa abilità nel gioco, non sufficiente, però, ad avere la meglio sull'astuzia di esperti truffatori. Cosí pensava Aubrey, che spesso avrebbe voluto parlarne con l'amico per chiedergli di rinunciare a quell'eccessiva generosità e a quei piaceri che causavano la rovina di tutti senza arrecargli alcun profitto. Tuttavia, rimandava sempre il discorso; ogni giorno sperava che il compagno gli desse l'opportunità di parlargli apertamente, con franchezza, ma questo non avvenne mai. Nella sua carrozza, attraverso i piú disparati scenari naturali di selvaggia e rigogliosa bellezza, Lord Ruthven rimaneva sempre impassibile e il suo sguardo era anche meno eloquente delle sue parole. Aubrey, pur essendo cosí vicino all'oggetto della sua curiosità, non ottenne da lui altra gratificazione se non il costante stimolo a sperare, invano, di penetrare quel mistero che nella sua accesa immaginazione cominciava ad assumere le sembianze di qualcosa di soprannaturale.

Ben presto arrivarono a Roma, e per un po' Aubrey perse di vista l'amico. Lo lasciò a frequentare ogni giorno i ricevimenti mattutini di una contessa italiana e si dedicò a esplorare le rovine della città, alla ricerca delle testimonianze del passato. Mentre era cosí impegnato, ricevette alcune lettere dall'Inghilterra, che aprí con avida impazienza: la prima era della sorella e traboccava di affetto. Le altre erano dei suoi tutori, e l'ultima di queste lo turbò moltissimo. Se prima gli era sorto il dubbio che nel suo compagno di viaggio albergasse un potere maligno, ora quelle righe gli fornivano ragioni sufficienti per crederlo con certezza. I tutori insistevano perché lasciasse immediatamente l'amico, gli assicuravano che era spaventosamente malvagio e che i suoi irresistibili poteri di seduzione rendevano la sua depravazione ancor piú pericolosa per chi gli stava vicino. Si era infatti scoperto che Lord Ruthven aveva rifiutato le attenzioni dell'adultera londinese, Lady Mercer, non perché disprezzasse i suoi costumi libertini, ma perché esigeva, per accrescere il proprio piacere, che la sua vittima, la sua compagna di colpa, precipitasse dalla vetta della piú pura virtú nel piú profondo abisso dell'infamia e della degradazione. Per finire, i tutori scrivevano che tutte le donne che Lord Ruthven aveva corteggiato, apparentemente attratto dalla loro rettitudine, dopo la sua partenza avevano gettato la maschera e mostrato senza piú scrupoli al pubblico sguardo tutta l'aberrazione dei loro vizi.

Aubrey si ripromise allora di abbandonare quell'uomo, la cui personalità non aveva rivelato un solo punto luminoso su cui posare lo sguardo. Decise di inventare un pretesto plausibile per andarsene, proponendosi nel frattempo di osservarlo ancor piú attentamente, senza lasciarsi sfuggire nemmeno il particolare piú irrilevante. Cominciò a frequentare gli stessi ambienti di Lord Ruthven e ben presto si rese conto che sua signoria cercava di approfittare dell'ingenuità proprio della figlia della donna che lo ospitava piú spesso. In Italia, è raro incontrare in società fanciulle in età da marito, perciò Lord Ruthven doveva portare avanti segretamente il suo piano. Aubrey, però, seguiva tutte le sue trame; scoprí cosí che era stato fissato un appuntamento che avrebbe quasi certamente condotto alla rovina una giovane tanto innocente quanto avventata. Non appena venne a saperlo, Aubrey entrò nell'appartamento di Lord Ruthven e gli chiese bruscamente che intenzioni avesse con la ragazza, informandolo di sapere che l'avrebbe incontrata proprio quella notte. Lui rispose che il suo intento era esattamente lo stesso di chiunque si fosse trovato in una situazione analoga. Quando Aubrey insistette, chiedendogli se intendeva sposare la giovane, Lord Ruthven si limitò a ridere.

Aubrey andò subito via lasciando un biglietto a sua signoria, in cui gli comunicava che rinunciava ad accompagnarlo per il resto del viaggio. Diede quindi ordine a un servitore di cercargli un'altra sistemazione e rivelò alla madre della fanciulla tutto quello che sapeva, non solo riguardo alla figlia, ma anche alla personalità di Lord Ruthven. L'appuntamento notturno fu cosí evitato.

Il giorno seguente Lord Ruthven mandò un domestico da Aubrey per riferirgli di essere completamente d'accordo sulla separazione, senza lasciar però trapelare di avere il sospetto che il suo piano fosse stato sventato dall'intervento di Aubrey.

Partito da Roma, il giovane si diresse in Grecia e, attraversata la penisola, ben presto giunse ad Atene, dove si stabilí presso un greco. Si dedicò allo studio delle sbiadite testimonianze dell'antica gloria sui monumenti che, quasi vergognosi di ricordare la passata grandezza di uomini un tempo liberi e poi divenuti schiavi, si erano nascosti cercando la protezione della terra o della vegetazione. Sotto lo stesso tetto di Aubrey viveva una creatura cosí bella e amabile che avrebbe potuto ispirare un pittore desideroso di ritrarre sulla tela la felicità promessa ai credenti nel paradiso maomettano; dai suoi occhi traspariva una spiritualità talmente intensa da non farla sembrare una creatura di questo mondo. Danzava nella pianura o saliva lungo le pendici di un monte con lo sguardo vivace e luminoso, piú agile di una gazzella, di cui non aveva però la lussuriosa indolenza tanto amata dagli epicurei. Spesso i leggiadri passi di Ianthe accompagnavano Aubrey nella sua ricerca di antichità e spesso l'ingenua fanciulla, inseguendo una farfalla, rivelava tutta la bellezza delle sue eteree forme all'appassionato sguardo di Aubrey, il quale, tralasciando le iscrizioni appena decifrate sulle pietre, si perdeva nella contemplazione di quel corpo di silfide. A volte, mentre Ianthe volteggiava, le sue trecce si scioglievano, offrendo ai raggi del sole il loro soave splendore e i loro riflessi cangianti; a tale visione Aubrey dimenticava quello che fino a poco prima riteneva di vitale importanza per la corretta interpretazione di un passo di Pausania. Perché tentare di descrivere un fascino che tutti possono percepire ma nessuno può catturare? Ianthe era innocente, giovane e bella, non contaminata dall'atmosfera dei salotti affollati e dei soffocanti ricevimenti mondani.

Mentre Aubrey disegnava le rovine di cui voleva serbare memoria negli anni a venire, lei gli stava accanto e osservava i magici effetti creati da quella mano cosí abile nel ritrarre le immagini della sua terra natale. Allora gli descriveva le danze che si intrecciavano su quella vasta pianura e gli dipingeva con i vividi colori del ricordo le magnifiche cerimonie nuziali cui aveva assistito da bambina; poi, passando ad argomenti che piú avevano colpito la sua fantasia, gli parlava dei racconti soprannaturali narrati dalla sua nutrice. La serietà del suo tono e la convinzione con cui sembrava credere a quello che diceva risvegliarono l'interesse di Aubrey. Quando gli raccontò la storia di un vampiro che per molto tempo aveva tormentato un gruppo di amici e parenti, costretto anno dopo anno a nutrirsi del sangue di una fanciulla per prolungare la propria esistenza, Aubrey si sentí agghiacciare, per quanto si sforzasse di ridere di quelle assurde e orribili fantasie. Ianthe nominò allora alcuni vecchi del luogo che, dopo aver visto sui propri cari il marchio di quella fame demoniaca, avevano infine scoperto che un vampiro si aggirava in mezzo a loro. Vedendo Aubrey cosí incredulo, lo implorò di prestarle fede, perché tutti coloro che avevano osato mettere in dubbio l'esistenza dei vampiri ne avevano sempre avuto una prova tale da essere costretti, fra atroci dolori e tormenti, a riconoscerne la realtà. Gli narrò minuziosamente l'aspetto con cui quei mostri di solito si manifestano e l'orrore di Aubrey si acuí, mentre ascoltava un'accurata descrizione di Lord Ruthven. Tuttavia, insistette nel convincerla che i suoi timori non avevano alcun fondamento, ma al tempo stesso era impressionato dalle molte coincidenze che lo inducevano a credere nei poteri soprannaturali del suo antico compagno di viaggio.

Aubrey cominciò ad attaccarsi sempre piú a Ianthe: fu conquistato dalla sua innocenza, in cosí stridente contrasto con l'ostentazione di falsa virtú delle donne che un tempo frequentava alla ricerca dell'ideale dei suoi sogni. Pur sorridendo all'idea che un giovane inglese di raffinata educazione potesse sposare un'ignorante ragazza greca, si sentiva ormai profondamente legato a quella creatura quasi fatata. A volte tentava di separarsi da lei e, progettando scavi archeologici, partiva, determinato a non tornare finché non avesse trovato ciò che cercava. Ma gli era impossibile concentrare l'attenzione sulle rovine, perché nella sua mente aleggiava un'immagine che si impadroniva di tutti i suoi pensieri. Ianthe non si era accorta del suo amore e continuava a comportarsi con la stessa ingenua spontaneità che aveva mostrato fin dal loro primo incontro. Era sempre triste quando Aubrey se ne andava, ma solo perché non avrebbe piú avuto nessuno con cui frequentare i suoi luoghi preferiti, mentre lui era intento a disegnare o riportare alla luce qualche frammento riuscito a sfuggire alla devastante mano del tempo.

Per convincerlo dell'esistenza del vampiro, Ianthe si rivolse ai suoi genitori e a molte altre persone; solo a sentirlo nominare, tutti impallidivano per il terrore, confermando i suoi racconti.

Pochi giorni dopo, Aubrey annunciò che sarebbe partito per una delle sue escursioni, allontanandosi per qualche ora dalla città. Appena seppero dove intendeva recarsi, i suoi ospiti lo scongiurarono di rientrare prima di notte, perché avrebbe dovuto inevitabilmente penetrare in un bosco nel quale nessun greco si sarebbe mai fermato al calar delle tenebre. Gli spiegarono che quello era il luogo in cui i vampiri si ritrovavano per le loro orge notturne e che tremende sciagure incombevano su chiunque osasse attraversare il loro cammino. Aubrey non prese sul serio le loro parole e cercò anche di riderne ma, quando li vide rabbrividire sentendo che osava farsi beffe di un cosí tremendo potere infernale, il cui solo nome bastava a raggelare il sangue, non aggiunse altro.

Il mattino seguente decise di partire da solo; rimase sorpreso nell'osservare le espressioni tristi dei suoi ospiti e si dispiacque che aver deriso le credenze su quei terribili mostri avesse suscitato in loro un cosí profondo terrore. Mentre stava per allontanarsi a cavallo, Ianthe si avvicinò e lo scongiurò di tornare prima che la notte scatenasse il potere dei vampiri. Aubrey glielo promise. Si ritrovò però cosí impegnato nelle sue ricerche da non accorgersi del rapido sopraggiungere del tramonto, mentre all'orizzonte si addensava quella foschia che, nei climi caldi, all'improvviso si tramuta in un enorme ammasso di nubi che scarica tutta la sua furia sulla terra. Risalí allora a cavallo, determinato a viaggiare a gran velocità per recuperare il tempo perduto. Ma era troppo tardi. In quei Paesi meridionali il crepuscolo è quasi sconosciuto: di colpo il sole scompare e scende la notte. Si era da poco messo in viaggio, quando si scatenò un temporale di straordinaria violenza. I tuoni si susseguivano ininterrottamente; la pioggia fitta e pesante lo costrinse a passare attraverso il folto del bosco, mentre il livido bagliore dei fulmini illuminava il suo cammino. D'un tratto il cavallo si imbizzarrí, trascinando repentinamente Aubrey nel cuore della foresta. Alla fine l'animale, stremato, si fermò e, alla luce dei lampi, il giovane vide poco piú avanti una capanna seminascosta da mucchi di foglie secche e arbusti. Sceso da cavallo, si avvicinò, nella speranza di trovare qualcuno che lo accompagnasse in città o almeno gli offrisse riparo dalla furia della tempesta. Mentre si avviava verso la capanna, i tuoni si quietarono per qualche istante e Aubrey poté udire, provenienti dall'interno, terrificanti urla femminili mescolate a prolungati scoppi di una risata maligna ed esultante. Era spaventato ma, scosso dal boato di un tuono che rimbombò proprio sopra la sua testa, si fece coraggio e spalancò con forza la porta della casupola. Si trovò immerso in una profonda oscurità; i suoni gli facevano però da guida. Sembrava che nessuno si fosse accorto della sua presenza, perché gli strilli e le risate continuavano come se lui non ci fosse. A un certo punto Aubrey percepí la presenza di qualcuno accanto a sé e, rapido, tentò di afferrarlo. In quel momento una voce gridò: – Di nuovo beffato!

Seguí una fragorosa risata, poi Aubrey si sentí abbrancare da un essere la cui forza pareva sovrumana. Lottò, deciso a vendere cara la pelle, ma fu tutto inutile. Venne sollevato e scagliato al suolo con incredibile violenza. L'avversario si gettò su di lui e gli si inginocchiò sul petto, stringendogli le mani intorno alla gola; in quel momento, improvvisamente, dall'apertura che dava luce alla capanna filtrò un bagliore di torce. Lo sconosciuto, allora, si alzò di colpo e, abbandonata la preda, si precipitò fuori: nel giro di un istante non si udí piú il rumore dei rami spezzati dalla sua fuga nel bosco. Intanto, il temporale si era calmato e ben presto Aubrey riuscí a farsi sentire da quelli che stavano fuori della casupola. Quando entrarono, la luce delle torce rivelò le pareti di fango e il tetto di paglia dai fili incrostati di fuliggine. Aubrey scongiurò quegli uomini di cercare la donna che lo aveva attirato fin lí con le sue grida. Fu cosí lasciato nuovamente al buio, e quale fu il suo orrore quando, poco dopo, gli uomini tornarono e al bagliore delle torce vide che avevano portato il leggiadro corpo ormai senza vita della sua incantevole amica! Chiuse gli occhi, sperando che quella visione fosse solo frutto della sua immaginazione sconvolta, ma quando li riaprí si accorse che accanto a lui giaceva proprio Ianthe. Le sue guance e le sue labbra erano livide, eppure su quel volto aleggiava una serenità che sembrava ancora fremere della vita che fino a poco prima lo aveva animato. La fanciulla aveva gocce di sangue sul collo e sul petto e sulla gola recava i segni dei denti che le avevano squarciato la vena. Indicandoli, gli uomini, in preda al terrore, gridarono all'unisono:
– Un vampiro, un vampiro!

Fu preparata una lettiga e Aubrey si distese accanto alla fanciulla che era stata l'oggetto di tante meravigliose fantasie, ora svanite insieme con il fiore della vita strappato dalla morte. Il giovane era confuso, la sua mente era paralizzata e si rifiutava di pensare, rifugiandosi nel vuoto. Teneva in mano, quasi senza rendersene conto, un pugnale dalla forma bizzarra che aveva preso nella capanna. Ben presto si imbatterono in gruppi di persone impegnate nella ricerca della fanciulla, la cui madre si era preoccupata non vedendola tornare. Mentre si avvicinavano alla città, i loro pianti e lamenti fecero presagire ai genitori di Ianthe una tremenda sventura. Descrivere il loro dolore sarebbe impossibile; quando seppero che cos'era accaduto alla loro bambina, guardarono Aubrey e indicarono il cadavere di Ianthe. Inconsolabili, morirono entrambi di crepacuore.

Aubrey venne messo a letto e fu colto da un violento attacco di febbre, che lo portò spesso al delirio. A volte chiamava Lord Ruthven e Ianthe: per una strana associazione, pareva implorare il suo antico compagno di risparmiare la vita della fanciulla amata. A volte, invece, gli lanciava orribili maledizioni, accusandolo di averla uccisa.

Proprio in quei giorni, Lord Ruthven giunse ad Atene e, venuto a sapere delle condizioni di salute di Aubrey, si sistemò nella sua stessa casa, occupandosi di lui premurosamente. Quando il giovane si riprese, rimase sbalordito e terrorizzato alla vista di colui che ormai associava all'immagine di un vampiro. Lord Ruthven, però, con le sue parole gentili, che dimostravano il suo pentimento per la colpa che aveva causato la loro separazione, e con le sue sollecite attenzioni riuscí ben presto a riconquistare la fiducia dell'amico. Sua signoria sembrava completamente cambiato; non era piú quella creatura apatica che aveva tanto stupito Aubrey. A mano a mano che il giovane riacquistava le forze, però, Lord Ruthven riprendeva gradualmente il consueto atteggiamento e Aubrey non scorgeva piú alcuna differenza rispetto all'uomo che aveva conosciuto un tempo, a parte il fatto che a volte lo sorprendeva a fissarlo intensamente con un sorriso di maligna esultanza sulle labbra. Il giovane non sapeva perché, ma quel sorriso lo turbava. Verso la fine della convalescenza di Aubrey, Lord Ruthven sembrava interessato solo a osservare il lieve incresparsi delle onde sotto la brezza fresca o a seguire il corso dei corpi celesti che, come la nostra terra, orbitano intorno al sole immobile; in effetti, pareva desideroso di evitare qualsiasi sguardo umano.

In seguito allo shock, la mente di Aubrey si era indebolita e la vivacità di spirito per cui in passato era tanto apprezzato sembrava ormai svanita per sempre. Ora amava la solitudine e il silenzio non meno di Lord Ruthven, ma quell'isolamento che tanto desiderava non riusciva a trovarlo nei pressi di Atene. Se lo cercava fra le rovine che un tempo aveva frequentato, avvertiva accanto a sé la presenza di Ianthe; se lo cercava nei boschi, sentiva i suoi passi leggeri muoversi tra gli arbusti in cerca dell'umile violetta. Poi, improvvisamente, lei si voltava, mostrandosi all'eccitata immaginazione di Aubrey pallida, con la gola squarciata e un mite sorriso sulle labbra. Decise allora di lasciare quei luoghi, colmi per lui di amari ricordi e propose quindi a Lord Ruthven, al quale si sentiva legato per le premurose cure che gli aveva prodigato durante la malattia, di visitare quelle regioni della Grecia che ancora non conoscevano.

Viaggiarono in lungo e in largo alla ricerca di ruderi carichi di memorie ma, per quanto si affannassero a perlustrare ogni piú piccolo villaggio, in realtà non prestavano alcuna attenzione a ciò che vedevano.

Sentirono parlare molto dei briganti ma, a poco a poco, cominciarono a minimizzare l'importanza di quelle voci, ritenendole invenzioni di persone interessate alle generose ricompense che avrebbero ricevuto proteggendo i visitatori da quei presunti pericoli. Ignorando gli avvertimenti della gente del luogo, un giorno i due si misero in cammino accompagnati da pochi uomini, che costituivano piú una guida che una difesa. Quando entrarono, però, in una stretta gola in fondo alla quale si trovava il letto di un torrente disseminato di massi caduti dai vicini precipizi, si pentirono della loro imprudenza. Si erano infatti appena inoltrati nell'angusto passaggio, quando il sibilo delle pallottole che passavano vicinissime alle loro teste e l'eco degli spari di molti fucili li fecero trasalire. In un istante le loro guide si dileguarono e, nascondendosi dietro le rocce, cominciarono a sparare in direzione di quei colpi. Imitando il loro esempio, in un primo momento Lord Ruthven e Aubrey cercarono rifugio dietro le pareti della gola. Ma subito, vergognandosi di essere stati intrappolati da un nemico che li derideva gridando loro di farsi avanti, ed esposti com'erano a un sicuro massacro se anche solo uno di quei briganti si fosse arrampicato sulle rocce prendendoli alle spalle, decisero di lanciarsi all'attacco. Appena sbucarono dal loro nascondiglio, Lord Ruthven crollò a terra, ferito a una spalla; Aubrey, incurante del pericolo, si precipitò in suo soccorso, ma venne subito circondato. Le guide, visto Lord Ruthven cadere, gettarono le armi e alzarono le mani in segno di resa.

Allettando i briganti con la proposta di una lauta ricompensa, Aubrey li convinse a trasportare l'amico ferito sino a una vicina capanna. Una volta pattuito il prezzo, i briganti lo lasciarono solo con il ferito, rimanendo fuori di guardia in attesa di un loro compagno recatosi in città a prelevare la somma promessa, cosí come Aubrey aveva disposto.

Lord Ruthven era allo stremo delle forze: nel giro di due giorni la cancrena si era ormai diffusa e la morte si avvicinava inesorabile. Tuttavia, il suo atteggiamento non cambiò; pareva tanto indifferente al dolore quanto lo era sempre stato verso il mondo intero. Quando la fine era ormai prossima, apparvero però in lui segni di turbamento: fissava Aubrey intensamente, mentre questi lo assisteva con la massima sollecitudine.

– Aiutatemi! Voi potete salvarmi... e potete fare anche di piú... non per la mia vita... non tengo la morte in maggior conto del calar della notte. Ma voi potete salvare il mio onore, l'onore del vostro amico.

– Come? Ditemi come e farò qualsiasi cosa, – rispose Aubrey.

– Non ho bisogno di molto; la mia vita si sta spegnendo. Non posso spiegarvi tutto... Ma se terrete segreto quello che sapete di me, il mio onore sarà senza macchia agli occhi del mondo... E se la mia morte restasse ignorata per qualche tempo in Inghilterra... io... io... la mia vita...

– Nessuno verrà a saperlo.

– Giuratelo! – gridò Lord Ruthven ormai allo stremo, sollevandosi con insospettata energia, con gli occhi che sembravano schizzargli dalle orbite.

– Giuratelo sui sogni piú cari alla vostra anima, su tutte le vostre paure piú recondite, giurate che per un anno e un giorno non parlerete ad anima viva né dei miei delitti né della mia morte, qualunque cosa possa accadere e qualunque cosa possiate vedere...

– Lo giuro! – esclamò Aubrey.

Lord Ruthven ricadde sul cuscino con un ghigno e spirò.

Aubrey cercò di riposare, ma non riuscí a prendere sonno: gli tornavano alla mente tutti gli avvenimenti legati al suo rapporto con quell'uomo, senza che riuscisse a trovarvi una spiegazione. Ripensando al giuramento fatto, si sentí rabbrividire, come se avesse il presentimento di una terribile sciagura che incombeva su di lui.

Si alzò all'alba per andare nella capanna dove aveva lasciato il corpo dell'amico, ma un brigante lo fermò e gli disse che non si trovava piú là: dopo che Aubrey lo aveva lasciato, lui e i suoi compagni lo avevano trasportato sulla vetta di un monte vicino perché, come avevano promesso a sua signoria, fosse esposto al primo freddo raggio della luna sorta dopo la sua morte. Aubrey ne fu meravigliato e, presi con sé alcuni uomini, partí per seppellire il corpo dell'amico. Ma, una volta raggiunta la cima del monte, non trovò traccia né delle spoglie di Lord Ruthven né dei suoi vestiti, mentre i briganti continuavano a giurare di avergli indicato con precisione la roccia su cui avevano deposto il corpo. Stupito, per un po' la mente di Aubrey si sbizzarrí in congetture, ma alla fine rientrò in sé, convinto che gli assassini avessero sepolto il cadavere dopo avergli sottratto gli abiti.

Ormai stanco di un paese in cui era andato incontro a tante sventure e nel quale tutto pareva cospirare per alimentare quella superstiziosa malinconia che si era impadronita del suo animo, Aubrey decise di partire e, dopo breve tempo, arrivò a Smirne. Nell'attesa di una nave che lo portasse a Otranto o a Napoli, si tenne occupato riordinando gli affetti personali di Lord Ruthven che aveva ancora con sé. Fra questi c'era una cassa piena di armi, tutte piú o meno mortali. C'erano numerosi stiletti e pugnali turchi che Aubrey esaminò con attenzione, colpito da quelle fogge singolari. E quale fu la sua sorpresa nello scoprire un fodero che recava la stessa decorazione del pugnale rinvenuto nella capanna fatale. Rabbrividí. Determinato a cercare una prova ulteriore, trovò infine l'arma e si accorse, con l'orrore che ben si può immaginare, che si adattava perfettamente, nonostante la sua forma bizzarra, alla guaina che teneva in mano. Non ebbe bisogno d'altro. Rimase immobile, incredulo, senza riuscire a staccare gli occhi dal pugnale; la forma e i colori splendenti, identici nell'elsa e nel fodero, non lasciavano spazio al dubbio. Ed entrambi erano macchiati di sangue.

Partí da Smirne e, sulla via del ritorno, si fermò a Roma per informarsi sulla fanciulla che aveva strappato alle arti seduttive di Lord Ruthven. Venne a sapere che i suoi genitori erano caduti nella piú completa rovina e che, dopo la partenza di sua signoria, nessuno aveva piú avuto notizie della giovane. Aubrey inorridí nell'apprendere tali disgrazie e fu colto dal timore che anche la nobile giovinetta fosse caduta vittima dell'uomo che aveva ucciso Ianthe. In preda a cupi pensieri, si chiuse nel silenzio, preoccupato solo di affrettare il piú possibile il suo ritorno in patria, come se dovesse correre a salvare la vita di qualcuno a lui molto caro.

Giunto a Calais, una brezza che sembrava quasi obbedire al suo volere sospinse rapidamente la nave fino alle coste dell'Inghilterra. Aubrey si precipitò nella casa che era stata dei suoi genitori, dove, per un attimo, gli abbracci e le carezze della sorella parvero cancellare ogni ricordo del passato.

Se un tempo Miss Aubrey si era guadagnata l'affetto del fratello con le sue moine infantili, ora che da fanciulla si stava trasformando in donna, legava ancor piú a sé Aubrey con la sua complice amicizia. Non possedeva quel tipo di bellezza che attrae gli sguardi ammirati dei frequentatori dei salotti, né la frivola spigliatezza tipica dei corrotti ambienti mondani. I suoi occhi azzurri non riflettevano la leggerezza di una mente superficiale; lasciavano invece trasparire un fascino malinconico che non pareva nascere dall'infelicità, ma da un sentimento interiore che rivelava un animo colmo di nobili valori. I suoi passi erano attenti e misurati e non si perdevano mai dietro una farfalla o un oggetto dal colore vivace e accattivante. Quando era sola, il suo volto non era mai illuminato da un sorriso di gioia, ma quando il fratello le dimostrava tutto il suo affetto, dimenticando cosí le angosce che, come lei sapeva, gli avevano tolto il sonno, il suo sorriso era piú radioso di quello della voluttà stessa. Allora sembrava che i suoi occhi e il suo viso risplendessero di tutta la loro luce naturale.

Aveva solo diciotto anni e non era ancora stata presentata in società, poiché i suoi tutori avevano ritenuto opportuno rimandare l'evento fino al ritorno dal continente di suo fratello, che le avrebbe fatto da cavaliere. Fu cosí deciso che l'imminente stagione avrebbe segnato il suo ingresso nei circoli mondani. Aubrey avrebbe preferito rimanere nella casa paterna e lasciarsi andare alla malinconia che lo opprimeva. Non aveva alcun interesse per la futilità dei salotti alla moda: il suo animo era lacerato dagli avvenimenti di cui era stato testimone. Per amore della sorella, decise però di rinunciare alla solitudine cui tanto anelava. I due si recarono quindi in città, dove il giorno seguente ci sarebbe stata una presentazione a corte.

Da parecchio tempo non si teneva un evento simile, e una gran folla si accalcava, ansiosa di crogiolarsi alla luce di un sorriso regale. C'erano anche Aubrey e la sorella. Aubrey se ne stava in un angolo della sala, indifferente a tutto ciò che lo circondava, ricordando che proprio lí aveva incontrato Lord Ruthven per la prima volta, quando, d'un tratto, si sentí afferrare per un braccio, mentre una voce fin troppo familiare gli sussurrava all'orecchio: – Ricordate il vostro giuramento!

Il giovane quasi non osava voltarsi, temendo di vedere uno spettro che lo avrebbe incenerito, quando scorse poco lontano proprio lo stesso uomo che aveva attirato la sua attenzione al suo primo ingresso in società. Continuò a fissarlo, finché le gambe gli cedettero e dovette appoggiarsi al braccio di un amico; poi, aprendosi un varco tra la folla, si precipitò sulla sua carrozza e si fece accompagnare a casa. Giunto nella sua stanza, si mise a percorrerla con passi frenetici, tenendosi stretta la testa fra le mani, quasi temesse che i pensieri fuggissero e si materializzassero intorno a lui. Ancora Lord Ruthven! Tutta una serie di immagini gli sfilò davanti agli occhi: il pugnale... il giuramento fatto. Non riusciva a crederci: il morto era tornato in vita! Si riscosse, pensando che fosse stata la sua immaginazione a creare quell'immagine, ormai impressa in modo indelebile nella sua mente. Si convinse che non poteva essere reale e ricominciò a frequentare i salotti. Molte volte fu tentato di chiedere notizie di Lord Ruthven, ma non lo fece mai, perché non riusciva a pronunciarne il nome.

Alcune sere dopo, si recò con la sorella a un ricevimento a casa di un loro parente. Affidata la giovane alla custodia di una gentildonna, si ritirò in una stanza appartata, dove diede libero sfogo ai suoi inquietanti pensieri. Alla fine, accortosi che molti invitati se ne stavano andando, abbandonò le sue meditazioni ed entrò in una sala dove vide la sorella circondata da un gruppo di cavalieri, impegnata in una brillante conversazione. Mentre cercava di avvicinarsi a lei, un uomo che aveva pregato di scostarsi si girò, mostrandogli proprio il volto che tanto temeva. Aubrey balzò in avanti, afferrò la sorella per un braccio e la condusse immediatamente fuori di lí. Alla porta si ritrovò bloccato dalla folla di servitori in attesa dei padroni e, mentre cercava di farsi strada fra loro, sentí di nuovo quella voce bisbigliargli: – Ricordate il vostro giuramento!

Non osò voltarsi, ma trascinò via la sorella e in breve arrivò a casa.

Aubrey era fuori di sé: se fino ad allora la sua mente era stata invasa da un unico, tormentoso pensiero, ora la certezza che quel mostro era ancora in vita lo sconvolse del tutto. Sembrava indifferente alle attenzioni della sorella e ignorava le sue accorate richieste di spiegarle la ragione di quel cambiamento cosí repentino. Rimaneva quasi sempre in silenzio, e le sue rare parole gettavano la giovane nell'angoscia. Piú Aubrey indulgeva nei suoi pensieri, piú si sentiva smarrito. Il giuramento fatto lo terrorizzava; doveva dunque permettere che quell'essere malvagio continuasse ad aggirarsi impunemente, causando la rovina della persona che piú amava, senza poter in alcun modo fermarlo? Forse quel demonio aveva già avvicinato sua sorella! Ma anche se avesse infranto il giuramento e rivelato i suoi sospetti, chi mai gli avrebbe creduto? Pensò, allora, di liberare il mondo da quello scellerato con le sue stesse mani, ma poi ricordò che Lord Ruthven si era già fatto beffe della morte.

Per giorni rimase in uno stato di indicibile prostrazione, chiuso nella sua stanza, rifiutando di vedere chiunque e di mangiare, se non quando la sorella gli portava i pasti, implorandolo con gli occhi pieni di lacrime di nutrirsi per amor suo. Alla fine, non potendo piú sopportare l'indolenza e la solitudine, uscí di casa e si mise a girare per le strade, nel tentativo di allontanare l'immagine che lo perseguitava. Vagava senza meta sotto il sole del giorno e l'umidità della notte, non curandosi minimamente del proprio abbigliamento, al punto che nessuno piú lo riconosceva. I primi tempi, la sera faceva ritorno a casa, ma poi cominciò a dormire ovunque la stanchezza lo sorprendesse. La sorella, preoccupata per la sua incolumità, incaricò alcune persone di seguirlo, ma Aubrey riusciva sempre a far perdere le sue tracce, fuggendo veloce agli inseguitori cosí come fuggiva i suoi cupi pensieri.

D'un tratto, però, cambiò atteggiamento: colpito dall'idea che la sua assenza avrebbe lasciato i suoi ignari amici nelle mani di quel demonio, decise di tornare negli ambienti mondani per sorvegliare da vicino il suo nemico, pronto a mettere in guardia, a dispetto del giuramento, chiunque stringesse amicizia con Lord Ruthven. Ma quando entrava in un salotto, la sua espressione sofferente e il suo profondo turbamento erano cosí evidenti che alla fine la sorella si vide costretta a pregarlo di rinunciare, per amor suo, a frequentare compagnie che lo sconvolgevano fino a quel punto.

Le richieste della fanciulla caddero nel vuoto. I tutori, allora, ritennero opportuno intervenire; temendo che Aubrey stesse perdendo la ragione, pensarono che fosse giunto il momento di tornare a occuparsi di lui, come era stato disposto a suo tempo dai genitori. Per risparmiargli i pericoli e le sofferenze dei suoi vagabondaggi quotidiani e per evitare che mostrasse pubblicamente quelli che credevano i segni della sua follia, assunsero un medico perché si trasferisse a casa sua e si prendesse costantemente cura di lui.

Aubrey parve quasi non accorgersene, immerso com'era nel suo unico, divorante pensiero. La sua confusione mentale crebbe al punto che infine non si mosse piú dalla sua camera, dove rimaneva a letto per giorni interi, incapace di dissipare il torpore che lo avvolgeva. Emaciato e con gli occhi vitrei, sembrava ritrovare un barlume di affetto e consapevolezza solo alla presenza della sorella. Allora a volte si alzava, le afferrava le mani e, fissandola con uno sguardo che la riempiva di dolore, la supplicava di non frequentare quell'uomo.

– Non avvicinarti a lui, se mi ami davvero, non avvicinarti a quell'individuo!

Ma quando lei gli chiedeva a chi mai si riferisse, Aubrey rispondeva soltanto:

– È vero, è vero! – e subito ricadeva nel suo profondo abbattimento, da cui neppure la sorella riusciva a scuoterlo.

Questa situazione si trascinò per molti mesi: a poco a poco, tuttavia, mentre l'anno volgeva al termine, i deliri del giovane divennero meno frequenti e il cupo velo che opprimeva il suo animo parve sollevarsi un poco. I tutori lo sorprendevano piú volte nel corso della giornata a contare sulle dita, sorridendo.

Il tempo stabilito era ormai prossimo a scadere; proprio l'ultimo giorno di quell'anno, uno dei tutori entrò nella stanza di Aubrey e cominciò a parlare con il medico della triste coincidenza che vedeva il giovane in una condizione cosí penosa proprio alla vigilia delle nozze della sorella. Queste parole risvegliarono l'attenzione di Aubrey, che chiese ansiosamente chi fosse lo sposo. Il tutore, sentendosi sollevato per quel segno di un ritorno alla ragione che ormai temeva perduta per sempre, gli fece il nome del conte di Marsden. Convinto che si trattasse di un giovane conte che aveva incontrato in società, Aubrey si mostrò compiaciuto e, con grande meraviglia dei due uomini, annunciò che avrebbe preso parte alla cerimonia. Il medico e il tutore non risposero, ma pochi minuti dopo comparve la sorella.

Aubrey sembrò confortato dal suo amorevole sorriso. La strinse al petto e la baciò sulle guance umide di lacrime; la fanciulla era infatti commossa e felice al pensiero che nel fratello si fosse finalmente risvegliato l'antico affetto. Aubrey le parlò con calore, congratulandosi con lei per le nozze con una persona di cosí alto lignaggio e nobili costumi. All'improvviso, vide che la fanciulla portava al collo un medaglione; lo aprí, e quale fu la sua sorpresa nel vedervi l'effigie del mostro che cosí a lungo lo aveva tormentato! Colto da un accesso d'ira, le strappò il ritratto e lo calpestò. Quando la sorella gli chiese perché avesse distrutto l'immagine del suo futuro marito, Aubrey la guardò come se non la comprendesse; poi, afferratele le mani, fissandola con frenetica disperazione, le chiese di giurare che non avrebbe mai sposato quell'uomo, altrimenti... Non riuscí però a proseguire; gli pareva che, ancora una volta, quella voce gli intimasse di ricordare il giuramento. Si voltò di scatto, pensando che Lord Ruthven gli fosse accanto, ma non vide nessuno. Il tutore e il medico, che avevano sentito tutto e si erano convinti che il giovane fosse ricaduto nella follia, entrarono, lo costrinsero a separarsi dalla sorella e pregarono quest'ultima di lasciare la stanza. Lui li implorò in ginocchio, li scongiurò di rinviare il matrimonio almeno di un giorno, ma loro, attribuendo il suo comportamento al delirio di una mente ormai sconvolta, si adoperarono per calmarlo e poi se ne andarono.

Ecco come si era giunti a quel punto. All'indomani del ricevimento a corte, Lord Ruthven si era recato a casa di Aubrey per incontrarlo e, come a tutti gli altri, gli era stato detto che non riceveva visite. Quando era venuto a sapere della malattia di Aubrey, Lord Ruthven aveva capito di esserne la causa ma, non appena aveva appreso che il giovane era ritenuto pazzo, a stento era riuscito a celare la sua esultanza e il suo compiacimento a chi gli aveva dato la notizia. Immediatamente era tornato a casa dell'antico compagno e, con assidua sollecitudine, fingendo un profondo affetto per lo sventurato giovane, a poco a poco si era guadagnato la fiducia di Miss Aubrey. Chi avrebbe potuto resistere al potere della sua seduzione? Lord Ruthven raccontava la sua vita piena di pericoli e disgrazie, parlava di sé come di una persona che non aveva mai trovato al mondo un solo essere da amare all'infuori di lei e affermava che da quando l'aveva conosciuta la sua esistenza aveva cominciato a sembrare degna di essere vissuta, se solo avesse potuto ascoltare dolci parole dalle sue labbra. Infine, o che sapesse servirsi di tutte le astuzie del serpente tentatore o che tale fosse la volontà del destino, era riuscito a conquistare l'amore della fanciulla. Avendo poi ereditato, in qualità di primogenito, il titolo dei conti di Marsden, aveva ottenuto un importante incarico diplomatico, che aveva usato come pretesto per affrettare le nozze. Si era cosí stabilito che queste avrebbero avuto luogo alla vigilia della partenza di Lord Ruthven per il continente, nonostante il miserevole stato di salute del fratello della sposa.

Quando il medico e il tutore furono usciti dalla camera, Aubrey tentò invano di corrompere i servitori. Allora chiese, e ottenne, carta e penna e scrisse una lettera alla sorella per scongiurarla, se aveva a cuore la sua felicità, il suo onore e l'onore di coloro che giacevano nella tomba e che un tempo l'avevano tenuta fra le braccia, vedendo in lei la loro speranza e la speranza della loro famiglia, di rimandare almeno di poche ore quel matrimonio su cui incombevano terribili sventure. I servitori, dopo aver promesso che avrebbero consegnato la lettera, la diedero invece al medico, il quale pensò che fosse meglio non turbare ulteriormente l'animo di Miss Aubrey con quelli che credeva i deliri di un folle.

Quella notte in casa nessuno dormí: tutti erano indaffarati nei preparativi delle nozze. Aubrey rimase disteso nel letto ad ascoltare, con un orrore piú facile da immaginare che da descrivere. Al mattino, sentendo arrivare le carrozze, cadde nella piú cupa disperazione. Alla fine la curiosità dei servitori incaricati di sorvegliarlo ebbe la meglio; a uno a uno si allontanarono dalla camera, lasciando come unica, inerme custode un'anziana donna. Aubrey approfittò dell'occasione: con un balzo uscí dalla stanza e si precipitò nella sala dove si erano raccolti gli invitati. Lord Ruthven fu il primo a vederlo; immediatamente gli si avvicinò, lo afferrò per un braccio e lo trascinò fuori, cosí infuriato da non riuscire a parlare. Una volta raggiunte le scale, sussurrò all'orecchio del giovane:

– Ricordate il vostro giuramento, e sappiate che se oggi vostra sorella non diverrà la mia sposa, per lei sarà il disonore. Le donne sono cosí fragili! – Con queste parole lo consegnò ai servitori che, avvertiti dalla vecchia, erano corsi a cercarlo.

Allora Aubrey crollò: l'impossibilità di dare sfogo alla rabbia gli causò la rottura di un vaso sanguigno. Fu portato a letto. La sorella, che non aveva assistito alla scena, non fu avvertita perché il medico temeva che ne sarebbe rimasta sconvolta. Le nozze furono celebrate con gran fasto e gli sposi lasciarono Londra.

La prostrazione di Aubrey continuò ad aggravarsi; le continue emorragie erano chiaro sintomo dell'approssimarsi della morte. Il giovane fece chiamare i tutori della sorella e, allo scoccare della mezzanotte, raccontò loro tutto quello che il lettore già conosce. Subito dopo morí.

I tutori, allora, si precipitarono nel tentativo di salvare Miss Aubrey, ma quando giunsero era ormai troppo tardi. Lord Ruthven era scomparso e la sorella di Aubrey aveva placato la sete del VAMPIRO!

E. T. A. HOFFMANN

Vampirismo

Il conte Ippolito – incominciò Cipriano – era ritornato dai suoi lunghi viaggi in terre lontane per prender possesso della cospicua eredità del padre, morto recentemente. Il castello avito era situato in una delle piú amene e ridenti località della zona e i redditi della tenuta sarebbero stati sufficienti ad apportarvi le migliorie piú costose. Tutto ciò che in fatto di architettura e arredamento aveva colpito il conte durante i suoi viaggi – specialmente in Inghilterra – tutto ciò ch'egli aveva trovato ricco, pieno di gusto, sontuoso, doveva ora risorgere sotto i suoi occhi. Operai, artigiani, artisti quanti ne erano necessari, accorsero alla chiamata e intrapresero senz'altro la trasformazione del castello, nonché l'impianto di un vastissimo parco in grande stile, comprendente perfino la chiesa, il cimitero, la casa parrocchiale e una parte del bosco. Il conte stesso, abbastanza competente in materia, assunse la direzione dei lavori e si dedicò anima e corpo a quell'impresa. Trascorse un anno senza che neppure gli passasse per la mente di seguire il consiglio d'un vecchio zio, e cioè di mettersi bene in vista nella capitale, onde far colpo sulle fanciulle da marito e conquistarsi in sposa la piú nobile, la piú bella, la migliore di tutte.

Una mattina, mentre sedeva al tavolo da disegno per tracciare il bozzetto d'un nuovo fabbricato, gli annunziarono la visita d'una vecchia baronessa, lontana parente di suo padre. Udendone il nome Ippolito subito ricordò: il padre non poteva parlare di quella vecchia senza manifestare indignazione profonda, se non addirittura ribrezzo; spesso metteva in guardia chi aveva intenzione di avvicinarla senza però mai precisare il motivo di tali avvertimenti. A chi insisteva nell'interrogarlo in proposito, rispondeva che di certi argomenti era preferibile tacere. Una cosa era tuttavia sicurissima: nella capitale circolavano torbide voci circa uno strano, inaudito processo penale in cui la baronessa, separata dal marito, era stata coinvolta; il tribunale l'aveva condannata a lasciare la propria residenza, situata in un paese molto lontano. E c'era voluto un atto di clemenza del principe per mettere a tacere l'affare. L'idea di dover avvicinare una persona tanto odiata da suo padre – sia pure per motivi ignoti – fu molto sgradita al conte Ippolito. Tuttavia i doveri dell'ospitalità, considerati sacri, specialmente in campagna, lo costrinsero a subire la visita indesiderata.

Mai nessun'altra persona, pur senza potersi dire brutta fisicamente, aveva suscitato nel conte un senso cosí istintivo di ripugnanza come la baronessa. Appena entrata lo scrutò con uno sguardo acceso e penetrante, poi subito riabbassò gli occhi e si scusò della visita quasi con umiltà. Si lagnò che il padre del conte l'avesse odiata fino alla morte per aver prestato orecchio a certe assurde calunnie di gente perfida e malintenzionata; si lagnò ancora che il vecchio conte non le avesse mai dato il minimo aiuto, neppure quando essa languiva nella piú nera miseria ed era costretta a vergognarsi del proprio rango. Finalmente, venuta in possesso d'un piccolo capitale in modo del tutto inatteso, aveva potuto lasciare la propria residenza per andarsi a rifugiare in una lontana cittadina di provincia. Trovandosi in viaggio non aveva saputo resistere al desiderio di conoscere il figlio d'un uomo altamente stimato, malgrado il suo odio implacabile verso di lei. Nelle parole della baronessa c'era un commovente accento di verità; e tanto piú il conte si sentí commosso quando, volgendo lo sguardo dal repellente viso della vecchia signora, lo posò su quello della giovane e graziosissima creatura che le sedeva al fianco.

La baronessa tacque. Il conte parve non accorgersene e tacque egli pure.

A un tratto ella si scusò: nell'imbarazzo causatole dal trovarsi in quel luogo, aveva dimenticato di presentargli la sua figliola, Aurelia. Soltanto allora il conte ritrovò la parola e, arrossendo fino agli occhi come un adolescente innamorato, pregò la baronessa di permettergli di riparare i torti del padre verso di lei, torti dovuti certamente a malintesi; per intanto, accettasse di rimanere ospite al castello. E, nel protestare tutta la sua buona volontà, prese la mano della baronessa. Ma ciò facendo rabbrividí e la parola gli morí nella strozza: si era sentito attanagliare la mano dalle dita rigide di una morta... alta, secca, ossuta, la baronessa lo fissava con occhi spenti... in quelle vesti sgargianti, di pessimo gusto, aveva l'aspetto di un cadavere camuffato...

– O mio Dio!... Che disdetta... proprio in questo momento!... – esclamò Aurelia; e spiegò quindi con voce dolce e toccante che la sua povera mamma andava soggetta a improvvise crisi spasmodiche... ma era questione di pochi istanti, poi passava da sé, senza bisogno di rimedi...

Il conte si liberò a fatica dalla stretta; e la dolcezza, il calore, la vita tornarono a scorrere in lui quando si portò alle labbra la manina di Aurelia e la baciò con ardore. Giunto già quasi alla maturità, egli provava per la prima volta tutta la forza della passione, né gli fu possibile nascondere tale sentimento. La deliziosa, infantile amabilità con cui Aurelia rispose a quelle manifestazioni di simpatia gli aperse l'animo alle piú dolci speranze.

Pochi minuti dopo la baronessa si riebbe dalla crisi totalmente ignara di quanto le fosse accaduto; si affrettò a dire al conte che apprezzava moltissimo il suo invito e considerava estinti tutti i torti ricevuti dal padre.

Da quel momento la vita al castello non fu piú la stessa. Il conte era convinto che uno speciale favore del destino gli avesse condotto in casa la sola fanciulla di tutto il globo terracqueo capace di dargli il massimo dell'umana felicità. Ma la vecchia baronessa si comportava sempre allo stesso modo; continuava a mantenersi silenziosa, seria, chiusa, anche se all'occasione sapeva mostrare un temperamento mansueto e un animo aperto agli innocenti piaceri. Il conte aveva ormai fatto l'abitudine a quel viso scavato, cadaverico, a quella figura spettrale e li attribuiva a cattiva salute nonché a una certa morbosa propensione per le atmosfere sinistre, manifestantesi (lo aveva appreso dalla servitú) in frequenti passeggiate notturne nel parco e al cimitero. Ora si vergognava d'esser stato quasi sul punto di cedere ai pregiudizi del padre, alle esortazioni del vecchio zio e d'aver creduto fosse suo dovere reprimere quel sentimento nascente e troncare una relazione destinata (... cosí diceva lo zio...) a condurlo prima o poi alla rovina.

Profondamente convinto del sincero amore di Aurelia ne chiese la mano alla baronessa la quale accondiscese con gioia facilmente immaginabile: quella proposta l'avrebbe tratta dall'indigenza per collocarla nel grembo della fortuna!

Dal viso di Aurelia scomparvero il pallore e la tensione indici di profondo e invincibile tormento interiore... Ora la felicità, l'amore le raggiavano negli occhi, le imporporavano le guance. Ma la mattina delle nozze un fatto sconvolgente venne a deludere le speranze del conte: la baronessa fu trovata distesa faccia a terra, nel parco, presso il cimitero, e trasportata al castello proprio mentre il conte, appena sveglio, si era affacciato alla finestra traboccante di gioia.

Egli credette trattarsi d'una delle solite crisi; ma tutti i tentativi di richiamarla in vita furono vani: la baronessa era morta.

Aurelia non si abbandonò a violenti sfoghi di dolore... non versò una lacrima, rimase muta, come paralizzata dal colpo inatteso. Il conte temette per lei e, con estrema delicatezza, osò ricordarle il suo stato di orfana sola al mondo e la conseguente necessità di metter da parte i ritegni formali e fare ciò che andava fatto: celebrare, cioè, le nozze il piú presto possibile malgrado la morte della madre. A queste parole Aurelia gli si gettò fra le braccia scoppiando in pianto ed esclamando disperata: – Sí, sí... per amore di tutti i santi!... Per la salvezza dell'anima mia, sí!... – Il conte attribuí questo sfogo all'amara consapevolezza della solitudine, dell'abbandono totale, del non saper dove andare a rifugiarsi, ora che le convenienze, il decoro le impedivano di rimanere al castello. Subito procurò ad Aurelia la compagnia d'una vecchia e degna matrona per le poche settimane mancanti al matrimonio. E il giorno tanto atteso, non piú turbato da alcun tragico evento, giunse finalmente a coronare la felicità degli sposi. Ma fino ad allora Aurelia non si era tratta da uno stato di morbosa tensione. Non il dolore per la perdita della madre, no; un senso di terrore indefinibile, di angoscia mortale sembrava perseguitarla. Sul piú bello d'un dolce colloquio d'amore sussultava all'improvviso, impallidiva, si stringeva al conte piangendo, gli si aggrappava come se un'invisibile forza nemica volesse trascinarla in perdizione. – No... Mai... mai!... – gridava disperata e sconvolta.

Soltanto quando fu sposata lo stato di eccitazione, la terribile angoscia parvero abbandonarla.

Fino allora il conte, pur sospettando che alla base di quel turbamento ci fosse qualche tremendo segreto, aveva giudicato piú opportuno rispettare il silenzio della fanciulla e non farle domande di sorta. Ma a miglioramento avvenuto osò accennare timidamente alla possibile causa dello strano stato d'animo.

Le sarebbe stato di grande sollievo, rispose Aurelia, aprirgli completamente il cuore. E il conte apprese cosí, con non poco stupore, che la causa dello struggimento di Aurelia risiedeva tutta nella sciagurata condotta della baronessa.

– C'è qualcosa di piú orrendo, – esclamò Aurelia, – che dover odiare, aborrire la propria madre?...

Dunque, le prevenzioni del padre, dello zio, non erano infondate! E la baronessa lo aveva ipocritamente, premeditatamente ingannato. Dunque, era stata una grossa fortuna che la perfida madre fosse morta il giorno del suo matrimonio! Il conte non dissimulò tali sentimenti ad Aurelia. Appunto alla morte della madre – gli spiegò lei – era stata colta da presentimenti paurosi; non riusciva a liberarsi dal terrore che la morta uscisse dalla tomba per strapparla dalle braccia del marito e trascinarla nel baratro. Ricordava confusamente – raccontò – che, durante la primissima infanzia, una mattina appena sveglia aveva sentito in casa un tremendo subbuglio... sbatter di porte, confusione di voci sconosciute. Ritornata la calma, la governante l'aveva presa in braccio e portata in una grande camera piena di gente. Al centro, disteso su una tavola, giaceva l'uomo che tante volte l'aveva fatta giocare e colmata di dolciumi... l'uomo che lei chiamava papà. Gli tese le manine e volle baciarlo ma quelle labbra, sempre cosí calde, erano gelide e Aurelia, pur senza ben comprendere perché, era scoppiata in pianto. La bambinaia la condusse in una casa sconosciuta ove rimase a lungo, fino all'arrivo di una signora che la portò via con sé in carrozza. Era sua madre. Poco dopo partirono insieme per la capitale. Aurelia poteva aver circa sedici anni quando in casa della baronessa apparve un uomo che costei accolse come un vecchio e caro amico. Le sue visite si fecero sempre piú frequenti; e da quel giorno il loro tenore di vita cambiò notevolmente in meglio. Lasciata la soffitta dove erano vissute fino ad allora nutrendosi e vestendosi miseramente, si stabilirono in un grazioso appartamento nel quartiere piú bello della città. La madre si fece fare abiti elegantissimi, prese a mangiare e bere lautamente insieme al signore sconosciuto, ormai ospite abituale alla sua tavola, e a partecipare a tutti i divertimenti mondani della capitale. Questo miglioramento di situazione, cosí evidentemente dovuto all'amico della madre, non ebbe alcuna influenza su Aurelia. Quando i due uscivano per andare a divertirsi, lei se ne rimaneva chiusa in camera, vestita miseramente come sempre. Lo sconosciuto, benché già sulla quarantina, poteva ancora dirsi un bell'uomo: alto, distinto, fresco e giovanile. Ciò nonostante Aurelia provava per lui un senso di repulsione perché il suo contegno – benché egli si sforzasse di imporsi maniere signorili – spesso risultava goffo, ordinario, plebeo. Poi incominciò a guardare Aurelia in un certo modo inquietante, riuscendo ancora ad accrescerne l'oscura avversione per lui. Fino a allora la baronessa non si era mai data la pena di dirle una sola parola sul conto dell'amico sconosciuto, ma a un certo momento gliene rivelò il nome: era un barone, ricco come un Creso, e anche un lontano parente. Ne lodò il bell'aspetto, i molti meriti e finí col domandarle se le piacesse. Aurelia non le nascose la sua istintiva ripugnanza per quell'uomo; la baronessa la fulminò con un'occhiata terribile, la chiamò sciocca e balorda. Ma poco a poco divenne sempre piú gentile con lei, gentile come non lo era stata mai: le diede vesti eleganti, preziosi ninnoli di moda, la fece partecipare ai divertimenti mondani. Intanto l'amico si sforzava in ogni modo di conquistare i suoi favori, ma non faceva che apparirle sempre piú repellente. Un caso malaugurato la volle testimone non vista d'una scena disgustosa fra l'ignobile individuo e la madre depravata: e fu una ferita mortale per i suoi sentimenti piú delicati di fanciulla. Pochi giorni dopo quello stesso individuo, semiubriaco, la strinse fra le braccia in modo tale da non lasciar dubbio sulla perversità delle sue intenzioni. Con forza decuplicata dalla disperazione, Aurelia lo respinse mandandolo a ruzzolare, riverso; poi corse a chiudersi in camera. La madre le precisò, fredda e recisa, che dal momento che il barone mandava avanti la casa e lei non aveva intenzione alcuna di ricadere nell'antica miseria, le stupide smancerie erano inutili e fuori luogo. Se Aurelia non cedeva ai suoi desideri egli le avrebbe abbandonate. Incurante delle sue suppliche, delle sue lacrime, la madre prese quindi a magnificarle i vantaggi di quella relazione, da cui avrebbe potuto avere tutti i piaceri della vita; e le parlò sghignazzando, con tale sprezzo di ogni moralità, da lasciarla addirittura inorridita. Aurelia si vide perduta: non le rimaneva altro scampo che la fuga. Procuratasi la chiave di casa, riuniti i pochi indumenti e oggetti assolutamente indispensabili, a mezzanotte sgattaiolò nell'anticamera fiocamente illuminata. Stava per uscire in punta di piedi quando udí il portone di casa aprirsi con fracasso e qualcuno salire le scale a precipizio. La baronessa, che lei credeva a letto addormentata, le si gettò ai piedi; aveva indosso una lurida palandrana, braccia e seno scoperti, i capelli grigi disciolti, arruffati come una furia. Dietro di lei l'amico che urlava: – Aspetta, maledetto demonio... strega d'inferno!... Te lo do io il banchetto nuziale!... – e, trascinatala per i capelli in mezzo alla camera, incominciò a picchiarla selvaggiamente con un randello. Alle urla inumane della madre Aurelia, quasi fuor di sentimento, chiamò aiuto dalla finestra. Stava in quel momento passando una pattuglia di polizia e subito accorse. – Prendetelo! – gridò la baronessa torcendosi per la rabbia e il dolore. – Tenetelo! Guardate che cos'ha sulla spalla!... È... – non appena ebbe pronunziato il suo nome, il sergente comandante la pattuglia esclamò felice: – Ohh!... Ti abbiamo preso finalmente, Urian!... – e acciuffatolo, lo fece trascinar via, benché recalcitrante.

Malgrado l'accaduto, la baronessa aveva indovinato le intenzioni di Aurelia. Si limitò tuttavia a prenderla malamente per un braccio e chiuderla in camera a chiave, senza dirle altro. La mattina dopo uscí per rientrare soltanto a tarda sera. Aurelia, prigioniera in camera, rimase tutto il giorno senza sapere né vedere nulla, senza mangiare né bere. Passarono cosí parecchi giorni.

La baronessa la guardava con occhi fiammeggianti di collera, ma sembrava lottare con se stessa per prendere una decisione. Una sera ricevette alcune lettere che apparentemente la rallegrarono. – Sciocca creatura, – disse ad Aurelia, – tu sei la causa di tutto, ma ora le cose si sono aggiustate. Arrivo perfino a sperare che tu non abbia a esser colpita dalla tremenda maledizione gettata su di te dal maligno –. E da quel momento ritornò a mostrarsi piú gentile con lei. Aurelia, non avendo piú motivo di pensare alla fuga, ora che il turpe individuo era uscito dalla loro vita, ottenne maggior libertà.

Un giorno, mentre sedeva sola in camera sua, udí salir dalla strada un gran baccano. Entrò di corsa la cameriera: il figlio del carnefice – le disse – condannato per omicidio e rapina alla marchiatura a fuoco e alla galera, era fuggito ai guardiani durante il trasporto. Aurelia, colpita da un sinistro presentimento, si accostò vacillando alla finestra. Non s'era ingannata!... Legato sulla carretta a sbarre e circondato da una scorta armata, lo sciagurato amico della madre stava passando sotto le sue finestre... Quando incontrò lo sguardo terribile del malfattore e lo vide alzar minacciosamente i pugni nella sua direzione, Aurelia si abbandonò sulla sedia, prossima a svenire.

La baronessa continuava sempre a rimanere a lungo fuori casa, non la conduceva mai con sé; quindi la poverina, avendo tutto il tempo per riflettere sulla propria sorte e sui pericoli che la minacciavano, non menava certo una vita allegra.

Dalla cameriera (entrata in servizio dopo il famoso incidente di quella notte ma senza dubbio già informata circa l'intimità dei rapporti esistiti fra la baronessa e il manigoldo...), Aurelia apprese che tutti in città compativano molto la madre per essere stata cosí ignominiosamente ingannata da un simile delinquente. Ma Aurelia sapeva anche troppo bene che le cose non stavano affatto cosí. I soldati, arrestando lí in casa quell'individuo e trovandogli sulla schiena – per indicazione della baronessa! – il marchio indubbio della delinquenza, non potevano non aver capito quali rapporti di amicizia e complicità intercorressero fra i due. Del resto, quella stessa cameriera aveva accennato, sia pure con reticenza a certe voci, secondo cui il tribunale, in seguito a rigorose indagini e a talune rivelazioni piuttosto strane fatte dal delinquente sul conto dell'amica, pareva avesse minacciato d'arrestare perfino la signora baronessa.

Malgrado l'orribile vicenda, la sciagurata donna non sentí il bisogno di fuggire immediatamente dalla capitale, e ciò diede alla povera Aurelia un'occasione di piú di constatare la insensibilità della madre depravata. Ma finalmente parve costretta a lasciare quel luogo ove i sospetti piú infamanti – e, ahimè, fondati – gravavano su di lei.

Fu durante quel viaggio che le due donne capitarono al castello del conte ed avvenne quanto si è raccontato.

Aurelia credeva di aver toccato il vertice della felicità. Ma immaginate il suo orrore quando, parlando con la madre della provvidenziale fortuna concessale dal cielo, le vide accendersi negli occhi una luce infernale e la sentí urlare come una pazza: – Maledetta... sciagurata!... Tu sei la mia rovina!... Ma se sul piú bello del tuo sogno felice io morirò di morte improvvisa, la vendetta ricadrà su di te!... Nelle crisi epilettiche seguite alla tua nascita la perfidia di Satana ha... – A questo punto Aurelia esitò e si gettò fra le braccia del conte supplicandolo di non costringerla a ripetere quanto le aveva detto la madre nel folle accesso di furore. Il solo pensiero della minaccia orrenda, al di là di qualsiasi immaginazione, profferita da quell'indemoniata la annientava addirittura...

Il conte la consolò come meglio seppe, ancorché egli stesso si sentisse assalire da brividi gelidi. Ritrovata la calma, dovette confessare a se stesso che l'orrenda figura della baronessa, quantunque ormai morta, aveva gettato un'ombra nera sulla sua vita serena.

Non passò molto tempo. Aurelia incominciò a cambiare, in modo considerevole. Il pallore cadaverico, l'occhio sbattuto, parevano indizi d'un malessere fisico, ma il modo di comportarsi, di nuovo confuso, inquieto, facevano sospettare qualche altro misterioso motivo di turbamento. Sfuggiva perfino il marito, appena possibile si chiudeva in camera, vagava nel parco cercandone gli angoli piú solitari; e quando riappariva con gli occhi arrossati dal pianto, il viso stravolto, dava chiaramente a vedere di star soffrendo pene inenarrabili. Invano il conte cercò di scoprire la causa di quello stato. Lo salvarono dal cader nella disperazione le congetture di un celebre medico, secondo cui l'ipersensibilità della contessa e tutti gli altri sintomi allarmanti erano da ascriversi unicamente alla sua prossima maternità. Lo stesso medico, pranzando col conte e la contessa, un giorno si diffuse molto a descrivere le anomalie delle donne incinte. Parlò delle strane voglie che talvolta si manifestano durante la gravidanza e di quanto sia dannoso reprimerle, e per la salute della gestante e per le possibili gravi conseguenze sul nascituro. La contessa dapprincipio parve non ascoltarlo neppure; ma qui tutt'a un tratto si fece attentissima e incominciò a tempestarlo di domande. Il medico fu ben felice di citare i casi piú divertenti e curiosi occorsigli durante la sua lunga pratica professionale.

– E si dànno pure esempi, – disse, – di voglie mostruosamente abnormi, che hanno indotto alcune donne a commettere azioni terribili. Ne cito uno: la moglie di un fabbro aveva una tale smania di assaggiare la carne del marito che non trovò pace fino a quando, sorpresolo nel sonno, ubriaco, non riuscí a dilaniarlo con un coltellaccio... e in modo cosí crudele che il disgraziato poche ore dopo morí...

Non aveva finito di parlare: la contessa si abbandonò contro lo schienale della sedia, svenuta. Ne seguí una crisi nervosa da cui fu salvata a stento. Il medico comprese allora quanto fosse stato imprudente da parte sua citare quel fatto orribile in presenza di una donna già malata di nervi.

Viceversa, le conseguenze della crisi sulle condizioni della contessa parvero benefiche. Essa ritornò piú tranquilla. Ma poco dopo un che di strano, di rigido nel suo atteggiamento, lo sguardo fosco, un sempre piú accentuato pallore, ripiombarono il conte nei dubbi piú tormentosi. Il fatto piú inspiegabile rimaneva l'invincibile avversione di Aurelia per il cibo in genere e la carne in particolare: se appena ne appariva un piatto in tavola lo faceva portar via con ribrezzo. L'arte del medico risultò impotente perché neppure le suppliche piú affettuose e insistenti del marito riuscivano a indurre la donna a prendere una sola goccia di medicina. Dopo settimane, mesi di digiuno assoluto il medico, non riuscendo a spiegarsi come la contessa potesse mantenersi in vita, suppose fosse in gioco un mistero insondabile, trascendente i limiti d'ogni scienza umana; e con un pretesto qualsiasi lasciò il castello. Il conte comprese: la moglie era affetta da un male troppo misterioso, inquietante, perché un medico di provata fama potesse rimanerle accanto incapace di capire, di portare aiuto. Tutto ciò lo mise in uno stato d'animo facilmente immaginabile. Ma non bastò ancora. Un vecchio e fedele servitore, trovandosi solo con lui, gli rivelò che la contessa usciva tutte le notti dal castello per rientrare soltanto sul far del giorno. Il conte rimase raggelato: soltanto allora gli tornò in mente che da qualche tempo a quella parte ogni notte, verso mezzanotte, egli cadeva in un sonno assolutamente innaturale: forse causato da un narcotico propinatogli dalla moglie per poter uscire di nascosto dalla camera matrimoniale!... Con questo sospetto nacquero in lui i presentimenti piú neri: ripensò alla diabolica madre, al possibile risveglio di quegli stessi caratteri nella figlia, allo scellerato figlio del carnefice... a un adulterio!... La prossima notte avrebbe finalmente scoperto l'orrendo segreto, sola e unica causa delle inspiegabili condizioni di sua moglie.

La contessa soleva preparargli ogni sera una tisana, e quindi allontanarsi. Quella sera egli non la bevve e quando fu a letto, verso mezzanotte, si distese ben bene sui cuscini fingendo di dormire profondamente. Allora la contessa si alzò senza far rumore, si avvicinò al letto, gli scrutò il viso illuminandolo con la lucerna e uscí dalla stanza in punta di piedi. Col cuore in tumulto anche il conte si alzò, si gettò addosso un mantello e di soppiatto seguí la moglie. Era una luminosa notte di luna, perciò, benché Aurelia avesse già parecchio vantaggio su di lui egli poté seguirne da lontano la figura, ben visibile nella candida camicia da notte. La contessa attraversò il parco, si diresse verso il cimitero e presso il muro di cinta scomparve. Il conte dietro, di corsa. La porta del cimitero era aperta; egli entrò, e nella piena luce lunare, a pochi passi da sé, vide un gruppo di orrende figure spettrali: vecchie seminude, coi capelli arruffati, accucciate per terra intorno al cadavere d'un uomo che divoravano con avidità belluina. Fra quelle megere c'era anche Aurelia!...

Fuor di sé, in preda a un parossismo di orrore, il conte corse via... via; per i viali del parco, come inseguito dalle furie d'inferno. Corse fino a che non si ritrovò – a giorno ormai chiaro – davanti al portone del castello, in un bagno di sudore. Senza alcun pensiero preciso, quasi involontariamente, salí le scale di corsa, attraversò le sale, piombò in camera da letto. La contessa era là... dolcemente addormentata... Se non fosse stato anche troppo certo dell'escursione notturna, di cui faceva fede anche il mantello madido di rugiada, il conte avrebbe preferito credersi vittima d'un incubo sconvolgente. Senza attendere il risveglio della moglie, andò a vestirsi e montò a cavallo. La bella cavalcata mattutina attraverso il bosco profumato, il canto degli uccelli appena desti dissiparono le terrificanti visioni notturne. Ed egli rientrò al castello tutto rasserenato. Ma quando sedette a tavola con la moglie e questa, alla vista di un piatto di carne fece l'atto di voler fuggire, dando segni di incontenibile ribrezzo, allora la realtà della scena notturna gli apparve indubbia, in tutto il suo orrore. Colto da furia selvaggia balzò in piedi ed esclamò con voce terribile: – Maledetta figlia d'inferno!... Capisco ora la tua ripugnanza per il cibo umano... Nelle tombe tu vai a cercare il tuo nutrimento... donna diabolica!... – Ma, come ebbe pronunziato queste parole, la contessa gli si avventò contro urlando belluinamente e lo morse nel petto con la furia di una iena. Egli la respinse e scaraventò a terra; e la donna rese lo spirito fra spasimi orrendi.

Il conte impazzí.

EDGAR ALLAN POE

Berenice

> Dicebant mihi sodales, si sepulchrum amicae visitarem, curas meas aliquantulum fore levatas.
>
> EBN ZAIAT

Molteplice è l'infelicità – la sventura terrestre è multiforme. Sovrastando come l'arcobaleno la vastità dell'orizzonte, i suoi colori non sono meno vari dei colori dell'iride: altrettanto nitidi, anche, e tuttavia intimamente mescolati. Sovrastando l'orizzonte come l'arcobaleno! Come mai da tanta bellezza ho potuto trarre il tipo del difforme? Dal patto di pace una similitudine di dolore? Ma come, nella morale, il male è conseguenza del bene, cosí dalla gioia nasce il dolore. O la memoria del tempo felice è l'angoscia di oggi, o le ambasce dell'adesso nascono dalla visione di ciò che sarebbe potuto essere.

Fui battezzato Egeo; tacerò il nome della mia famiglia. Tuttavia non vi sono in questa terra torri piú nobili per antichità di queste mie dimore avite, tetre e grige. Siamo detti stirpe di visionari; e in molti bizzarri particolari; nel disegno della dimora antica; negli affreschi del gran salone; nelle tappezzerie delle stanze del sonno; nei lavorati pilastri della sala d'armi; ma specialmente nella galleria dei dipinti antichi; nello stile del gabinetto di lettura; e, infine, nella specifica natura di quei libri; v'è prova bastevole a conferma di quella fama.

I ricordi dei miei anni acerbi si mescolano a quella stanza appunto, a quei volumi – dei quali non dirò altro. Qui morí mia madre. Qui nacqui. Ma è ozioso discorso affermare che già non ero vissuto, che l'anima non ha precedente esistenza. Lo negate? Non ne discuteremo. Convinto, non cercherò di convincere. Si dànno tuttavia ricordanze di eteree forme, di occhi spirituali, significanti, di suoni, squisiti e pur tristi – ricordi che non si lasciano escludere; una memoria d'ombra, vaga, variabile, indefinita, instabile; simile all'ombra, in questo appunto, che liberarmene non posso finché esista il sole della mia ragione.

In quella stanza sono nato. Cosí uscendo dalla notte lunga di quel che sembrava, ma non era, inesistenza, mi destavo nel centro magato, nel palazzo dell'immaginazione, nei fantastici eremitici domini del pensiero e della dottrina; non è singolare che mi guatassi d'attorno con occhio stupito e ardente; che dissipassi l'adolescenza in indolenza di letture, e la gioventú in fantasticaggini; ma sí è singolare che, trascorrendo gli anni, il mezzogiorno della maturità mi trovasse nella casa dei padri; questo, sí, è singolare, quale ristagno fosse disceso sulle fonti della vita – questo è meraviglioso, come totalmente si fossero sovvertiti i miei quotidiani pensieri. Le realtà del mondo mi apparvero visioni, e nient'altro che visioni, mentre le fervide forme della terra dei sogni a loro volta divenivano non già la materia della mia esistenza quotidiana – ma in verità quella stessa esistenza, totalmente e unicamente.

Berenice e io eravamo cugini, e insieme crescemmo nelle case dei padri. E tuttavia diversi crescemmo: io di languida salute, immerso nella tristezza; ella agile, aggraziata, traboccante di energia; erano per lei i vagabondaggi per i pendii delle colline; a me apparteneva il chiostro degli studi; io vivevo nel cuore di me stesso, consacrato corpo e anima alla meditazione piú intensa e dolorosa; lei noncurante attraversava la vita, noncurante delle ombre che s'addensavano sul suo sentiero, o del volo tacito delle ore ali di corvo. Berenice! Evoco il suo nome. – Berenice! – e dalle spente macerie della memoria a quel suono si destano mille tumultuose memorie! Ah! Vivida sta la sua immagine davanti a me, come nei giovani giorni della sua volubile gioia!

Splendida e tuttavia irreale bellezza! Silfide tra gli arbusti di Arnheim! Naiade tra le sue fontane! E poi, tutto è mistero, è terrore, un racconto che non vuole essere narrato. La malattia – una malattia fatale – colpí come il simun il suo corpo, e sotto i miei occhi il demone trasformante la invase, ne colmò lo spirito, le consuetudini, il carattere e, in modo soprattutto terribile e sottile, deformò l'identità della sua persona! Ahimè! Venne il distruttore, e si allontanò, e la vittima? dove era mai? Io non la conoscevo – non piú la conoscevo come Berenice.

Tra il fitto corteggio di malattie convocate da quella primaria e fatale, che pose in atto un mutamento tanto orribile nell'essenza morale e fisica di mia cugina, citerò come la piú conturbante, e ostinata di natura, una sorta di epilessia che non di rado terminava in una trance, assai simile alla morte, e dalla quale generalmente si riprendeva con un brusco risveglio. Nel frattempo la mia malattia – giacché mi si dice che non diversamente debbo chiamarla – rapidamente s'aggravava, per assumere finalmente carattere di monomania, inaudita e straordinaria, che di ora in ora, di momento in momento guadagnava vigore – per conseguire alla fine su di me il piú enigmatico potere. Questa monomania, se in tal modo debbo definirla, consisteva in una morbosa eccitabilità di quella proprietà della mente che la scienza dell'anima chiama facoltà d'attenzione. È piú che probabile che non riesca a farmi capire, ma temo, veramente, non sia in alcun modo possibile adeguatamente rivelare al comune lettore quella nervosa intensità di interesse, con cui, nel mio caso, le forze della meditazione – per non parlare tecnicamente – si affannavano e affondavano nella contemplazione dei piú consueti oggetti dell'universo.

Indugiare per lunghe ore, senza stancarmi, l'attenzione concentrata su qualche casuale disegno in margine, o sulla grafia d'un libro; per la maggior parte d'un giorno estivo starmene assorto a contemplare un'ombra bizzarra che cadeva sghemba sulla tappezzeria, o sul pavimento; per una notte intera perdermi a osservare la fiamma ferma d'una lampada, o le braci di un focolare; trascorrere giorni a sognare i profumi d'un fiore; ripetere monotono una parola comune, finché il suono, continuamente iterato, cessava di esprimere qualsiasi idea alla mente; perdere ogni senso del moto, dell'esistenza fisica, in una assoluta acquiescenza corporale, a lungo e ostinatamente mantenuta; tali erano le piú comuni e meno maligne fantasticherie ispirate da una condizione mentale certo non del tutto ignota, ma che in ogni caso sfidava ogni analisi, ogni spiegazione.

Tuttavia, non mi si fraintenda. Quella attenzione insensata e morbosa in tal modo eccitata da oggetti per propria natura irrilevanti, non va confusa con quella inclinazione alla meditazione ripetitiva, comune a tutta l'umanità, e cui specialmente indulgono persone di ardente immaginazione. Non era neppure, come si potrebbe supporre sulle prime, l'esasperazione estrema di quella inclinazione, ma qualcosa di assolutamente e essenzialmente diverso. In un caso, il sognatore, l'infatuato, attratto da un oggetto solitamente non irrilevante, poco alla volta perde di vista questo oggetto in un intrico di derivate deduzioni e analogie, finché, giungendo alla conclusione di un sogno a occhi aperti spesso generosamente fastoso, scopre affatto svanito e dimenticato l'*incitamentum* o causa prima del suo vagheggiamento. Nel mio caso, l'oggetto originario era *invariabilmente irrilevante*, sebbene assumesse, grazie alla mia sregolata visione, una importanza riflessa e irreale. Poche le deduzioni, anche nessuna; e quelle poche ostinatamente tornavano come a un centro, a quell'oggetto iniziale. Le meditazioni non erano mai dilettose; e al termine della fantasticheria, la causa prima, ben lungi dall'essersi smarrita e consumata, aveva conseguito un'importanza innaturalmente esasperata, e tale appunto era il carattere prevalente dell'infermità. In una parola, nel mio caso, la facoltà della mente specialmente esercitata era l'attenzione, mentre in colui che fantastica è la funzione speculativa.

A quel tempo, i miei libri, se non contribuivano ad aizzare tale disordine, partecipavano, con la loro natura immaginosa e arbitraria, delle caratteristiche proprie dello stesso disordine. Ben ricordo, tra gli altri, il trattato del nobile italiano Celio Secondo Curione, *De Amplitudine Beati Regni Dei*; il capolavoro di Sant'Agostino, *La città di Dio*; e *De Carne Christi* di Tertulliano, la cui proposizione paradossale «*Mortuus est Dei filius; credibile est quia ineptum est; et sepultus resurrexit; certum est quia impossibile est*» ininterrottamente occupò il mio tempo, per intere settimane di indagine laboriosa quanto inane.

Sarà dunque chiaro che, privata del suo equilibrio solo da cose irrilevanti, la mia ragione assomigliava a quella roccia oceanica, di cui tratta Tolomeo Efestione che, costante a tener testa alle aggressioni della violenza umana, e alla piú fiera furia delle acque e dei venti, tremava solo al tocco del fiore che ha nome Asfodelo. E sebbene, a chi distrattamente mediti, possa apparire fuor di dubbio che l'alterazione, indotta dalla sua sventurata malattia nella condizione psichica di Berenice, avrebbe offerto materia all'esercizio di quella meditazione anomala e intensa, la cui natura mi sono industriato a spiegare; tuttavia tale non era in alcun modo il caso. Negli intervalli lucidi della mia infermità, la sua sciagura certo mi affliggeva e, prendendomi a cuore l'irreparabile sfacelo di quella vita delicata e bella, non mancavo di meditare, sovente e penosamente, sulle prodigiose guise per cui s'era prodotto un cosí strano stravolgimento. Ma queste riflessioni non partecipavano della specifica natura del mio male, ed erano quali potrebbe pensare la gran parte dell'umanità, in circostanze simili. Fedele al suo carattere, la mia infermità si compiaceva dei mutamenti meno importanti ma piú stupefacenti lavorati sul *fisico* di Berenice – della singolare e orrida deformazione della sua identità personale.

Durante i luminosi giorni della sua impareggiabile bellezza, certamente non l'avevo mai amata. Nella fantastica anomalia della mia esistenza non v'erano sentimenti del cuore, e le passioni erano *solo* della mente. Attraverso il grigiore del primo mattino, nell'intreccio d'ombre della foresta meridiana, nel notturno silenzio dello studiolo, m'era balenata accanto agli occhi, e io l'avevo vista, non già come viva e spirante Berenice, ma come la Berenice d'un sogno; non come una creatura di questa terra, terrestre, ma come l'astrazione di questo essere; non come cosa da ammirare, ma da analizzare; non come oggetto d'amore, ma come tema della piú astrusa anche se discontinua speculazione. *E ora*, ora rabbrividivo alla sua presenza, al suo accostarsi scolorivo; tuttavia cupamente deplorando la sua decidua desolazione, mi rammentai che mi aveva amato a lungo e, in un tristo momento, le parlai di matrimonio.

E alla fine il tempo delle nostre nozze si approssimava, quando, un pomeriggio invernale – una di quelle giornate intempestive, tiepide, calme, vaporose, nelle quali nasce la bellezza d'Alcione, poiché dando Giove durante l'inverno due volte sette giorni di tepore, questo tempo clemente e temperato gli uomini hanno chiamato culla del bellissimo Alcione – io sedevo (e, come pensavo, in solitudine) nello studiolo piú appartato della biblioteca. Ma, alzando gli occhi, vidi che Berenice mi stava davanti, in piedi.

Fu forse la mia agitata immaginazione – o l'influsso di quell'aria intorbidita – o la imprecisa penombra dello studiolo – o i drappi cinerei che ricadevano attorno alla sua figura – che mai, che cosa dunque disegnò quel profilo tremulo e precario? Non saprei dire. Non disse verbo, e io, io non per tutto il mondo avrei pronunciato sillaba. Un brivido gelido mi percorse il corpo; mi strinse una intollerabile angoscia; una smania tormentosa mi invase l'anima; e, ricaduto sulla mia sedia, rimasi qualche tempo senza respiro, immoto, gli occhi ribaditi sulla sua persona. Ahimè! Era emaciata in modo estremo, nel suo profilo non traspariva traccia dell'essere d'un tempo. I miei sguardi febbricosi alla fine scesero su quel volto.

La fronte era alta, e assai pallida, e stranamente placata; e i capelli, già neri come giaietto, in parte la coprivano, e ombravano le tempie cave di innumeri ricci, di un vivido giallo, ora, aspramente discordanti, fantastici quali erano, con la dominante malinconia di quel volto. Gli occhi erano senza vita, e opachi, come privi di pupille, e involontariamente mi sottrassi a quello sguardo vitreo, contemplando le labbra esili e contratte. E quelle labbra si scostarono; con un sorriso significante, strano, i *denti* della trasmutata Berenice lentamente si svelarono al mio sguardo. Volesse il Cielo che mai li avessi scorti, o che, subito dopo, io fossi morto!

Una porta si chiuse, quel suono mi turbò; alzando lo sguardo, mi accorsi che mia cugina era uscita dalla stanza. Ma uscito non era dalla sconvolta stanza della mia mente, ahimè, né tollerava di esserne allontanato, il candido e sinistro *spectrum* di quei denti. Non una macchia sulla loro superficie, un'ombra sullo smalto, un intacco sul filo. Solo ciò che il suo istantaneo sorriso aveva potuto segnare a fuoco nella mia memoria. Li vedevo, *ora*, in modo piú esplicito di quanto li avessi osservati *allora*. I denti! I denti! M'erano accanto, e lontani, e dovunque, visibili, tangibili, davanti a me; lunghi, stretti, di innaturale biancore, e le pallide tormentate labbra gli si schiudevano attorno, come nel momento del loro primitivo terribile disvelamento. Poi sopraggiunse il folle furore della mia monomania, e invano lottai contro la sua strana e irresistibile influenza. Fra i molteplici oggetti del mondo esterno, io non avevo pensieri che per i denti. Questi bramavano con demente desiderio. Tutti gli altri eventi e i diversi interessi vennero assorbiti in quell'unica contemplazione. Essi soli erano presenti all'occhio della mente, e, isolati individui, si fecero essenza della mia vita mentale. Li esposi a ogni luce. Li posi in ogni atteggiamento. Ne indagai la qualità. Ne meditai la conformazione. Considerai la loro alterata natura. Rabbrividii, quando assegnai a essi nell'immaginazione un potere sensitivo e senziente, e, sebbene le labbra non li assistessero, una capacità di espressione morale. Di Mademoiselle Sallè è stato ben detto, «*Que tous ses pas étaient des sentiments*», e di Berenice piú intensamente ritenevo *que toutes ses dents étaient des idées. Des idées!* Ecco il pensiero stolto che mi feriva a morte! *Des idées!* E per questo cosí follemente li bramavo! Sentivo che solo impadronendomene potevo riportarmi alla pace, restituendomi alla ragione.

E a questo modo su di me si chiuse la sera – e poi vennero le tenebre, e indugiarono, e se ne andarono – e di nuovo fu l'alba, e le nebbie di una nuova notte presero a raccogliersi – e sempre sedevo, solitario, in quella stanza solitaria; sedevo sepolto nella meditazione, e sempre i *phasmata* dei denti conservavano il loro terribile potere, e vividi, orribilmente nitidi, oscillavano frammezzo le luci e le ombre mutevoli della stanza. Alla fine nei miei sogni irruppe un grido di orrore e di sgomento; seguí, dopo una pausa, un suono di voci turbate, e a queste mescolati molti, sommessi gemiti di dolore e pena. Mi alzai e, aperta una delle porte della biblioteca, vidi, in piedi nell'anticamera, una lagrimosa fante che mi disse che Berenice non era piú. Di primo mattino l'aveva colpita l'epilessia, e ora, alla fine della notte, la tomba era pronta per l'ospite, e ormai completi i preparativi per la sepoltura.

Mi trovavo seduto nello studiolo, e di nuovo sedevo solo. Mi sembrava d'essermi appena destato da un sogno confuso, inquietante. Sapevo che era ormai mezzanotte, e ben sapevo che fin dal tramonto Berenice era stata sepolta. Ma del tetro tempo intercorso non avevo certa, almeno non lucida intelligenza. E tuttavia la memoria era colma di orrore, tanto piú orribile orrore, perché vago, piú terribile terrore perché ambiguo. Era una paurosa pagina nei documenti della mia esistenza, e portava trascritti oscuri ricordi, sinistri, inintellegibili. Invano tentavo di decifrarli; e, a tratti, quasi spirito di voce dipartita, lo stridulo, lacerante urlo di una voce di femmina sembrava risuonarmi nell'orecchio. Avevo fatto una cosa – ma, che cosa? A voce alta me lo chiedevo, e bisbigli d'eco nella stanza mi ripetevano: *che cosa mai?*

Sul tavolo accanto a me ardeva una lampada; e lí presso era una minuscola scatola. Non era in alcun modo notevole, singolare, e l'avevo vista spesso, giacché era di proprietà del medico di famiglia; ma come mai era finita lí, sul mio tavolo, e perché rabbrividivo a guardarla? Erano cose inspiegabili e alla fine mi caddero gli occhi sulle pagine aperte di un libro, e su di una frase sottolineata. Erano le parole singolari e semplici del poeta Ebn Zaiat: «*Dicebant mihi sodales, si sepulchrum amicae visitarem, curas meas aliquantulum fore levatas*». Perché dunque, mentre le rileggevo, mi si drizzavano i capelli sul capo, e mi si gelava il sangue nelle vene?

Qualcuno lievemente bussò alla porta dello studiolo e, pallido come un sepolto, un famiglio entrò, in punta di piedi. Lo sguardo sconvolto dal terrore mi parlò con voce tremula, roca, bassissima. Che disse? Udii frasi sconnesse. Narrò di un urlo folle che aveva sconvolto il silenzio della notte; e come la servitú s'era raccolta, e la ricerca del luogo donde era venuto quel suono; poi la voce si fece nitida e stridula, e ora sussurrava di una tomba violata – un corpo sfigurato nel sudario, ma che respirava ancora, palpitava, *era vivo*!

Mi indicò i vestiti; erano infangati, chiazzati di grumi di sangue. Non parlavo; ed egli mi prese delicatamente la mano; era intaccata da segni di unghie umane. Richiamò la mia attenzione su di un oggetto appoggiato al muro – lo fissai per qualche minuto – una vanga. Con un urlo balzai verso la tavola e afferrai quella scatola che vi stava sopra. Ma non mi riuscí di aprirla; e tremante me la lasciai scivolare dalle mani, e cadde pesantemente, e andò in pezzi; e, con un duro ciottolio, ne rotolarono fuori certi strumenti di chirurgia dentaria, mescolati a trentadue minuscole essenze, bianche, simili all'avorio, che si sparsero tutt'attorno sul pavimento.

THÉOPHILE GAUTIER

L'amante cadavere

Reverendo padre, voi siete curioso di sapere se abbia mai amato: ebbene, sí. Stupefacente e terribile è la mia storia, e, benché abbia ormai sessantasei anni, neppure ora riesco a trovare il coraggio di smuovere le ceneri ancora ardenti di un simile ricordo. Ma a voi, padre, non posso e non voglio negare nulla, anche se non farei mai un racconto del genere a un'anima meno fidata della vostra. Sono cosí sorprendenti gli avvenimenti che ho vissuto, che neanche io posso credere che mi siano veramente accaduti. Per oltre tre anni, sono stato preda di un'illusione eccezionale e diabolica. Io, povero prete di campagna, ho condotto tutte le notti in sogno (voglia Dio che sia stato solo un sogno!) una vita dannata, una vita da uomo di mondo. Ho rischiato di perdere la mia anima per aver gettato un solo sguardo, forse un po' troppo compiaciuto, su una creatura di sesso femminile; ma alla fine, grazie a Dio e al mio santo patrono, sono riuscito a liberarmi dello spirito maligno che mi possedeva. La mia vita si era complicata perché durante la notte vivevo un'altra vita che era in completo contrasto con quella diurna. Di giorno, infatti, ero un uomo di Dio, un prete casto, dedito solo alle preghiere e ad attività sante, ma durante la notte, appena mi addormentavo, mi trasformavo in un giovane spavaldo, grande esperto di donne, cani e cavalli, giocatore di dadi, bevitore, bestemmiatore. Quando al mattino mi risvegliavo, mi sembrava che stessi per addormentarmi proprio in quel momento consapevole che in sogno sarei stato un prete. Purtroppo, di questa vita da sonnambulo, ho ancora vivo il ricordo di parole e oggetti che non avrei mai dovuto sentire e vedere; e, benché non abbia mai lasciato le mura della mia canonica, i miei ricordi sembrano dimostrare che io sia un uomo vissuto, che, dopo aver goduto di tutti i piaceri terreni, ha deciso di finire i suoi giorni irrequieti abbracciando la religione, e non l'umile seminarista, invecchiato in una povera e dimenticata parrocchia, in fondo a un bosco, dove non potei avere alcun contatto con le cose del mondo.

Sí, ho amato come nessuno ha mai amato, di un amore insensato e furioso, cosí violento, da meravigliarmi io stesso che il mio cuore non ne sia mai scoppiato. Ah! che notti! che notti!

Fin dalla piú tenera età ho avuto il desiderio di diventare un prete, e tutti i miei studi furono orientati a questo scopo, e la mia vita, fino a ventiquattro anni, è stata un lungo noviziato. Dopo aver studiato teologia e aver percorso con onore tutti i gradi, i miei superiori pensarono che, nonostante la mia giovane età, fossi ormai pronto per superare l'ultimo e piú difficile esame. L'unanime consesso decise che avrei preso gli ordini durante la settimana di Pasqua.

Prima di quel fatidico giorno avevo sempre vissuto all'interno del seminario; non ero ignaro dell'esistenza di qualcosa che si chiamava «donna», ma la mia mente non si era mai soffermata su quel pensiero: ero un perfetto innocente. Vedevo la mia anziana madre inferma solo due volte l'anno. Quella era la mia unica relazione con l'esterno.

Non avevo alcun rimpianto, e non avevo il minimo dubbio riguardo all'impegno irrevocabile che stavo per contrarre: mi sentivo pieno di gioia e impaziente di affrontare quella nuova prova. Credo che nessun fidanzato abbia mai contato le ore che lo separano dalle nozze con ardore piú febbrile del mio: non riuscivo nemmeno a dormire, eccitato all'idea che avrei potuto dire messa. Non c'era nulla al mondo di piú desiderabile dell'essere prete: non avrei voluto essere un re e neppure un poeta. La mia ambizione non si spingeva oltre.

Dico questo per cercare di spiegarvi come non dovesse succedermi quel che mi è accaduto e per farvi capire di quale fascinazione inesplicabile io sia stato vittima.

Giunto il gran giorno, mi avviai verso la chiesa con un passo talmente leggero, che mi pareva di camminare sospeso per aria o di avere le ali sulle spalle. Mi sentivo un angelo, a differenza dei miei compagni lí fermi con un'aria scura e preoccupata: eravamo in molti a dover ricevere gli ordini. Avevo pregato tutta la notte ed ero quasi in preda all'estasi. Il vescovo, un venerabile anziano, mi pareva Dio Padre, in atto di contemplare la sua stessa eternità; attraverso le volte del tempio intravedevo il cielo.

Voi, padre, conoscete tutti i particolari della cerimonia: benedizione, comunione con il pane e con il vino, unzione del palmo delle mani con l'olio dei catecumeni, santo sacrificio offerto insieme con il vescovo. Non mi dilungherò oltre. Oh! come aveva ragione Giobbe! Quant'è imprudente non fare un patto preventivo con i propri occhi! Durante il rito per caso alzai il capo, che fino a quel momento avevo tenuto reclino e vidi davanti a me, cosí vicina che avrei potuto toccarla (benché, in realtà, fosse piuttosto lontana e dall'altro lato della balaustra), una giovane donna di rara bellezza, vestita come una regina. Fu come se un fitto velo mi fosse stato tolto dagli occhi: provai la sensazione di un cieco che all'improvviso ritrovi la vista. Il vescovo, cosí splendente fino a quel momento, di colpo si spense, i ceri impallidirono nei loro candelieri d'oro, come le stelle al sopraggiungere del mattino, e in tutta la chiesa si fece il buio completo. Su quel fondale ormai in ombra si stagliava l'affascinante creatura come una rivelazione angelica: sembrava illuminata da una luce interna, e che fosse lei stessa una sorgente di luce.

Per evitare di distrarmi, abbassai le palpebre, deciso a non sollevarle piú; perché sentivo di essere sempre piú assente e sempre meno consapevole di quel che facevo.

Subito dopo, però, riaprii gli occhi, perché, anche attraverso le ciglia, la vedevo risplendere dei colori dell'arcobaleno, in una penombra arrossata, come quando si fissa il sole.

Oh! come era bella! Neppure i piú grandi pittori, anche quando desiderano ritrarre la Madonna, e cercano quindi di rappresentare l'ideale della bellezza, riescono a raggiungere quella realtà favolosa. Nessun quadro, nessun poema potrebbero darne l'idea. Era abbastanza alta, e aveva la figura e il portamento di una dea; portava i capelli, di un biondo tenue, divisi da una scriminatura sulla sommità del capo, le scendevano lungo il volto accarezzandole le tempie come fiumi d'oro (la si sarebbe detta una regina con il diadema); la fronte, di un bianco quasi trasparente, si apriva vasta e serena sull'arco delle sopracciglia quasi brune, contrasto che accentuava ancor piú le iridi verde mare, di una vivacità e di uno splendore insostenibili. Che occhi! il destino di un uomo poteva esser deciso dal loro bagliore; possedevano una vivacità, una limpidezza, un ardore, una brillantezza che non ho mai visto in occhi umani; come frecce ne partivano raggi che vedevo distintamente raggiungere il mio cuore. Non so ancora se la fiamma che la illuminava provenisse dal cielo o dall'inferno, ma, di certo, veniva dall'uno o dall'altro. Quella donna era un angelo o un demone, e forse era entrambi. Sicuramente non era nata dal grembo di Eva, nostra comune madre. Denti simili a perle scintillavano tra le sue labbra rosse, e, a ogni movimento della bocca, due minuscole fossette si disegnavano nella pelle rosea e vellutata delle guance. Il naso era fine e fiero quale quello di una regina e rivelava la piú nobile delle origini. Gioielli d'agata creavano giochi di luce sulla pelle diafana e compatta delle spalle semiscoperte, e file di grosse perle color miele, della stessa sfumatura della pelle del collo, le scendevano sul petto. Di tanto in tanto raddrizzava la testa con un movimento ondeggiante tale a quello di un colubro o di un pavone in atto di gonfiare il petto, e imprimeva un lieve fremito alla gorgiera di merletto che pareva una filigrana d'argento.

Indossava una veste di velluto rosso chiaro, dalle cui larghe maniche bordate d'ermellino sbucavano le mani patrizie, di una delicatezza infinita, con dita lunghe e ben cesellate, e di una trasparenza cosí perfetta, che lasciavano filtrare la luce del giorno come quelle della dea Aurora.

Tutti questi particolari sono ancora vivi nella mia mente come se li avessi visti ieri e, sia pure estremamente turbato, nulla mi sfuggí; la piú piccola sfumatura: il piccolo neo all'estremo del mento, l'impercettibile peluria sopra le labbra, la fronte di velluto, l'ombra tremolante delle ciglia sulle gote, coglievo tutto con sorprendente lucidità.

Man mano che la osservavo, sentivo schiudersi in me delle porte che fino ad allora erano rimaste serrate, spiragli chiusi si spalancavano in ogni direzione e lasciavano intravedere prospettive fino a quel momento inimmaginabili, e la vita mi appariva in una luce assai diversa. Era come se nascessi a un nuovo ordine di idee. Un'angoscia spaventosa mi attanagliava il cuore, ogni minuto che passava mi sembrava nello stesso tempo un secondo e un secolo. La cerimonia, comunque, proseguiva, e mi trasportava sempre piú lontano da quel mondo, di cui i miei desideri appena nati assediavano furiosamente l'entrata. Tuttavia, nel momento fatale, dissi «sí». Avrei voluto dire «no», tutto in me si rivoltava e protestava contro la violenza che la mia lingua faceva alla mia anima: una forza occulta mi strappava le parole di gola, mio malgrado. Qualcosa del genere deve accadere alle molte ragazze che vanno all'altare con la ferma risoluzione di rifiutare in modo deciso lo sposo che viene loro imposto: ma giunto il momento, nessuna realizza il progetto. Qualcosa del genere deve accadere a tutte quelle povere novizie che finiscono col prendere il velo, anche quando sarebbero ben decise a strapparlo al momento di pronunciare i voti. Nessuno osa far scoppiare uno scandalo simile davanti agli altri, né deludere l'aspettativa di tante persone. Le volontà e gli sguardi fissi di tutti i presenti vi opprimono come una cappa di piombo. E poi ogni cosa è predisposta in modo tanto perfetto, tutto è cosí ben regolato in anticipo, e appare cosí chiaramente irrevocabile, che ogni pensiero soccombe sotto quel peso immane e non può che cedere definitivamente.

Lo sguardo della bella sconosciuta mutava di espressione man mano che la cerimonia proseguiva. Dapprima tenero e carezzevole, diventava sempre piú sdegnoso, come disapprovasse di non essere stato compreso.

Feci uno sforzo, che sarebbe stato sufficiente a sradicare una montagna, per cercare di esprimere con un urlo la mia volontà di non farmi prete. Ma non ci riuscii. La lingua restava incollata al palato, e mi fu impossibile tradurre la mia intenzione col piú insignificante cenno negativo. Nonostante fossi sveglio, stavo vivendo in un incubo, come quando si vorrebbe urlare quella parola da cui dipende la propria vita, ma senza riuscirvi.

Lei sembrò sensibile al martirio che stavo subendo, e, come se mi volesse incoraggiare, mi lanciò un'occhiata piena di divine promesse. I suoi occhi erano un poema, di cui ogni sguardo costituiva una cantica.

Sembrava che mi dicesse: «Se sarai mio, ti renderò piú felice di quanto possa fare Dio in paradiso; gli angeli ne saranno invidiosi. Strappa questo sudario funebre, con cui stanno per avvolgerti: io sono la bellezza, la giovinezza, la vita. Vieni da me: insieme, noi due saremo l'amore. Quale altro Dio potrebbe offrirti di piú? Vivremo come in un sogno, come un lungo eterno bacio. Getta a terra il vino del calice, e sarai libero. Ti guiderò verso isole sconosciute: dormirai sul mio seno, in un letto d'oro massiccio, sotto un baldacchino d'argento; perché io ti amo, e voglio rubarti al tuo Dio, verso il quale tanti nobili cuori riversano torrenti d'amore, che non arrivano fino a lui».

Mi pareva di sentire queste parole accompagnate da una musica di una dolcezza infinita, perché il suo sguardo aveva un che di sonoro, e le frasi che i suoi bellissimi occhi mi trasmettevano mi riecheggiavano in fondo al cuore, come se una bocca invisibile le suggerisse alla mia anima. Benché ormai fossi pronto a rinunciare a Dio, continuavo a compiere tutte le formalità del rito come un automa. Allora lei mi guardò di nuovo in un modo cosí supplichevole e disperato che fu come se lame acuminate mi trafiggessero il cuore e venissero infitte nel mio petto piú spade che in quello dell'Addolorata.

Ma il rito era terminato: ero prete.

Credo che mai nessun altro volto umano abbia espresso un'angoscia piú straziante: la fanciulla che vede cadere al suo fianco il promesso sposo, morto all'improvviso, la madre che trova vuota la culla del suo bambino, Eva seduta sulla soglia della porta del Paradiso, l'avaro che scorge una pietra al posto del suo tesoro, il poeta che ha lasciato scivolare nel fuoco l'unica copia del manoscritto della sua opera piú importante non hanno certo un'espressione piú desolata e inconsolabile. Il sangue abbandonò l'affascinante figura della giovane donna che divenne bianca come il marmo, le braccia bellissime le caddero lungo il corpo, quasi i muscoli le avessero abbandonate. Si appoggiò a un pilastro, come se le gambe non potessero piú sostenerla. Quanto a me, il mio viso imperlato di un sudore piú bruciante di quello di Gesú durante il calvario divenne livido. Non riuscivo a reggermi in piedi, ma barcollando raggiunsi l'uscita, senza fiato, mentre sentivo le volte della chiesa schiacciarmi le spalle sotto il loro terribile peso: era come se il mio capo dovesse sostenere da solo l'intera struttura della cupola.

Stavo per varcare la soglia, quando una mano afferrò bruscamente la mia: era la mano di una donna! Mai prima di allora ne avevo toccata una: era fredda come la pelle di un serpente, eppure provai una sensazione bruciante come il marchio di un ferro rovente. Era lei. – Disgraziato! Disgraziato! Che hai fatto? – mi sussurrò a bassa voce. Poi disparve tra la folla.

Mi passò davanti il vecchio vescovo. Mi scrutò con aria severa. Mi comportavo in modo alquanto strano: impallidivo, arrossivo e la testa mi girava. Uno dei miei compagni ebbe pietà del mio stato, e si offrí di riaccompagnarmi: da solo, non avrei certo ritrovato la strada del seminario. Alla svolta di una stradina, mentre il mio compagno guardava da un'altra parte, un paggetto nero, bizzarramente vestito, mi si avvicinò e, senza fermarsi, mi consegnò un piccolo portafoglio preziosamente istoriato, facendomi segno di nasconderlo. Lo feci scivolare nella manica dell'abito, e lo tirai fuori solo quando fui tutto solo nella mia celletta. Feci saltare il fermaglio: dentro, trovai due biglietti con queste parole: «Clarimonda, palazzo Concini». A quell'epoca non sapevo nulla delle cose del mondo, e non conoscevo certo Clarimonda, benché si parlasse molto di lei, e ignoravo dove si trovasse palazzo Concini. Feci mille congetture, una piú stravagante dell'altra, ma, in verità, quel che contava per me era riuscire a rivederla, e assai poco mi importava chi lei in realtà fosse, gran dama o cortigiana.

Quell'amore, appena nato, si era radicato in maniera indistruttibile nel mio cuore, e non mi sfiorava nemmeno l'idea di cercare di sradicarlo, dato che sentivo che l'impresa era impossibile. Quella donna mi dominava ormai completamente, un solo sguardo era stato sufficiente a fare di me un altro uomo, mi aveva iniettato la sua volontà; non vivevo piú in me, ma in lei e per lei. Mi comportavo in modo bizzarro, baciavo la mia mano nel punto in cui lei l'aveva sfiorata, stavo ore intere a ripetere il suo nome. Non dovevo far altro che chiudere gli occhi per vederla cosí distintamente come se fosse stata davvero presente, e mi ripetevo le parole che lei aveva pronunciato alla porta della chiesa: «Disgraziato! Disgraziato! Che hai fatto?» Capivo appieno l'orrore della mia situazione e tutti gli aspetti piú tristi e terribili del mio stato mi si rivelavano con estrema chiarezza: essere prete voleva dire restare casto, non fare l'amore, non fare mai caso né al sesso né all'età, distogliere gli occhi da ogni bellezza, comportarsi come un cieco, strisciare sempre all'ombra gelida di un chiostro o di una chiesa, non avere contatti che con moribondi, vegliare cadaveri sconosciuti, e portare sempre il lutto, con questa sottana nera, che, senza nessun cambiamento, potrebbe servire benissimo anche come lenzuolo per avvolgerci nella bara! Sentivo la marea della vita crescere dentro di me come un lago che si gonfia e tracima; il sangue pulsava con forza nelle mie arterie; la mia giovinezza, cosí a lungo trattenuta, esplodeva di colpo, come l'aloe che impiega cent'anni a fiorire e sboccia con il fragore di un tuono.

Come fare per rivedere Clarimonda? Non trovavo nessun pretesto per uscire dal seminario, poiché non avevo conoscenze in città. Non ero nemmeno destinato a restare in quei luoghi, stavo anzi aspettando che mi designassero a una parrocchia. Tentavo di divellere le sbarre della finestra, ma era a un'altezza impressionante, e non possedevo una scala, dunque era inutile pensarci. D'altronde, non sarei potuto scendere che di notte, e come avrei saputo districarmi nel dedalo delle strade che conoscevo appena? Tutte queste difficoltà, che per un altro forse sarebbero state insignificanti, apparivano invalicabili al misero seminarista, appena risvegliato all'amore, senza esperienza, senza soldi e senza vestiti.

Ah! Se non fossi stato prete, avrei potuto vederla ogni giorno; sarei stato il suo amante, il suo sposo, mi dicevo, accecato com'ero, e, invece di starmene qui avviluppato in questo sinistro sudario, porterei vestiti di seta e velluto, collane d'oro, spada e piume, come tutti i bei cavalieri. I miei capelli, invece di ricevere l'umiliazione di una larga tonsura, si ondulerebbero intorno al collo in un gioco di riccioli. Avrei dei bei baffi impomatati, sarei un valoroso. Invece, una sola ora passata davanti a un altare, qualche parola a malapena articolata erano bastate a tagliarmi fuori completamente dal numero dei vivi: io stesso avevo murato la mia tomba, io stesso avevo serrato il catenaccio della mia prigione!

Mi misi alla finestra: il cielo era meravigliosamente azzurro, gli alberi avevano indossato il loro abito primaverile, la natura risplendeva di una gioia che a me appariva ironica. La piazza del paese era piena di gente, chi andava, chi veniva. Giovani damerini e dame, a coppie, si dirigevano verso l'ombra dei giardini e dei pergolati. Alcune comitive passavano, tra canti e ritornelli di bevitori: un tale movimento, la vitalità, lo slancio e l'allegria generali facevano ancor piú miseramente spiccare il mio lutto e la mia solitudine. Sulla soglia di una porta una giovane madre giocava con il figlio; ne baciava la bocca rosea, ancora imperlata di gocce di latte, e gli faceva, stuzzicandolo, mille di quelle divine puerili moine che solo le madri sanno inventare. Il padre, in piedi a poca distanza da loro, sorrideva dolcemente del grazioso spettacolo, e, le braccia incrociate sul petto, a stento conteneva la gioia del suo cuore. Non riuscii a sopportare tale vista, chiusi la finestra e mi gettai sul letto, il cuore pieno di odio e gelosia irrefrenabili, mordendo le dita e la coperta, come farebbe una tigre digiuna da tre giorni.

Non so quanto tempo rimasi cosí; ma, mentre mi rivoltavo

nel letto con uno spasimo rabbioso, scorsi l'abate Serapione, immobile nel mezzo della camera, che mi studiava con attenzione. Ebbi vergogna di me stesso, e, lasciando cadere la testa sul petto, mi coprii gli occhi con le mani.

– Romualdo, amico mio, ti sta accadendo qualcosa di poco normale, – mi disse pacatamente Serapione, dopo qualche minuto di silenzio. – Il tuo contegno è veramente inesplicabile. Un essere pio, calmo e dolce come te si agita nella sua celletta come una belva. Fa' attenzione, fratello, a non ascoltare i suggerimenti del diavolo, perché lo spirito maligno, irritato dal saperti ormai consacrato al Signore, ti ronza intorno e fa l'ultimo sforzo per attirarti a lui. Invece di lasciarti abbattere, caro Romualdo, fatti una bella corazza di preghiere e uno scudo di mortificazioni, e combatti con forza il tuo nemico: solo cosí vincerai. La prova è necessaria alla virtú e se ne esce rafforzati. Non ti spaventare e non lasciarti scoraggiare; le anime piú agguerrite e forti hanno sofferto momenti simili. Prega, digiuna, medita: lo spirito maligno batterà in ritirata.

Il discorso dell'abate Serapione mi aiutò a ritrovare me stesso e a ridarmi un po' di calma.

– Venivo ad annunciarti la tua nomina alla parrocchia di C***. È morto il prete che l'ha tenuta finora, e il vescovo ha designato te per la successione. Tieniti pronto domani.

Annuii con un cenno del capo, e l'abate mi lasciò di nuovo solo. Aprii il messale, e cominciai a leggere le preghiere, ma le parole mi si confondevano davanti agli occhi; persi il filo dei miei pensieri e il libro mi scivolò di mano senza che io facessi nulla per trattenerlo.

Partire domani, senza averla rivista! Aggiungere un ulteriore ostacolo a tutti quelli che già si frapponevano tra di noi. Perdere per sempre la speranza di incontrarla, a meno di un miracolo. E se le avessi scritto? Ma chi avrebbe potuto portarle la lettera? A chi mai potevo confidarmi, vestito com'ero dei sacri paramenti? Provai un'angoscia indicibile. Mi ritornò in mente quel che l'abate aveva detto delle manovre del diavolo, la stranezza di tutta l'avventura, la bellezza soprannaturale di Clarimonda, il bagliore dei suoi occhi, il tocco bruciante della sua mano, il turbamento in cui mi aveva gettato, la trasformazione improvvisa che si era operata in me, la mia devozione che si era dissolta in un istante, tutto provava chiaramente la presenza di Satana e forse quella serica mano non era che il guanto che ricopriva il suo artiglio. Questi pensieri mi gettarono in un immenso terrore: raccolsi il messale, che dalle mie ginocchia era scivolato a terra, e mi rimisi a pregare.

Il giorno seguente Serapione venne a prendermi. Due mule ci attendevano alla porta, con i nostri scarsi bagagli, lui ne montava una e io l'altra, come meglio potevo. Percorrendo le vie della città, scrutavo ansiosamente ogni finestra e ogni balcone, per vedere se mai vi apparisse Clarimonda, ma era molto presto, e la città non si era ancora svegliata. Il mio sguardo cercava di penetrare al di là dei tendaggi che coprivano le finestre dei palazzi lungo il nostro cammino. Serapione doveva senz'altro attribuire questo mio interesse all'ammirazione per l'architettura di quei luoghi, perché rallentava il passo della sua cavalcatura, per darmi il tempo di osservare ogni cosa. Arrivammo, infine, alle porte delle mura, e cominciammo a salire sulla collina. Dalla cima mi voltai un'ultima volta per rivedere i luoghi in cui viveva Clarimonda. L'ombra di una nuvola ricopriva tutta la città. I tetti azzurri e rossi erano confusi in una mezza tinta, su cui fluttuavano, come bianchi fiocchi di schiuma, i fumi del mattino. Per un singolare effetto ottico spiccava, come indorato da un unico raggio di luce, un edificio che sorpassava in altezza tutte le costruzioni vicine, immerse nella nebbia, e, sebbene si trovasse in realtà a piú di una lega da noi, mi sembrava vicinissimo, e se ne potevano distinguere tutti i particolari: le torrette, le terrazze, le finestre, fino alle banderuole a coda di rondine.

– Che cos'è quel palazzo laggiú, illuminato dal sole? – chiesi a Serapione. Si fece schermo alla luce con la mano e mi rispose: – È l'antico palazzo che il principe Concini ha regalato alla cortigiana Clarimonda. Sembra sia teatro di eventi mostruosi.

Proprio in quel momento, realtà o illusione che fosse, mi parve di scorgere sulla terrazza una piccola figura chiara che scintillò un secondo e subito si spense. Era Clarimonda!

Sapeva forse che in quello stesso istante, dall'alto di quell'aspro sentiero che mi allontanava ancor piú da lei, e da cui non dovevo piú ridiscendere, io ammiravo con occhi ardenti e inquieti la sua casa, che un derisorio gioco di luci sembrava mettermi a portata di mano, quasi per invitarmi a entrarvi da padrone? Certo, lei doveva saperlo: la sua anima era troppo affine e consona alla mia per non provare i miei stessi turbamenti, ed era certo questo il sentimento che l'aveva spinta, ancora avvolta nei suoi veli notturni, a uscire sulla terrazza, alla gelida rugiada del primo mattino.

L'ombra ingoiò il palazzo e non mi rimase davanti che un oceano immobile di tetti, di cui non si distingueva che l'ondulazione. Serapione spronò la sua mula e la mia la seguí. Una curva del sentiero mi tolse per sempre alla vista la città di S***, in cui non dovevo piú tornare. Dopo tre giorni di cammino, attraverso campagne assai desolate, vedemmo spuntare attraverso gli alberi la cima del campanile della chiesa che sarebbe stata la mia parrocchia. Seguendo un sentiero tortuoso, costeggiato da capanne e cortili, fummo davanti alla facciata, che certo non si distingueva per il suo lusso. Un porticato, abbellito da qualche nervatura, e da due o tre pilastri in arenaria rozzamente sfaccettati, un tetto di tegole e dei contrafforti nella medesima arenaria dei pilastri, ecco tutto: a sinistra il cimitero pieno di erbacce, con una gran croce di ferro al centro. A destra, all'ombra della chiesa, estremamente semplice e severamente pulito, il presbiterio. Entrammo; alcune galline becchettavano dal pavimento qualche misero chicco d'avena. A quanto pareva erano abituate all'abito nero dei preti e non furono affatto intimidite dalla nostra presenza, si presero appena il disturbo di lasciarci passare. Udimmo un abbaiare arrochito e vedemmo arrivare di corsa un vecchio cane.

Era del mio predecessore. Aveva gli occhi spenti, il pelame grigio e recava tutti i segni della piú veneranda età che un cane può raggiungere. Lo accarezzai piano con la mano e mi si mise subito al fianco con un'aria d'inesprimibile soddisfazione. Una donna piuttosto anziana di nome Barbara, la governante del precedente curato, ci venne incontro e, dopo avermi fatto entrare in una sala bassa, mi domandò se avevo intenzione di tenerla al mio servizio. Le risposi che avrei tenuto sia lei sia il cane, e anche le galline e tutti i mobili che il suo padrone le aveva lasciato in eredità, cosa che la fece andare quasi in estasi dalla gioia, dato che l'abate Serapione le aveva appena pagato il prezzo che ne chiedeva.

L'abate Serapione mi aiutò a sistemarmi e ritornò al seminario. Rimasi dunque solo, senz'altro sostegno che me stesso. Il pensiero di Clarimonda tornò a ossessionarmi, e, per quanti sforzi facessi per cacciarlo, non ci riuscii. Una sera, mentre passeggiavo per i vialetti bordati di bosso del piccolo giardino, mi sembrò di vedere attraverso la pergola una figura femminile che seguiva tutti i miei movimenti, e tra le foglie mi parve di veder scintillare le due iridi verde mare; pura illusione. Passai dall'altro lato del sentierino e non vi trovai che la traccia di un piede sulla sabbia, cosí piccolo che si sarebbe detto di un bambino. Il giardino era circondato da alte mura; ne visitai tutti gli angoli, anche i piú remoti. Non c'era nessuno. Non fui mai in grado di spiegare la sensazione che avevo avuto che, d'altra parte, era ben poca cosa al confronto delle strane esperienze che dovevano toccarmi. Vissi cosí per un anno, adempiendo con precisione a tutti i doveri richiesti dal mio ministero: pregavo, digiunavo, confortavo e soccorrevo gli ammalati, facevo l'elemosina fino a privarmi dell'indispensabile. Avvertivo, però, dentro di me, un'aridità estrema, e le fonti della grazia mi erano precluse. Non provavo quella felicità che viene dall'adempiere una santa missione; la mia mente era altrove, e le parole di Clarimonda mi sorgevano spontanee alle labbra come una sorta di involontario ritornello. Oh, reverendo padre, meditate su questo punto! Per avere levato lo sguardo una sola volta su un viso di donna, per un errore all'apparenza cosí veniale, ho provato per lunghi anni il piú sciagurato dei turbamenti: la mia esistenza è stata rovinata per sempre.

Non voglio tediarvi oltre con il racconto di queste disfatte e di queste vittorie interiori, cui sempre seguivano ricadute piú gravi, e passerò subito a narrarvi un avvenimento decisivo.

Una notte bussarono con forza alla porta. La vecchia governante andò ad aprire, e un uomo dalla pelle bruna, riccamente vestito, secondo una moda esotica, con un pugnale alla cintura, si stagliò sotto i raggi della lanterna di Barbara. Qualcosa nel suo aspetto dapprima spaventò l'anziana donna, ma l'uomo la rassicurò e le disse che doveva vedermi senza indugio per una faccenda che riguardava il mio ministero. Barbara lo fece salire; io stavo per mettermi a letto. L'uomo mi disse che la sua padrona, una gran dama, stava morendo, e aveva espresso il desiderio del conforto di un prete. Risposi che ero pronto a seguirlo, presi quel che occorreva per l'estrema unzione, e mi affrettai per le scale. Davanti alla porta sbuffavano impazienti due cavalli, neri come la notte, e un candido fumo usciva dalle loro froge. L'uomo mi tenne l'arcione e mi aiutò a montare su uno dei due destrieri, poi saltò sull'altro appoggiando solamente la mano sul pomo della sella. Strinse le ginocchia e lasciò libere le briglie al suo cavallo, che partí come una freccia. Anche il mio, di cui l'uomo teneva le briglie, partí al galoppo e i due cavalli procedettero affiancati. Vedevo la terra correre sotto di noi, grigia e solcata: le sagome nere degli alberi ci fuggivano di lato come un esercito in disfatta. Traversammo una foresta cosí cupa e gelida che mi corse sotto la pelle un brivido di terrore superstizioso. Le scintille, che i ferri dei nostri cavalli strappavano ai sassi, formavano dietro di noi una scia di fuoco, e, se qualcuno avesse potuto scorgere me e la mia guida a quell'ora della notte, ci avrebbe preso per due spettri a cavallo di un incubo. Dei fuochi fatui incrociavano a tratti il nostro cammino e le taccole pigolavano pietose nel folto del bosco, là dove – in lontananza – brillavano fosforescenti gli occhi di qualche gatto selvatico. La criniera dei due cavalli si arruffava sempre piú, rivoli di sudore scorrevano sui loro fianchi, e il respiro usciva affannoso e accelerato dalle loro froge, ma quando li vedeva infiacchirsi lo scudiero, per rianimarli, emetteva un grido gutturale, che non aveva nulla di umano, e la corsa riprendeva con ancor maggior furia. Infine quel turbine cessò: una massa nera, costellata di qualche punto luminoso, ci apparve improvvisamente davanti. Il passo delle nostre cavalcature risuonò piú rumoroso su un impiantito ferrato, e passammo sotto una cupa arcata che si apriva sinistra tra due immense torri. Nel castello regnava una grande agitazione: frotte di domestici, torce alla mano, traversavano il cortile in tutti i sensi, e diverse luci salivano e scendevano da piano a piano. Potei confusamente intravedere un'immensa architettura, arcate, colonne, scalinate, rampe, un insieme di costruzioni degno di una reggia da favola. Un paggetto nero, lo stesso che mi aveva dato il biglietto di Clarimonda e che riconobbi all'istante, mi aiutò a scendere di sella e un maggiordomo, vestito di velluto nero e con una catena d'oro al collo, venne verso di me, appoggiandosi a un bastone d'avorio. Grosse lacrime gli scorrevano dagli occhi sulla barba bianca. – Troppo tardi! – disse, scuotendo il capo. – Troppo tardi, reverendo padre. Ma se non avete fatto in tempo a salvare l'anima, venite almeno a vegliare il povero corpo –. Mi prese per un braccio e mi condusse nella camera della morta. Io piangevo quanto lui, perché avevo indovinato che si trattava della mia Clarimonda, che avevo cosí disperatamente amato. Accanto al letto c'era un inginocchiatoio; il riflesso di una fiamma azzurrognola giocava su una patera di bronzo, gettando su tutta la camera una luce fievole e incerta, e facendo risaltare qua e là nell'ombra lo spigolo sporgente di un mobile o di una cornice. Sul tavolo, dentro un vaso finemente cesellato, c'era una rosa bianca appassita, i cui petali, tranne uno, erano caduti alla base del vaso come lacrime profumate; una maschera nera spezzata, un ventaglio, travestimenti di ogni sorta erano gettati in disordine sulle poltrone e mostravano che la morte era giunta in quella sontuosa dimora all'improvviso e senza essersi fatta annunciare. Mi inginocchiai, senza osar guardare il letto, e mi misi a recitare i salmi con fervore, ringraziando Dio di aver messo una tomba fra me e l'idea di quella donna, il che mi permetteva di citare nelle mie preghiere il suo nome, ormai santificato. Ma a poco a poco il mio santo fervore diminuí e cominciai a fantasticare. La camera non aveva nulla di una camera mortuaria. Invece dell'aria fetida e cadaverica che respiravo sempre in questi luoghi, un languido profumo di essenze orientali, un non so quale afrodisiaco profumo femminile fluttuava dolcemente nell'aria tiepida. La pallida luce della stanza pareva un'illuminazione sapientemente predisposta per la voluttà, piú del livido riflesso che di solito palpita vicino a una salma. Pensavo al caso singolare che mi aveva fatto ritrovare Clarimonda, proprio nel momento in cui la perdevo per sempre, e un sospiro di pena mi sfuggí dal petto. Mi sembrò di sentire un sospiro anche alle mie spalle, e mi voltai istintivamente. Non era che l'eco, ma in quel movimento i miei occhi caddero sul catafalco che prima avevo evitato di guardare. I drappeggi di damasco purpureo a fiorami lasciavano scorgere la morta distesa con le mani giunte sul petto. Era coperta da un lenzuolo di lino, di un bianco abbagliante, che risaltava maggiormente accanto al colore sanguigno dei tendaggi, e cosí sottile che non riusciva a nascondere la sagoma seducente del corpo e permetteva di seguire quelle belle linee sinuose, come il collo di un cigno, che nemmeno la morte era riuscita a rendere rigide. La si sarebbe detta una statua di alabastro, opera di un provetto scultore, oppure una giovane addormentata, su cui fosse caduta la neve.

Non potevo piú trattenermi: quell'aria da alcova mi inebriava, quel penetrante sentore di rosa quasi appassita mi dava alla testa, e camminavo a lunghi passi per tutta la stanza, fermandomi continuamente davanti al letto a contemplare la bella defunta, sotto la trasparenza del sudario. Strani pensieri mi passavano per la mente. Immaginavo che non fosse veramente morta, e che tutto fosse una sua manovra per attirarmi nel castello e parlarmi del suo amore. Per un istante credetti persino di averle visto muovere un piede tra i veli bianchi, e che le pieghe perfette del sudario si fossero scomposte.

Poi mi dissi: «Sarà proprio Clarimonda? Quali prove possiedo? Quel paggetto nero potrebbe aver cambiato padrona. Sono pazzo a disperarmi e ad agitarmi cosí». Mi risposi con il batticuore: «È lei! è proprio lei!» Mi avvicinai al giaciglio, e guardai con un'intensità maggiore la causa dei miei dubbi. Devo confessarlo? La perfezione delle sue forme, benché santificata e purificata dall'ombra della morte, mi turbava piú di quanto fosse il caso, e quel riposo era cosí simile a un semplice sonno che chiunque avrebbe potuto esserne ingannato. Dimenticai di essere venuto in quel luogo per un servizio funebre, e immaginai di essere un promesso sposo nella camera della fidanzata che, pudica, si copre il volto. Sconvolto dal dolore, rapito dalla gioia, tremante di timore e di piacere, mi chinai verso di lei, presi l'angolo del lenzuolo e lo sollevai lentamente, trattenendo il respiro per paura di svegliarla. Il sangue mi pulsava cosí forte nelle vene, che ne avvertivo il palpito alle tempie, e il sudore m'imperlava copioso la fronte, come se avessi appena dovuto spostare una lastra di marmo. Era proprio Clarimonda, come l'avevo vista in chiesa il giorno in cui ero stato ordinato prete: seducente come allora, la morte sembrava donarle una civetteria supplementare. Il pallore delle gote, il rosa meno intenso delle labbra, le lunghe ciglia abbassate – la cui frangia si stagliava netta sul viso pallido – le davano un'espressione di casta malinconia e di pensosa sofferenza estremamente seducente; i lunghi capelli sciolti, tra cui erano ancora intrecciati dei piccoli fiori blu, le facevano da guanciale e proteggevano con i loro riccioli la nudità delle spalle; le mani, piú pure e diafane di un'ostia, erano congiunte nell'atteggiamento del pio che riposa e tacitamente prega; la postura correggeva ciò che di troppo seducente avrebbero potuto avere, anche nella morte, la morbida squisitezza e la levigatezza eburnea delle braccia nude, cui nessuno aveva sfilato i bracciali di perle. Restai a lungo assorto in quella muta contemplazione, e quanto piú la guardavo, tanto meno potevo convincermi che la vita avesse veramente abbandonato quel corpo stupendo. Non so se fu un'illusione o un riflesso gettato dalla lampada, ma mi pareva che il sangue avesse ricominciato a circolare nel corpo pallido; tuttavia Clarimonda continuava a rimanere perfettamente immobile. Le sfiorai il braccio, era freddo, ma non piú della sua mano quando aveva sfiorato la mia sotto il portale della chiesa. Mi riavvicinai chinando il viso sul suo e lasciando piovere sulle sue gote la tiepida rugiada delle mie lacrime. Ah! Che sensazione disperata di amarezza e di impotenza! Che agonia quella veglia! Avrei voluto poterle donare la mia essenza vitale e trasferire la fiamma che mi divorava alla gelida spoglia. La notte avanzava e, sentendo avvicinarsi il momento della separazione eterna, non potei trattenermi dal deporre con triste e suprema dolcezza un tenue bacio sulle labbra di colei che aveva avuto tutto il mio amore. Oh prodigio! Un lieve respiro si mescolò al mio e le labbra di Clarimonda risposero alla pressione della mia bocca: i suoi occhi si aprirono, ripresero luce, ed ella, sospirando, disgiunse le braccia e me le passò intorno al collo, con un'aria di estasi ineffabile. – Sei tu Romualdo? – mi chiese con voce limpida e dolce, come le vibrazioni smorzate di un'arpa. – Che cosa fai? Ti ho aspettato cosí a lungo che ne sono morta. Ma ora siamo fidanzati. Potrò vederti e venire da te. Addio, Romualdo, addio. Ti amo, è tutto quel che mi premeva dirti, e ti donerò questa vita che tu hai richiamato in me per un istante con un bacio. A presto.

Reclinò la testa, mentre le sue braccia continuavano a cingermi. Un turbine di vento spalancò la finestra ed entrò nella stanza; l'ultimo petalo della rosa bianca fremette dolcemente sullo stelo, poi si staccò e uscí sulle ali del vento dalla finestra aperta, portando con sé l'anima di Clarimonda. La lampada si spense e io caddi svenuto sul petto della bella defunta.

Quando ripresi i sensi, mi ritrovai steso sul mio letto, nella piccola camera del mio presbiterio, con l'anziano cane del precedente curato che mi leccava una mano, abbandonata fuori delle coperte. Barbara si affannava nella stanza con agitazione senile, aprendo e chiudendo cassetti, o mescolando polverine in un bicchiere. Vedendomi aprire gli occhi, l'anziana donna lanciò un grido di gioia, il cane uggiolò e scodinzolò, ma io ero cosí debole che non potei dire una parola né fare alcun gesto. Seppi poi che ero rimasto in quello stato per tre giorni interi, senza dar segno di vita tranne una respirazione quasi impercettibile. Quei tre giorni non hanno importanza nella mia vita e non ho idea né ricordo alcuno di dove sia stato il mio spirito in quei momenti, Barbara mi raccontò che lo stesso uomo dalla pelle bruna, che mi era venuto a prendere durante la notte, mi aveva riportato la mattina dopo in una lettiga con le cortine calate, ed era andato via subito dopo. Appena potei riconnettere le idee, ripercorsi mentalmente tutti gli avvenimenti di quella notte fatale. Dapprima pensai di essere stato vittima di un'illusione, ma l'esistenza di circostanze reali e tangibili confutò ben presto quest'ipotesi. Non potevo credere di aver sognato, dal momento che anche Barbara aveva visto l'uomo con i due cavalli neri, di cui ricordava con precisione abbigliamento e aspetto. Tuttavia, nessuno nei dintorni sapeva dell'esistenza di un castello simile a quello dove avevo rivisto Clarimonda.

Un mattino vidi entrare l'abate Serapione. Barbara gli aveva comunicato che ero malato e lui era subito venuto a trovarmi. Benché la sua premura denotasse affetto e interesse nei miei confronti, la sua visita non mi procurò il piacere che avrebbe dovuto. Lo sguardo dell'abate era penetrante e inquisitore, e mi metteva in imbarazzo. Davanti a lui mi sentivo colpevole; era stato il primo a riconoscere il mio turbamento interiore e gliene volevo per il suo acume.

Mentre chiedeva notizie della mia salute, con un tono ipocritamente zuccheroso, fissava su di me le sue gialle pupille leonine e immergeva i suoi sguardi come una sonda sino in fondo alla mia anima. Mi fece poi qualche domanda sulla maniera con cui dirigevo la parrocchia, se mi trovavo bene, come impiegavo il mio tempo libero, se avevo stretto rapporti con qualcuno del villaggio, quali erano le mie letture preferite, e altre questioni insignificanti del genere. Rispondevo nel modo piú conciso possibile, e lui, senza neanche attendere che finissi di parlare, cambiava argomento. Questa conversazione non aveva evidentemente alcun rapporto con quel che in realtà era venuto a dirmi. D'un tratto, senza preambolo alcuno come se all'improvviso si fosse ricordato di qualcosa che aveva paura di dimenticare, mi disse con voce chiara e vibrante, che mi riecheggiò dentro come le trombe del Giudizio Universale:

– La cortigiana Clarimonda è morta nei giorni scorsi, dopo un'orgia durata otto giorni e otto notti. È stato un evento dal fasto infernale. Si sono ripetuti i fatti abominevoli dei festini di Balthazar e Cleopatra. In che tempi, viviamo, mio Dio! I convitati erano serviti da schiavi dalla pelle bruna che parlavano una lingua sconosciuta, e che, secondo me, non sono altro che demoni. La livrea del piú infimo tra loro era pari all'abito da cerimonia di un imperatore. Su Clarimonda sono corse tante strane leggende, e tutti i suoi amanti sono finiti in maniera sciagurata o violenta. Si è detto perfino che fosse un ghoul o una vampira. Ma, per me, è Belzebú in persona.

Tacque e mi osservò con ancor maggiore attenzione, come per cogliere l'effetto che avevano su di me le sue parole. Al sentir nominare Clarimonda, non avevo potuto impedirmi un moto improvviso, e, la notizia della sua morte, oltre al dolore che mi recava per la strana rispondenza alla scena notturna di cui ero stato testimone, fece apparire sul mio viso turbamento e terrore, benché cercassi di rimanere padrone di me. Serapione mi lanciò un'occhiata preoccupata e severa. Poi mi disse: – Figlio mio, devo metterti in guardia. Sei sull'orlo di un abisso: fa' attenzione a non precipitarvi. Satana ha l'artiglio lungo, e le tombe non sono sempre chiuse. Bisognerebbe sigillare la pietra funebre di Clarimonda tre volte, perché pare che questa non sia la prima che è morta. Che Dio vegli su di te, Romualdo.

Dopo aver pronunciato queste parole, Serapione se ne andò lentamente e non lo rividi piú; partí di lí a poco per S***.

Ero completamente ristabilito, e avevo ormai ripreso le mie attività abituali. Il ricordo di Clarimonda e le parole del vecchio abate erano sempre presenti nel mio spirito, tuttavia poiché nessun evento straordinario aveva dato conferma alle funeste previsioni di Serapione, cominciavo a pensare che i suoi timori e i miei terrori fossero eccessivi, quando una notte feci un sogno. Mi ero appena addormentato, quando sentii sollevarsi le tende del mio letto e gli anelli che le reggevano scivolare rumorosamente sulle bacchette.

Mi sollevai bruscamente su un braccio e vidi dinanzi a me un'ombra femminile. Riconobbi subito Clarimonda. In una mano aveva una piccola lanterna come quelle che si mettono nelle tombe, il cui bagliore dava alle sue dita affilate una trasparenza rosea che sfumava nel pallore latteo del braccio nudo. Indossava soltanto il sudario con cui era stata coperta sul catafalco, e ne tratteneva le pieghe sul ventre, come se si vergognasse di essere cosí poco vestita, ma la sua piccola mano non raggiungeva completamente lo scopo. Era tanto bianca che il candore del lenzuolo si confondeva col pallore della sua carne sotto il tenue raggio della lampada. Avvolta in quel fine tessuto che tradiva ogni contorno del suo corpo, si sarebbe detta piú il ritratto in marmo di un'antica bagnante, che una donna viva. Ma, morta o viva, statua o donna, ombra o corpo, la sua bellezza era sempre la stessa: solo la luce verde delle sue iridi era lievemente smorzata e la sua bocca, prima cosí vermiglia, era ora di un rosa pallido e tenue, simile a quello delle gote. I fiorellini blu che avevo notato fra i suoi capelli erano ormai secchi e avevano perso quasi tutti i petali; ma era sempre affascinante, cosí affascinante che, malgrado la stranezza degli avvenimenti e il modo inspiegabile in cui era entrata nella mia camera, non provai alcuna paura, nemmeno per un istante.

Lei posò la lampada sul tavolo e si sedette ai piedi del letto, poi, chinandosi su di me, mi disse con quella sua voce allo stesso tempo argentina e vellutata che non ho mai sentito in nessun altro:

– Mi sono fatta molto aspettare, caro Romualdo: forse hai pensato che ti avessi dimenticato. Ma sono dovuta venire da cosí lontano, e da un luogo da cui nessuno ritorna – non c'è né sole né luna nel paese da cui vengo, né spazio, né ombra, né strada, né sentiero, né terra per il piede, né aria per le ali, e tuttavia eccomi qui: l'amore è piú forte della morte e infine vincerà. Quanti visi smorti e quante cose terribili ho visto nel mio viaggio. Con quale pena la mia anima, ritornata alla vita grazie solo alla volontà, si è dovuta riadattare al corpo. Che fatica sollevare la lastra con cui mi avevano ricoperta. Guarda: le mie mani sono tutto straziate. Baciale, solo cosí le guarirai, amore mio diletto –. Mi avvicinò alle labbra, l'una dopo l'altra, le fredde palme. Le baciai molte volte, mentre lei mi guardava con un sorriso di compiacenza ineffabile.

Confesso, a mia vergogna, che avevo completamente dimenticato i consigli dell'abate Serapione, e l'abito talare. Ero caduto senza opporre alcuna resistenza, al primo assalto. Non avevo nemmeno provato a respingere la tentazione. La freschezza che emanava dalla pelle di Clarimonda penetrava nella mia, e mi sentivo correre per il corpo brividi voluttuosi. Povera piccola! Malgrado tutto quel che ho visto in seguito, stento ancora a credere che fosse un demone, perlomeno non ne aveva l'aria, e Satana non ha mai nascosto meglio artigli e corna. Aveva ripiegato i piedi sotto di sé e stava accoccolata sul bordo del mio letto, in un atteggiamento pieno di spontanea civetteria. Di tanto in tanto mi passava la mano tra i capelli e formava dei riccioli, come se volesse provare su di me l'effetto di diverse acconciature. Io la lasciavo fare con il piú colpevole compiacimento, mentre lei accompagnava i gesti con il piú seducente cinguettio. Devo riconoscere che non ero affatto sorpreso da un evento cosí straordinario e, con la facilità con cui nei sogni si accettano come normali le piú stravaganti bizzarrie, lo trovavo perfettamente naturale.

– Ti amavo già molto prima di vederti, caro Romualdo. E ti cercavo ovunque. Eri il mio sogno. Ti scorsi nella chiesa in quel fatale momento e mi dissi subito: «È lui». Ti lanciai uno sguardo nel quale infusi tutto l'amore che avevo avuto, che avevo e che avrei avuto per te; uno sguardo tale da dannare un cardinale, da far inginocchiare ai miei piedi un re dinanzi a tutta la sua corte. Tu rimanesti impassibile e mi preferisti il tuo Dio. Come sono gelosa di Dio, che hai amato e ami piú di me. Come sono infelice. Non avrò mai il tuo cuore per me sola, la defunta Clarimonda che hai resuscitato con un bacio, io che per te ho forzato la tomba e vengo a dedicarti la mia vita, che sono rinata solo per farti felice.

Ogni frase era interrotta da carezze deliranti, che mi stordirono al punto che, per consolarla, osai proferire una bestemmia terribile e dirle che l'amavo almeno quanto Dio.

Le sue pupille immediatamente si ravvivarono e brillarono come crisopazio. – È vero. È vero. Tu mi ami quanto Dio, – esclamò abbracciandomi. – Dal momento che è cosí, verrai con me e mi seguirai dove vorrò. Smetterai questi orrendi vestiti neri. Sarai il piú bello e il piú invidiato dei cavalieri, sarai il mio amante. Immagina che bello essere l'amante di Clarimonda, di colei che ha rifiutato un papa! Che vita dolce, felice e splendida condurremo. Mio signore, quando partiamo?

– Domani! Domani! – gridai nel mio delirio.

– Va bene, domani, – riprese Clarimonda. – Cosí avrò il tempo di cambiarmi: l'abito che porto è troppo succinto, non si addice a un lungo viaggio. Bisogna anche che avvisi i miei servitori che mi credono ancora morta e mi piangono. Denaro, abiti, carrozza, tutto sarà pronto. Verrò a prenderti a questa stessa ora. Addio, amore mio –. Mi sfiorò appena la fronte con le labbra, la lampada si spense, le tende si richiusero, e non vidi piú nulla. Un sonno di piombo, senza sogni, mi avvolse, lasciandomi nell'incoscienza fino all'indomani mattina. Mi svegliai piú tardi del solito, e il ricordo di quella singolare apparizione mi turbò tutto il giorno. Finii con il persuadermi che era stato un prodotto della mia immaginazione esaltata. Tuttavia le sensazioni erano state cosí vive, che mi era difficile credere che non fossero reali, e non fu senza apprensione all'idea di ciò che sarebbe dovuto accadere che mi misi a letto la sera, dopo aver pregato Dio di distogliere da me ogni cattivo pensiero, e di proteggere la castità del mio sonno.

Mi addormentai subito profondamente, e il sogno del giorno precedente riprese. Le tende si sollevarono, e apparve Clarimonda, non piú diafana nel suo bianco sudario, con le gote violacee per la morte, ma gaia e splendente in un superbo vestito da viaggio di velluto verde con ricami d'oro, rialzato da un lato per lasciar scorgere una gonna di satin. I suoi riccioli biondi sfuggivano da un ampio cappello di feltro nero, sovraccarico di piume bianche che lo circondavano capricciose; teneva in mano un frustino con in cima un fischietto d'oro. Mi toccò leggermente con quello e mi disse: – Allora, bell'addormentato? È cosí che ti prepari? Pensavo di trovarti in piedi. Sbrigati, non c'è tempo da perdere –. Saltai giú dal letto.

– Forza, vestiti e andiamo, – disse mostrandomi con un cenno della mano un involto che aveva portato con sé. – Alla porta i cavalli scalpitano e mordono il freno. Dovremmo già essere a dieci leghe da qui –. Mi vestii subito. Lei stessa mi porgeva gli abiti, ridendo della mia goffaggine, e indicandomene il giusto uso, quando mi sbagliavo. Mi pettinò lei stessa e, porgendomi poi uno specchietto da tasca di vetro di Murano, con una cornice di filigrana d'argento, mi disse: – Ti piace? Vuoi prendermi come tua cameriera personale?

Non ero piú lo stesso e non mi riconobbi, non somigliavo a quel che ero prima piú di quanto una statua ricordi il blocco di pietra informe da cui è stata ricavata. Prima il mio viso non era che l'abbozzo di quello che ora rifletteva lo specchio. Ero bello, e la mia vanità era sensibilmente solleticata dalla metamorfosi. Quei vestiti eleganti, quella ricca giacca tutta ricamata facevano di me una persona completamente diversa, e ammiravo il magnifico effetto di qualche metro di stoffa ben confezionato. Lo spirito del mio costume penetrava nella mia pelle e in pochi minuti ero già divenuto decisamente vanitoso. Feci qualche passo su e giú per la stanza, per acquistare una certa scioltezza di movimenti. Clarimonda mi osservava con un'aria di materna indulgenza, soddisfatta della sua opera: – Be', ora basta perdere tempo, Romualdo carissimo. Dobbiamo andare lontano, è ora di mettersi in viaggio se vogliamo arrivare –. Mi prese per mano e mi trascinò con lei. Tutte le porte si aprivano al suo solo tocco, e passammo vicino al cane senza svegliarlo.

Fuori trovammo Margheritone, lo scudiero che mi aveva fatto da guida la prima volta. Teneva per le briglie tre cavalli neri, uno per ciascuno di noi. Questi cavalli dovevano certo essere dei ginnetti spagnoli, nati da giumente fecondate dallo zefiro, perché correvano piú veloci del vento, e la luna, che si era levata al momento della nostra partenza per illuminarci la strada, rotolava nel cielo come una ruota staccata da un carro: la vedevamo sulla nostra destra saltare di albero in albero e faticare per tenerci dietro. Ben presto giungemmo in una pianura dove, presso un folto gruppo d'alberi, ci attendeva una carrozza con un tiro di quattro bestie vigorose; vi salimmo e i postiglioni la lanciarono a un galoppo sfrenato.

Tenevo un braccio attorno alla vita di Clarimonda e lei una mano fra le mie; appoggiava il capo alla mia spalla e sentivo la sua gola nuda sfiorarmi il braccio. Non avevo mai provato felicità piú profonda. Avevo completamente dimenticato la mia vita precedente, non ricordavo di essere stato prete piú di quanto rammentassi la mia esistenza nel ventre di mia madre; tale era la fascinazione che quello spirito nefasto esercitava su di me.

Da quella notte in poi la mia natura in un certo senso si sdoppiò: c'erano in me due uomini, di cui l'uno non conosceva l'altro. A volte mi credevo un prete che ogni sera pensava di essere un giovin signore, a volte un giovin signore che sognava di essere un prete. Non riuscivo piú a distinguere il sonno dalla veglia, e non sapevo dove cominciasse la realtà e dove finisse l'illusione. Il giovin signore vanesio e libertino si faceva beffe del prete, il prete detestava le azioni dissolute del giovin signore. Due spirali concatenate l'una all'altra, senza tuttavia mai toccarsi, rappresenterebbero bene l'immagine di quella vita bicefala che fu la mia. Malgrado la stranezza della situazione, non credo tuttavia di aver mai sfiorato la pazzia, neppure per un istante. Ho sempre conservato ben precisa la percezione delle mie due esistenze. C'era soltanto un fatto assurdo che non riuscivo a spiegarmi: il sentimento cioè di uno stesso «io» che poteva sussistere in due uomini cosí differenti. Era un'anomalia di cui non mi rendevo conto, sia che credessi di essere il curato del piccolo villaggio di *** sia che pensassi di essere il «signor Romualdo»[1], amante di Clarimonda.

Restava sempre il fatto che io ero, o credevo di essere, a Ve-

[1] In italiano nel testo [*N.d.T.*].

nezia. Nemmeno ora riesco bene a distinguere quanto ci fosse di realtà e quanto di illusione in questa bizzarra avventura. Abitavamo in un grandioso palazzo di marmo, degno di un re, sul Canal Grande, ricco di statue e di affreschi, con due Tiziano dell'epoca migliore nella camera da letto di Clarimonda. Avevamo a disposizione una gondola e un barcaiolo ciascuno, la nostra camera da musica e il nostro poeta personale. Clarimonda concepiva la vita in maniera grandiosa e aveva qualcosa della natura di Cleopatra, quanto a me, conducevo una vita da principe, e mi davo arie come se appartenessi alla famiglia di uno dei dodici apostoli o dei quattro evangelisti. Non avrei ceduto il passo nemmeno al doge in persona e non credo vi sia stata al mondo persona piú orgogliosa e arrogante di me, dopo che Lucifero fu fatto precipitare dall'alto dei cieli. Andavo al Ridotto e giocavo come fossi stato preda del demonio. Frequentavo la miglior società, figli di papà caduti in rovina, attrici, truffatori, parassiti e spadaccini. Tuttavia, malgrado i costumi dissoluti, restai sempre fedele a Clarimonda. L'amavo perdutamente. Sarebbe stata capace di ridestare persino gli appetiti di un sazio e di rendere costante l'incostante. Avere Clarimonda era come godere di venti amanti diverse, come possedere tutte le donne, tanto era cangiante, mutevole, multiforme: un vero camaleonte. Vi faceva compiere con lei stessa l'infedeltà che avreste compiuto con altre, assumendo completamente il carattere, l'andatura e il tipo di bellezza della donna che in quel momento vi aveva colpito. Mi rendeva il mio amore centuplicato, e invano i giovani patrizi e gli anziani del Consiglio dei Dieci le fecero le piú allettanti proposte. Uno dei Foscari arrivò al punto di domandarla in sposa; Clarimonda rifiutava tutto. Aveva ricchezze sufficienti; desiderava solo l'amore, un amore giovane, puro, provocato da lei, che doveva essere il primo e l'ultimo.

Sarei stato completamente felice, senza quel maledetto incubo che ritornava ogni notte, facendomi credere di essere un prete di campagna che stava a macerarsi e a far penitenza per i suoi stravizi diurni. Rassicurato dall'abitudine di stare con Clarimonda, non pensavo piú al modo strano in cui ci eravamo conosciuti. Tuttavia, a volte mi tornavano in mente le parole dell'abate Serapione, che mi gettavano nell'angoscia.

Da qualche tempo la salute di Clarimonda era meno buona. Il suo incarnato diventava ogni giorno piú pallido. I medici non capivano nulla della sua malattia, e non sapevano che fare. Prescrissero qualche medicina banale, e non tornarono piú. Ma lei continuava a impallidire a vista d'occhio, e la sua pelle era sempre piú fredda. Era bianca e smorta quasi come in quella notte fatale, nel castello sconosciuto. Ero disperato vedendola deperire. Commossa dal mio dolore, lei mi sorrideva dolcemente con l'espressione malinconica di chi sa di dover morire presto.

Una mattina stavo facendo colazione accanto al suo letto, per non lasciarla sola nemmeno un minuto. Mentre tagliavo un frutto, per caso mi provocai una ferita abbastanza profonda a un dito. Ne uscí subito un rivolo rosso di sangue e qualche goccia cadde su Clarimonda. Di colpo i suoi occhi brillarono e la sua fisionomia assunse un'espressione di gioia feroce e selvaggia, che non le avevo mai visto. Saltò giú dal letto con agilità animale, come un gatto o una scimmia, e si precipitò sulla mia ferita, mettendosi a succhiarla con indicibile voluttà. Beveva il sangue a piccoli sorsi, lentamente e godendone come un buongustaio che assapori un vino di Xères o di Siracusa. Socchiudeva gli occhi: le pupille verdi da rotonde erano diventate oblunghe. Ogni tanto si interrompeva per baciarmi la mano, poi ricominciava a premere le sue labbra su quelle della ferita, per cercare di farne scaturire un'altra goccia purpurea. Quando vide che il sangue non sarebbe piú uscito, si alzò con gli occhi umidi e brillanti, piú rosea dell'aurora di maggio, il viso ricomposto, la mano tiepida e sudata, insomma piú bella che mai e in forma perfetta.

– Non morirò piú. Non morirò piú! – gridò, pazza di gioia, abbracciandomi. – Potrò amarti ancora a lungo. La mia vita è nella tua, e tutto quel che è mio viene da te. Qualche goccia del tuo ricco e nobile sangue, piú prezioso e piú efficace di qualsiasi elisir, mi ha restituito alla vita.

Questa scena mi lasciò a lungo pensieroso, suscitandomi i piú strani dubbi su Clarimonda. La sera stessa, appena il sonno mi riportò nel mio presbiterio, rividi l'abate Serapione, piú grave e preoccupato che mai. Mi osservò con attenzione e mi disse: – Non contento di perdere l'anima, ora vuoi perdere anche il corpo. Infelice, sei caduto in una trappola –. Il tono con cui pronunciò queste poche parole mi colpí fortemente ma quell'impressione, malgrado la sua vivacità, non durò a lungo, e mille altri pensieri l'allontanarono dalla mia mente. Tuttavia, una sera in uno specchio, di cui lei non aveva calcolato la posizione traditrice, vidi che Clarimonda mi stava versando una polverina nella tazza di vino aromatizzato che usava prepararmi sempre alla fine del pasto. Presi la tazza, finsi di portarla alle labbra, poi la posai su un mobile, come se avessi l'intenzione di finirla piú tardi, ma, non appena la mia bella mi voltò le spalle, la versai rapidamente sotto il tavolo. Andai poi nella mia camera e mi stesi sul letto, determinato a non dormire per scoprire che cosa sarebbe successo. Non dovetti aspettare a lungo. Clarimonda entrò in camicia da notte, e, sbarazzatasi dei suoi veli, si allungò vicino a me nel letto. Si assicurò che io stessi veramente dormendo, poi mi denudò un braccio e, togliendosi dai capelli uno spillone d'oro, cominciò a mormorare sottovoce:

– Una goccia, solo una piccola goccia, un rubino sul mio spillone! Dato che continui ad amarmi, bisogna che io non muoia... Povero amore mio, berrò il tuo bel sangue purpureo e brillante. Dormi, mio unico bene; dormi, mia divinità, bambino mio, non ti farò alcun male, non prenderò della tua vita che quel che mi basta per non estinguere la mia. Se non ti amassi tanto, potrei servirmi delle vene di qualche altro amante, ma, da quando ti conosco, tutti gli altri mi ripugnano. Che bel braccio, rotondo e bianco. Non so risolvermi a pungere questa bella vena blu –. E, mentre parlava, piangeva, e io sentivo le lacrime cadermi sul braccio, ch'ella teneva fra le mani. Finalmente si decise, mi punse con lo spillone, e si mise a succhiare il sangue che ne usciva. Appena ne ebbe bevuta qualche goccia, il timore di spossarmi la spinse a mettermi una piccola benda, dopo aver strofinato la ferita con un unguento che la fece cicatrizzare immediatamente.

Non potevo piú avere dubbi, l'abate Serapione aveva ragione. Tuttavia, malgrado l'acquisita certezza, non riuscivo a fare a meno di amare Clarimonda, e le avrei dato volentieri tutto il sangue di cui aveva bisogno per prolungare la sua artificiale esistenza. D'altra parte, non avevo paura, la donna agiva come un vampiro e quel che avevo visto e sentito mi rassicurava completamente; all'epoca avevo vene copiose che non potevano esaurirsi tanto presto, e non stavo certo a mercanteggiare la mia vita a goccia a goccia. Mi sarei anche aperto da solo le vene, e le avrei detto: – Bevi! Che il mio amore pervada il tuo corpo con il mio sangue! – Evitavo di alludere al sonnifero e alla scena dello spillone, e il nostro accordo continuava perfetto. Solo i miei scrupoli di prete continuavano a tormentarmi e non sapevo quali nuove mortificazioni inventare per domare e umiliare la mia carne. Per quanto tutte queste visioni non fossero volontarie e sebbene non vi partecipassi consciamente, non osavo toccare il crocefisso con mani impure e uno spirito macchiato da siffatta dissolutezza, reale o immaginaria che fosse. Per evitare di cadere in balia di quelle penose allucinazioni, mi costringevo a non dormire, tenendo le palpebre aperte con le dita, e stavo in piedi, appoggiato alla parete, lottando con tutte le forze contro il sonno. Ma ben presto la sabbia dell'assopimento mi irritava gli occhi, e, vedendo inutile ogni lotta, lasciavo cadere le braccia scoraggiato e stanco, e di nuovo la corrente mi trascinava verso quelle perfide rive. Serapione mi esortava con veemenza, e mi rimproverava duramente la mia debolezza e il mio scarso fervore. Un giorno in cui ero stato piú inquieto del solito, mi disse: – Per liberarti da quest'ossessione, non c'è che un rimedio, e, benché sia estremo, converrà adottarlo. Io so dove è stata sepolta Clarimonda. Bisogna disseppellirla, e che tu veda in quale stato pietoso è l'oggetto del tuo amore. Non sarai piú tentato di perdere l'anima per un immondo cadavere, divorato dai vermi, vicino a dissolversi in polvere. Tornerai sicuramente in te, dopo questa esperienza –. Ero cosí affaticato da quella doppia vita che acconsentii. Volevo sapere una volta per tutte, chi, tra il prete e il giovin signore, era vittima di un'illusione. Ero deciso a uccidere uno dei due uomini che vivevano in me a vantaggio dell'altro, o anche ad annientarli entrambi, perché una vita simile non poteva durare. L'abate Serapione si muní di un piccone, una leva e una lanterna e a mezzanotte ci recammo al cimitero di ***, di cui conosceva a menadito la disposizione. Dopo aver illuminato parecchie lapidi con la lanterna cieca, arrivammo finalmente a una pietra seminascosta dalle erbacce e divorata dal muschio e dalle piante parassite, su cui deciframmo un inizio di iscrizione:

Qui giace Clarimonda
la piú bella donna
della sua epoca...

– È proprio qui, – disse Serapione, posata a terra la lanterna, inserí la leva nell'interstizio fra la terra e la pietra, e cominciò a sollevarla. La pietra cedette, e lui si mise a lavorare di piccone. Io lo guardavo, piú cupo e silenzioso della notte. Quanto a lui, curvo sulla macabra operazione, ansimava, il sudore gli scorreva sul volto e il suo respiro affannoso sembrava il rantolo di un agonizzante. Era uno strano spettacolo, e chi ci avesse visto ci avrebbe preso per profanatori di tombe o ladri di sudari, e non per due preti. Lo zelo di Serapione aveva qualcosa di duro e selvaggio che lo rendeva piú simile a un demonio che a un apostolo o a un angelo, e il suo volto dai marcati tratti austeri, sottolineati dal riflesso della lanterna, non aveva nulla di rassicurante.

Sentivo un sudore gelido percorrermi le membra, i capelli mi si rizzavano in testa, il mio cuore vedeva l'atto dell'austero Serapione come un abominevole sacrilegio, e avrei voluto che dalle nuvole oscure che rotolavano su di noi uscisse un fulmine che lo riducesse in polvere. I gufi, appollaiati sui cipressi, resi inquieti dal bagliore della lanterna, venivano a sbattere pesantemente contro il vetro le loro ali polverose, emettendo penosi gemiti. Le volpi guaivano in lontananza, e mille suoni sinistri laceravano il silenzio. Finalmente il piccone di Serapione urtò la bara, e si sentirono risuonare le assi con un rumore secco, quello spaventoso rumore sordo che esce dal nulla quando lo si sfiora. Serapione sollevò il coperchio, e io vidi Clarimonda, bianca come il marmo, a mani giunte. Il candido sudario l'avvolgeva con un unico drappeggio. Una piccola goccia rossa brillava come una rosa sull'angolo della sua bocca pallida. Serapione la guardò e divenne furioso. – Eccoti qui, demone, cortigiana sfacciata, succhiatrice di sangue e di oro –. Asperse di acqua benedetta il corpo e la bara, e con l'aspersorio tracciò un segno di croce. La povera Clarimonda, appena spruzzata dalle sante stille, si dissolse in polvere. Non restò che una miscela informe di ceneri e ossa frantumate. – Ecco la tua amante, signor Romualdo, ti tenta ancora l'idea di fare una passeggiata al Lido o a Fusine con questa bellezza? – Chinai il capo. Mi sentivo distrutto. Tornai al mio presbiterio, e il signor Romualdo, amante di Clarimonda, si disgiunse dal povero prete, a cui tanto a lungo aveva tenuto una compagnia cosí singolare. La notte seguente vidi per l'ultima volta Clarimonda. Come la prima volta sotto il portale della chiesa, mi disse: – Disgraziato! Disgraziato! Che hai fatto? Perché hai ascoltato quel prete imbecille? Non eri forse felice? Che ti avevo fatto di male per darti il diritto di violare la mia povera tomba e mettere a nudo le miserie del mio niente? Ogni comunicazione tra le nostre anime e i nostri corpi è ormai spezzata per sempre. Addio, mi rimpiangerai –. Si dissolse nell'aria come nebbia, e non la rividi mai piú.

Purtroppo aveva detto il vero. L'ho rimpianta piú di una volta e la rimpiango ancora. Ho conquistato la pace dell'anima a ben caro prezzo. L'amore di Dio non è stato poi eccessivo per sostituire il suo. Ecco, reverendo padre, questa è la storia della mia giovinezza. Non guardate mai nessuna donna, e camminate con gli occhi bassi, perché, per casto e sereno che vi sentiate, basta un minuto di distrazione per perdere l'eternità.

THOMAS PRESKETT PREST e JAMES MALCOLM RYMER

Il visitatore terrificante

> Le tombe rigurgitano i morti
> e l'aria della notte risuona di grida orribili!

I rintocchi solenni dell'orologio di un'antica cattedrale hanno annunciato la mezzanotte: l'aria è densa e pesante, un'immobilità strana e simile alla morte pervade la natura. Come la calma carica di tensione che precede il terribile scatenarsi degli elementi naturali, questi sembrano aver sospeso le loro consuete fluttuazioni ma solo per raccogliere una forza terribile. Da lontano giunge il debole rombo di un tuono. Come al segnale d'inizio di una battaglia, i venti sembrano risvegliarsi dal letargo e un uragano terribile e bellicoso investe l'intera città, producendo nei quattro o cinque minuti della sua durata una devastazione maggiore di quella provocata da mezzo secolo di normali fenomeni atmosferici.

È come se un gigante avesse soffiato su una città giocattolo e, con il fiato caldo del suo respiro spaventoso, avesse disperso molti degli edifici; poi, cosí come era comparsa, quella raffica di vento sparisce e tutto torna di nuovo calmo e immobile.

Chi dormiva si sveglia e pensa che quello che ha udito sia l'illusione confusa di un sogno. È scosso da un brivido, si gira e torna a dormire.

Tutto è immobile, immobile come una tomba. Nessun suono spezza l'incanto del riposo. Che cos'è... uno strano rumore felpato, come quello di un milione di piedi fatati? È la grandine... sí, è scoppiata una tempesta sulla città. Le foglie vengono strappate dagli alberi insieme ai rami; le finestre piú esposte alla furia impetuosa dei chicchi di grandine si infrangono, e la tranquillità incantata, poco prima cosí profonda, viene sostituita da un rumore che, crescendo, sommerge tutte le grida di sorpresa o di costernazione che qua e là si levano da chi si trova nelle case colpite dalla bufera.

Di tanto in tanto giunge un'improvvisa raffica di vento che, con la sua forza, soffiando obliqua, trattiene per un momento milioni di granelli di grandine sospesi a mezz'aria, ma solo per scagliarli con forza raddoppiata in una nuova direzione, dove provocheranno danni ancora maggiori.

Come infuria la tempesta! Grandine, pioggia, vento. È proprio una notte terribile!

In una dimora secolare si trova un'antica stanza. Incisioni curiose e strane ne adornano le pareti, e l'ampia mensola del camino è di per sé una curiosità. Il soffitto è basso, e una grande finestra ad arco che va dal tetto al pavimento si affaccia a occidente. La finestra ha una grata; i vetri sono dipinti in uno stile originale e riccamente colorati: quando il sole o la luna splendono sulla casa riflettono una luce dai riflessi bellissimi e strani. Un solo ritratto è appeso in quella stanza, benché le pareti sembrino rivestite di pannelli di legno con lo scopo preciso di ospitare una serie di dipinti. Il ritratto raffigura un giovane dal volto pallido, con la fronte imponente e una strana espressione negli occhi, occhi che nessuno ha mai voluto guardare due volte.

Nella stanza c'è un letto maestoso in legno di noce scolpito, finemente intagliato: è una di quelle opere d'arte che risalgono all'epoca elisabettiana. È tappezzato di pesanti tessuti di seta e di damasco; agli angoli ondeggiano grandi piume coperte di polvere che conferiscono alla stanza un aspetto funereo. Il pavimento è in legno di quercia lucidato.

Dio! Come batte la grandine su quell'antica finestra ad arco! Simile a una sporadica scarica di moschetto, picchia, sbatte e scricchiola sulle lastre di vetro, che però resistono: si salvano grazie alle loro piccole dimensioni. Il vento, la grandine, la pioggia moltiplicano invano la loro furia.

Il letto di quella stanza antica è occupato. Sul giaciglio vetusto giace semiaddormentata una creatura incantevole: una fanciulla giovane e bella come un mattino di primavera. I lunghi capelli sono sfuggiti all'acconciatura e sono sparsi sulle fodere annerite della testata del letto; deve essersi agitata nel sonno, perché le coperte sono in disordine. Tiene un braccio sopra la testa, l'altro sporge dal lato del letto verso cui s'è voltata. Si intravedono un collo e un seno che potrebbero essere oggetto di studio da parte del piú straordinario scultore cui la Provvidenza abbia mai donato talento. Si lamenta lievemente nel sonno e, una o due volte, le sue labbra si muovono come per pregare: o almeno lo si potrebbe pensare, perché una volta ella sussurra il nome di Colui che ha sofferto per tutta l'umanità.

Probabilmente è molto stanca; la tempesta non la sveglia, ma le turba il sonno che però non riesce a rovinare del tutto. Il tumulto degli elementi risveglia i sensi, pur senza interrompere completamente il riposo in cui sono scivolati.

Che incanto quella bocca lievemente dischiusa i cui denti di perla brillano anche nella debole luce che proviene dalla finestra! Come si posano dolcemente sulla guancia le lunghe seriche ciglia! La giovane donna ora si muove e un'intera spalla è visibile: piú bianca e piú bella delle coperte immacolate del letto su cui giace è la pelle liscia di quella stupenda creatura appena sbocciata alla femminilità, in quello stato di transizione che ci offre tutto il fascino della fanciulla, quasi ancora una bambina, insieme alla bellezza piú matura e alla dolcezza degli anni trascorsi.

Cos'è stato, un lampo? Sí, un bagliore terribile, vivido, spaventoso, seguito dal rombo echeggiante di un tuono, come se mille montagne crollassero una sopra l'altra nella volta celeste! Chi dorme ora in quell'antica città? Neppure un'anima. Lo squillo di tromba dell'eternità non avrebbe potuto ridestare nessuno in modo piú efficace!

La grandinata prosegue. Il vento non accenna a calare. Il ruggito degli elementi sembra al culmine. Ora la bella fanciulla sul letto antico si sveglia: apre gli occhi di un azzurro celestiale e una debole esclamazione di sgomento le sfugge dalle labbra. O, almeno, è un'esclamazione che, in mezzo al rumore e al tumulto esterno, risuona debole e fioca. Si siede sul letto e si preme le mani sugli occhi. Cielo! Che torrente di vento, pioggia e grandine! Anche il tuono sembra voler ridestare echi capaci di protrarsi finché il bagliore del lampo successivo non produrrà nuovamente quella violenta scossa dell'aria. Ella mormora una preghiera, per quelli che piú ama; le escono dalle labbra i nomi che sono cari al suo cuore gentile; piange e prega; poi pensa alla distruzione che la tempesta sicuramente produrrà e rivolge al grande Dio del Cielo una preghiera per tutti gli esseri viventi. Un altro baleno: il bagliore accecante di un lampo, feroce e azzurro si riversa dalla finestra e per un istante rivela tutti i colori con terribile precisione. Un grido sfugge dalle labbra della fanciulla. Con lo sguardo fisso su quella finestra che, in altri momenti, è completamente buia, e con un'espressione di terrore mai provato prima, incomincia a tremare, mentre la fronte è imperlata dal sudore prodotto da una intensa paura.

– Che cosa... che cos'è stato? – ansima. – Era reale o un'illusione? Oh, Dio, che cos'era? Una figura alta e scheletrica che, dall'esterno, cercava di aprire la finestra. L'ho vista. Quel lampo me l'ha mostrata. Occupava tutta la finestra.

Il vento si placa. La grandine non cade piú cosí fitta, e quella residua si abbatte diritta sul suolo. Eppure, dal vetro di quell'alta finestra giunge uno strano rumore tintinnante. Non può essere un'illusione, la fanciulla è sveglia e lo sente. Cosa può produrlo? Il bagliore di un altro lampo... un altro grido... ora non può piú avere dubbi.

C'è una figura imponente in piedi sul davanzale, fuori dalla finestra. Sono le sue unghie che tamburellano sul vetro e producono quel suono cosí simile alla grandine, ora che essa è cessata. Un'intensa paura paralizza le membra della bella fanciulla. Riesce solo a emettere un grido: con le mani serrate, il viso bianco come il marmo, il cuore che batte cosí selvaggio nel petto che sembra volerne uscire, gli occhi sbarrati e fissi sulla finestra, attende, immobile per l'orrore. Il tamburellare delle unghie continua. Non viene pronunciata nessuna parola, e ora ella immagina di riuscire a intravedere sullo sfondo della finestra la sagoma scura di quella figura, e vede le lunghe braccia che si muovono avanti e indietro, cercando un modo per entrare. Che strana luce è quella che ora si insinua a poco a poco nell'aria? Rossa e terribile, sempre piú intensa. Il fulmine ha incendiato un mulino, e il riflesso dell'edificio che si consuma rapidamente ricade sulla finestra. Non può sbagliarsi. La figura è lí, cerca ancora un modo per entrare e tamburella contro il vetro con le sue lunghe unghie, che sembrano essere cresciute per anni senza essere mai state tagliate. La fanciulla cerca di gridare ancora, ma è sopraffatta da una sensazione di soffocamento, non ci riesce. È troppo orribile, cerca di muoversi, le membra sembrano appesantite da tonnellate di piombo, l'unica cosa che riesce a fare è emettere un debole e roco bisbiglio:

– Aiuto... aiuto... aiuto... aiuto!

E ripete quell'unica parola come in un sogno. Il bagliore rossastro del fuoco continua a far risaltare l'orribile figura scheletrica scolpita sullo sfondo della finestra. Essa si proietta anche sopra l'unico ritratto che si trova nella stanza. L'immagine sembra fissare l'intruso che tenta di entrare, mentre la luce guizzante del fuoco gli conferisce una spaventosa vitalità. Una piccola lastra di vetro s'infrange e dall'esterno la figura introduce una lunga mano scheletrica che sembra completamente scarnificata. Il chiavistello viene rimosso e una metà della finestra, che si apre come una porta a fisarmonica, si spalanca sui cardini.

Eppure la fanciulla non riesce ancora a urlare, non riesce a muoversi. – Aiuto!... aiuto!... aiuto! – è tutto quello che riesce a balbettare. Ma, ahimè, quell'espressione di terrore sul suo viso è orribile: un'espressione il cui ricordo potrebbe perseguitare un'intera esistenza, un ricordo capace di insinuarsi nei momenti piú felici e di renderli amari.

La figura si gira di tre quarti e la luce illumina il suo viso. È di un biancore assoluto, completamente esangue. Gli occhi sembrano di stagno lucido; le labbra sono contratte, e il particolare che piú risalta insieme agli occhi spaventosi sono i denti dall'aspetto terrificante, sporgenti come quelli di un animale selvaggio, orribilmente bianchi, luccicanti e simili a zanne. Si avvicina al letto con uno strano movimento silenzioso. Sbatte una contro l'altra le lunghe unghie che sembrano letteralmente appese ai polpastrelli. Dalle sue labbra non esce suono. La ragazza sta forse impazzendo, quella giovane e bella fanciulla esposta a un terrore cosí grande? Si è tutta raggomitolata; ora non riesce nemmeno a chiedere aiuto. La capacità di articolare un suono è svanita, ma quella di muoversi le è tornata: riesce a trascinarsi lentamente sul lato del letto opposto a quello verso cui si dirige la creatura ripugnante.

Tuttavia, lo sguardo di lei è ipnotizzato. Gli occhi di un serpente non avrebbero potuto produrre un effetto piú intenso della fissità di quelle pupille terribili e metalliche chine su di lei. La figura avanza, accucciata, riducendo in questo modo la sua altezza gigantesca; il volto orribilmente bianco, proteso in avanti, è l'elemento maggiormente visibile. Chi è? Che cosa vuole? Che cosa lo rende tanto ripugnante, tanto dissimile dagli altri abitanti della terra, su cui anch'egli ha dimora?

Ora la fanciulla è arrivata sul bordo del letto e la figura si ferma un momento. Quando la figura si arresta, la ragazza sembra perdere la capacità di procedere. Stringe tra le mani le coperte con una forza inconsapevole. Trattiene il respiro ansimante. Il seno si solleva e le tremano le membra, eppure non riesce a distogliere lo sguardo da quel volto marmoreo. La creatura la tiene avvinta a sé con i suoi occhi scintillanti.

La tempesta è cessata, tutto è immobile. I venti si sono placati; l'orologio della chiesa scandisce l'una: un suono sibilante esce dalla gola della creatura ripugnante, che solleva le braccia lunghe e scheletriche, le labbra si muovono. Avanza. La fanciulla posa un minuscolo piede sul pavimento. Senza rendersene conto, trascina con sé le coperte. La porta della stanza è lí vicina: riuscirà a raggiungerla? Riuscirà a camminare? Riuscirà a distogliere gli occhi dal volto dell'intruso, spezzando cosí l'orribile incantesimo? Dio del Cielo! È tutto reale, oppure è un sogno cosí simile alla realtà da rischiare di sconvolgerle la ragione per sempre?

La figura si è nuovamente fermata e la fanciulla giace tremante, metà sul letto e metà fuori. I capelli sciolti sono sparsi sull'intera superficie del letto. Man mano che si è spostata, i capelli sono arrivati a coprire i cuscini. La pausa dura quasi un minuto, un'agonia che sembra non finire mai! Quel minuto è in effetti sufficiente a scatenare la follia.

Con impeto improvviso e imprevedibile, con uno strano ululato sufficiente a destare il terrore in qualsiasi petto, la figura le ha afferrato le lunghe trecce e, avvolgendosele sulle mani ossute, l'ha inchiodata al letto. Urla, il Cielo le ha concesso il potere di urlare. A un grido ne segue un altro in rapida successione. Le coperte sono ammucchiate per terra: la fanciulla è stata di nuovo trascinata per i lunghi capelli serici, fino sul letto. Le membra deliziosamente tornite rabbrividiscono per il tormento dell'anima. Gli occhi terribili e inespressivi della figura percorrono quella forma angelica con orribile soddisfazione, una profanazione disgustosa! Le trascina la testa verso il bordo del letto. Attorcigliando tra le mani i lunghi capelli, la obbliga a rovesciarsi all'indietro. La figura si avventa e le affonda nel collo i denti simili a zanne: seguono un fiotto di sangue e un risucchio orribile. *La fanciulla è svenuta e il vampiro consuma il suo pasto ripugnante!*

ALEKSEJ KONSTANTINOVIČ TOLSTOJ

La famiglia del vurdalak

Nel 1815, si erano dati convegno a Vienna tutta l'Europa piú erudita, tutte le menti piú brillanti e tutti i diplomatici piú capaci. Ma ormai il Congresso era terminato. Gli esuli monarchici erano pronti a fare ritorno ai loro castelli, gli ufficiali russi alle loro case abbandonate e qualche polacco deluso a riportare a Cracovia l'amore della libertà per metterlo al sicuro sotto l'ala protettrice della triplice ed equivoca indipendenza concessa dal principe di Metternich, dal principe di Harderberg e dal conte di Nesselrode.

Cosí come accade quando una festa sta per volgere al termine, la compagnia, prima cosí vivace, si era ormai ridotta a un piccolo numero di persone allegre, riluttanti a partire a causa dei begli occhi di qualche dama austriaca. Anch'io facevo parte di questa gaudente combriccola che due volte alla settimana si trovava nel castello della principessa di Schwarzenberg, a qualche chilometro dalla città, superato il piccolo borgo di Hitzing.

Al mattino passeggiavamo. Poi, tutti insieme, cenavamo al castello o in qualche altro luogo lí vicino, e la sera, seduti davanti allo scoppiettante fuoco del caminetto, chiacchieravamo allegramente raccontandoci delle storie. Non si poteva assolutamente parlare di politica, perché l'argomento, affrontato da tutti noi per mesi, ormai ci annoiava. Preferivavamo trascorrere quei momenti con le leggende dei nostri rispettivi paesi o i nostri ricordi personali.

Una sera, terminate le storie straordinarie che ciascuno di noi aveva narrato, in un'atmosfera resa insolitamente tesa dal buio e dal silenzio, il marchese d'Urfé, vecchio esule che tutti apprezzavamo per l'allegria giovanile e quel tocco piccante che sapeva mettere nel racconto dei suoi passati amori, approfittò di un momento in cui regnava un profondo silenzio e disse:

– Signori, senza dubbio, le storie che ho sentito qui questa sera sono stupefacenti, ma a mio parere mancano tutte di una qualità essenziale: l'autenticità. Sono infatti convinto che nessuno di voi possa dimostrare di aver visto coi propri occhi le meraviglie che ha appena raccontato, né che possa provarne l'autenticità sulla sua parola di gentiluomo.

A malincuore, dovemmo ammettere che aveva ragione. Il vecchio continuò, quindi, accarezzandosi lo jabot:

– Per quanto riguarda me, cari signori, posso narrarvi soltanto una storia che possa competere con le vostre, ma, vi avverto, è cosí strana, terrificante e anche cosí vera, che da sola basterebbe a sconvolgere l'immaginazione dei piú scettici. Sfortunatamente, non solo ne sono stato testimone ma anche protagonista. Di solito preferisco non parlarne, ma questa sera, con il permesso di queste gentili signore, ve la racconterò.

Fummo tutti d'accordo. In realtà, qualcuno lanciò uno sguardo terrorizzato sui quadrati luminosi che la luna cominciava a disegnare sul pavimento, ma ben presto tutti si raccolsero intorno al marchese in religioso silenzio per non perdere neppure una parola. A quel punto il marchese d'Urfé, dopo aver fiutato con estrema lentezza una presa di tabacco, cominciò:

– Prima di tutto, vorrei scusarmi con le signore qui presenti, se nel corso della narrazione farò riferimento ai miei trascorsi sentimentali piú di quanto converrebbe a un uomo della mia età. Ma è necessario per la comprensione del racconto. D'altro canto è perdonabile che la vecchiaia abbia i suoi momenti di oblio, e sarà colpa vostra, mie signore, se, vedendovi qui davanti a me cosí attraenti, sarò ancora tentato di credermi giovane. Senza dilungarmi troppo vi dirò che correva l'anno 1756 ed ero follemente innamorato della bella duchessa di Gramont. Questa passione, che come ogni giovane credevo profonda ed eterna, non mi dava requie né giorno né notte, e la duchessa, come spesso le belle donne, si divertiva per civetteria ad acuire i miei tormenti, tanto che in un momento di furore chiesi e ottenni una missione diplomatica presso il Gospodar della Moldavia, all'epoca in trattative con il governo di Versailles per questioni che qui sarebbe noioso quanto inutile raccontarvi. Prima di partire, mi recai da lei per salutarla. La duchessa non mi riservò il solito sarcasmo e, con una voce che lasciava trapelare una certa emozione, mi disse: «Caro d'Urfé, state commettendo una vera pazzia. Ma vi conosco, e so che non cambierete idea. Vi chiedo però almeno una cosa, di accettare questa piccola croce come segno della mia amicizia, e promettetemi di portarla sempre con voi, fino al vostro ritorno. È un ricordo di famiglia a cui tengo moltissimo».

Con un gesto galante che poteva certamente sembrare fuori luogo in un momento simile, baciai non solo la piccola croce ma anche la bella mano che me la porgeva, e misi la catenina al collo, questa stessa che vedete e che, da allora, non ho mai piú tolto.

Non intendo annoiarvi, mie care signore, con i particolari del mio viaggio, né con le osservazioni che feci sugli ungheresi e sui serbi, popolo povero e ignorante ma coraggioso e onesto, che anche sotto la dominazione turca aveva difeso con onore la dignità e l'antica indipendenza. Vi dirò soltanto che, conoscendo un po' di polacco grazie a un precedente viaggio a Varsavia, imparai senza difficoltà il serbo, dato che questi due idiomi, insieme al russo e al boemo, sono solo varianti di una stessa lingua, lo slavo.

Riuscivo dunque a farmi capire con facilità, quando un giorno capitai in un villaggio, il cui nome non potrebbe suscitare in voi alcun interesse. Gli abitanti della casa, in cui dovevo alloggiare, sembravano immersi in una profonda disperazione, e mi parve assai strano poiché era domenica, e la domenica i serbi sono soliti divertirsi, danzando, tirando coll'archibugio, sfidandosi alla lotta... Pensai che i miei ospiti fossero tristi per qualche lutto recente e stavo quindi per andarmene senza disturbarli, quando un giovane di circa trent'anni, alto e imponente, si avvicinò e mi prese per mano:

– Entrate, entrate, straniero, – mi disse, – non fatevi impressionare dal nostro triste aspetto: quando ne conoscerete le ragioni, capirete.

Mi raccontò poi che il suo vecchio padre, di nome Gorča, uomo irrequieto e intrattabile, un bel mattino, appena sveglio, aveva staccato dal muro il suo vecchio archibugio turco, poi aveva detto ai suoi due figli Georgij e Pëtr:

– Ragazzi miei, ho deciso di unirmi ai valorosi che stanno per andare in montagna a dare la caccia a quel cane di Alibek (era questo il nome di un fuorilegge turco, che, da qualche tempo, stava mettendo a ferro e fuoco il paese). Tornerò tra dieci giorni. Se però al decimo giorno non sarò qui tra voi, fatemi dire una messa, perché vorrà dire che mi hanno ucciso. Ma, – aveva aggiunto il vecchio Gorča con l'aria piú solenne possibile, – se, Dio non voglia, dovessi tornare a casa dopo che saranno trascorsi i dieci giorni, allora, se tenete a voi, non fatemi entrare. In questo caso, vi ordino di dimenticare che sono vostro padre e di conficcarmi un palo nel petto, qualsiasi cosa dica o faccia, perché vorrebbe dire che sono diventato un maledetto *vurdalak* venuto a succhiare il vostro sangue.

È ora assolutamente necessario, mie gentili dame, che vi spieghi che i *vurdalak*, o vampiri dei popoli slavi, secondo le credenze locali, non sono nient'altro che cadaveri usciti dalle tombe per succhiare il sangue dei vivi. Fin qui, le loro abitudini non differiscono da quelle degli altri vampiri, ma questi hanno una caratteristica specifica che rende la loro natura ancora piú terrificante: i *vurdalak* preferiscono succhiare il sangue dei loro familiari piú prossimi e dei loro amici piú intimi, i quali, una volta uccisi in tal modo, si trasformano anch'essi in vampiri. Si narra che in Bosnia e in Ungheria gli abitanti di interi villaggi siano diventati *vurdalak*. L'abate Augustin Calmet, nella sua curiosa opera sulle apparizioni, ne cita terrificanti esempi. Gli imperatori tedeschi hanno nominato in piú occasioni delle commissioni di inchiesta per indagare sui casi di vampirismo. Si sono svolti processi, si sono esumati cadaveri, che sono stati trovati rimpinzati di sangue e che in seguito sono stati bruciati sulle pubbliche piazze, dopo averne trapassato il cuore. Alcuni magistrati, testimoni di tali esecuzioni, affermano che i cadaveri, nel momento in cui il boia gli spingeva un palo nel petto, hanno lanciato urla terrificanti. La loro testimonianza è stata raccolta in modo del tutto formale e sugellata da firma e giuramento.

È dunque facile comprendere quale impressione avessero provocato le parole del vecchio Gorča sui suoi figli. Gettandosi ai suoi piedi, lo supplicarono di lasciarli partire al suo posto, ma il padre rispose girando i tacchi e andandosene via, canticchiando il ritornello di una vecchia ballata.

Il mio arrivo al villaggio coincideva appunto con il termine fissato da Gorča ed era quindi naturale che i suoi parenti fossero alquanto turbati.

Era una famiglia buona e onesta. Georgij, il figlio piú grande, dai lineamenti virili e marcati, sembrava serio e deciso. Era sposato e padre a sua volta di due figli. Suo fratello Pëtr, un bel ragazzo di diciott'anni, mostrava piú dolcezza che carattere, e sembrava il prediletto della sorella minore, Sdenka, una fanciulla dalla tipica bellezza slava. In lei, oltre alla sua incontestabile avvenenza, mi colpí subito una lontana somiglianza con la duchessa di Gramont. Soprattutto un piccolo segno sulla fronte, che in tutta la mia vita ho notato soltanto in quelle due persone. Un segno che al primo sguardo risultava sgradevole, ma poi, dopo averlo visto piú volte, attraeva irresistibilmente.

Forse perché a quel tempo ero molto giovane, o perché quella somiglianza, ritrovata in una persona cosí candida e innocente, provocava in me un turbamento incontrollabile, dopo appena due minuti di amabile conversazione con Sdenka, già sentivo per lei una simpatia troppo profonda perché non minacciasse di trasformarsi in un sentimento piú tenero, se solo avessi prolungato il mio soggiorno nel villaggio.

Eravamo tutti riuniti davanti alla casa, attorno a una tavola imbandita con formaggi e latte. Sdenka filava, sua cognata preparava la cena per i bambini che giocavano sul prato, Pëtr con artefatta allegria fischiettava, lucidando uno *jatagan*, un lungo coltello turco. Georgij, coi gomiti sulla tavola, la testa tra le mani e la fronte corrugata, in religioso silenzio, divorava con gli occhi la grande strada che portava alla loro casa. Quanto a me, vinto dall'atmosfera generale, contemplavo malinconicamente le nuvole del crepuscolo che incorniciavano la volta dorata del cielo e la sagoma di un convento seminascosto da un bosco di pini.

In passato il convento era stato molto famoso, grazie a un'icona miracolosa della Vergine, che, secondo la leggenda, era stata trasportata dagli angeli e deposta sopra una quercia. Ma quando, all'inizio del secolo scorso, i turchi avevano invaso la regione, i monaci che custodivano la reliquia erano stati massacrati e il convento era stato messo a ferro e fuoco. Rimanevano solo alcuni muri e una cappella, in cui il servizio religioso era tenuto da una specie di eremita, che faceva da cicerone ai visitatori che si aggiravano tra le rovine e ospitava i pellegrini, che, recandosi a piedi da un luogo di devozione all'altro, desideravano fermarsi al convento della Vergine della Quercia.

Di tutto questo venni a conoscenza soltanto in seguito, perché in quel momento l'archeologia della Serbia non era il mio principale interesse. Come succede spesso quando si lascia libera la propria immaginazione, mi rifugiai nel passato, tornando ai giorni felici della mia infanzia, e alla mia bella Francia che avevo lasciato per un paese lontano e selvaggio. Pensavo alla duchessa di Gramont e, perché tacerlo, anche a qualche coetanea delle vostre nonne, la cui immagine, a mia insaputa, si era insinuata nel mio cuore dopo quella dell'affascinante duchessa. Ben presto dimenticai i miei ospiti e le loro preoccupazioni.

D'un tratto, Georgij ruppe il silenzio:

– Moglie, – disse, – a che ora è partito il *vecchio*?

– Alle otto, – rispose la donna, – proprio in quel momento ho udito rintoccare la campana del convento.

– Allora tutto va bene, – disse Georgij, – non devono essere piú delle sette e mezzo.

E non aggiunse altro, fissando di nuovo la grande strada che si inoltrava nella foresta.

Ho dimenticato di dirvi, mie care dame, che, quando i serbi sospettano che qualcuno sia diventato un vampiro, evitano di pronunciare il suo nome o di indicarlo in modo esplicito, perché pensano che questo equivarrebbe a evocarlo dalla tomba. Cosí, da qualche giorno, Georgij, quando parlava del padre, lo chiamava soltanto *il vecchio*.

Ci fu qualche istante di silenzio. Poi, uno dei bambini tirò Sdenka per il grembiule e le disse:

– Zia, quando tornerà a casa il nonno?

In risposta a questa domanda inopportuna Georgij diede uno schiaffò al bambino che scoppiò in lacrime, mentre il fratellino a un tempo stupito e timoroso aggiunse:

– Papà, perché non dobbiamo parlare del nonno?

Un altro schiaffo gli troncò la parola. I due bambini cominciarono a urlare e tutta la famiglia si fece il segno della croce.

In quel momento la campana del convento scandí lentamente le otto. Il primo colpo era appena risuonato alle nostre orecchie, quando vedemmo una figura umana staccarsi dal bosco e venire verso di noi.

– È lui! Dio sia lodato! – gioirono insieme Sdenka, Pëtr e la cognata.

– Che Dio ci protegga! – esclamò cupo Georgij. – Come possiamo sapere se i dieci giorni sono trascorsi oppure no?

Tutti si girarono verso di lui, terrorizzati da quella domanda. Nel frattempo la figura umana continuava ad avanzare. Era un gran vecchio dai baffi d'argento, il viso pallido e severo, che si trascinava penosamente con l'aiuto di un bastone. A mano a mano che si avvicinava, l'espressione di Georgij diveniva piú cupa. A pochi passi dalla casa, il nuovo arrivato si fermò e osservò uno a uno tutti i suoi familiari con occhi che sembrava non vedessero, tanto erano opachi e infossati.

– Allora? – disse con voce profonda, – nessuno viene a salutarmi? Che significa questo silenzio? Non vedete che sono ferito?

Solo allora potei notare che il vecchio aveva il fianco sinistro insanguinato.

– Aiutate vostro padre, – dissi a Georgij, – e voi, Sdenka, portategli un cordiale: credo stia per svenire.

– Padre mio, – disse Georgij, avvicinandosi a Gorča, – fatemi vedere la ferita. Io me ne intendo e ve la fascerò.

Provò a scoprirgli la ferita, ma il vecchio lo respinse rudemente, coprendosi il fianco con le mani: – Va' via, maleducato. Mi fai male.

– Ma allora, vi hanno ferito al cuore? – disse Georgij impallidendo improvvisamente, – avanti, su, toglietevi subito i vestiti. Dovete farlo, è necessario.

Il vecchio si alzò rigidamente:

– Stai attento, – rispose con voce sorda, – se oserai toccarmi, sarai maledetto.

Per aiutare il padre Pëtr urlò al fratello:

– Lascialo in pace, non vedi che sta soffrendo?

– Non contraddirlo, – aggiunse la moglie, – sai bene che non l'ha mai sopportato.

In quel momento un gregge di ritorno dal pascolo si stava avvicinando alla casa in una nuvola di polvere. E il cane che l'accompagnava, o perché non aveva riconosciuto il vecchio padrone o per qualche altro strano motivo, appena vide Gorča, si fermò drizzando il pelo e ululando come se avesse visto qualcosa di soprannaturale.

– Che cos'ha questo cane? – chiese il vecchio sempre piú arrabbiato, – che significa? Sono diventato uno straniero a casa mia? Dieci giorni in montagna mi hanno cambiato al punto che neanche i miei cani mi riconoscono?

– Hai sentito quel che ha detto? – chiese Georgij a sua moglie.

– Cosa?

– Ha appena confermato che i dieci giorni sono trascorsi.

– Ti sbagli, è tornato al termine fissato.

– Bene, so io cosa dobbiamo fare.

Nel frattempo, il cane continuava a ululare.

– Uccidetelo, – gridò Gorča. – Avete sentito? Uccidetelo!

Georgij non si mosse, ma Pëtr si alzò e con le lacrime agli

occhi afferrò l'archibugio del padre e colpí il povero cane che cadde a terra.

– Era il mio preferito, – mormorò a bassa voce, – non so perché mio padre abbia voluto che fosse ucciso.

– Se lo meritava, – disse Gorča. – Su, fa freddo. Voglio entrare in casa.

Sdenka, intanto, aveva preparato per il vecchio una tisana di acquavite bollente, pere, miele e uva passita, ma il padre la respinse con disgusto. Dimostrò la stessa avversione per il piatto di montone con contorno di riso che Georgij gli porgeva, e andò a sedersi vicino al camino, mormorando tra i denti parole inintellegibili.

Nel camino, un fuoco di pini animava fiocamente il volto del vecchio tanto pallido e disfatto che, senza quella luce a riscaldarlo, si sarebbe potuto credere quello di un morto. Sdenka si sedette accanto a lui.

– Padre mio, – gli disse, – non volete davvero prendere nulla per recuperare le forze? Perché non ci raccontate le vostre avventure in montagna?

La ragazza sapeva che queste parole avrebbero spinto il padre a raccontare, perché al vecchio piaceva parlare di guerre e battaglie. Su quelle labbra scolorite apparve infatti uno strano sorriso, ma i suoi occhi non mutarono espressione, e rispose, accarezzandole i capelli biondi:

– Certo, figlia mia. Certo, Sdenka cara. Ti racconterò volentieri quel che mi è successo in montagna, ma non ora, perché sono molto stanco. Sappi comunque che Alibek è morto, perché l'ho ucciso proprio io con le mie mani. E se qualcuno ha qualche dubbio, – continuò il vecchio, guardando i familiari uno a uno, – ecco qui la prova.

E in un attimo estrasse da una sorta di bisaccia che gli pendeva sulla schiena una testa livida e insanguinata, che tuttavia non superava per pallore la sua. Inorriditi, distogliemmo lo sguardo, ma Gorča, porgendo la testa a Pëtr, gli disse:

– Prendila. Attaccala sopra la porta. Cosí tutti quelli che passeranno sapranno che Alibek è morto e i fuorilegge non infestano piú le nostre strade, eccetto i giannizzeri del sultano.

Pëtr, disgustato, obbedí.

Tuttavia, aggiunse: – Questo povero cane urlava solo perché aveva fiutato odore di cadavere!

– Sí, aveva fiutato odore di cadavere, – rispose sempre piú cupo Georgij, che era uscito senza farsi notare, e che stava rientrando proprio in quel momento, tenendo in mano qualcosa che posò in un angolo e che mi parve un palo.

– Georgij, – disse sua moglie sottovoce, – spero che tu non abbia intenzione di...

– Fratello mio, – continuò sua sorella, – cosa pensi di fare? Oh no, non lo farai, vero?

– Lasciatemi in pace, – rispose Georgij, – so quel che devo fare e non farò nulla che non sia indispensabile.

Nel frattempo era calata la notte. Tutta la famiglia andò a dormire in una zona della casa separata dalla mia stanza da una parete molto sottile. Confesso che quel che avevo visto aveva impressionato la mia immaginazione. La mia lampada era spenta, la luna rischiarava la finestrina bassa vicino al mio letto gettando sul pavimento e sui muri bagliori lividi, quasi come ora in questo salone, mie gentili dame. Avrei voluto addormentarmi, ma non riuscivo. Pensai che fosse la luce della luna a disturbare il mio sonno e cercai qualcosa da utilizzare come tenda, ma non trovai nulla. Allora, sentendo delle voci confuse al di là della parete, mi misi in ascolto.

– Moglie, vai a dormire, – diceva Georgij, – e anche tu, Sdenka. E anche tu, Pëtr. State tranquilli, resterò io a vegliare su di voi.

– Ma Georgij, – rispondeva la moglie, – è meglio che stia sveglia io. Tu hai lavorato la notte scorsa, sarai stanco. In ogni caso, devo vegliare il nostro vecchio. Sai che sta male.

– Sta' tranquilla e vai a letto, – diceva Georgij, – veglierò io per tutti e due.

S'intromise allora Sdenka, con la sua voce piú dolce: – Mi sembra inutile star svegli. Nostro padre sta già dormendo e la sua espressione è calma e pacifica.

– Non capite proprio nulla, voi due, – proferí Georgij con

un tono che non ammetteva repliche. – Vi ho detto di andare a dormire e di lasciarmi solo a vegliare.

Subito dopo la casa cadde in un profondo silenzio. Ben presto, sentii che le mie pupille si appesantivano e che il sonno mi prendeva, quando, a un certo punto, fui certo che la porta si stesse aprendo e il vecchio Gorča fosse lí fermo sulla soglia. Ma piú che vedere la sua figura, la sospettavo, perché la camera da cui veniva era completamente buia. Mi sembrò che i suoi occhi spenti cercassero di indovinare i miei pensieri, e seguissero il movimento del mio respiro. Egli avanzò con cautela a piccoli passi. Quindi, avanzò piú rapidamente, quasi fosse un lupo. Infine, con un balzo, si avvicinò al mio letto. Fui assalito da un'inesprimibile angoscia, ma una forza invisibile mi impediva di muovermi. Il vecchio si chinò su di me e avvicinò tanto il suo viso livido al mio, che ebbi l'impressione di sentire il suo alito cadaverico. Con uno sforzo sovrumano mi svegliai, madido di sudore. Nella stanza non c'era nessuno, ma guardando verso la finestra, vidi chiaramente il vecchio Gorča che dall'esterno aveva incollato il viso al vetro e volgeva su di me il suo sguardo terrificante. Ebbi la forza di non gridare e la presenza di spirito di restare a letto come se non avessi visto nulla. Ero certo che il vecchio fosse venuto da me solo per essere sicuro che stessi dormendo. Infatti, non tentò nemmeno di entrare e, dopo avermi ben esaminato, si allontanò. Sentii i suoi passi nella camera vicina. Georgij stava dormendo e russava da far tremare i muri. In quel momento il bambino tossí e la voce di Gorča disse:

– Sei sveglio, piccolo mio?

– Sí, nonno, – rispose il bambino, – e mi piacerebbe tanto chiacchierare con te.

– Ah, vorresti chiacchierare con me. E di cosa?

– Vorrei che mi raccontassi le tue battaglie contro i turchi, perché anch'io vorrei tanto combatterli!

– Ho proprio pensato a te, bambino mio, e ti ho portato un piccolo jatagan che ti regalerò domani.

– Oh, nonno caro, dammelo subito, visto che non dormi.

– Ma perché, piccolino, non me l'hai chiesto oggi, quando sono arrivato?

– Perché papà me l'ha proibito.

– Il tuo papà è molto prudente. Dunque, vorresti subito il tuo piccolo jatagan?

– Oh, sí, subito, subito. Ma non qui, perché papà potrebbe svegliarsi...

– E dove, allora?

– Se usciamo, ti prometto di essere bravo e di non fare il minimo rumore.

Mi parve di sentire il ghigno di Gorča, poi il bambino che si alzava. Non credevo ai vampiri, ma l'incubo che avevo appena avuto agiva sui miei nervi e, per non dovermi rimproverare nulla in seguito, mi alzai e diedi un pugno alla parete. I colpi avrebbero certamente svegliato i padroni di casa, ma nulla mi indicò che li avessero sentiti. Allora mi lanciai verso la porta, deciso a salvare il bambino, ma la trovai chiusa dall'esterno e non riuscii a forzare il catenaccio. Mentre cercavo di sfondare l'uscio, vidi passare davanti alla mia finestra il vecchio col bambino in braccio.

Cominciai a gridare con tutte le forze che avevo: – Alzatevi, alzatevi –. Poi mi misi a colpire la parete con violenza.

Solo allora, finalmente, Georgij si svegliò:

– Dov'è il vecchio? – gridò.

– Uscite subito, – urlai, – ha appena portato via il bambino.

Con un calcio, Georgij sfondò la porta della sua stanza, chiusa come la mia dall'esterno, e si lanciò di corsa verso il bosco. Riuscii infine a svegliare anche Pëtr, sua cognata e Sdenka. Uscimmo fuori e, dopo qualche minuto, scorgemmo la figura di Georgij che tornava insieme con il figlio. L'aveva trovato svenuto sulla strada principale, ma il piccolo aveva ripreso subito conoscenza e non sembrava aver sofferto. Incalzato dalle nostre domande, il bambino raccontò che il nonno non gli aveva fatto nulla di male, che erano usciti per parlare con maggiore tranquillità, ma che una volta fuori aveva perduto i sensi e non sapeva spiegare cosa fosse successo. Quanto a Gorča, era sparito.

Quella notte, nessuno di noi riuscí a dormire. Il giorno seguente, venni a sapere che, come sempre in questa regione alla fine dell'autunno e all'inizio della primavera, i ghiacci del Danubio, che tagliava la strada principale a un chilometro dal villaggio, avevano cominciato a muoversi e a scendere a valle. Avrei dovuto rimandare la partenza perché, per qualche giorno non si sarebbe potuto attraversare il fiume. D'altra parte, anche se fosse stato possibile la curiosità e una potente attrazione mi avrebbero trattenuto. Piú vedevo Sdenka e piú sentivo di amarla. Non sono di quelli, mie signore, che credono alle passioni improvvise e irrefrenabili di cui i romanzi ci offrono numerosi esempi; ma penso vi siano casi in cui l'amore si sviluppa piú rapidamente del solito. Quel suo tipo originale di bellezza, quella somiglianza singolare con la duchessa di Gramont, da cui ero fuggito, e che ritrovavo qui, vestita d'un costume pittoresco e padrona di un linguaggio straniero ma armonioso, quel segno caratteristico sulla fronte, per il quale in Francia mi sarei fatto uccidere non so quante volte, in piú la singolarità della mia situazione e i misteri che mi circondavano, fomentavano in me una passione che in altre circostanze probabilmente sarebbe stata vaga ed effimera.

Il giorno seguente, ascoltai involontariamente un dialogo fra Sdenka e il fratello minore.

– Che pensi di tutto questo? – chiese Sdenka. – Anche tu sospetti di nostro padre?

– Non saprei, – le rispose Pëtr, – e poi il bambino dice che non gli ha fatto male. Quanto alla scomparsa del vecchio sai bene che non ha mai reso conto a nessuno delle sue assenze.

– Lo so, – disse Sdenka, – ma allora dobbiamo fare assolutamente qualcosa per salvarlo. Conosci bene nostro fratello Georgij...

– Sí, sí, lo conosco. Parlargli non servirebbe a nulla. Dobbiamo nascondere il palo.

– Sí, certo. Ma non diciamo nulla ai bambini, potrebbero parlarne davanti a Georgij!

– Stai pur sicura che non lo farò, – rispose Pëtr. E si separarono.

Scese la notte, senza che avessimo potuto avere notizie del vecchio Gorča. Come la notte prima, ero sdraiato sul letto, e la luce della luna riempiva la mia camera. Quando il sonno cominciò ad annebbiarmi la mente, istintivamente percepii che il vecchio era lí vicino a me. Subito aprii gli occhi e lo vidi con il volto livido, incollato alla finestra. Provai ad alzarmi, ma mi fu impossibile. Le mie gambe e le mie braccia sembravano completamente paralizzate. Dopo avermi bene osservato, il vecchio si allontanò. Lo sentii fare il giro della casa e battere piano alla finestra della camera in cui dormivano Georgij e sua moglie. Il bambino si rigirò nel letto e gemette nel sonno. Ci fu qualche minuto di silenzio, poi sentii ancora battere alla finestra. Allora il bambino gemette di nuovo e si svegliò...

– Sei tu, nonno? – chiese.

– Sí, sono io, – rispose una voce sorda, – e ti porto il tuo piccolo jatagan.

– Ma nonno non posso uscire: papà me l'ha proibito.

– Non è necessario. È sufficiente che tu apra la finestra e mi dia un bacio.

Il bambino si alzò e aprí la finestra. Allora, richiamando tutte le mie energie, feci un balzo e mi lanciai con forza a tirare colpi alla parete. Georgij si alzò immediatamente. Lo sentii bestemmiare. Sua moglie lanciò un urlo terrificante, ben presto eravamo tutti intorno al bambino privo di sensi. Gorča era sparito nel nulla, come il giorno prima. Con grande sforzo riuscimmo a rianimare il piccolo, anche se rimaneva molto debole e non riusciva a respirare. Il bambino non sapeva per quale ragione fosse svenuto. Sua madre e Sdenka pensavano si fosse spaventato perché era stato sorpreso con il nonno. Io rimasi in silenzio. In ogni modo, poiché il bambino si era calmato, tutti tornarono a letto. Ma non Georgij. All'alba, sentii che svegliava sua moglie e le parlava sottovoce. Ben presto anche Sdenka si uní a loro, singhiozzando insieme con la cognata. Il bambino era morto.

È inutile dire la disperazione della famiglia: comunque, nessuno sospettò che il vecchio Gorča ne fosse la causa. Perlomeno, non ne parlavano apertamente. Georgij continuava a rimanere in silenzio, ma la sua espressione, sempre cupa, aveva ora qualcosa di terribile.

Per due giorni, il vecchio non ricomparve. Nella notte del terzo giorno, quello in cui si fece il funerale del bambino, mi parve di sentire dei passi intorno alla casa, e una voce di vecchio che chiamava il fratellino del defunto. Mi sembrò anche, per un momento, di vedere il viso di Gorča incollato alla mia finestra, ma non riuscii a capire se fosse realtà o una mia allucinazione, perché quella notte la luna era velata. Pensai comunque di parlarne a Georgij. Lui interrogò il bambino, e questi rispose che, in effetti, aveva sentito il nonno chiamarlo e l'aveva visto davanti alla finestra della sua camera. Georgij ordinò al figlio di svegliarlo se il vecchio fosse comparso ancora.

Queste tragiche circostanze non impedirono alla mia simpatia per Sdenka di fare progressi. Durante il giorno non ero mai riuscito a parlarle senza testimoni. Quella notte, l'idea che presto sarei dovuto partire mi sconvolse. La camera di Sdenka era separata dalla mia soltanto da una specie di corridoio che dava da una parte sulla strada e dall'altra sul cortile. I miei ospiti stavano tutti dormendo e io decisi di distrarmi facendo una passeggiata intorno alla casa. Passando nel corridoio, vidi che la porta di Sdenka era semiaperta.

Mi fermai senza volerlo. Un ben noto frusciare di sottane mi fece battere il cuore. Poi sentii delle parole canticchiate sottovoce. Era la canzone d'addio che un re serbo, prima di partire, indirizzava alla sua bella.

«Oh, mio giovane pioppo – diceva il vecchio re, – parto per la guerra e tu mi dimenticherai! Gli alberi che crescono ai piedi della montagna sono sottili e flessibili, ma la tua figura è piú flessuosa! I frutti del sorbo che il vento fa dondolare sono rossi, ma le tue labbra sono piú rosse. E io sono come una vecchia quercia senza piú foglie, e la mia barba piú bianca della schiuma del Danubio. E tu, anima mia, mi dimenticherai e io morirò di dispiacere, perché il nemico non oserà uccidere il vecchio re». E la bella rispose: «Giuro di esserti sempre fedele e di non dimenticarti mai!

Se non rispetterò il giuramento, possa tu, dopo la morte, venire a succhiare tutto il sangue del mio cuore». E il vecchio re disse: «Cosí sia». E partí per la guerra. E la bella presto lo dimenticò!...

A questo punto Sdenka si fermò, come se temesse di finire la ballata. Non riuscii a trattenermi. Quella voce cosí dolce, cosí espressiva, era quella della duchessa di Gramont... Senza pensare alle conseguenze, aprii la porta ed entrai. Sdenka si era tolta la casacca che abitualmente portano tutte le donne del suo paese. Indossava soltanto una camicetta, ricamata d'oro e di seta rossa, stretta in vita, e una semplice gonna a quadretti. Le sue belle trecce bionde disciolte e l'abito semplice facevano risaltare ancora di piú la sua bellezza. Senza irritarsi per la mia audacia, parve confusa e arrossí leggermente.

– Oh! – mi disse, – perché siete qui? Che cosa penserebbero gli altri, se ci sorprendessero?

– Sdenka, anima mia, – le dissi, – state tranquilla. Tutti dormono, non c'è che il grillo nell'erba e i maggiolini nell'aria che possono sentire quel che voglio dirvi.

– Oh, amico mio, lasciate subito la mia stanza. Se mio fratello dovesse sorprenderci insieme, sarei una donna perduta.

– Sdenka, non andrò via, finché non mi avrete promesso eterno amore, come la bella promette al re della ballata che stavate cantando. Partirò presto, Sdenka, e non so ancora quando potremo rivederci. Vi amo piú della mia anima... la mia vita e il mio sangue sono vostri... vi prego concedetemi in cambio un'ora soltanto.

– Molte cose possono succedere in un'ora, – disse Sdenka con aria pensosa, ma lasciando la sua mano nella mia. – Voi non conoscete mio fratello, – aggiunse rabbrividendo, – ma so che presto sarà qui.

– Calmatevi, Sdenka, amore mio, – le dissi, – vostro fratello è stanco per le nottate in bianco, ora lo culla il vento che fischia tra gli alberi, il suo sonno è pesante, la notte è lunga e io non vi chiedo che un'ora. E poi, me ne andrò via... forse per sempre.

– Oh, no! Non per sempre, – disse con slancio, e subito dopo si allontanò, come spaventata dalla sua stessa voce.

– Oh, Sdenka, – gridai, – vedo solo voi, sento solo voi, non sono piú padrone di me stesso, obbedisco a una forza sovrumana, perdonatemi, Sdenka!

E come in preda alla follia, la abbracciai con forza.

– Oh, non siete mio amico, – disse lei, liberandosi e andando a rifugiarsi in un angolo della camera. Non so cosa le risposi confuso com'ero io stesso dalla mia audacia, non perché in altre occasioni del genere seguire l'impulso non mi sia stato utile, ma perché, malgrado la passione, non potevo impedirmi un rispetto sincero per l'innocenza di Sdenka. All'inizio, è vero, avevo arrischiato qualcuna di quelle frasi galanti che non dispiacevano alle fanciulle dei nostri tempi, ma presto provai vergogna, e rinunciai, vedendo che la semplicità di Sdenka le impediva di capire ciò che voi signore, lo vedo dal vostro sorriso, avete indovinato subito. Ero lí davanti a lei, senza sapere cosa dirle, quando la vidi trasalire e fissare la finestra con uno sguardo atterrito. Seguii la direzione del suo sguardo e vidi distintamente il volto immobile di Gorča che ci osservava. Nello stesso tempo, sentii una mano pesarmi sulle spalle. Mi voltai. Era Georgij.

– Cosa fate qui? – mi chiese.

Sconvolto per essere apostrofato in quel modo, gli indicai il padre che ci guardava dalla finestra e che sparí appena Georgij lo scorse.

– Avevo sentito il vecchio, ed ero corso ad avvisare vostra sorella, – gli dissi.

Georgij mi guardò come se volesse leggermi in fondo all'anima. Poi mi prese per un braccio e mi riportò in camera mia, andandosene subito dopo senza proferire parola. Il giorno dopo, la famiglia era riunita davanti alla porta della casa, intorno a una tavola imbandita di latte e formaggi.

– Dov'è il bambino? – chiese Georgij.

– Sta giocando nel cortile al suo gioco preferito, – rispose la moglie. – Immagina di combattere contro i turchi.

Aveva appena pronunciato queste parole che, con nostra

estrema sorpresa, vedemmo avanzare dal fondo del bosco l'alta figura di Gorča che avanzava lentamente verso di noi per sedersi poi a tavola, come aveva fatto il giorno del suo arrivo.

– Padre, siate il benvenuto, – mormorò la nuora, con un filo di voce.

– Siate il benvenuto, padre, – si unirono Sdenka e Pëtr sottovoce.

– Padre mio,– aggiunse piano Georgij, sbiancando in volto, – vi aspettavamo per le preghiere.

Il vecchio si girò di scatto, aggrottando le sopracciglia.

– La preghiera, subito! – disse Georgij, – e fate il segno della croce o per san Giorgio...

Sdenka e la cognata si chinarono verso il vecchio, supplicandolo di dire la preghiera.

– No, no e poi no! – disse il vecchio, – lui non ha il diritto di darmi degli ordini, e, se insiste, lo maledico.

Georgij si alzò e corse in casa. Tornò subito dopo, gli occhi pieni di furore.

– Dov'è il palo? – urlò, – dove l'avete nascosto?

Sdenka e Pëtr si scambiarono un'occhiata.

– Carogna, – disse allora Georgij rivolgendosi al vecchio, – Che cosa hai fatto a mio figlio maggiore? Perché hai ucciso il mio bambino? Rivoglio mio figlio, carogna!

Mentre parlava il suo volto diventava sempre piú pallido e i suoi occhi sempre piú fiammeggianti. Il vecchio lo guardava con uno sguardo cattivo e non si muoveva.

– Il palo! Il palo! – gridò Georgij. – Colui che l'ha nascosto sia responsabile delle disgrazie che ci aspettano!

In quel momento, sentimmo le risa gioiose del ragazzino e lo vedemmo arrivare a cavallo di un gran palo, che trascinava caracollandoci sopra, ed emettendo con la sua vocina sottile il grido di guerra dei serbi quando attaccano il nemico.

Appena lo vide, lo sguardo di Georgij si accese. Strappò il palo al bambino e si precipitò su suo padre. Questi, lanciando un urlo, cominciò a correre verso il bosco a una velocità cosí poco consona alla sua età da sembrare sovrumana.

Georgij lo inseguí per i campi e ben presto non riuscimmo piú a vederli.

Quando Georgij fu di ritorno, pallido come la morte e coi capelli dritti, il sole era ormai tramontato. Si sedette accanto al fuoco, battendo i denti. Nessuno osò fargli domande. Quando s'avvicinò l'ora in cui avevano l'abitudine di andare a letto, egli parve ritrovare la sua energia, e prendendomi da parte, mi disse nel modo piú naturale:

– Caro ospite, ho visto il fiume. I ghiacci sono scomparsi, la strada è libera, niente ormai ostacola la vostra partenza. Non è necessario, – aggiunse, guardando Sdenka, – che salutiate la mia famiglia. Vi augura, per bocca mia, tutta la felicità che si può desiderare su questa terra, e spero che serbiate un buon ricordo di tutti noi. Domani, all'alba, troverete il vostro cavallo sellato e una guida pronta a seguirvi. Addio, ricordatevi di chi vi ha ospitato e perdonate se il vostro soggiorno qui non è stato senza emozioni, come avremmo desiderato.

La sua durezza aveva un non so che di gentile. Mi ricondusse in camera mia e mi strinse la mano un'ultima volta. Poi trasalí e i denti ripresero a battere come se sentisse freddo.

Rimasto solo, non riuscii ad addormentarmi. Ero tormentato da mille pensieri. Altre volte nella mia vita avevo provato grandi passioni. Avevo avuto accessi di tenerezza e di disperazione, e attacchi di gelosia, ma mai, nemmeno quando avevo lasciato la duchessa di Gramont, avevo provato una tristezza simile a quella che mi strappava il cuore in quel momento.

Prima che fosse giorno, indossai gli abiti da viaggio, e decisi di incontrare Sdenka per l'ultima volta. Ma Georgij mi stava aspettando nell'ingresso, impedendomi in tal modo di rivederla. Saltai a cavallo e spinsi gli speroni nei fianchi della bestia. Sarei ripassato da quel villaggio di ritorno da Jassy, dove ero diretto, e quella speranza, anche se lontana, alleviò un po' il mio dolore. La mia mente stava già fantasticando al pensiero di quando sarei tornato, quando un brusco movimento del cavallo per poco non mi disarcionò. L'animale, infatti, si era bruscamente fermato e teneva le zampe anteriori rigide, emettendo dalle narici un suono sordo, tipico della sua specie quando sente il pericolo in agguato. Mi guardai intorno con attenzione e vidi, a un centinaio di passi da me, un lupo che raspava per terra. Accortosi della mia presenza, il lupo fuggí via e io spinsi gli speroni nei fianchi del cavallo riuscendo a fargli riprendere il cammino. Fu proprio in quel momento che, là dove prima il lupo grattava il terreno, potei vedere una fossa ancora fresca. Mi sembrò anche di intravedere la cima di un palo sporgere di qualche pollice proprio da quella buca. Di quest'ultimo particolare, però, non sono del tutto sicuro, perché passai molto velocemente da lí.

A questo punto il marchese tacque e fiutò una presa di tabacco.

– È tutto? – chiesero le dame.

– Purtroppo no, – rispose il marchese, – ciò che devo ancora raccontarvi è per me ancora piú penoso da ricordare, e darei molto per esserne dispensato. A Jassy fui impegnato piú di quanto avessi previsto e terminai le mie faccende dopo sei mesi. È triste ammetterlo, eppure devo convenire che su questa terra non ci sono sentimenti durevoli. Il buon esito delle mie trattative, la politica, questa triste politica che da un po' di tempo ci procura tanti fastidi, finí per affievolire il ricordo di Sdenka. Poi la moglie del Gospodar, donna di notevole bellezza e che parlava perfettamente la nostra lingua, appena arrivato non nascose di preferirmi a tutti i giovanotti stranieri che soggiornavano a Jassy. Abituato com'ero a comportarmi da perfetto gentiluomo francese, il mio sangue gallico non mi avrebbe consentito di ripagare con l'ingratitudine il favore concessomi da quella donna straordinaria. Cosí risposi con la dovuta cortesia a tutte le sue gentili proposte e, per mettermi in condizione di far valere gli interessi e i diritti della Francia, cominciai con l'identificarmi con tutti quelli del Gospodar.

Richiamato in patria, ripresi la strada del ritorno. Non pensavo piú né a Sdenka né alla sua famiglia, quando una sera, cavalcando per la campagna, sentii una campana che suonava le otto. Quel suono non mi era sconosciuto e la guida mi disse che proveniva da un convento poco lontano. Gliene domandai il nome e appresi che era quello della Vergine della Quercia. Affrettai il passo e presto arrivammo alle porte del convento. Ci venne ad aprire l'eremita che ci condusse nell'appartamento degli ospiti. Era cosí affollato di pellegrini che preferii trascorrere la notte altrove e chiesi se al villaggio avrei potuto trovare facilmente un ricovero.

– Piú d'uno, – rispose l'eremita, con un profondo sospiro. – Grazie al maledetto Gorča, non mancano le case vuote.

– Come? – chiesi, – il vecchio Gorča è ancora vivo?

– Oh, no. Lui è ormai bell'e sepolto con un palo nel cuore. Ma aveva succhiato il sangue del figlio di Georgij. Il bambino è ritornato una notte piangendo alla porta di casa, dicendo che aveva freddo e che voleva entrare. Quella stupida di sua madre, benché l'avesse sepolto con le sue mani, non ebbe il coraggio di rimandarlo indietro al cimitero e gli aprí. Lui le si gettò addosso e la succhiò a morte. Sepolta a sua volta, lei tornò a succhiare il sangue del figlio minore, poi quello del marito e infine il sangue del cognato. Ci son passati tutti.

– E Sdenka? – chiesi io.

– Oh, Sdenka. Povera bambina, è impazzita di dolore!

La risposta dell'eremita non era molto chiara, ma non ebbi il coraggio di ripetere la domanda.

– Il vampirismo è contagioso, – continuò l'eremita facendosi il segno della croce, – molte famiglie ne sono state colpite, molte sono estinte, fino all'ultimo membro. Vi consiglio di passare la notte qui al convento, perché anche se al villaggio i vurdalak non vi succhieranno il sangue, vi terrorizzeranno a tal punto che i vostri capelli diventeranno bianchi in poche ore. Sono solo un povero monaco, ma la generosità dei viaggiatori mi ha messo in condizione di poter provvedere ai loro bisogni. Ho del formaggio squisito, un'uva passita che vi farà venire l'acquolina in bocca solo a vederla, e qualche bottiglia di tokaj, che non è da meno di quello che si serve alla tavola di Sua Santità il Patriarca.

In quel momento l'eremita mi sembrò piú un albergatore che

un monaco e pensai che quei racconti neri fossero stati creati appositamente per darmi l'occasione di essere grato al cielo, imitando la generosità dei viaggiatori *che avevano messo il sant'uomo in condizione di provvedere ai loro bisogni*.

E poi, la parola «paura» faceva sempre su di me l'effetto di una tromba su un destriero da guerra. Se non fossi andato immediatamente al villaggio, avrei provato vergogna per me stesso. La mia guida, tremando, mi chiese il permesso di rimanere presso l'eremita, e glielo accordai volentieri. In mezz'ora fui al villaggio. Era completamente deserto. Nessuna luce filtrava dalle finestre. Nessuna voce proveniva dalle case davanti alle quali passai senza fare alcun rumore. Finalmente giunsi a quella di Georgij. Un po' per sentimentalismo e un po' per giovanile temerarietà, decisi di trascorrere proprio lí la notte. Smontai dal cavallo e picchiai al portone. Non rispose nessuno. Spinsi la porta, che si aprí cigolando sui cardini ed entrai nel cortile. Attaccai il mio cavallo sellato sotto una tettoia dove c'era avena sufficiente per una notte e proseguii con passo risoluto verso la casa. All'interno tutte le porte erano aperte, eppure le camere apparivano disabitate. Solo quella di Sdenka sembrava fosse stata abbandonata il giorno prima. Qualche vestito giaceva ancora sul letto. Qualche gioiello che le avevo regalato, e tra i quali riconobbi una piccola croce di smalto che avevo acquistato a Pest, brillava su una tavola al chiaro di luna. Il cuore mi si strinse, benché il mio amore fosse finito. Mi avvolsi nel mantello e mi stesi sul letto. Ben presto, caddi in un sonno profondo. Non ricordo i particolari dei miei sogni, so solo che rividi Sdenka bella, innocente e amorosa come in passato. Vedendola, mi rimproverai il mio egoismo e la mia incostanza. Mi chiesi come avevo potuto abbandonare quella povera fanciulla che mi amava e dimenticarla in cosí poco tempo. Poi la sua immagine si confuse con quella della duchessa di Gramont e non vidi, in quelle due, che una sola e unica persona. Mi gettai ai piedi di Sdenka e implorai il suo perdono. Tutto il mio essere, tutta la mia anima si confondevano in un sentimento ineffabile di malinconia e di felicità. Ero a quel punto del mio sogno, quando fui svegliato da un suono armonioso simile allo stormire di un campo di grano agitato da una brezza leggera. Mi sembrò di sentire le spighe urtare l'una contro l'altra melodiosamente e il canto degli uccelli mescolarsi allo scrosciare di una cascata e al sussurro degli alberi. Poi mi parve che tutti questi suoni confusi non fossero che il fruscio di una gonna e mi soffermai su quest'idea. Aprii gli occhi e vidi accanto al mio letto Sdenka.

La luce era cosí viva che potevo distinguere nei minimi dettagli quei lineamenti adorabili un tempo a me cosí cari, e che ora solo il mio sogno mi aveva restituito in tutto il loro valore. Trovai Sdenka piú bella e piú matura. Indossava gli stessi abiti dell'ultima volta in cui l'avevo vista sola: una semplice camicetta ricamata d'oro e seta, e una gonna stretta in vita.

– Sdenka! – le dissi, mettendomi seduto, – siete proprio voi?

– Sí, sono io, – mi rispose con una voce dolce e triste, – proprio la Sdenka che avevi dimenticato. Perché non sei venuto prima? Ormai tutto è finito. Bisogna che tu vada via subito, altrimenti tutto sarà perduto. Addio. Addio per sempre.

– Sdenka, – le dissi, – mi hanno detto che avete avuto molte sventure. Venite, parleremo insieme e questo vi conforterà.

– Oh, – disse, – non credere a tutto quel che si dice di noi, ma parti al piú presto, perché, se resti qui, la tua rovina è sicura.

– Ma Sdenka, quale pericolo ci minaccia? Non potete rimanere con me un'ora soltanto, per raccontarmi cos'è successo?

Sdenka trasalí e tutta la sua persona assunse un aspetto strano.

– Sí, – disse, – un'ora, come quella volta in cui io cantavo la ballata del vecchio re e tu entrasti nella mia stanza? È questo che vuoi dire? Ebbene, ti concederò un'ora. Ma no, ma no, – disse subito dopo, come riprendendosi, – parti al piú presto, fuggi, ti dico. Fuggi prima che puoi.

Era animata da una forza selvaggia. Non riuscivo a spiegarmi perché parlasse in quel modo, ma era cosí bella che decisi di restare suo malgrado. Alla fine cedette e venne a sedersi vicino a me, mi parlò del tempo passato e mi confidò arrossendo che mi aveva amato fin dal primo giorno. Mi accorsi però che era molto cambiata. La riservatezza di una volta aveva ceduto il posto a uno strano abbandono. Il suo sguardo, prima cosí timido, aveva ora qualcosa di audace. E anche la sua riservatezza non era quella di un tempo.

Mi chiesi se Sdenka fosse ancora la giovane pura e innocente che avevo conosciuto. O se in realtà, a quel tempo, per timore del fratello, avesse finto. Sarei dunque stato vittima della sua astuzia? Ma allora perché adesso insisteva per farmi andar via? Era un'altra forma di civetteria raffinata? E io che credevo di conoscerla! Ma non importava. Se Sdenka non era una Diana come avevo pensato, potevo ben compararla a un'altra divinità non meno amabile, e poi preferivo il ruolo di Adone a quello di Atteone. Se questa frase classica che rivolgevo a me stesso può sembrarvi inopportuna, signore, abbiate la cortesia di pensare che ciò che ho l'onore di raccontarvi accadeva nell'anno di grazia 1758. La mitologia era all'ordine del giorno, e io non ero piú moderno del mio secolo. Da allora molto è cambiato, e non è molto che la Rivoluzione, distruggendo i ricordi del paganesimo insieme alla religione cristiana, ha messo la dea Ragione al loro posto. Questa dea, signore, non è mai stata mia protettrice quando mi sono trovato in vostra presenza e, all'epoca di cui parlo, non ero certo disposto a offrirle sacrifici. Mi abbandonai dunque alla passione che provavo per lei e mi persi con entusiasmo in ogni sorta di smanceria.

Avevamo trascorso già un po' di tempo in questa dolce intimità e mi divertivo a fare indossare a Sdenka tutti i suoi gioielli, quando le chiesi di mettere la catenina con la piccola croce di smalto che avevo trovato sul tavolo. A quella richiesta, Sdenka trasalí, arretrando:

– Basta, non perdere tempo, mio caro, – mi disse, – lascia stare questi giochi e parliamo un po' di te e dei tuoi progetti.

Il turbamento di Sdenka mi stupí molto. La guardai con attenzione e notai che non portava piú quelle piccole immagini sacre, reliquie e sacchetti riempiti di incenso, che i serbi usano portare fin dall'infanzia e da cui si separano solo alla morte.

– Sdenka, – le dissi, – dove sono le immagini sacre che avevate sul petto?

– Le ho perdute, – rispose lei con insofferenza, cambiando subito discorso.

Un oscuro inconscio presentimento si impadroní di me e decisi di andarmene, ma Sdenka mi trattenne:

– Come? – mi disse. – Mi hai chiesto un'ora e adesso vuoi lasciarmi appena dopo qualche minuto?

– Sdenka, – le dissi, – avevate ragione a volere che partissi. Ho udito dei rumori e non vorrei ci sorprendessero insieme.

– Sta' tranquillo, caro. Tutto dorme intorno a noi. Non c'è che il grillo nell'erba e i maggiolini nell'aria che possono sentire quel che voglio dirti.

– No, no, Sdenka, devo assolutamente partire.

– Fermati, fermati, – disse Sdenka, – ti amo piú della mia anima, piú della mia salute, tu mi hai detto che il tuo sangue e la tua vita erano miei!

– Ma vostro fratello, Sdenka! Ho il presentimento che presto sarà qui.

– Non temere, anima mia. Mio fratello è cullato dal vento che fischia tra gli alberi. Il suo sonno è molto pesante, la notte è cosí lunga e io non ti chiedo che un'ora.

Mentre diceva questo, Sdenka era cosí bella che il confuso terrore che mi turbava cominciò a cedere al desiderio di restarle vicino. Una mescolanza di paura e di voluttà, impossibile a descriversi, colmava tutto il mio essere. Man mano che opponevo sempre meno resistenza, Sdenka diveniva piú tenera, cosí mi decisi a cedere, pur ripromettendomi sempre di non perdere completamente il controllo di me stesso. Tuttavia, come ho già detto, non sono mai riuscito a essere del tutto saggio, e quando Sdenka, notando la mia riservatezza, mi propose di scacciare il freddo della notte con qualche bicchiere di vino generoso (mi disse che le era stato regalato dal buon eremita) accettai con un entusiasmo che la fece sorridere. Il vino produsse il suo effetto. Al secondo bicchiere, la cattiva impressione che avevano prodotto su di me l'episodio della croce e delle immagini sacre, si cancellò completamente. Sdenka, cosí discinta, con i capelli semidisciolti e i gioielli illuminati dalla luna, mi parve irresistibile. Non riuscii piú a trattenermi e la strinsi tra le braccia.

In quel momento, mie signore, avvenne una di quelle misteriose rivelazioni che non saprei spiegare, ma all'esistenza delle quali l'esperienza mi ha portato a credere. La forza con la quale Sdenka mi abbracciava mi conficcò nel petto una punta della piccola croce, che la duchessa di Gramont mi aveva donato quando mi ero congedato da lei. Il dolore acuto che provai fu per me come un raggio di luce che mi attraversasse da parte a parte. Guardai Sdenka e vidi che i suoi lineamenti, pur sempre belli, erano contratti dalla morte, che i suoi occhi non vedevano, che il suo sorriso era una convulsione impressa dall'agonia nel viso di un cadavere.

Nello stesso tempo, sentii nella stanza quell'odore nauseabondo che di solito diffondono le tombe mal chiuse. In un attimo la mostruosa verità si palesò davanti ai miei occhi in tutto il suo orrore, e ricordai anche se troppo tardi i consigli dell'eremita. Compresi quanto la mia situazione fosse delicata e sentii che tutto dipendeva dal mio coraggio e dal mio sangue freddo.

Distolsi il viso da Sdenka per nasconderle la ripugnanza che i miei lineamenti esprimevano. Guardai verso la finestra, dove vidi l'infame Gorča, appoggiato a un palo insanguinato che mi fissava con occhi da iena. L'altra finestra era occupata dal pallido viso di Georgij che in quel momento somigliava in modo impressionante al padre. Tutti e due sembravano spiare i miei movimenti e io non ebbi il minimo dubbio che si sarebbero avventati su di me al minimo tentativo di fuga. Finsi perciò di non averli visti, ma con uno sforzo sovrumano continuai, mie gentili dame, a prodigare a Sdenka le stesse carezze che mi piaceva farle prima della terribile scoperta. Intanto pensavo con angoscia a come fuggire da quel luogo terrificante. Notai che Gorča e Georgij scambiavano con Sdenka sguardi di intesa e cominciavano a essere impazienti. Udii anche una voce femminile e grida di bambini, ma cosí terribili che si sarebbero potute scambiare per lamenti di gatti selvatici.

Rivolgendomi a Sdenka, le dissi ad alta voce, in modo che i suoi mostruosi familiari potessero sentire:

– Bambina mia, sono molto stanco. Vorrei dormire qualche ora, ma prima devo controllare che il mio cavallo abbia mangiato a sufficienza. Vi prego di non andare via e di aspettarmi qui.

Baciai le sue labbra, gelide e incolori, e uscii. Trovai il mio cavallo completamente madido di sudore, che si dibatteva sotto la tettoia. Non aveva toccato l'avena, ma il nitrito che fece sentendomi avvicinare mi fece accaponare la pelle, perché temetti che tradisse le mie intenzioni. Tuttavia i vampiri, che probabilmente avevano sentito la mia conversazione con Sdenka non sembravano allarmati. Controllai che il portone fosse aperto e, balzato in sella, spinsi gli speroni nei fianchi dell'animale. Ebbi il tempo di vedere, uscendo dal portone, che l'assembramento davanti alla casa, per la maggior parte composto di persone col viso incollato contro i vetri, era assai numeroso.

Credo che la mia brusca partenza li avesse colti tutti impreparati, perché per qualche tempo non distinsi nel silenzio della notte altro che il galoppo regolare del mio cavallo. Credevo già di potermi felicitare con me stesso per la mia astuzia, quando, d'un tratto, sentii dietro di me un rumore simile a quello di un uragano che scoppi sulle montagne. Mille voci confuse gridavano, urlavano, litigavano tra di loro. Poi tutte fecero silenzio, quasi per comune accordo, e sentii un calpestio precipitoso, come se una truppa di fanti si avvicinasse di corsa. Speronai il cavallo al punto di lacerargli i fianchi. Una febbre ardente mi faceva scoppiare le arterie, e, mentre esaurivo le mie energie in sforzi inauditi per conservare la mia presenza di spirito, sentii dietro di me una voce che gridava:

– Fermati, fermati, caro, tesoro, amore. Ti amo piú della mia anima, piú della mia vita. Fermati, fermati, il tuo sangue è mio.

Nello stesso tempo, un alito gelido mi sfiorò le orecchie e sentii Sdenka saltare sulla groppa del mio cavallo, dietro di me.

– Cuore mio, anima mia, – diceva, – non vedo che te, non sento che te, non sono piú padrona di me stessa, obbedisco a una forza sovrumana, perdonami, amore, perdonami.

E allacciandomi con le sue braccia, cercava di rovesciarmi all'indietro e di mordermi la gola. Ingaggiammo una terribile lotta. Cercai di difendermi piú volte dal suo morso, e finalmente riuscii ad afferrarle con una mano la vita e con l'altra le trecce, e, drizzandomi sulle staffe, la rovesciai a terra. Subito dopo, le forze mi abbandonarono e caddi in delirio. Mille folli spiriti mi inseguivano con orribili smorfie. Dapprima Georgij e suo fratello Pëtr, correndo al mio fianco, cercavano di tagliarmi la strada e non ci riuscivano. Credevo di essere scampato al pericolo, quando, voltandomi, vidi che Gorča stava usando il suo palo per fare dei salti, come i montanari del Tirolo quando devono superare i crepacci. Ma alla fine anche il vecchio rimase indietro. Allora, la cognata di Sdenka, che si trascinava dietro i bambini, ne lanciò uno a Gorča che afferrò subito con la punta del palo. Servendosene come di una balestra scagliò il bambino con tutte le sue forze contro di me. Evitai il colpo, ma, con un vero istinto da bulldog, il piccolo rospo si attaccò al collo del mio cavallo e dovetti usare tutte le mie forze per staccarlo. Nello stesso modo mi scaraventarono addosso anche l'altro bambino, che però cadde al di là del cavallo e rimase schiacciato.

Non ricordo bene cos'altro vidi, perché, quando tornai in me, era ormai giorno e mi ritrovai sdraiato sulla strada, di fianco al mio cavallo stremato.

Cosí finí, mie gentili dame, una passione che avrebbe dovuto farmi passare per sempre la voglia di averne altre. Qualche coetanea delle vostre nonne potrà dirvi se fui piú prudente in seguito.

Tremo ancora, comunque, all'idea che, se fossi rimasto vittima del mio nemico, sarei divenuto anch'io un vampiro. Ma il cielo non permise che ciò avvenisse, e cosí, invece di aver sete del vostro sangue, signore mie, non domando niente di meglio, per vecchio ch'io sia, di versare il mio al vostro servizio.

ALEXANDRE DUMAS

La bella vampirizzata

Sono polacca, di Sandomierz, un paese dove le leggende sono articoli di fede e crediamo alle tradizioni di famiglia, come e forse piú che al Vangelo. In tutti i nostri castelli abita un fantasma, tutte le nostre capanne possiedono il loro genio familiare. Nella casa del ricco, come in quella del povero, nel castello come nella capanna, viene dato il giusto peso al principio del bene e a quello del male. Non è raro che questi due principî entrino in contrasto e ingaggino una dura lotta per la supremazia. Allora i corridoi sono infestati da rumori cosí misteriosi, le antiche torri ruggiscono urla cosí agghiaccianti, le mura subiscono scosse cosí terrificanti, che gli abitanti fuggono dalle loro dimore, e contadini e gentiluomini corrono in chiesa a cercare la croce benedetta o le sante reliquie, le sole in grado di salvarci dai demoni che ci tormentano. Ma, presso di noi, altri due principî piú terribili ancora, piú feroci e implacabili si fronteggiano: la tirannide e la libertà.

Nel 1825 la Russia e la Polonia intrapresero una di quelle guerre, nelle quali sembrerebbe che debba esaurirsi tutto il sangue di un popolo, come si esaurisce sovente il sangue di un'intera stirpe. Mio padre e i miei due fratelli, insorti contro il nuovo zar, si erano schierati a favore dell'indipendenza polacca, sempre umiliata, ma sempre risorta. Un giorno seppi che mio fratello minore era stato ucciso, un altro giorno mi annunciarono che anche il maggiore era stato colpito a morte; e infine, un altro giorno ancora, dopo ore cariche di angoscia, durante le quali il canone aveva tuonato sempre piú vicino terrorizzandomi, vidi arrivare mio padre con un centinaio di cavalieri, i soli rimasti dei tremila uomini che comandava. Era venuto a rinchiudersi nel nostro castello con l'intenzione di seppellirsi sotto le sue rovine. Non temeva nulla per sé, ma trepidava per me. Infatti, per lui l'unico pericolo era la morte, poiché era certo che non sarebbe caduto nelle mani del nemico; ma io rischiavo la schiavitú, il disonore e la vergogna. Mio padre scelse dieci uomini fra i cento che gli rimanevano, chiamò l'intendente, gli consegnò tutto il denaro e gli oggetti preziosi che possedevamo, e, ricordandosi che, in occasione della seconda divisione della Polonia, mia madre, ancora fanciulla, aveva trovato un rifugio inaccessibile nel monastero di Sahastru, sui monti Carpazi, gli ordinò di condurmi in quel monastero che avrebbe aperto alla figlia le sue porte ospitali, come un tempo aveva fatto con la madre. Nonostante il grande amore che mio padre nutriva per me, i nostri saluti non furono lunghi. Con ogni probabilità, il giorno dopo i russi sarebbero giunti al castello, e non c'era quindi tempo da perdere. Indossai subito un abito da amazzone, quello che portavo di solito quando accompagnavo i miei fratelli a caccia. Mi venne sellato il miglior cavallo della scuderia; mio padre infilò nelle tasche dell'arcione le proprie pistole, capolavoro delle manifatture di Tula, mi abbracciò e diede l'ordine di partire. Quella notte e il giorno seguente percorremmo venti leghe, costeggiando uno di quei fiumi senza nome che sfociano nella Vistola. Questa prima lunga tappa ci aveva sottratti al pericolo di cadere nelle mani dei russi. Il sole volgeva al tramonto, quando vedemmo risplendere le cime innevate dei Carpazi.

Al crepuscolo del giorno seguente arrivammo alle loro pendici; infine, la mattina del terzo giorno cominciammo a inoltrarci in una delle loro gole. I nostri Carpazi non somigliano ai fertili monti del vostro Occidente. Ciò che la natura ha di straordinario e grandioso vi si presenta allo sguardo in tutta la sua maestà. Le vette tempestose si perdono tra le nubi, coperte di nevi perenni; le immense foreste di abeti si chinano sul terso specchio di laghi che per vastità somigliano a mari; e mai imbarcazione ha solcato le onde di quei laghi, né rete di pescatori ha turbato il cristallo profondo come l'azzurro del cielo; solo di tanto in tanto vi risuona la voce umana, facendo udire un canto moldavo cui rispondono le strida degli animali selvaggi: e canto e strida vanno a risvegliare qualche solitaria eco, quasi sorpresa di apprendere la propria esistenza da un rumore cosí banale. Per miglia e miglia si viaggia sotto le cupe volte dei boschi intersecati da quelle inaspettate meraviglie che la solitudine ci rivela a ogni passo, e che suscitano nel nostro animo stupore e ammirazione. Là il pericolo è ovunque e si compone di mille rischi diversi; ma non si ha il tempo di avere paura, tanto quei rischi sono elevati. Ora è una cascata, nata dall'improvviso sciogliersi dei ghiacci, e che, balzando di roccia in roccia, invade a un tratto lo stretto sentiero, tracciato dalle orme delle belve che fuggono davanti al cacciatore che le insegue; ora sono alberi minati dal tempo, che rovinano a terra con orrendo fracasso pari a quello di un terremoto; o ancora gli uragani che avvolgono i viaggiatori in mezzo a nubi, tra le quali si vede scintillare, allungarsi e contorcersi il lampo, come un serpente infuocato. Poi, dopo aver superato quei ripidi massi, quelle foreste primitive, dopo aver attraversato gigantesche montagne e boschi interminabili, si aprono allo sguardo lande sterminate come un mare, con le proprie onde e tempeste, aride e ondulate steppe, nelle quali la vista si perde in un orizzonte senza fine. Allora non è piú terrore ciò che si prova, ma una malinconia triste e profonda, dalla quale nulla riesce a distrarre, perché l'aspetto del paese, per quanto lontano si estenda lo sguardo, è sempre lo stesso. Si salgono e si scendono pendii sempre uguali, cercando invano una strada tracciata: trovandosi cosí smarriti in quell'isolamento, in mezzo a quei deserti, siamo portati a credere di essere completamente soli in balia della natura, e la malinconia diventa desolazione. Continuare a camminare sembra inutile, perché non si vede una meta; non si incontra un villaggio, un castello, una capanna, nessuna traccia di abitato umano. Solo di quando in quando, ad aggiungere ulteriore tristezza a quella tetra landa, un laghetto senza canneti né arbusti, addormentato nel fondo di un burrone, quasi un altro Mar

Morto, sbarra la strada con le sue acque verdi, sopra le quali si innalzano all'avvicinarsi dell'uomo alcuni uccelli acquatici dalle grida prolungate e discordanti. Aggirato quel lago, varcato il colle che si presenta al cammino, si scende in un'altra valle, si supera un'altra collina e cosí via, finché si giunge al termine di quella catena di rilievi, sempre piú bassi. Ma se alla fine di questa catena ci si rivolge verso sud, il paese riprende un carattere maestoso, presenta una natura piú grandiosa, e si scorge un'altra catena di montagne piú alte, di forma piú pittoresca, piú ricche di vegetazione, tutta coperta di folte foreste, tutta solcata da ruscelli; con l'ombra e l'acqua rinasce anche la vita in quella regione; si ode il tintinnio della campana di un eremitaggio, e sul fianco di una montagna si vede serpeggiare una carovana. Infine, agli ultimi raggi del sole cadente si scorgono da lontano, come uno stormo di uccelli bianchi, appoggiati gli uni agli altri, le case di un villaggio, che sembrano essersi raggruppate per salvarsi da un attacco notturno; perché con la vita è tornato anche il pericolo: qui non si lotta piú con orsi e lupi, come tra le prime montagne, ma con orde di briganti moldavi.

Ci stavamo avvicinando alla nostra meta. Erano trascorsi dieci giorni di cammino senza alcun incidente. Cominciavamo a scorgere la vetta del monte Pion, che torreggia su tutta quella famiglia di giganti, e sul cui versante meridionale è situato il monastero di Sahastru, al quale mi recavo. Ancora tre giorni e il nostro viaggio sarebbe giunto al termine. Era la fine di luglio. La giornata era stata caldissima, e verso le quattro respiravamo con ansiosa voluttà le prime fresche brezze della sera. Avevamo da poco oltrepassato le torri in rovina di Niantzo. Scendevamo verso una pianura che iniziavamo a scorgere attraverso un varco tra le montagne. Da dove eravamo, potevamo seguire con lo sguardo il corso della Bistrizza, dalle rive adorne di rosseggianti vigneti e di alte campanule dai fiori bianchi. Costeggiavamo un precipizio in fondo al quale scorreva il fiume, che là era ancora un torrente, e i nostri cavalli potevano a stento avanzare in coppia. Apriva la strada la nostra guida, la quale, piegata di fianco sul suo cavallo, cantava una canzone morlacca, dalla melodia monotona, le cui parole seguivo con singolare attenzione. Cantante e autore erano la stessa persona. Bisognerebbe essere uno di quei montanari per poter esprimere tutta la selvaggia tristezza e la cupa semplicità di quel canto. Ed ecco le parole:

Vedete là quel cadavere
nella palude di Stavila,
ove corse tanto sangue di guerrieri!
Non è un figlio d'Illiria, no;
è un feroce brigante,
il quale, dopo avere ingannata la gentil Maria,
rubò, sterminò, incendiò.
Veloce come il lampo
una palla ha trapassato il cuore al brigante;
uno jatagan gli ha troncato la gola.
Ma, o mistero, dopo tre giorni
il suo sangue, tiepido ancora, innaffia la terra
sotto il pino tetro e solitario
e annerisce il pallido Ovigan.
I suoi occhi turchini brillan tuttora;
fuggiamo tutti: guai a chi passa
per la palude a lui vicino:
è un vampiro! Il feroce lupo
s'allontana dall'impuro cadavere,
e il funebre avvoltoio fugge sul monte
dalla fronte calva.

D'improvviso si udí uno sparo e il fischio di una palla. La canzone si interruppe, e la guida, colpita a morte, rotolò nel precipizio, mentre il suo cavallo si fermava fremente e allungando la testa intelligente verso il fondo del baratro, nel quale era scomparso il padrone. Contemporaneamente si levò un forte grido, e sui fianchi della montagna vedemmo comparire una trentina di banditi: eravamo circondati. Ciascuno di noi afferrò un'arma, e benché colti di sorpresa, siccome quelli che mi accompagnavano erano vecchi soldati abituati al fuoco, non si lasciarono intimidire, e risposero all'attacco. Io stessa, dando l'esempio, presi una pistola, e ben sapendo quanto fosse svantaggiosa la nostra situazione, gridai: – Avanti! – e spronai il cavallo che si slanciò verso la pianura. Ma avevamo a che fare con montanari che balzavano di roccia in roccia come veri demoni degli abissi e, pur saltando, continuavano a fare fuoco e conservavano sempre la posizione. La nostra manovra era stata prevista. In un punto, dove la strada si allargava e la montagna formava una radura, ci aspettava al varco un giovane alla testa di dieci uomini a cavallo. Quando ci videro, si lanciarono al galoppo e ci attaccarono di fronte, mentre quelli che ci inseguivano, correvano giú dai monti a tagliarci la ritirata, circondandoci da tutti i lati.

La situazione era grave e tuttavia, abituata sin da fanciulla alle scene di guerra, potei valutarla senza perderne un solo dettaglio. Tutti quegli uomini, vestiti di pelli di montone, portavano immensi cappelli rotondi, coronati di fiori come fanno gli ungheresi. Ciascuno di loro imbracciava un lungo fucile turco, che agitava dopo aver sparato, lanciando urla selvagge, e alla cintura portava una sciabola ricurva e due pistole. Il loro capo era un giovane di appena ventidue anni, pallido, con gli occhi neri e i capelli ricci lunghi fino alle spalle. Indossava una giubba moldava ornata da una pelliccia e stretta in vita da una sciarpa a strisce d'oro e di seta. Nella sua mano splendeva una sciabola curva, e alla sua cintura rilucevano quattro pistole. Combattendo mandava grida rauche e inarticolate che pareva non appartenessero alla lingua umana, e tuttavia esprimevano efficacemente i suoi ordini: a quelle grida i suoi uomini obbedivano, gettandosi a terra per schivare le nostre scariche, alzandosi per sparare a loro volta, facendo cadere quelli di noi che erano ancora in piedi, uccidendo i feriti, trasformando infine quella lotta in una carneficina. Avevo visto cadere l'uno dopo l'altro due terzi dei miei difensori. Quattro erano ancora illesi, stretti intorno a me, non chiedendo una grazia che erano certi di non ottenere, e pensando solo a vendere cara la vita. Allora il giovane capo gettò un grido piú espressivo degli altri, e stese la punta della sciabola verso di noi. Certo l'ordine significava circondare con un cerchio di fuoco il nostro sparuto gruppo e ucciderci tutti insieme, dato che vedemmo tutti quei lunghi moschetti spianarsi con un solo movimento. Compresi che era giunta la nostra ultima ora. Alzai gli occhi e le mani al cielo, mormorando un'ultima preghiera, e aspettai la morte.

In quell'istante vidi non scendere, ma precipitarsi di roccia in roccia un giovane che si fermò in piedi su un masso che dominava la scena, simile a una statua su un piedestallo, e, stendendo la mano sul campo di battaglia, pronunciò questa sola parola: – Basta!

Tutti gli sguardi si rivolsero a quella voce, e ognuno parve obbedire al nuovo padrone. Un solo bandito spianò di nuovo il fucile, e lasciò partire un colpo. Uno dei nostri uomini mandò un grido; la palla gli aveva spezzato il braccio sinistro. Si voltò subito per lanciarsi contro l'uomo che lo aveva ferito, ma prima che il suo cavallo facesse quattro passi, un lampo balenò sopra il nostro capo, e il bandito ribelle cadde, con la testa fracassata da una palla ... Tante emozioni mi avevano sfinito e svenni. Quando ripresi i sensi, ero sdraiata sull'erba, la testa appoggiata sulle ginocchia di un uomo, del quale vedevo solo la mano bianca, coperta di anelli, che mi circondava la vita, mentre dinanzi a me stava in piedi, con le braccia conserte e la spada in una mano, il giovane capo moldavo che aveva diretto l'attacco contro di noi.

– Kostaki, – diceva in francese con tono autorevole il giovane che mi sosteneva, – fate ritirare subito i vostri uomini, e lasciate che mi prenda cura io di questa giovane.

– Fratello, fratello, – rispose quello cui erano dirette tali parole, e che sembrava trattenersi a stento, – badate di non farmi perdere la pazienza; io vi lascio il castello, voi lasciate a me la foresta. Al castello siete voi il padrone, ma qui lo sono io. Qui mi basterebbe una sola parola per costringervi a obbedire.

– Kostaki, io sono il maggiore; il che significa che sono padrone dappertutto, nella foresta e al castello, laggiú e qui. Ho il sangue dei Brankovan come voi, sangue reale che ha l'abitudine di comandare, e io comando.

– Comandate sui vostri servi, Gregoriska, non sui miei soldati.

– I vostri soldati sono briganti, Kostaki... briganti che farò impiccare ai merli delle nostre torri se non mi obbediranno subito.

– Bene, provate a dar loro un ordine.

Sentii allora colui che mi sosteneva ritrarre il ginocchio e deporre dolcemente la mia testa su un sasso. Lo seguii con uno sguardo ansioso, e potei osservare quel giovane che era caduto, per cosí dire, dal cielo in mezzo alla mischia, e che avevo appena scorto, dato che ero svenuta mentre cominciava a parlare. Era un giovane di ventiquattro anni, alto, con due grandi occhi blu, nei quali si leggevano una risolutezza e una fermezza straordinarie. I lunghi capelli biondi, attributo del popolo slavo, gli cadevano sulle spalle come quelli dell'arcangelo Michele, circondando il volto giovane e fresco; le labbra, atteggiate a un sorriso sprezzante, lasciavano vedere una doppia fila di perle; gli occhi sapevano dominare l'aquila con uno sguardo. Indossava una specie di tunica di velluto nero, pantaloni stretti alla gamba e stivali ricamati: in testa aveva un berretto tondo ornato da una penna d'aquila, alla cintura portava un coltello da caccia, a tracolla una piccola carabina a due canne, della quale uno dei banditi aveva potuto apprezzare la precisione.

Stese la mano e quel gesto imperioso sembrò imporsi persino al fratello. Pronunciò alcune parole in moldavo, che sembrarono produrre una profonda impressione sui banditi. Allora il giovane capo parlò nella stessa lingua, e mi parve che il suo discorso fosse pieno di minacce e di imprecazioni. A quel lungo e veemente discorso il fratello maggiore rispose con una sola parola. I banditi si inchinarono. Fece un gesto. I banditi si schierarono dietro di noi.

– Ebbene! sia pure, Gregoriska, – disse Kostaki in francese. – Questa donna non verrà condotta alla caverna, ma non sarà per questo meno mia. È bella, l'ho conquistata e la voglio –. Pronunciando queste parole, si lanciò verso di me, e mi sollevò tra le braccia.

– Questa donna sarà condotta al castello e consegnata a mia madre, io non l'abbandonerò, – rispose il mio protettore.

– Il mio cavallo! – gridò Kostaki in moldavo.

Parecchi banditi si affrettarono a obbedire, e condussero al loro padrone il cavallo che chiedeva. Gregoriska si guardò intorno, afferrò le briglie di un cavallo senza padrone, e balzò in sella senza toccare le staffe. Kostaki, benché mi tenesse ancora stretta fra le braccia, montò in sella con la stessa agilità, e partí al galoppo. Il cavallo di Gregoriska parve aver ricevuto il medesimo impulso e si affiancò al destriero di Kostaki. Era uno strano spettacolo vedere quei due cavalieri che volavano l'uno accanto all'altro cupi, silenziosi, senza perdersi di vista un solo istante, benché fingessero di non guardarsi, affidandosi ai loro cavalli, la cui corsa impetuosa li trasportava attraverso boschi, rocce e precipizi.

La mia testa rovesciata all'indietro mi permetteva di vedere i begli occhi di Gregoriska fissi su di me. Kostaki se ne accorse, mi rialzò il capo, e non vidi altro che il suo sguardo tetro che mi divorava. Abbassai le palpebre, ma invano; attraverso il loro velo, continuavo a vedere quello sguardo lancinante che penetrava fino in fondo al mio petto e mi trafiggeva il cuore. Allora fui preda di una strana allucinazione; mi pareva di essere la Leonora della ballata di Bürger, trasportata dal cavallo e dal cavaliere fantasmi, e quando sentii che ci fermavamo, aprii gli occhi atterrita, tanto ero persuasa che avrei visto attorno a me solo croci infrante e tombe spalancate. Mi trovai di fronte uno scenario poco piú allegro; era il cortile interno di un castello moldavo costruito nel XIV secolo.

Kostaki mi lasciò scivolare a terra, e discese quasi subito dopo di me; ma, per quanto rapido fosse stato, Gregoriska l'aveva preceduto. Come aveva detto, al castello era lui il padrone. Vedendo arrivare i due giovani e la straniera che conducevano con loro, i domestici accorsero; ma, benché dividessero le loro attenzioni tra Kostaki e Gregoriska, era chiaro che i maggiori riguardi, il rispetto piú profondo erano per il secondo. Si avvicinarono due donne; Gregoriska impartí un ordine in moldavo, e con la mano mi fece cenno di seguirle. Lo sguardo che accompagnava quel cenno era talmente rispettoso, che non esitai a obbedire. Cinque minuti dopo mi trovavo in una camera, che, per quanto nuda e triste potesse sembrare alla persona piú accomodante, era però di certo la piú bella del castello. Era una grande stanza quadrata con una specie di divano di sargia verde, che fungeva da sedile di giorno e da letto di notte. C'erano anche cinque o sei poltrone di quercia, un'enorme cassapanca, e in un angolo un trono simile a uno stallo da coro.

Non c'erano tende né alle finestre né al letto. Ai lati della scala che conduceva a quella camera, dentro alcune nicchie, si ergevano tre statue dei Brankovan di grandezza superiore al naturale. Poco dopo portarono i nostri bagagli, tra i quali anche i miei bauli. Le donne mi offrirono i loro servigi. Ma, pur rimettendo in ordine il mio abbigliamento dopo quell'avventura, decisi di tenere l'abito da amazzone, che, piú di ogni altro, si addiceva al modo di vestire dei miei ospiti. Avevo appena fatto i piccoli cambiamenti necessari, quando udii bussare leggermente all'uscio.

– Avanti, – dissi in francese, essendo, come sapete, questa lingua per noi polacchi quasi una seconda lingua madre.

Gregoriska entrò.

– Ah! signora, sono felice che parliate francese.

– Anch'io, signore, – risposi, – sono contenta di conoscere questa lingua, perché cosí ho potuto apprezzare tutta la vostra generosità nei miei confronti. In questa lingua mi avete difeso dalle mire di vostro fratello, e in questa lingua vi esprimo la mia sincera riconoscenza.

– Vi ringrazio, signora. Era naturale che mi preoccupassi di una donna che si trovava nella vostra situazione. Andavo a caccia tra i monti, quando mi giunsero all'orecchio alcuni spari irregolari e continui; compresi che si trattava di un assalto a mano armata, e marciai incontro al fuoco, come si dice in termini militari. Grazie al cielo, sono giunto in tempo, ma posso chiedervi, signora, per quale motivo una donna di alto lignaggio, quale voi siete, sia stata indotta ad avventurarsi tra i nostri monti?

– Sono polacca, signore, – gli risposi. – I miei due fratelli sono morti da poco nella guerra contro la Russia; mio padre, che ho lasciato mentre si preparava a difendere il suo castello, a quest'ora li ha certo già raggiunti, e io, su suo ordine, sono fuggita da quelle stragi per cercare rifugio al monastero di Sahastru, dove anche mia madre, in gioventú, e in circostanze simili, aveva trovato un asilo sicuro.

– Siete nemica dei russi, tanto meglio, – disse il giovane; – questo vi sarà d'aiuto al castello, e avremo bisogno di tutte le nostre forze per sostenere la lotta che si prepara. Ma, innanzi tutto, signora, dato che io so chi siete voi, sappiate anche voi chi siamo noi: conoscete il nome dei Brankovan, vero?

Mi inchinai.

– Mia madre è l'ultima principessa di questo nome, l'ultima discendente dell'illustre capo fatto uccidere dai Cantemir, i vili cortigiani di Pietro I. Sposò in prime nozze mio padre, Serban Waivady, principe anch'egli, ma di stirpe meno illustre. Mio padre era stato educato a Vienna, e là aveva potuto apprezzare i vantaggi della civiltà. Decise di fare di me un europeo. Visitammo la Francia, l'Italia, la Spagna e la Germania. Mia madre – non tocca a un figlio, lo so bene, narrarvi quello che sto per dirvi, ma, poiché per la nostra salvezza è necessario che ci conosciate bene, apprezzerete il motivo di questa rivelazione –, mia madre, che, durante i primi viaggi di mio padre, mentre io ero ancora un fanciullo, aveva avuto colpevoli relazioni con un capo di partigiani (è cosí che, – aggiunse sorridendo Gregoriska, – si chiamano in questo paese gli uomini che vi hanno aggredita), un certo conte Giordaki Koproli, mezzo greco e mezzo moldavo, scrisse a mio padre per confessargli tutto e chiedergli il divorzio, appoggiando la sua domanda sul fatto che lei, una Brankovan, non voleva rimanere ancora la moglie di un uomo che diventava di giorno in giorno piú straniero alla propria patria. Ahimè! mio padre non ebbe la possibilità di dare il suo assenso alla richiesta, che a voi potrà parere strana, ma fra noi è prassi comune. Era morto per un aneurisma che da lungo tempo lo tormentava, e fui io a ricevere la lettera di mia madre. Non mi restava che farle i miei piú sinceri auguri per la sua felicità, e le scrissi una lettera, in cui glieli esprimevo insieme con la notizia della sua vedovanza. In quella lettera le chiedevo anche il permesso di continuare i miei viaggi, il che mi venne concesso. Avevo la ferma intenzione di stabilirmi in Francia o in Germania per non trovarmi di fronte un uomo che mi detestava, e che io non potevo amare, cioè il marito di mia madre; quando, all'improvviso, venni a sapere che il conte Giordaki Koproli era stato assassinato, a quanto pare, dai vecchi cosacchi di mio padre. Amavo troppo mia madre per non affrettare il mio ritorno in patria, comprendevo il suo isolamento e il suo bisogno di avere accanto a sé, in tali circostanze, le persone piú care. Benché non si fosse mai mostrata troppo tenera verso di me, ero pur sempre suo figlio. Una mattina arrivai senza essere atteso nel castello dei miei padri. Vi trovai un giovane che sulle prime presi per uno straniero, ma che poi seppi essere mio fratello. Era Kostaki, il figlio dell'adulterio, che un secondo matrimonio ha reso legittimo; Kostaki, l'indomabile creatura che avete visto, che riconosce come legge solo le sue passioni, che nulla ha di sacro al mondo tranne la madre, che mi obbedisce come obbedisce la tigre al braccio che l'ha domata, sempre ruggendo, nella vaga speranza di potermi un giorno divorare. All'interno del castello, nella casa dei Brankovan e dei Waivady sono ancora il padrone; ma fuori di queste mura, in aperta campagna, Kostaki ridiventa il selvaggio figlio delle foreste e dei monti, che tutto vuol piegare alla propria ferrea volontà. Non so perché oggi egli e i suoi uomini abbiano ceduto; forse per antica abitudine, o per quel poco di rispetto che ancora mi portano. Ma non vorrei rischiare un'altra prova. Rimanete qui, non uscite da questa camera, dal cortile, dal castello insomma, e rispondo di tutto; se fate un passo fuori dal castello, posso promettervi soltanto di farmi uccidere per difendervi.

– Non potrò dunque, – dissi io, – secondo il desiderio di mio padre, continuare il mio viaggio verso il monastero di Sahastru?

– Fate, provate, comandate, vi accompagnerò, ma io resterò sulla strada, e voi… voi non arriverete alla meta.

– Che fare allora?

– Rimanere qui, aspettare, trarre consiglio dagli eventi e approfittare delle circostanze. Supponete d'essere finita in una caverna di banditi, e che solo il vostro coraggio possa trarvi di impaccio, la vostra calma salvarvi. Mia madre, malgrado preferisca Kostaki, figlio del suo amore, è buona e generosa. D'altra parte, è una Brankovan, vale a dire una vera principessa. Vedrete: vi difenderà dalle brutali passioni di Kostaki. Mettetevi sotto la sua protezione: siete bella, vi amerà. E infatti, – aggiunse con un'espressione indefinibile, – chi potrebbe vedervi e non amarvi? Venite in sala da pranzo dove mia madre ci sta aspettando. Non mostrate imbarazzo o diffidenza; parlate polacco: qui nessuno lo comprende; tradurrò io a mia madre le vostre parole, e siate tranquilla, dirò solo quello che converrà dire. Soprattutto non una parola di quanto vi ho rivelato: nessuno deve sospettarlo. Non sapete ancora di quanta astuzia e di quale dissimulazione sia capace il piú sincero tra noi. Venite.

Lo seguii sulla scala illuminata da torce di resina ardenti, infilate dentro anelli di ferro che sporgevano dal muro. Era chiaro che quell'insolita illuminazione era stata fatta per me. Arrivammo alla sala da pranzo. Non appena Gregoriska ne ebbe aperto la porta, e dalla soglia ebbe pronunciato una parola in moldavo, che seppi in seguito significava «la straniera», una donna imponente ci venne incontro. Era la principessa Brankovan. Aveva i capelli bianchi intrecciati intorno al capo, coperto da un berretto di zibellino, ornato di un'*aigrette*, segno della sua origine principesca. Indossava una specie di tunica di drappo d'oro, dal corpetto cosparso di pietre preziose, sovrapposta a una lunga sottana di stoffa turca, guarnita di pelliccia simile a quella del berretto. Teneva in mano un rosario dai grani d'ambra, che faceva scorrere rapidamente fra le dita. Kostaki le era accanto, vestito di uno splendido e maestoso costume magiaro, nel quale mi apparve ancora piú strano. Il suo abito era composto da una sopravveste di velluto verde, dalle ampie maniche, che gli scendeva fin sotto il ginocchio, di calzoni di cachemire rosso, e babbucce di marocchino ricamate d'oro: aveva il capo scoperto, e i lunghi capelli cosí neri da assumere una sfumatura blu, gli ricadevano sul collo nudo, contornato solo dall'orlo bianco di una camicia di seta. Mi salutò goffamente e pronunciò in moldavo alcune parole per me incomprensibili.

– Potete parlare francese, fratello mio, – disse Gregoriska; – la signora è polacca, e comprende questa lingua.

Allora Kostaki pronunciò in francese alcune parole, per me incomprensibili quanto quelle che aveva pronunciato in moldavo; ma la madre stese con gravità il braccio e interruppe i due fratelli. Era chiaro che voleva comunicare ai figli che a lei sola spettava di darmi il benvenuto. Cominciò allora in moldavo un discorso, che l'espressione dei suoi lineamenti rendeva facile da intuire. Mi mostrò la tavola, mi offrí una sedia vicino a lei, accennò con un gesto a tutta la casa, come per dire che era a mia disposizione, e, sedutasi prima degli altri con benevola dignità, si fece il segno della croce, e pronunciò una preghiera. Allora ognuno sedette al proprio posto, stabilito dall'etichetta, Gregoriska vicino a me. Ero ospite, e di conseguenza a Kostaki spettava il posto d'onore presso la madre Smeranda. Questo era il nome della principessa. Anche Gregoriska si era cambiato d'abito. Indossava la tunica magiara, come il fratello, e i pantaloni di cachemire, ma la tunica era rosso granata, i pantaloni blu. Al collo portava una splendida decorazione, il *nishan* del sultano Mahmud. Gli altri commensali della casa cenavano alla stessa tavola, ognuno al posto che gli competeva secondo il grado che occupava tra gli amici o i servi. La cena fu triste; Kostaki non mi rivolse mai la parola, benché il fratello avesse sempre l'attenzione di parlarmi in francese. La madre mi offriva tutto con le proprie mani con un'aria solenne che le era naturale. Gregoriska aveva ragione: era una vera principessa. Dopo cena, Gregoriska si avvicinò alla madre, e le spiegò in moldavo che avevo bisogno di restare sola e di riposare dopo le emozioni di quella giornata. Smeranda fece un cenno d'assenso, mi tese la mano, mi baciò in fronte, come avrebbe fatto con una figlia, e mi augurò la buona notte. Gregoriska non si era sbagliato: desideravo ardentemente rimanere da sola. Ringraziai dunque la principessa, che mi accompagnò sino alla porta, dove mi aspettavano le due donne che già prima mi avevano scortata alla mia camera. Salutai la madre e i figli, e tornai al mio alloggio, da cui ero uscita un'ora prima.

Il divano era stato trasformato in letto. Altri cambiamenti non erano stati fatti. Ringraziai le donne: feci loro comprendere che mi sarei svestita da sola, uscirono subito con mille testimonianze di rispetto a indicare che avevano ricevuto ordine di obbedirmi in tutto. Restai sola in quell'immensa camera, che la mia candela poteva rischiarare solo in parte. Era uno strano gioco di luci, una specie di lotta fra lo splendore tremolante della mia candela e i raggi della luna che passavano attraverso la finestra priva di tende. Oltre la porta dalla quale ero entrata, e che dava sulla scala, ce n'erano altre due nella camera; ma i grossi chiavistelli, che si chiudevano dall'interno, bastavano a rassicurarmi. Esaminai l'uscio d'ingresso; anche quello aveva le sue difese. Aprii la finestra: dava su un precipizio. Compresi che Gregoriska aveva scelto con cura quella camera. Tornata infine al divano, trovai su un tavolino accanto al capezzale un biglietto piegato. L'aprii e lessi in polacco: «Dormite tranquilla; non avete nulla da temere finché restate all'interno del castello». Seguii il consiglio e, siccome la stanchezza era piú forte delle preoccupazioni, mi sdraiai e mi addormentai subito.

Da quel momento cominciai a vivere al castello ed ebbe inizio il dramma che sto per narrarvi.

I due fratelli si innamorarono di me, ciascuno secondo la propria indole. Il giorno dopo Kostaki mi confessò che mi amava, e dichiarò che sarei stata sua e di nessun altro, e che mi avrebbe uccisa piuttosto che lasciarmi a chiunque altro. Gregoriska non mi disse nulla, ma mi circondò di cure e di attenzioni. Per riuscire a piacermi impiegò tutte le qualità di una educazione raffinata, tutti i ricordi di una giovinezza trascorsa nelle piú nobili corti d'Europa. Ahimè! non era un'impresa difficile: già il primo suono della sua voce mi aveva accarezzato l'anima, e il suo primo sguardo mi era penetrato fino al cuore. In soli tre mesi Kostaki mi aveva ripetuto cento volte che mi amava, mentre io lo odiavo; Gregoriska non mi aveva ancora detto una sola parola d'amore, e sentivo che, se l'avesse voluto, sarei stata solo sua.

Kostaki aveva rinunciato alle sue scorrerie. Sempre chiuso nel castello, aveva momentaneamente ceduto il comando a un luogotenente, il quale veniva ogni tanto a chiedergli ordini, e spariva. Anche Smeranda mi dimostrava un'amicizia appassionata, che mi incuteva timore. Proteggeva palesemente Kostaki, e pareva gelosa di me piú di quanto non fosse egli stesso. Ma, poiché lei non parlava né polacco né francese e io non comprendevo il moldavo, non aveva modo di perorare presso di me la causa del figlio prediletto. Aveva però imparato a dire in francese tre parole che mi ripeteva sempre quando mi posava le labbra sulla fronte: – Kostaki ama Edvige!...

Un giorno ricevetti una notizia orribile, che per me fu il colmo della sventura. I quattro uomini sopravvissuti all'attacco fra le montagne erano stati rimessi in libertà ed erano ripartiti alla volta della Polonia, promettendo che uno di loro, entro tre mesi, sarebbe tornato a darmi notizie di mio padre. Infatti, una mattina costui ricomparve. Il nostro castello era stato conquistato, incendiato e distrutto, e mio padre si era fatto uccidere nel tentativo di difenderlo. Ero ormai sola al mondo. Kostaki raddoppiò le sue insistenze, e Smeranda le sue tenerezze; ma questa volta addussi come pretesto il lutto per la morte di mio padre. Kostaki insistette dicendo che quanto piú ero sola, tanto piú avevo bisogno di un sostegno, e sua madre insistette al pari e forse piú di lui.

Gregoriska mi aveva parlato della capacità che hanno i moldavi di padroneggiare i propri sentimenti, quando non vogliono che qualcuno legga nel loro cuore. Egli ne era un esempio perfetto. Ero certissima del suo amore, e tuttavia, se qualcuno mi avesse domandato su quale prova fosse fondata tale certezza non avrei saputo rispondere: nessuno nel castello aveva mai visto la sua mano toccare la mia, o i suoi occhi cercare i miei. Solo la gelosia poteva rivelare a Kostaki la rivalità del fratello, come solo l'amore che nutrivo per Gregoriska poteva provarmi il suo amore. Tuttavia, lo confesso, mi rendeva molto inquieta quella padronanza di Gregoriska su se stesso. Avevo fiducia in lui, ma non era sufficiente, avevo bisogno di essere convinta, quando una sera, appena tornata nella mia camera, udii bussare piano a una delle due porte che si chiudevano dall'interno. Dal modo di bussare indovinai una mano amica. Mi avvicinai, e domandai chi fosse.

– Gregoriska, – rispose una voce il cui timbro non poteva trarmi in inganno.

– Che volete? – gli domandai tutta tremante.

– Se avete fiducia in me, – disse Gregoriska, – se mi credete un uomo d'onore, acconsentite alla mia richiesta.

– Quale?

– Spegnete il lume come se vi foste coricata, e tra mezz'ora, aprite questa porta.

– Tornate fra mezz'ora… – fu la mia unica risposta.

Spensi il lume e aspettai. Il cuore mi batteva con violenza, intuivo che si trattava di un avvenimento importante. La mezz'ora trascorse: udii bussare piú piano di prima. Avevo tolto i chiavistelli; non mi restava che aprire, Gregoriska entrò, e senza che me lo dicesse, spinsi l'uscio dietro di lui, e serrai i chiavistelli. Rimase un istante muto e immobile, imponendomi il silenzio con un gesto. Poi, quando fu sicuro che nessun pericolo ci minacciava, mi condusse al centro della vasta camera, e comprendendo dal mio tremito che non avrei potuto reggermi in piedi, mi cercò una sedia. Mi sedetti o meglio mi lasciai cadere.

– Dio mio! – gli dissi; – che succede, e perché tante precauzioni?

– Perché la mia vita, il che non conterebbe nulla, e forse anche la vostra, dipendono dal colloquio che avremo.

Spaventata, gli afferrai una mano. Egli portò la mia alle labbra, guardandomi quasi a chiedermi scusa di tanta audacia. Abbassai gli occhi: era un tacito consenso.

– Vi amo, – mi disse con quella sua voce melodiosa come un canto; – voi mi amate?

– Sí, – gli risposi.

– Vorreste diventare mia moglie?

– Sí.

Si portò la mano alla fronte con un'espressione di profonda felicità.

– Allora non rifiutereste di seguirmi?

– Vi seguirò dovunque.

– Certo comprendete, – continuò, – che non possiamo essere felici se non fuggendo da questi luoghi.

– Oh sí! fuggiamo, – esclamai.

– Silenzio! – disse trasalendo, – silenzio!

– Avete ragione –. E mi avvicinai a lui tutta tremante.

– Vi dirò che cosa ho fatto, – continuò Gregoriska; – e perché sono stato tanto tempo senza confessarvi che vi amavo. Volevo, quando fossi stato certo del vostro amore, che nulla potesse opporsi alla nostra unione. Io sono ricco, cara Edvige, immensamente ricco, ma come lo sono i signori moldavi: ricco di terre, di armenti, di servi. Ebbene, ho venduto al monastero di Hango terre, greggi e villaggi per un milione di franchi. Me ne hanno dati trecentomila in pietre preziose, centomila in oro e il resto in lettere di cambio su Vienna. Vi basterà un milione?

Gli strinsi la mano. – Mi sarebbe bastato il vostro amore, Gregoriska, giudicate voi.

– Ascoltate: domani andrò al monastero di Hango per prendere gli ultimi accordi col padre superiore. Mi terrà pronti due cavalli che ci aspetteranno dalle nove del mattino in poi, nascosti a cento passi dal castello. Dopo cena risalirete come oggi nella vostra camera; come oggi spegnerete il lume; come oggi entrerò da voi. Ma domani, invece di uscire solo, voi mi seguirete, usciremo dalla porta che dà sui campi, troveremo i cavalli, vi monteremo, e dopodomani mattina avremo percorso trenta leghe.

– Oh! perché non siamo già a dopodomani!

– Cara Edvige!

Gregoriska mi strinse a sé, e le nostre labbra si incontrarono. Egli l'aveva detto, avevo aperto la porta della mia camera a un uomo d'onore; comprese perfettamente che, se non gli appartenevo con il corpo, gli appartenevo con l'anima.

La notte trascorse senza che potessi chiudere occhio. Mi vedevo fuggire con Gregoriska, mi sentivo trasportare da lui come già lo ero stata da Kostaki: solo che quella corsa terribile, spaventosa e funesta, si mutava ora in una stretta soave e deliziosa, alla quale la velocità aggiungeva voluttà, in quanto anche la velocità è voluttà...

Appena fu giorno, scesi. Mi sembrò che il modo con cui Kostaki mi salutò fosse ancora piú tetro del consueto. Il suo sorriso non era piú soltanto ironico, ma minaccioso. Smeranda, invece, non mi sembrò cambiata. Durante la colazione, Gregoriska ordinò i suoi cavalli. Kostaki parve non prestare la minima attenzione a quell'ordine. Verso le undici, Gregoriska ci salutò, annunciando che sarebbe tornato soltanto la sera, e pregando la madre di non aspettarlo a pranzo: poi, rivolto a me, mi domandò di accettare le sue scuse.

Uscí. Il fratello lo seguí con lo sguardo fin quando lasciò la camera, e in quel momento dai suoi occhi balenò un lampo di odio cosí forte che fui percorsa da un brivido.

Potete immaginare in preda a quale inquietudine trascorsi quel giorno. Non avevo confidato a nessuno i nostri progetti, a mala pena ne avevo fatta parola a Dio nelle mie preghiere, e mi pareva che tutti li conoscessero, che ogni sguardo potesse penetrare e leggere sino in fondo al mio cuore... Il pranzo fu un supplizio; cupo e senza conversazione, Kostaki parlava sempre poco; questa volta non disse che due o tre parole in moldavo alla madre, e con un tono che mi fece trasalire. Quando mi alzai per tornare nella mia stanza, Smeranda, come al solito, mi abbracciò, e ripeté quella frase che da ben otto giorni non avevo piú sentito: – Kostaki ama Edvige!

Queste parole mi seguirono come una minaccia, e anche nella mia camera mi sembrava che una voce fatale mi sussurrasse all'orecchio: «Kostaki ama Edvige!» Ora l'amore di Kostaki, Gregoriska me l'aveva detto, significava la morte. Verso le sette di sera, vidi Kostaki attraversare il cortile. Si girò per guardare la mia finestra, ma io mi ritrassi, per non farmi scorgere. Ero inquieta, perché a quanto potevo vedere, si dirigeva verso le scuderie. Mi arrischiai ad aprire i chiavistelli di una delle porte interne della mia camera e a passare nella camera vicina, da dove potevo vedere tutto quello che faceva. In effetti si stava dirigendo verso le scuderie. Ne condusse fuori egli stesso il suo cavallo preferito e lo sellò con la cura di un uomo abituato a dare grande importanza a ogni minimo dettaglio. Indossava il medesimo costume di quando mi era apparso la prima volta, però non portava armi oltre alla sciabola. Sellato il cavallo, guardò un'altra volta verso la finestra della mia camera. Non avendomi vista, saltò in sella, si fece aprire la stessa porta per la quale era uscito e doveva rientrare suo fratello, e s'allontanò al galoppo in direzione del monastero di Hango. In quell'istante mi si strinse terribilmente il cuore; un fatale presentimento mi diceva che Kostaki stava andando incontro al fratello. Restai alla finestra fino a quando potei distinguere la strada che, a un quarto di lega dal castello, faceva una svolta a sinistra, e si perdeva inoltrandosi nella foresta. Ma la notte scendeva a ogni istante piú fitta, e in breve non riuscii piú a distinguere nulla.

Rimasi ancora alla finestra.

Alla fine, l'eccessiva inquietudine mi spinse a scendere, dato che le prime notizie dell'uno o dell'altro fratello sarebbero state portate in sala da pranzo.

Guardai innanzitutto Smeranda. Dalla tranquillità del suo volto intuii che non provava alcuna apprensione; dava i consueti ordini per la cena ed era apparecchiato per i fratelli come al solito. Non osavo far domande. D'altra parte, a chi avrei potuto rivolgermi? Al castello nessuno, tranne Kostaki e Gregoriska, parlava le due lingue che sapevo. Trasalivo al minimo rumore. Di solito, ci mettevamo a tavola alle nove.

Ero scesa alle otto e mezzo, e seguivo con lo sguardo la lancetta dei minuti, il cui avanzare era quasi percepibile sull'ampio quadrante dell'orologio. La lancetta viaggiatrice oltrepassò la distanza che la separava dal quarto.

Il quarto batté, e la vibrazione risuonò cupa e triste; poi la lancetta riprese il suo giro silenzioso, e la vidi percorrere di nuovo la distanza con la regolarità e la lentezza di una punta di compasso. Alcuni minuti prima delle nove mi parve di udire lo scalpiccio di un cavallo nel cortile. Anche Smeranda lo udí, e rivolse lo sguardo alla finestra: ma la notte era troppo buia per poter distinguere qualcosa. Oh! se mi avesse guardata in quel momento, avrebbe certo indovinato ciò che mi passava nel cuore!

Si era udito lo scalpiccio di un solo cavallo. Ero certa che sarebbe tornato soltanto un cavaliere. Ma quale? Risuonarono alcuni passi nell'anticamera; passi lenti che sentivo pesarmi sul cuore. La porta si aprí, e nell'oscurità vidi delinearsi un'ombra.

L'ombra si fermò un istante sulla porta; il cuore smise di battere. L'ombra avanzò, e a mano a mano che entrava nel cono di luce proiettato dalle torce, io riprendevo fiato.

Riconobbi Gregoriska. Un solo altro istante di angoscia e il cuore mi si sarebbe spezzato. Riconobbi Gregoriska, ma era pallido come un cadavere. Al solo vederlo si intuiva che era avvenuto qualcosa di terribile.

– Sei tu, Kostaki? – domandò Smeranda.

– No, madre mia, – rispose Gregoriska con voce sorda.

– Ah, finalmente! – disse lei; – da quando è vostra madre a dovervi aspettare?

– Madre mia, – disse Gregoriska guardando la pendola, – sono appena le nove.

Difatti in quello stesso istante suonarono le nove.

– È vero, – disse Smeranda. – Dov'è vostro fratello?

Mio malgrado ricordai che Dio aveva fatto la stessa domanda a Caino. Gregoriska non rispose.

– Nessuno ha visto Kostaki? – domandò Smeranda.

Il *vatar*, ossia il maggiordomo, andò a informarsi.

– Verso le sette, – annunciò tornando, – il conte è stato nelle scuderie, ha sellato il suo cavallo, si è diretto alla volta di Hango.

In quel momento i miei occhi incontrarono quelli di Gregoriska. Non so se fosse reale o un'allucinazione, ma mi parve avesse una goccia di sangue in mezzo alla fronte. Mi portai lentamente il dito alla fronte indicando il punto dove credevo di vedere quella macchia. Gregoriska capí: prese il fazzoletto e si asciugò.

– Sí, sí, – mormorò Smeranda, – avrà incontrato un lupo o

un orso, e si sarà divertito a inseguirlo. Ecco perché un figlio fa aspettare la madre. Dove l'avete lasciato, Gregoriska?

– Madre mia, – rispose questi con voce commossa, ma ferma, – mio fratello e io non siamo usciti insieme.

– Bene, – disse Smeranda. – Si porti in tavola, ognuno si accomodi al proprio posto, e si chiudano le porte: chi è fuori, dormirà fuori.

Le prime due parti dell'ordine furono subito eseguite. Smeranda si accomodò al proprio posto, Gregoriska sedette alla sua destra, io alla sua sinistra. Poi i servi uscirono per obbedire alla terza parte dell'ordine, cioè chiudere le porte del castello. In quell'istante si udí un gran rumore in cortile, e un servo terrorizzato entrò dicendo:

– Principessa, è rientrato ora in cortile il cavallo del conte Kostaki, solo e tutto coperto di sangue.

– Oh! – mormorò Smeranda alzandosi pallida e minacciosa; – cosí è rientrato una sera al castello anche il cavallo di suo padre.

Guardai Gregoriska, non era piú pallido, era livido.

Il cavallo del conte Koproli era infatti tornato una sera al castello tutto sporco di sangue, e un'ora dopo i servi avevano trovato il corpo del padrone coperto di ferite. Smeranda prese una torcia dalla mano di un servo, s'avvicinò alla porta, l'aprí e scese nel cortile. Il cavallo, spaventato, era tenuto a stento da tre o quattro servi che facevano ogni sforzo per calmarlo. Smeranda si avvicinò all'animale, esaminò il sangue che ne copriva la sella, e si accorse che era ferito sulla fronte.

– Kostaki è stato ucciso in duello, e da un solo nemico, – disse. – Cercate il suo corpo, figli miei, piú tardi cercheremo l'assassino.

Siccome il cavallo era rientrato dalla porta di Hango, tutti i servi si precipitarono fuori da quella, e si videro le loro torce smarrirsi nella campagna ed entrare nel folto della foresta, come in una bella sera d'estate si vedono scintillare le lucciole nelle pianure di Nizza e di Pisa.

Smeranda, quasi fosse stata certa che la ricerca non sarebbe durata a lungo, aspettò accanto alla porta. Non una lacrima rigava le guance di quella madre desolata, eppure si capiva che la disperazione le consumava il cuore... Gregoriska stava dietro di lei, e io vicino a Gregoriska. Nell'uscire dalla sala, aveva fatto per offrirmi il braccio, ma alla fine non aveva osato.

Dopo un quarto d'ora circa vedemmo comparire alla curva della strada prima una torcia, poi una seconda, e infine tutte. Solo che questa volta, invece di sparpagliarsi per la campagna, erano raggruppate intorno a un centro. Quel centro era, come ben presto potemmo scorgere, una lettiga con un uomo disteso. Il corteo funebre avanzava lento, ma dopo dieci minuti giunse alla porta. Vedendo la madre viva che aspettava il figlio morto, quelli che lo portavano si scoprirono istintivamente il capo ed entrarono in silenzio nel cortile. Smeranda li seguí, e anche noi. Giungemmo cosí nella sala, dove fu deposto il corpo. Allora, con gesto maestoso, Smeranda allontanò i servi e, avvicinatasi al cadavere, gli si inginocchiò a fianco. Scostò i capelli che gli formavano un velo sul volto, e rimase a contemplarlo a lungo, senza versare una lacrima. Poi aprí la veste moldava, e scostò la camicia insanguinata. La ferita era nella parte destra del petto. Era stata inferta da una lama dritta e a due tagli. Ricordai di aver visto quella stessa mattina al fianco di Gregoriska il lungo coltello da caccia che usava come baionetta sulla carabina. Cercai con gli occhi l'arma: non c'era piú.

Smeranda si fece portare dell'acqua, vi bagnò il fazzoletto e lavò la piaga. Un sangue puro e tiepido tinse di rosso le labbra della ferita. Lo spettacolo cui assistevo era a un tempo atroce e sublime. Quella vasta camera con i muri affumicati dalla resina delle torce, quei volti barbari, quegli occhi scintillanti di ferocia, quegli abiti esotici, quella madre che, alla vista del sangue ancora caldo, calcolava da quanto tempo la morte le avesse rapito il figlio, quel profondo silenzio interrotto soltanto dai singhiozzi dei briganti di cui era capo Kostaki, tutto questo, ripeto, aveva in sé qualcosa di atroce e di sublime. Smeranda avvicinò le labbra alla fronte del figlio, poi si alzò e si gettò dietro le spalle le lunghe trecce bianche che si erano disfatte:

– Gregoriska! – disse.

Gregoriska trasalí, abbassò il capo, e tornando in sé, rispose: – Madre!

– Venite qua, figlio mio, e ascoltatemi.

Gregoriska obbedí rabbrividendo, ma obbedí.

A mano a mano che si avvicinava al corpo di Kostaki, il sangue usciva dalla ferita piú abbondante e piú vermiglio. Fortunatamente Smeranda non guardava da quella parte, perché alla vista di quel sangue non avrebbe piú avuto bisogno di cercare l'assassino.

– Gregoriska, – disse, – so che tu e Kostaki non vi amavate, so che per parte di padre tu sei un Waivady, e lui un Koproli, ma per parte di madre siete entrambi dei Brankovan. So che tu sei un uomo delle città d'Occidente e lui un figlio delle montagne orientali; ma vi ho portato in grembo entrambi e siete fratelli. Orbene! Gregoriska, voglio sapere se mio figlio sarà portato a giacere presso la tomba di suo padre senza che sia stato pronunciato il giuramento, se posso piangere tranquilla, in quanto donna, riponendo la mia fiducia in voi, cioè in un uomo, per la punizione.

– Ditemi il nome dell'assassino, madre, e comandate; vi giuro che fra un'ora, se l'esigete, avrà cessato di vivere.

– Giurate, Gregoriska, giurate a rischio della mia maledizione, avete inteso, figlio mio? Giurate che l'assassino morirà, che non lascerete pietra su pietra della sua casa: che sua madre, i suoi figli, i suoi fratelli, sua moglie o la sua fidanzata periranno per mano vostra. Giuratelo, e, nel giurarlo, invocate sopra di voi la collera celeste, se verrete meno alla sacra promessa. Se verrete meno a questa sacra promessa, subirete la miseria, l'esecrazione degli amici, la maledizione di vostra madre.

Gregoriska stese la mano sul cadavere, e disse: – Giuro che l'assassino morirà!

A quel giuramento singolare, di cui potevamo comprendere il vero significato forse solo io e il morto, vidi o credetti di vedersi compiere un orrendo prodigio. Gli occhi del cadavere si aprirono, e mi fissarono piú vivi di quanto non li avessi mai visti, e, come se quello sguardo fosse stato palpabile, sentii penetrarmi fino al cuore un ferro rovente. Non ressi a tanto dolore e svenni.

Quando ripresi i sensi, ero sdraiata sul letto della mia camera: una delle due donne mi vegliava. Domandai dove fosse Smeranda; mi fu risposto che vegliava vicino al corpo del figlio. Chiesi dove fosse Gregoriska: mi fu detto che era al monastero di Hango.

Non era piú necessario fuggire: Kostaki non era forse morto? Non era piú il caso di parlare di matrimonio, potevo forse sposare il fratricida? Trascorsi cosí tre giorni e tre notti in preda a strani sogni. Nella veglia e nel sonno vedevo sempre quei due occhi vivi in quel volto morto: era una visione orrenda.

Nel terzo giorno Kostaki sarebbe stato sepolto. La mattina mi venne portato, per ordine di Smeranda, un vestito da vedova. Lo indossai e scesi. La casa pareva vuota, tutti erano nella cappella. Mi avviai, e mentre ne varcavo la soglia, mi venne incontro Smeranda, che non avevo visto per tre giorni.

Era la statua del dolore. Con un movimento lento come quello di una statua, mi posò sulla fronte le labbra ghiacciate, e con una voce che pareva uscire dalla tomba, pronunciò le solite parole: «Kostaki vi ama!» Non potete immaginare l'effetto che produsse in me quella frase. Quella dichiarazione d'amore espressa al presente invece che al passato, che diceva «vi ama», e non «vi amava»; quell'amore d'oltretomba che veniva a cercarmi in vita, produsse in me un'impressione terribile. Allo stesso tempo uno strano sentimento si impadroniva del mio cuore, quasi fossi davvero stata la moglie di colui che era morto, e non la fidanzata di colui che era ancora vivo. Quella bara mi attraeva mio malgrado, dolorosamente, come il serpente attrae l'uccello affascinandolo.

Cercai con gli occhi Gregoriska; lo vidi, pallido e ritto contro una colonna: guardava in alto. Non so se mi vedeva. I monaci del monastero di Hango circondavano il corpo cantando salmi del rito greco, talvolta armoniosi, piú spesso monotoni. Anch'io avrei voluto pregare, ma la preghiera mi moriva sulle labbra; la mia mente era tanto confusa, che mi pareva di assistere a un concistoro di demoni piú che a un'adunanza di monaci. Quando il corpo fu spostato, volli seguirlo, ma mi vennero meno le forze. Sentii le mie gambe piegarsi e mi appoggiai alla porta. Allora Smeranda mi si avvicinò e fece un cenno a Gregoriska. Questi obbedí e si avvicinò. Smeranda mi parlò in moldavo:

– Mia madre mi ordina di ripetervi parola per parola ciò che sta per dire, – mi disse Gregoriska.

Smeranda parlò di nuovo, quando ebbe finito, Gregoriska disse:

– Ecco le parole di mia madre. Voi piangete, mio figlio, Edvige, voi l'amavate, vero? Vi ringrazio delle vostre lacrime e del vostro amore; d'ora in avanti siete mia figlia come se Kostaki vi avesse sposata: d'ora in avanti avete una patria, una madre, una famiglia. Spargiamo le lacrime dovute ai morti, e ridiventiamo entrambe degne di colui che non è piú... io sua madre, voi sua moglie! Addio, tornate nella vostra camera; io accompagnerò mio figlio sino alla sua ultima dimora; quando sarò tornata, mi chiuderò nella mia stanza con il mio dolore, e mi rivedrete solo quando l'avrò vinto; state tranquilla, ucciderò questo dolore, perché non voglio che sia lui a uccidere me.

A quelle parole di Smeranda, tradotte da Gregoriska, non potei rispondere che con un gemito. Risalii nella mia camera: il corteo funebre si allontanò, e lo vidi sparire dietro una curva. Il monastero di Hango distava solo mezza lega dal castello in linea retta; ma gli ostacoli del terreno facevano compiere parecchie curve alla strada, di modo che si impiegavano due ore a percorrerla.

Era novembre. Le giornate erano ritornate fredde e brevi, e alle cinque era già notte fonda. Verso le sette vidi ricomparire le torce: il corteo funebre era ritornato. Il cadavere riposava nella tomba dei suoi padri; la cerimonia si era conclusa.

Ho già detto di quale singolare incubo fossi vittima dopo il fatale avvenimento che ci aveva tutti sprofondati nel lutto, e soprattutto dopo che avevo visto gli occhi già chiusi del morto riaprirsi e fissarmi. Quella sera poi, oppressa dalle emozioni della giornata, ero ancora piú triste. Udivo suonare tutte le ore all'orologio del castello, e a mano a mano che il tempo fuggiva e si avvicinava il momento in cui era morto Kostaki, mi sentivo sempre piú sconsolata. Suonarono le nove meno un quarto. Una strana sensazione si impadroní di me. Mi correva per tutto il corpo un terrore agghiacciante; poi una specie di sonno invincibile mi intorpidí i sensi, mi oppresse il petto, e mi velò gli occhi. Stesi le braccia, e caddi sul letto. Non avevo, però, smarrito i sensi al punto di non udire un passo che si avvicinava alla mia porta, poi mi parve che la porta si aprisse, e non vidi e non udii piú nulla. Provai solo un vivo dolore al collo e caddi in un sonno profondo.

Mi svegliai a mezzanotte; la candela ardeva ancora; provai ad alzarmi, ma ero cosí debole che dovetti tentare due volte. Finalmente, riuscii a vincere la debolezza, e sentendo da sveglia il medesimo dolore al collo che avevo provato nel sonno, mi trascinai, appoggiandomi al muro, fino allo specchio e guardai. Qualcosa che somigliava alla puntura di uno spillo segnava l'arteria del mio collo. Credetti che un insetto mi avesse morsicato durante il sonno e, sentendomi esausta, mi coricai di nuovo e m'addormentai. L'indomani mi svegliai come al solito; come al solito volli alzarmi non appena aprii gli occhi; ma provai una debolezza che avevo avvertito una sola volta in vita mia, il giorno dopo che mi era stato praticato un salasso. Mi guardai nello specchio e fui meravigliata del mio pallore. La giornata trascorse triste e cupa; provavo una strana sensazione; in qualsiasi posto mi trovassi, sentivo il bisogno di non muovermi: qualsiasi movimento mi costava fatica.

Appena fu notte, mi portarono la lampada; le mie domestiche mi domandarono a gesti se volevo che restassero con me. Le ringraziai ma rifiutai l'offerta, e loro uscirono. Alla stessa ora della notte precedente provai gli stessi sintomi. Volli alzarmi e chiedere aiuto; ma non potei arrivare alla porta. Udii vagamente battere le nove meno un quarto: i passi risuonarono, la porta si aprí, ma non vedevo e non udivo nulla. Come la sera prima caddi sul letto. Come la sera prima provai un dolore acuto al collo. Come la sera prima mi svegliai a mezzanotte, ma ancora piú pallida e piú debole.

Il giorno dopo l'orribile incubo si rinnovò.

Ero decisa a scendere nelle stanze di Smeranda per quanto debole, quando entrò in camera una delle mie domestiche, e pronunciò il nome di Gregoriska. Il giovane la seguiva. Tentai di alzarmi per riceverlo; ma ricaddi sulla sedia. Nel vedermi Gregoriska mandò un grido, e cercò di lanciarsi verso di me; ma ebbi la forza di stendere il braccio verso di lui per impedirglielo.

– Perché qui? – gli domandai.

– Ahimè! – disse; – venivo a dirvi addio! a dirvi che abbandono questo mondo che mi è insopportabile senza il vostro amore e la vostra presenza; ad annunciarvi che mi ritiro nel monastero di Hango.

– Gregoriska, – gli risposi, – siete privato della mia presenza, ma non del mio amore. Ahimè! io vi amo ancora, e il mio maggior dolore è che questo amore sia ormai quasi un crimine.

– Allora posso sperare che pregherete per me, Edvige?

– Sí, ma non potrò farlo a lungo, – soggiunsi con un sorriso.

– Perché? Ditemi, che cosa avete? Perché siete cosí pallida?

– Perché... Dio ha certo pietà di me, e mi chiama a sé.

Gregoriska si avvicinò, mi prese una mano che non ebbi la forza di sottrargli, e guardandomi fisso in volto mi disse: – Questo pallore non è naturale, Edvige, qual è la causa?

– Se ve la dicessi, Gregoriska, credereste che sono pazza.

– No, no, parlate, Edvige, ve ne supplico; siamo in un paese che non somiglia a nessun altro, in una famiglia che non somiglia a nessun'altra. Ditemi, ditemi tutto, vi prego.

Gli narrai tutto: la strana allucinazione che mi prendeva all'ora in cui Kostaki era morto; quella paura, quel torpore, quel freddo glaciale, quella prostrazione che mi faceva cadere sul letto, quel rumore di passi che mi pareva di udire, quella porta che mi sembrava di vedersi aprire, e da ultimo quell'acuto dolore al collo seguito da un pallore e da una debolezza sempre crescenti. Credevo che il mio racconto potesse parere a Gregoriska un principio di follia, e lo terminai con una certa esitazione, quando, al contrario, mi accorsi che mi prestava grande attenzione.

Quando ebbi finito di parlare, Gregoriska rifletté un istante.

– Dunque, – domandò, – vi addormentate ogni sera alle nove meno un quarto?

– Sí, per quanto mi sforzi di resistere al sonno.

– E credete di vedersi aprire la porta?

– Sí, benché la chiuda con il chiavistello.

– E dopo provate un acuto dolore al collo?

– Sí, malgrado la traccia della ferita sia appena visibile.

– Permettetemi di guardare.

Piegai la testa all'indietro e Gregoriska esaminò la cicatrice.

– Edvige, – mi chiese dopo un istante di riflessione, – avete fiducia in me?

– Me lo domandate? – risposi.

– Credete alla mia parola?

– Come credo al Vangelo.

– Ebbene! Edvige vi giuro che non avete otto giorni da vivere, se non acconsentite a fare, oggi stesso, ciò che sto per dirvi.

– E se acconsento?

– Se acconsentite, forse sarete salva.

– Forse?

Non rispose.

– Qualunque cosa avvenga, Gregoriska, – ripresi, – farò quel che mi ordinerete.

– Ascoltate dunque, – disse, – e soprattutto non spaventatevi. Nel vostro paese, come in Ungheria e nella nostra Romania, esiste una tradizione.

Rabbrividii, perché questa tradizione m'era tornata in mente.

– Ah! sapete ciò che intendo?

– Sí, – risposi, – in Polonia vidi alcune persone subirne l'orrendo fato.

– Parlate dei vampiri?

– Sí; ero ancora bambina, quando vidi dissotterrare nel cimitero di un villaggio appartenente a mio padre quaranta persone morte in quindici giorni, senza che si fosse potuta comprendere la causa della loro morte. Diciassette di quei cadaveri recavano tutti i segni del vampirismo, cioè furono trovati freschi come se fossero stati vivi: gli altri erano le loro vittime.

– E che cosa faceste per liberarne il paese?

– Venne loro piantato un paletto nel cuore, poi vennero bruciati.

– Sí, cosí si fa di solito: ma a noi non basta. Per liberarvi dal vostro fantasma voglio prima conoscerlo, e lo conoscerò. E se è necessario, lotterò corpo a corpo con lui, chiunque sia.

– Oh! Gregoriska! – esclamai spaventata.

– Ho detto chiunque sia, e lo ripeto. Ma per condurre a buon fine questa terribile avventura, è necessario che acconsentiate a fare tutto quello che vi chiederò.

– Ditemi.

– Tenetevi pronta alle sette. Scendete nella cappella, ma da sola; bisogna che vinciate la vostra debolezza a ogni costo, Edvige. Là riceveremo la benedizione nuziale. Ditemi di sí, mia diletta: per difendervi bisogna che io abbia il diritto di vegliare su di voi davanti a Dio e agli uomini. Risaliremo poi in questa camera, e allora vedremo.

– Oh! Gregoriska, – esclamai, – se è lui, vi ucciderà!

– Non temete, mia cara Edvige. Dite solo di sí.

– Sapete bene che farò tutto quello che vorrete, Gregoriska.

– A stasera allora.

– Sí, fate quel che credete opportuno, e io vi asseconderò come meglio potrò; addio.

Uscí. Un quarto d'ora dopo vidi un cavaliere precipitarsi di gran carriera sulla strada del monastero; era lui.

Appena l'ebbi perso di vista, caddi in ginocchio e pregai, pregai come non si prega piú nei vostri paesi senza fede, e aspettai le sette, offrendo i miei pensieri in sacrificio a Dio e ai santi; mi alzai solo allo scoccare delle sette. Ero debole come una moribonda e pallida come una morta. Misi sul capo un lungo velo nero, scesi la scala, tenendomi appoggiata al muro, e mi recai nella cappella senza incontrare nessuno.

Gregoriska mi aspettava con padre Basilio, il priore del monastero di Hango, e cingeva una spada santa, reliquia di un antico crociato che aveva partecipato alla presa di Costantinopoli con Goffredo di Villehardouin e Baldovino di Fiandra.

– Edvige, – disse mettendo la mano sulla spada, – con l'aiuto di Dio, questa romperà l'incantesimo che minaccia la vostra vita. Avvicinatevi dunque; questo sant'uomo, che ha già ricevuto la mia confessione, riceverà i nostri giuramenti.

La cerimonia cominciò; forse non ce ne fu mai una piú semplice e allo stesso tempo piú solenne. Nessuno assisteva il frate: egli stesso ci pose sul capo le corone nuziali. Ambedue vestiti a lutto, girammo intorno all'altare con un cero in mano; poi il monaco pronunciò le sacre parole e aggiunse: – Andate ora, figli miei, e il Signore vi dia la forza e il coraggio di lottare contro il nemico del genere umano. Armati della vostra innocenza e difesi dalla Sua giustizia, vincerete il demonio. Andate e siate benedetti.

Baciammo i libri santi e uscimmo dalla cappella. Allora per la prima volta mi appoggiai al braccio di Gregoriska, e mi parve che, al contatto di quel braccio forte e di quel cuore nobile, la vita riprendesse a scorrermi nelle vene. Ero certa della vittoria, perché Gregoriska era con me; risalimmo nella mia camera. Suonarono le otto e mezzo.

– Edvige, – mi disse allora Gregoriska, – non abbiamo tempo da perdere. Volete addormentarvi come al solito, perché tutto accada durante il sonno, o volete rimanere sveglia e vedere tutto?

– Vicina a voi non temo nulla: voglio rimanere sveglia e vedere tutto.

Gregoriska estrasse dal petto un ramoscello benedetto, ancora umido di acqua santa, e me lo diede: – Prendete questo ramoscello, – mi disse, – coricatevi sul letto, recitate le preghiere alla Madonna e attendete senza paura. Dio è con noi. Badate innanzi tutto a non lasciar cadere il ramoscello; con questo potrete dare ordini anche all'inferno. Non chiamatemi, non gridate; pregate, sperate e aspettate.

Mi sdraiai sul letto. Incrociai le mani sul seno, e vi appoggiai sopra il ramoscello benedetto. Gregoriska si nascose dietro il baldacchino. Io contavo i minuti, e anche il mio sposo. Scoccarono i tre quarti. Vibrava ancora il tintinnio del martelletto, quando mi sentii presa dallo stesso torpore, dalla stessa paura e dallo stesso freddo glaciale dei giorni precedenti; ma avvicinai alle labbra il ramo benedetto, e quella prima sensazione svaní. Udii allora distintamente il rumore di quel noto passo lento e misurato che saliva i gradini della scala, e si avvicinava alla porta. Poi la porta si aprí lenta, senza rumore, come spinta da una forza soprannaturale, e allora...

La voce si spense, quasi soffocata nella gola della narratrice.

Allora – continuò facendo uno sforzo – scorsi Kostaki pallido come mi era apparso sulla lettiga; i lunghi capelli neri, che gli cadevano sulle spalle, gocciolavano sangue; vestiva come di consueto, ma aveva il petto scoperto e si scorgeva la ferita sanguinante. Tutto era morto, tutto era cadavere... carne, vestiti, portamento... gli occhi soltanto, quei terribili occhi, erano vivi.

A quella vista, strano a dirsi!, invece di essere ancora piú spaventata, provai un crescente coraggio. Senza dubbio era Dio a infondermelo perché potessi comprendere la mia situazione e difendermi contro l'inferno. Al primo passo che lo spettro fece verso il letto, lo fissai arditamente negli occhi, e alzai verso di lui il ramo benedetto.

Lo spettro tentò di avanzare, ma un potere piú forte di lui lo trattenne. Si fermò.

– Oh! – mormorò; – ella non dorme, sa tutto.

Parlava moldavo, ma lo capivo come se avesse parlato in una lingua a me nota.

Eravamo l'una di fronte all'altro, il fantasma e io, senza che potessi distogliere i miei occhi dai suoi, quando scorsi Gregoriska uscire da dietro il baldacchino, simile all'angelo sterminatore, e con la spada in pugno. Si fece il segno della croce con la mano sinistra, e avanzò lentamente con la spada stesa rivolta al fantasma; questi, vedendo il fratello, sguainò la sciabola e scoppiò a ridere in modo sinistro; ma non appena la sua arma toccò il ferro benedetto, il braccio gli ricadde inerte lungo il corpo. Kostaki mandò un sospiro di rabbia e di disperazione.

– Che vuoi da me? – domandò al fratello.

– In nome del Dio vivente, – disse Gregoriska, – ti scongiuro di rispondere.

– Parla, – disse lo spettro digrignando i denti.

– Ti ho teso un agguato?

– No.

– Ti ho assalito?

– No.

– Ti ho ferito?

– No.

– Tu stesso ti sei gettato sulla mia spada, e sei corso incontro alla morte. Dunque, davanti a Dio e agli uomini non sono colpevole del delitto di fratricidio; non hai ricevuto una missione divina, ma infernale; sei uscito dalla tomba, non come ombra santa, ma come spettro maledetto, e tornerai nella tomba.

– Sí, con lei! – esclamò Kostaki facendo un supremo sforzo per impadronirsi di me.

– Vi tornerai solo! – esclamò Gregoriska; – questa donna mi appartiene.

E pronunciando tali parole toccò con la punta del ferro benedetto la piaga viva. Kostaki lanciò un grido come se fosse stato toccato da una spada di fuoco, e, portandosi la mano al petto, fece un passo indietro. Allo stesso tempo Gregoriska, con un movimento che pareva collegato con quello del fratello, fece un passo avanti; allora, con gli occhi fissi in quelli del defunto, con la spada rivolta al suo petto, cominciò una marcia lenta, terribile e solenne, simile al passaggio di don Giovanni e del commendatore: lo spettro indietreggiava sotto la pressione del sacro brando, sotto la volontà irresistibile del campione di Dio, che lo seguiva passo passo, senza pronunciare parola, entrambi erano senza fiato, entrambi erano lividi in volto, il vivo spingeva il morto davanti a sé e lo costringeva ad abbandonare il castello, sua passata dimora, per tornare alla tomba, sua dimora futura... Ve lo assicuro era uno spettacolo orribile! E tuttavia, mossa io stessa da una forza superiore, invisibile e ignota, non sapendo quel che facevo, mi alzai e li seguii. Scendemmo la scala, illuminati soltanto dalle ardenti pupille di Kostaki. Attraversammo la galleria e il cortile, poi varcammo la porta sempre con lo stesso passo misurato, lo spettro indietreggiava, Gregoriska lo seguiva con il braccio teso, io li seguivo.

Questa corsa stregata durò un'ora: bisognava ricondurre il cadavere alla tomba; ma, invece di percorrere la strada consueta, Kostaki e Gregoriska la seguirono in linea retta, senza curarsi degli ostacoli, che per loro non esistevano piú; davanti a loro il terreno diventava pianeggiante, i torrenti si prosciugavano, gli alberi si scostavano, le rocce si aprivano. Lo stesso miracolo si operava per me: solo il cielo mi pareva tutto coperto da un velo nero, la luna e le stelle erano scomparse, e in mezzo alle tenebre non vedevo risplendere che gli occhi fiammeggianti del vampiro.

Arrivammo cosí a Hango e passammo attraverso la siepe di corbezzoli che cingeva il cimitero. Appena entrata, distinsi nell'ombra la tomba di Kostaki accanto a quella del padre, non sapevo fosse là, ma la riconobbi. Quella notte era come se sapessi ogni cosa.

Gregoriska si fermò sull'orlo della fossa aperta.

– Kostaki, – disse, – non è ancora tutto perduto per te, e una voce dal cielo mi dice che ti può essere concesso il perdono se ti penti: prometti di ritornare nella tomba? di non uscirne piú? di consacrare a Dio il culto che hai consacrato all'inferno?

– No! – rispose Kostaki.

– Ti penti? – chiese Gregoriska.

– No!

– Per l'ultima volta, ti penti?

– No!

– Allora invoca l'aiuto di Satana, come io invoco quello di Dio, e vedremo, ancora una volta, chi ne uscirà vittorioso.

Risuonarono simultanei due urli; i ferri si incrociarono mandando scintille, e lo scontro durò un minuto che mi parve un secolo. Kostaki cadde; vidi alzarsi la terribile spada benedetta, la vidi conficcarglisi nel corpo, e inchiodarlo alla terra smossa di fresco. Si levò un ultimo urlo che nulla aveva d'umano. Accorsi: Gregoriska era in piedi, ma barcollava. Lo sorressi tra le mie braccia.

– Siete ferito? – gli chiesi ansiosa.

– No, – mi rispose, – ma in un tale duello, cara Edvige, uccide la lotta, non la ferita. Ho lottato con la morte, e le appartengo.

– Mio dolce amico, – esclamai, – allontanatevi di qui e forse tornerete alla vita.

– No, questa è la mia tomba, Edvige; ma non perdiamo tempo; prendete un po' di questa terra impregnata del suo sangue e applicatela sulla morsicatura che vi ha fatto; è l'unico mezzo che in futuro possa salvarvi dal suo orrendo amore.

Obbedii rabbrividendo. Mi chinai per raccogliere quella terra intrisa di sangue, e nel curvarmi vidi il cadavere inchiodato al suolo: la spada benedetta gli attraversava il cuore, e un sangue nero sgorgava copioso dalla ferita, come se fosse morto in quell'istante.

Impastai un po' di terra col sangue, e applicai l'orribile mistura alla mia ferita.

– Ora, mia adorata Edvige, – disse Gregoriska con voce sempre piú flebile, – ascoltate il mio ultimo consiglio. Abbandonate il paese non appena possibile. Solo la distanza può salvarvi. Padre Basilio ha ricevuto oggi le mie ultime volontà e le eseguirà. Edvige, un bacio! l'ultimo, l'unico bacio! Edvige! Muoio –. E Gregoriska cadde vicino al fratello.

In qualsiasi altra circostanza, in quel cimitero, presso quella tomba aperta, con quei due cadaveri l'uno accanto all'altro, sarei impazzita; ma come ho già detto, Dio mi aveva infuso una forza pari alla drammaticità degli avvenimenti di cui mi faceva non solo testimone, ma protagonista. Mentre mi guardavo attorno in cerca di soccorso, vidi aprirsi la porta del chiostro, e i monaci avanzarono a due a due, guidati da padre Basilio, portando ceri ardenti e cantando le preghiere dei defunti. Padre Basilio era da poco rientrato al monastero; e prevedendo quel che sarebbe accaduto, si era recato al cimitero con l'intera congrega. Mi trovò viva presso i due morti. Un'ultima convulsione aveva stravolto la faccia di Kostaki; Gregoriska invece era calmo e quasi sorridente. Venne seppellito, come aveva desiderato, vicino al fratello, il cristiano a guardia del dannato.

Smeranda, quando seppe della nuova sciagura e del ruolo che vi avevo avuto, volle vedermi; venne a trovarmi al monastero, e apprese dalla mia bocca quanto era avvenuto in quella terribile notte.

Le raccontai tutti i particolari dell'incredibile storia, e mi ascoltò, come già mi aveva ascoltato Gregoriska, senza mostrar stupore o spavento.

– Edvige, – commentò dopo un istante di silenzio, – per quanto strano sia ciò che mi avete narrato, non avete detto che la pura verità. Il casato dei Brankovan è maledetto fino alla terza e alla quarta generazione, perché un Brankovan uccise un prete. Il termine della maledizione è giunto; voi, benché sposa, siete vergine, e con me si estingue la stirpe. Se mio figlio vi ha lasciato in eredità un milione, prendetelo. Dopo la mia morte, tranne un pio lascito che ho intenzione di fare, avrete il resto dei miei beni. E ora seguite il consiglio del vostro sposo. Tornate al piú presto in quei paesi ove Dio non permette si compiano tali orrendi prodigi. Non ho bisogno di nessuno per piangere i miei figli. Addio, non chiedete piú notizie di me. Il mio futuro appartiene solo a me e a Dio.

Dopo avermi baciato in fronte come di consueto, se ne andò e si chiuse nel castello di Brankovan.

Otto giorni dopo partii per la Francia. Come aveva sperato Gregoriska, le mie notti non furono piú turbate dal terribile fantasma. Mi ristabilii, e di quell'avvenimento non mi restò altra memoria tranne questo pallore di morte che accompagna fino alla tomba ogni creatura umana che abbia subito il bacio di un vampiro.

ALEKSANDR N. AFANASJEV

Il vampiro

In un certo reame, in un certo stato, viveva un vecchio con la sua vecchia; essi avevano una figlia: Marussia. In quel paese c'era l'abitudine di festeggiare sant'Andrea apostolo: le ragazze si radunano in un'isba, cuociono dolcetti al forno e si divertono tutta la settimana, a volte anche piú. Ed ecco, s'aspettava quella festa; le ragazze si radunarono, prepararono e cossero quel che occorreva; a sera arrivarono i ragazzi con i pifferi, portarono del vino, e cominciarono le danze, i divertimenti, il frastuono! Tutte le ragazze ballano bene, Marussia però meglio di tutte.

Qualche tempo dopo entrò nell'isba un giovanotto, una vera meraviglia! una carnagione di latte e rose! Vestito bene, pulito. – Salute, belle ragazze! – dice. – Salute, bravo giovane! – Buon divertimento! – Se vuoi favorire, divertiti con noi! – Subito lui tirò fuori un borsellino pieno d'oro, mandò a comperare vino, noci, pan di spezie. In un attimo tutto fu pronto; lui cominciò a offrire alle ragazze e ai giovani, tutto distribuí. Poi si mise a ballare: era una delizia guardarlo! Piú di tutte gli piacque Marussia; le stava sempre vicino.

Venne il momento di tornare ciascuno a casa sua. Dice il giovanotto: – Marussia! vieni, accompagnami da basso –. Lei uscí ad accompagnarlo; dice lui: – Marussia, cuoricino! vuoi diventare mia moglie? – Se mi vuoi, io son felice. Ma tu di dove sei? – Son di quel certo luogo, faccio il commesso da un mercante –. Qui si dissero addio e ognuno se ne andò per la sua strada. Marussia tornò a casa, la madre le chiede: – Ti sei divertita, figliola? – Molto, mammina! e voglio darti una gioia: c'era lí un buon giovane venuto da fuori, bello e pieno di soldi; ha promesso di sposarmi. – Ascolta, Marussia: domani, quando andrai dalle ragazze, porta con te un gomitolo di filo: quando lo accompagnerai al cancello, attaccaglielo con un nodino a un bottone, e svolgi pian piano il gomitolo, poi seguendo il filo saprai dove abita.

Il giorno dopo Marussia andò alla serata e portò con sé il gomitolo di filo. Arriva di nuovo il bravo giovane: – Salute, Marussia! – Salute! – Cominciarono i giochi, le danze; lui s'appiccica sempre piú a Marussia, non s'allontana d'un passo. È già ora di tornare a casa. – Accompagnami, Marussia! – dice l'ospite. Lei andò sulla strada, cominciò a salutarlo, e pian pianino gli attaccò il nodo al bottone; lui se ne va per la sua strada, e lei, ferma, svolge il gomitolo; lo svolse tutto e poi corse a vedere dove abitava il suo promesso sposo. Dapprima il filo seguiva la strada, poi si tese attraverso una palizzata in mezzo ai fossi, conducendo Marussia dritto alla chiesa, al portone grande. Marussia prova: il portone era chiuso; fece il giro della chiesa, trovò una scala, l'appoggiò a una finestra e s'arrampicò a guardare quel che succedeva là dentro. Sale, guarda: il suo promesso sposo sta sulla bara e mangia il morto; quella notte un cadavere era esposto in chiesa. Lei avrebbe voluto scendere pian pianino dalla scala, ma dalla paura non fece attenzione e diede un colpo; scappò a casa, le pareva d'essere inseguita; arrivò mezza morta!

Al mattino la madre domanda: – Ebbene, Marussia, l'hai visto il giovanotto? – Sí, mammina! – ma non racconta quello che ha visto. A sera Marussia siede tutta esitante: deve andare alla serata, o no? – Va', – dice la madre, – divertiti finché sei giovane! – Lei va alla serata, e il maligno è già lí. Ricominciano i giochi, le risa, le danze; le ragazze non s'accorgono di niente! Quando cominciano a disperdersi per le case, dice il maligno: – Marussia! vieni, accompagnami –. Lei non va, ha paura. Qui tutte le ragazze si precipitano su di lei: – Cosa ti succede? forse ti vergogni? va', accompagna il bravo giovane! – Niente da fare, andò: sia quel che Dio vuole! Non appena usciti sulla strada, lui le domanda: – Sei stata in chiesa tu, ieri? – No! – Be', domani tuo padre morrà! – Disse, e sparí.

Marussia tornò a casa triste e afflitta; al mattino si svegliò: suo padre giaceva morto. Piansero su di lui, e lo misero nella bara; a sera la madre va dal pope, e Marussia resta a casa; ha paura di star sola. «Andrò dalle amiche!» pensa. Arriva, e il maligno è lí. – Salute, Marussia! perché sei triste? – le domandano le ragazze. – Come vuoi che sia allegra? è morto mio padre. – Ah, poveretta! – Tutte s'affliggono per lei; anche lui s'affligge, il maledetto, come non fosse opera sua. Cominciano a salutarsi, a spargersi per le case. – Marussia, – dice lui, – accompagnami –. Lei non vuole. – Suvvia, piccola, di che temi? accompagnalo! – insistono le ragazze. Andò ad accompagnarlo; escono sulla strada. – Dimmi, Marussia, sei stata in chiesa? – No! – Hai veduto quel che facevo? – No! – Be', domani morirà tua madre! – Disse, e sparí.

Marussia torna a casa ancor piú desolata; passò la notte; al mattino si svegliò: la madre giaceva morta. Tutto il giorno ella pianse; ed ecco il sole tramontò, attorno cominciò ad annottare; Marussia ha paura di restare sola; andò dalle amiche. – Salute! cosa ti succede? hai un volto spettrale! – dicono le ragazze. – Come vuoi che sia allegra! Ieri è morto mio padre, oggi mia madre. – Poveretta, disgraziata! – la compiangono tutte. Venne il momento di dirsi addio. – Marussia accompagnami, – dice il maligno. Uscí ad accompagnarlo. – Dimmi, c'eri alla chiesa? – No! – E hai visto quel che facevo? – No! – Be', domani sera morirai tu stessa! – Marussia passò la notte con le amiche, al mattino si alzò, e pensa: che fare? Si ricordò che aveva una nonna, vecchia stravecchia, cieca da quanto era decrepita. «Andrò a chiedere consiglio a lei».

Andò dalla nonna. – Salute, nonnina! – Salute, nipotina! come va? come stanno tuo padre e tua madre? – Sono morti, nonnina! – e le raccontò tutto quello che le era successo. La vecchia la sta ad ascoltare, poi dice: – Ah, poveretta! Va' presto dal pope, chiedigli che, se tu muori, scavi una fossa sotto la soglia, e che ti porti via dall'isba non dalla porta, ma attraverso quel buco; e chiedigli anche che ti seppelliscano a un quadrivio, là dove s'incrociano due strade –. Marussia andò dal pope, e piangendo a calde lacrime gli chiese di fare tutto come la nonna le aveva insegnato; tornò a casa, comperò la bara, vi si stese dentro, e subito morí. Ed ecco, lo fecero sapere al prete; lui seppellí dapprima il padre e la madre di Marussia, e poi anche lei. La tirarono fuori da sotto la soglia e la seppellirono a un quadrivio.

Presto avvenne al figlio d'un boiaro di passare vicino alla tomba di Marussia; guarda: sulla tomba cresce un fiorellino meraviglioso, come lui non aveva mai visto. Dice il signore al suo servo: – Va', e cogli quel fiore con tutta la radice; lo porteremo a casa e lo pianteremo in un vasetto; cosí fiorirà da noi! – Colsero il fiore, e lo portarono a casa, lo piantarono in un vasetto di terracotta e lo misero sulla finestra. Il fiorellino cominciò a crescere, a farsi bello. Una notte che il servo non riusciva a dormire, guardò sulla finestra e vide una cosa miracolosa: d'improvviso il fiorellino cominciò a vacillare, cadde dallo stelo, andò a finire in terra e diventò una bella fanciulla; il fiorellino era bello, ma la ragazza ancora meglio! Ella entrò nella stanza, si procurò da bere e da mangiare, si tolse la fame e la sete, si gettò contro il pavimento, ridivenne un fiorellino come prima, s'arrampicò sulla finestra e si rimise sullo stelo.

Il giorno dopo il servo raccontò al padrone il miracolo che aveva veduto durante la notte. – Ah, fratello, perché non m'hai svegliato? Questa notte faremo la guardia in due –. Scende la notte, essi non dormono: aspettano. Alle dodici in punto il fiorellino cominciò a muoversi, a svolazzare da un punto all'altro, poi cadde a terra, e apparve una bella fanciulla; si cercò da bere e da mangiare, sedette e cenò. Il padrone corse, la prese per le bianche mani e la portò nella sua camera; non è mai contento di rimirarla, di guardare quant'è bella. Al mattino dice al padre, alla madre: – Permettetemi di sposarmi; mi sono trovato una fidanzata –. I genitori diedero il consenso. Dice Marussia: – Io ti sposerò, ma a un patto: di non andare in chiesa per quattro anni. – Bene!

Ed ecco, si sposarono; vivono insieme un anno e due, e fecero un figlio. Una volta vennero da loro degli ospiti; fecero baldoria, bevvero, e cominciarono a vantarsi delle loro mogli: uno l'aveva bella, l'altro meglio ancora. – Sia come volete, – dice il padrone, – ma piú bella di mia moglie al mondo non ce n'è! – È bella, sí, ma non è battezzata! – rispondono gli ospiti. – Come sarebbe a dire? – Sí, non va in chiesa –. Quei discorsi parvero offensivi al marito; attese la domenica e ordinò alla moglie di vestirsi per la messa. – Io non voglio saper niente! sii subito pronta! – Si prepararono e andarono in chiesa; il marito entra, e non vede niente, ma lei guardò: sulla finestra c'era il maligno. – Ah, eccoti dunque! Ricorda un po' le cose passate: fosti tu in chiesa quella notte? – No! – Bene, domani ti moriranno figlio e marito!

Marussia corse dritta dalla chiesa alla sua vecchia nonna. Quella le diede una boccetta d'acqua santa, e un'altra d'acqua della vita, e le disse come fare. Il giorno dopo a Marussia morirono il marito e il figlio; e il maligno arriva, e chiede: – Dimmi, ci fosti in chiesa? – Sí. – E vedesti ciò ch'io feci? – Ti mangiasti il morto! – disse, ma come gli spruzzò addosso l'acqua santa, quello si dissolse in polvere. Poi spruzzò l'acqua della vita sul marito e sul figlio, e subito quelli risuscitarono; e da allora non conobbero né dolori, né separazione, ma vissero tutti insieme, a lungo e felici.

SHERIDAN LE FANU

Carmilla

Prologo.

Su un foglio allegato al racconto che segue, il dottor Hesselius ha scritto un'annotazione piuttosto elaborata, in cui cita il suo saggio sull'inconsueto argomento trattato nel manoscritto. Nel saggio affronta questa misteriosa materia con l'erudizione e l'acume che lo contraddistinguono, in modo assai esplicito e conciso. Andrà a comporre uno dei molti volumi che costituiranno la raccolta di scritti di quell'uomo straordinario.

Poiché pubblico il caso, in questo volume, esclusivamente per i «profani», non anticiperò in nulla l'intelligente signora che lo riferisce. Inoltre, dopo una lunga riflessione, ho deciso di evitare di riassumere le sapienti argomentazioni del dottore, o di riportare le sue considerazioni su un soggetto che, come egli stesso afferma, «molto probabilmente coinvolge alcuni dei piú profondi arcani della nostra duplice esistenza e le sue forze intermediarie».

Quando scoprii queste carte, ero ansioso di riprendere la corrispondenza avviata molti anni prima dal dottor Hesselius con una persona cosí ingegnosa e attenta come sembra sia stata la sua informatrice. Con mio grande rammarico, venni però a sapere che era morta. Probabilmente avrebbe potuto aggiungere ben poco al racconto che ha scritto, a mio parere, con tanta coscienziosa meticolosità.

1. *Un primo spavento.*

Pur non possedendo un ingente patrimonio, abitiamo in un castello, o *Schloß*, in Stiria. In quest'angolo di mondo, una piccola rendita è sufficiente per fare grandi cose. Otto o novecento sterline l'anno permettono di condurre una vita da signori. In patria, invece, i nostri averi ci avrebbero assicurato a stento un'esistenza agiata. Mio padre è inglese e io porto un nome inglese, per quanto non abbia mai visto l'Inghilterra. Ma qui, in questo luogo remoto e primitivo, dove tutto è meravigliosamente a buon mercato, non vedo davvero come una maggiore ricchezza potrebbe aggiungere qualcosa ai nostri agi, o addirittura lussi.

Mio padre serviva nell'esercito austriaco. Quando si ritirò, con la pensione e il suo patrimonio acquistò questa residenza feudale e la piccola tenuta su cui si trova: un vero affare.

Non potrebbe esistere una dimora piú pittoresca e romita. Si erge su una piccola altura circondata da una foresta. La strada, molto dissestata e stretta, passa davanti al ponte levatoio, che non è mai stato sollevato da quando sono qui. Nel fossato circondato da pali navigano i cigni e galleggiano le bianche flottiglie delle ninfee.

Su tutto questo si stagliano la facciata del castello, traforata di finestre, le sue torri e la sua cappella gotica.

La foresta si apre in un'irregolare e suggestiva radura davanti al cancello, mentre, a destra, un ripido ponte gotico conduce la strada oltre un torrente che si inoltra sinuoso nella profonda oscurità del bosco. Ho detto che è un luogo molto solitario. Giudicate voi stessi se dico il vero. Guardando dalla porta d'ingresso verso la strada, la foresta in cui è situato il nostro castello si estende per quindici miglia sulla destra e dodici sulla sinistra. Il piú vicino villaggio abitato dista circa sette miglia, sulla sinistra. Il piú vicino castello abitato di una qualche rilevanza storica è quello del generale Spielsdorf, a quasi venti miglia sulla destra.

Ho detto «il piú vicino villaggio *abitato*» perché, a sole tre miglia a ovest, cioè nella direzione del castello del generale Spielsdorf, c'è un villaggio in rovina con la sua caratteristica chiesetta, priva di tetto, nella cui navata si trovano le tombe sgretolate dell'orgogliosa famiglia Karnstein, ormai estinta. Un tempo i Karnstein possedevano il castello, ora diroccato, che dal folto della foresta domina i silenziosi ruderi del villaggio. Sulla ragione dell'abbandono di questo posto cosí singolare e malinconico c'è una leggenda che vi racconterò piú avanti.

Ora devo dirvi quanto sia esiguo il numero degli abitanti del nostro castello. Escluderò i servitori e i dipendenti che occupano gli edifici annessi allo *Schloß*. Sentite, e meravigliatevi! Ci siamo soltanto mio padre, l'uomo piú gentile della terra ma ormai molto anziano, e io, che all'epoca dei fatti che vi narrerò avevo appena diciannove anni. Da allora ne sono trascorsi otto.

Mio padre e io costituivamo dunque tutta la nostra famiglia. Mia madre, una nobile stiriana, morí quando ero ancora piccola, ma un'amorevole governante mi fu accanto sin dalla primissima infanzia. Rammento infatti di aver sempre visto intorno a me il viso grassoccio e cordiale di Madame Perrodon, originaria di Berna. Le sue attenzioni e la sua dolcezza compensavano in parte la mancanza di mia madre, della quale non serbo alcun ricordo. Era lei la terza a tavola, nelle nostre modeste cene. C'era anche una quarta persona, Mademoiselle De Lafontaine, una signora nel vero senso della parola, che potrei definire la mia «istitutrice aggiunta». Parlava inglese e tedesco, mentre Madame Perrodon parlava francese e un inglese approssimativo; mio padre e io, in parte per evitare di dimenticarlo e in parte per motivi patriottici, fra noi parlavamo sempre inglese. Insomma, una sorta di Babele, che divertiva gli estranei e che non tenterò di riprodurre in questo racconto. Avevo anche due o tre amiche della mia età, che di quando in quando si fermavano al castello per qualche tempo e che a mia volta io andavo a trovare ogni tanto.

Queste erano le nostre abituali relazioni sociali ma, naturalmente, c'erano anche le occasionali visite dei «vicini», vale a dire persone che abitavano nel raggio di cinque o sei leghe. La mia era però una vita piuttosto solitaria, ve lo assicuro.

Come potrete immaginare, le mie governanti, nonostante fossero donne esperte e accorte, esercitavano su di me un controllo piuttosto relativo: ero una ragazzina viziata e il mio unico genitore mi lasciava fare pressoché tutto quello che volevo.

La prima circostanza che produsse una notevole impressione sulla mia mente, e che vi resta tuttora in modo indelebile, fu uno dei primi avvenimenti della mia vita che riesca a ricordare. Qualcuno potrà pensare che sia talmente insignificante da non essere degno di nota; capirete però con il procedere della storia perché voglio menzionarlo.

La camera dei bambini, cosí chiamata sebbene l'avessi tutta per me, era una grande stanza con il soffitto spiovente in legno di quercia, situata all'ultimo piano del castello. Una notte, quando avevo circa sei anni, mi svegliai e, guardandomi intorno, non vidi né la cameriera né la bambinaia e credetti di essere sola. Non avevo paura, perché ero una di quelle bambine fortunate alle quali sono risparmiati i racconti di fate, le storie di fantasmi e tutte quelle fiabe che ci spingono a nascondere la testa sotto le coperte se una porta cigola o se il tremolio di una candela che sta per spegnersi fa danzare l'ombra del baldacchino sulla parete vicina al nostro viso. Quella sera ero irritata e offesa perché pensavo di essere stata dimenticata, e cominciai a piagnucolare, preparandomi a strillare, quando, con mia grande sorpresa, vidi accanto a me un volto molto bello che mi guardava con aria grave. Una giovane donna era inginocchiata di fianco al letto e teneva le mani sotto la mia coperta. La osservai con una sorta di lieto stupore e smisi di lamentarmi. Lei mi accarezzò, si sdraiò vicino a me e mi abbracciò, sorridendo. Mi sentii subito invasa da una calma deliziosa e mi riaddormentai. Fui svegliata dalla sensazione di due aghi che mi trafiggevano il petto profondamente e simultaneamente, e lanciai un urlo. La donna si ritrasse, con gli occhi fissi su di me, scivolò sul pavimento e mi parve che si nascondesse sotto il letto.

Per la prima volta ebbi paura, e strillai con tutte le mie forze. La bambinaia, la cameriera e la governante si precipitarono nella stanza e, sentendo il mio racconto, sorrisero, cercando nello stesso tempo di tranquillizzarmi. Ma, sebbene fossi solo una bambina, mi accorsi che i loro visi erano pallidi e i loro occhi tradivano una malcelata angoscia. Le vidi sbirciare sotto il letto, in tutta la camera, sotto il tavolo e nell'armadio, e sentii la governante sussurrare alla bambinaia: – Mettete la mano in quell'incavo nel letto. Qualcuno si è sdraiato lí, e di certo non è stata lei. Il posto è ancora caldo.

Ricordo che la cameriera mi coccolò e tutte e tre mi esaminarono il petto nel punto in cui dicevo di aver sentito le punture, assicurandomi che non si vedeva alcun segno. Le tre donne rimasero a vegliarmi per tutta la notte e da quel giorno fino a quando compii quattordici anni, una domestica rimase sempre nella stanza con me.

Quell'episodio mi turbò a lungo. Fu chiamato un medico, un uomo pallido e anziano. Rammento benissimo il suo viso lungo e mesto leggermente butterato dal vaiolo e la sua parrucca castana. Per parecchio tempo venne ogni due giorni a darmi una medicina, che naturalmente io odiavo.

All'indomani di quell'apparizione ero terrorizzata: non tolleravo di essere lasciata sola nemmeno per un istante, neppure in pieno giorno.

Ricordo anche mio padre in piedi vicino al mio letto, che mi parlava allegramente, faceva molte domande alla bambinaia e rideva a una delle sue risposte, mi dava colpetti affettuosi sulle spalle, mi baciava e mi diceva di non avere paura, che era stato solo un brutto sogno e non poteva farmi alcun male.

Ma io non ero tranquilla, perché sapevo che la visita di quella strana donna *non* era un sogno ed ero *terribilmente* spaventata.

Mi consolarono ben poco le rassicurazioni della cameriera, la quale sosteneva di essere stata lei a sdraiarsi accanto a me, e che non l'avevo riconosciuta perché ero mezzo addormentata. Sebbene la bambinaia confermasse questa versione, io non ne ero assolutamente convinta.

Quello stesso giorno, un uomo piuttosto anziano che indossava una tonaca nera entrò nella mia stanza insieme con la bambinaia e la governante, parlò brevemente con loro e poi si rivolse a me con grande gentilezza. Il suo viso era molto dolce e mite. Mi disse che avrebbero pregato, mi fece congiungere le mani e mi chiese di dire sottovoce, mentre gli altri pregavano: «Signore, ascolta tutte le nostre buone preghiere, per amore di Gesú». Penso che le parole fossero proprio quelle, perché le ripetei spesso a me stessa e la bambinaia continuò per anni a farmele pronunciare nelle mie preghiere.

Ricordo perfettamente il volto affettuoso di quel vecchio dai capelli bianchi, con la lunga tonaca nera, mentre stava in piedi in quella camera antiquata e cupa, piena di mobili grossolani vecchi di tre secoli, e la scarsa luce che penetrava nell'oscurità dalla piccola finestra con la grata. Il prete si inginocchiò, insieme con le tre donne, e pregò a lungo con voce ardente e vibrante. Non rammento nulla degli anni precedenti a quel giorno, e neppure ciò che accadde dopo, almeno per un certo tempo, ma le scene che ho appena descritto si stagliano nitide nella mia memoria come immagini fantasmagoriche circondate dalle tenebre.

2. *Un'ospite.*

Vi racconterò ora qualcosa di cosí strano che richiederà tutta la vostra fiducia nella mia sincerità. Ma non solo è vero: ne sono anche stata testimone oculare.

Era una dolce sera d'estate e mio padre mi chiese, come capitava talvolta, di fare una passeggiata con lui nella magnifica foresta che si estende davanti al castello.

– Il generale Spielsdorf non potrà venire a trovarci presto, come speravo, – disse papà mentre camminavamo.

Il generale si sarebbe dovuto fermare qualche settimana a casa nostra, e lo aspettavamo per il giorno seguente. Avrebbe dovuto portare con sé la sua giovane nipote e pupilla, Mademoiselle Rheinfeldt, che non avevo mai visto ma della quale avevo sentito parlare come di una ragazza incantevole. Avendo pregustato i giorni felici che avrei trascorso in sua compagnia, rimasi molto delusa, ben piú di quanto possa immaginare chi vive in città o è abituato a frequentare tante persone. Da molte settimane sognavo quella visita e la nuova amicizia che prometteva di portare con sé.

– E quando verrà? – domandai.

– Non prima dell'autunno. Non prima di due mesi, credo, – rispose mio padre. Poi aggiunse: – Ora sono molto contento, mia cara, che tu non abbia conosciuto Mademoiselle Rheinfeldt.

– Perché? – chiesi, mortificata e curiosa al tempo stesso.

– Perché la povera ragazza è morta. Questa sera, quando ho ricevuto la lettera del generale, tu non c'eri, cosí non ho potuto dirtelo.

Rimasi sconvolta. Nella sua precedente lettera, di sei o sette settimane prima, il generale Spielsdorf aveva detto che la nipote non stava bene quanto lui avrebbe desiderato, ma nulla faceva supporre la possibilità, anche remota, che fosse in pericolo di vita.

– Ecco la lettera del generale, – continuò mio padre, porgendomela. – Temo che sia estremamente addolorato. Mi sembra che sia stata scritta in uno stato di grande turbamento.

Ci sedemmo su una panchina di pietra, sotto i tigli imponenti. Il sole stava ormai tramontando con tutto il suo malinconico splendore dietro l'orizzonte boscoso, e il torrente che scorreva accanto al castello e sotto il vecchio ponte per poi inoltrarsi fra gli alberi, passando quasi ai nostri piedi, rispecchiava il cielo, di uno scarlatto sempre piú sfumato.

La lettera era cosí singolare, cosí impetuosa e a tratti cosí contraddittoria, che la lessi e la rilessi – la seconda volta ad alta voce – senza riuscire a spiegarmela, se non pensando che il dolore avesse sconvolto la mente del generale.

Diceva:

> Ho perso la mia cara figliola: la amavo infatti come una figlia. Negli ultimi giorni di vita della povera Bertha non ho potuto scrivervi.
>
> Prima non avevo idea che fosse in pericolo. Ora l'ho perduta, e ora so *tutto*: troppo tardi. È morta nella pace dell'innocenza e nella gloriosa speranza di un futuro benedetto. Il demonio che ha tradito la nostra avventata ospitalità è stato la causa di tutto questo. Pensavo di accogliere nella mia casa l'innocenza, la gaiezza, un'amabile compagnia per la mia povera Bertha. Cielo! Che pazzo sono stato!

> Ringrazio Dio che la mia bambina sia morta senza sospettare l'origine delle sue sofferenze. Se n'è andata senza sapere quale fosse la natura della sua malattia e ignara della passione maledetta del responsabile di tanta sventura. Consacro i giorni che mi restano alla caccia e alla distruzione di un mostro. Mi è stato detto che posso sperare di raggiungere il mio giusto e misericordioso scopo. Al momento solo un barlume di luce mi guida. Maledico la mia presuntuosa incredulità, la mia deprecabile ostentazione di superiorità, la mia cecità, la mia ostinazione... tutto... È troppo tardi. Non riesco a scrivere né parlare con calma: sono fuori di me. Non appena mi sarò ripreso un poco, mi dedicherò alle ricerche, che mi porteranno probabilmente fino a Vienna. In autunno, fra un paio di mesi, o anche prima se sarò ancora vivo, verrò a trovarvi, se me lo permetterete. Vi dirò allora quel che ora non ho il coraggio di mettere sulla carta. Addio. Pregate per me, caro amico.

La strana lettera terminava cosí. Sebbene non avessi mai visto Bertha Rheinfeldt, gli occhi mi si riempirono di lacrime. Ero spaventata e addolorata.

Il sole era tramontato e il crepuscolo era ormai sceso quando riconsegnai la lettera a mio padre. Camminammo nella sera dolce e chiara, facendo congetture sui possibili significati delle frasi furiose e incoerenti che avevo appena letto. Dovevamo percorrere circa un miglio prima di arrivare alla strada che passava di fronte al castello; intanto sorse una luna luminosa. Sul ponte levatoio incontrammo Madame Perrodon e Mademoiselle De Lafontaine, che erano uscite ad ammirare il meraviglioso chiaro di luna. Avvicinandoci, udimmo il cicaleccio delle loro voci animate. Le raggiungemmo e ci fermammo ad ammirare con loro lo splendido paesaggio che ci circondava.

La radura dove avevamo passeggiato si stendeva davanti a noi. A sinistra, la stradina serpeggiava sotto gli alberi maestosi e si perdeva nella fitta foresta. A destra, la stessa stradina passava sopra il ponte ripido e pittoresco, presso il quale si ergeva una torre in rovina che un tempo montava la guardia a quel passaggio. Al di là del ponte si innalzava una ripida altura ricoperta di vegetazione, le cui rocce grigie tappezzate d'edera si intravedevano appena nell'oscurità. Sui prati lontani si allungava un leggero manto di foschia, segnando l'orizzonte con un velo trasparente, e qua e là si scorgeva il debole luccichio del torrente illuminato dalla luna.

Non si potrebbe immaginare uno scenario piú affascinante. La notizia che avevo appena ricevuto lo rendeva malinconico, ma nulla poteva turbare la profonda serenità, lo splendore incantato e l'armonia di quel luogo.

Mio padre e io, che amiamo il pittoresco, ci soffermammo a guardare in silenzio. Le due buone governanti, a pochi passi, discorrevano del paesaggio e della luna.

Madame Perrodon, che era grassa, di mezza età e romantica, parlava e sospirava poeticamente. Mademoiselle De Lafontaine, la quale, avendo un padre tedesco, pretendeva di essere psicologa, metafisica e un po' mistica, affermò che quando la luna brillava con tale intensità era risaputo che indicava una particolare attività spirituale. Gli effetti di una luna piena cosí luminosa potevano essere molteplici. Agiva sui sogni, sulla follia, sulle persone nervose e aveva una profonda influenza anche sul piano fisico. Raccontò che un suo cugino, ufficiale in seconda su un mercantile, in una notte simile si era sdraiato sul ponte della nave e si era addormentato con il viso esposto ai raggi della luna piena; d'un tratto, dopo aver sognato una donna che gli artigliava le guance, si era svegliato con un lato del volto orribilmente contratto, e da allora era rimasto sfigurato.

– Questa notte la luna è carica di influssi idilliaci e magnetici, – disse. – Guardate le finestre del castello, come scintillano d'uno splendore argentato, quasi che mani invisibili avessero illuminato le stanze per ricevere ospiti fatati.

Ci sono momenti in cui il nostro stato d'animo ci rende riluttanti a parlare ma è piacevole ascoltare il chiacchiericcio altrui, che fa da sottofondo ai nostri pensieri, e io continuai a osservare il panorama, confortata dalle voci delle due donne.

– Sono rattristato, stasera, – disse mio padre dopo un lungo silenzio. Poi, citando Shakespeare, che spesso mi leggeva ad alta voce per non perdere familiarità con l'inglese, aggiunse: – «Perché sono di questo umore, in coscienza, non lo so: è una tristezza che mi pesa; e pesa, mi dicevate, ora, anche a voi. Ma dove me la sia presa o trovata...» Ho dimenticato il resto, ma mi sento come se una grande sventura incombesse su di noi. Immagino che la disperata lettera del povero generale abbia a che fare con questo mio stato d'animo.

In quel momento, il rumore inconsueto delle ruote di una carrozza e di molti zoccoli di cavalli sulla strada attirò la nostra attenzione. Pareva dirigersi verso di noi, scendendo dall'alta collina che sovrastava il vecchio ponte, e ben presto un piccolo corteo sbucò proprio da quel punto. Dapprima due cavalieri attraversarono il ponte, poi apparve una carrozza trainata da quattro cavalli, infine altri due cavalieri che la seguivano.

Sembrava la vettura di una persona di rango, e rimanemmo stupiti a osservare quello spettacolo assai insolito, che divenne subito piú interessante perché, non appena oltrepassata la sommità del ripido ponte, uno dei cavalli della prima pariglia si imbizzarrí, comunicando il panico agli altri, cosicché, dopo un paio di salti, tutti si lanciarono in un galoppo sfrenato e, urtando violentemente i cavalieri che aprivano il corteo, si precipitarono verso di noi con il fragore e la velocità di un uragano.

La concitazione della scena era accentuata dalle lunghe e acute grida femminili che provenivano dalla carrozza.

Tutti noi ci facemmo avanti, incuriositi e spaventati, io in silenzio e gli altri con varie esclamazioni di terrore. La nostra apprensione non durò a lungo. Subito prima del ponte levatoio del castello, su un ciglio della strada da cui stava arrivando all'impazzata la carrozza, svettava un gigantesco tiglio, mentre sull'altro si ergeva un'antica croce di pietra, alla cui vista i cavalli, che avanzavano a un'andatura folle, scartarono di colpo, trascinando le ruote contro le radici sporgenti dell'albero.

Capii subito che cosa sarebbe successo e, non volendo assistere all'incidente, mi coprii gli occhi e girai la testa dall'altra parte. Nello stesso momento sentii l'urlo di Madame Perrodon e Mademoiselle De Lafontaine, che erano un po' piú avanti di me. La curiosità mi fece riaprire gli occhi e mi apparve allora una scena estremamente confusa. Due cavalli erano a terra. La carrozza giaceva rovesciata su un lato, con due ruote all'aria.

Gli uomini erano occupati a sistemare le tirelle e una signora dall'aspetto e dall'atteggiamento autoritari era uscita dalla carrozza, tenendo stretto fra le mani un fazzoletto che si portava continuamente agli occhi.

Una giovane, apparentemente esanime, fu portata fuori dalla vettura. Il mio caro vecchio papà era già al fianco della signora piú anziana, tenendo in mano il cappello e offrendole, come appariva evidente dai suoi gesti, il suo aiuto e le risorse del suo castello. La donna sembrava non sentirlo e avere occhi soltanto per l'esile fanciulla, che era stata adagiata sulla panchina.

Mi avvicinai. La ragazza aveva perso i sensi, ma era sicuramente viva. Mio padre, che si piccava d'intendersi un po' di medicina, le tastò il polso e rassicurò la signora, presentatasi come la madre della giovane, che la pulsazione, per quanto debole e irregolare, era senza dubbio ancora percettibile. La signora giunse le mani e volse gli occhi al cielo, come per un momentaneo trasporto di gratitudine, ma subito dopo si lasciò andare a quel tipo di sfogo teatrale che credo nasca spontaneo in alcune persone. La si poteva definire una bella donna per la sua età, e un tempo doveva essere stata affascinante. Era alta, ma non magra; l'abito di velluto nero faceva risaltare il pallore del suo viso, che aveva però un'espressione orgogliosa e fiera, nonostante la sua grande agitazione.

– Chi mai può essere cosí sventurato? – la sentii dire torcendosi le mani, mentre mi avvicinavo a lei. – Il mio viaggio è questione di vita o di morte, e una sola ora di ritardo può significare che tutto è perduto. E chissà per quanto tempo la mia bambina non sarà in grado di rimettersi in cammino. Sono costretta a lasciarla. Non posso, non oso correre il rischio di tardare. Signore, potete dirmi quanto dista il villaggio piú vicino? Devo portarla là, e non potrò piú vedere il mio tesoro, né avere sue notizie, almeno per tre mesi, fino al mio ritorno!

Tirai mio padre per la giacca, bisbigliandogli all'orecchio: – Papà, vi prego, chiedetele di lasciarla da noi... Sarebbe cosí bello. Per favore, vi prego!

– Se volete affidare, signora, la vostra bambina alle cure di mia figlia e della nostra buona governante, Madame Perrodon, e permetterle di essere nostra ospite, sotto la mia responsabilità, fino al suo ritorno, sarà per noi un grande onore. Ci prenderemo cura di lei con tutta la devozione che il sacro dovere dell'ospitalità ci impone, – disse solennemente mio padre.

– Non posso farlo, signore, – rispose lei turbata. – Significherebbe approfittare troppo della vostra gentilezza e cavalleria.

– Al contrario, ci farebbe una grande cortesia, proprio nel momento in cui ne abbiamo piú bisogno. Proprio oggi mia figlia è stata privata da una crudele disgrazia di una visita che aspettava da lungo tempo con estrema gioia. Se affiderete questa fanciulla alle nostre cure, le offrirà dunque la migliore consolazione. Il villaggio piú vicino nella direzione in cui siete diretta è lontano, e non ci sono sistemazioni adatte a vostra figlia; inoltre, non potete farle percorrere una distanza cosí considerevole senza esporla a rischi. Se, come dite, vi è impossibile interrompere il vostro viaggio, dovrete separarvi da lei questa sera stessa, e non potrete trovare luogo migliore di questo dove lasciarla perché sia premurosamente curata e accudita.

Nell'aspetto e nell'atteggiamento di quella donna c'era qualcosa di cosí distinto e solenne, e a suo modo cosí affascinante, da dare la netta impressione, anche a prescindere dal seguito di cui disponeva, che si trattasse di una persona di alto lignaggio.

Nel frattempo, la carrozza era stata tirata su e i cavalli, ormai calmi, erano di nuovo bardati.

La signora lanciò alla figlia uno sguardo che non mi parve tanto amorevole quanto ci si potesse aspettare dopo quella scena di disperazione; poi fece un lieve cenno a mio padre e si allontanò di qualche passo con lui, parlandogli con un atteggiamento rigido e severo, ben diverso da quello che aveva mostrato fino a quel momento. Ero meravigliata che apparentemente mio padre non avesse notato quel cambiamento, e anche molto curiosa di sapere che cosa gli stesse dicendo con tanta serietà.

Rimasero cosí per due o tre minuti, poi la donna si voltò e raggiunse la figlia, sostenuta da Madame Perrodon. Si inginocchiò accanto a lei e le sussurrò all'orecchio quelle che la mia governante immaginò fossero delle benedizioni, poi le diede un rapido bacio e salí sulla carrozza. I postiglioni nelle loro sontuose livree chiusero lo sportello e montarono a cassetta, poi, mentre i battistrada ripartivano, fecero schioccare le fruste. I cavalli si lanciarono in un furioso galoppo e la carrozza si allontanò speditamente, seguita alla stessa velocità dagli altri due cavalieri.

3. *Confrontiamo i ricordi*.

Seguimmo con lo sguardo il corteo, finché ben presto scomparve alla vista nel bosco nebbioso e il rumore degli zoccoli e delle ruote si spense nell'aria silenziosa della notte.

A provarci che quell'avventura non era stata frutto della nostra immaginazione rimaneva solo la ragazza, che proprio in quel momento aprí gli occhi. Non riuscivo a vederla, perché il suo viso era voltato dalla parte opposta, ma sentii la sua voce, molto dolce, che chiedeva con un lamento: – Dov'è la mamma?

Madame Perrodon rispose con delicatezza, cercando di rassicurarla.

Poi la sconosciuta disse: – Dove sono? Che posto è questo? – E ancora: – Non vedo la carrozza. E la mamma, dov'è?

La governante rispose a tutte le sue domande, per quel che poteva, e a poco a poco la giovane si ricordò dell'incidente e fu molto lieta di sapere che nessuno, né sulla carrozza né del seguito, fosse rimasto ferito. Sentendo però che la madre l'aveva lasciata da noi fino al suo ritorno, che non sarebbe avvenuto prima di tre mesi, scoppiò in lacrime.

Mi stavo avvicinando per tentare a mia volta di consolarla, quando Mademoiselle De Lafontaine mi fermò, posandomi una mano sul braccio e dicendo: – Non andate da lei. Nello stato in cui si trova, non può sopportare piú di una persona alla volta. In questo momento anche la minima agitazione potrebbe nuocerle.

Pensai che sarei andata a trovarla non appena fosse stata sistemata comodamente a letto. Nel frattempo, mio padre aveva mandato un domestico a chiamare il medico, che abitava a due leghe da noi, e aveva dato disposizioni perché fosse preparata una camera.

La ragazza si alzò dalla panchina e, appoggiandosi al braccio di Madame Perrodon, si incamminò lentamente sul ponte levatoio ed entrò nel castello. Le cameriere, che aspettavano nell'atrio, la accompagnarono subito nella sua stanza.

Il nostro salone è un ambiente lungo, con quattro finestre affacciate sul fossato e sul ponte levatoio, dalle quali si gode una bella vista sulla foresta. È arredato con antichi mobili di rovere intagliati e le sedie sono rivestite di velluto rosso di Utrecht. Sulle pareti tappezzate sono appesi grandi dipinti racchiusi entro cornici di legno dorato, raffiguranti personaggi a grandezza naturale che indossano abiti dalle fogge antiche e curiose, all'interno di scene di caccia con i cani o con il falcone, o impegnati in altri piacevoli passatempi. È senza dubbio una stanza molto confortevole, dove prendevamo sempre il tè, dal momento che mio padre, con le sue consuete inclinazioni patriottiche, insisteva che la nostra bevanda nazionale non dovesse mai mancare accanto al caffè e alla cioccolata.

Quella sera sedevamo lí, parlando sotto la luce delle candele dell'avventura che avevamo appena vissuto. Madame Perrodon e Mademoiselle De Lafontaine erano con noi. Non appena la giovane era stata messa a letto, era scivolata in un sonno profondo e le due donne l'avevano lasciata alle cure di una cameriera.

– Vi piace la nostra ospite? – domandai a Madame Perrodon. – Che ne pensate?

– Mi piace moltissimo, – rispose lei. – Penso anzi che sia la creatura piú graziosa che abbia mai visto. Ha pressappoco la vostra età ed è molto educata e piacevole.

– È bellissima, – intervenne Mademoiselle, che aveva curiosato fugacemente nella stanza degli ospiti.

– E ha una voce cosí melodiosa! – aggiunse Madame Perrodon.

– Non avete notato che nella carrozza c'era un'altra persona? – chiese Mademoiselle De Lafontaine. – Una donna che non è mai scesa.

No, noi non l'avevamo vista. Mademoiselle ci descrisse un personaggio orrendo, vestito di nero, con un turbante colorato in testa, che aveva guardato per tutto il tempo dal finestrino facendo cenni e sogghigni di scherno in direzione delle altre due, fissandole con grandi occhi sporgenti e scintillanti e digrignando i denti.

– E avete notato l'aspetto sgradevole dei servi? – rincarò Madame Perrodon.

– Sí, – rispose mio padre, – erano proprio dei brutti ceffi, come raramente ne ho visti in vita mia. Mi auguro che non derubino quella povera donna nella foresta. In ogni caso, devono essere dei furfanti piuttosto lesti, hanno rimesso tutto a posto in un minuto.

– Dovevano essere sfiniti dal lungo viaggio, – disse Madame. – Oltre ad avere un'aria losca, erano smagriti, cupi e accigliati. Ammetto che mi hanno incuriosita, ma penso che la ragazza ci racconterà tutto domani, se si sentirà meglio.

– Non credo che lo farà, – ribatté mio padre con un sorriso misterioso e un lieve cenno della testa, come se sapesse piú di quanto fosse disposto a rivelarci.

Questo acuí ulteriormente il mio desiderio di sapere che cosa si fossero detti lui e la donna vestita di velluto nero nella loro breve ma vivace conversazione.

Appena rimanemmo soli, gli chiesi di soddisfare la mia curiosità. Non si fece pregare molto.

– Non c'è ragione che te lo nasconda. La signora era riluttante ad affidarci l'incombenza di prenderci cura della figlia, perché è una creatura di salute cagionevole e molto nervosa, per quanto non abbia né crisi né allucinazioni, come ha tenuto a precisare.

– È strano che abbia detto tutto questo! – lo interruppi io. – Non ne vedo la necessità.

– In ogni modo, l'ha fatto, – replicò mio padre sorridendo. – E, visto che vuoi sapere tutto quello che ci siamo detti, che in realtà è ben poco, te lo racconterò. Ha spiegato che sta facendo un lungo viaggio di importanza vitale, e ha sottolineato quest'ultima parola, che deve essere rapido e segreto. Tornerà a prendere la ragazza fra tre mesi. Nel frattempo, sua figlia non ci svelerà né chi sono, né da dove vengono, né dove sono dirette. Ecco tutto quel che mi ha detto, in un francese perfetto. Quando ha pronunciato la parola «segreto», ha fatto una pausa di alcuni secondi, guardandomi fisso negli occhi con una certa durezza. Credo che ci tenga molto. Hai visto con che velocità se n'è andata. Spero di non aver fatto una sciocchezza prendendomi la responsabilità della ragazza.

Da parte mia, ero contentissima. Non vedevo l'ora di poterle parlare e mi auguravo che il medico arrivasse al piú presto e mi autorizzasse ad andare da lei. Voi che vivete in città non potete capire quale grande evento fosse la presenza di una nuova amica per una giovane abituata a vivere in un luogo cosí isolato.

Il dottore non si fece vivo prima dell'una di notte, ma per me andare a dormire sarebbe stato impossibile tanto quanto correre dietro alla carrozza che aveva precipitosamente portato via la signora vestita di velluto nero. Quando il dottore ridiscese nel salone, aveva ottime notizie. Il polso era regolare, la paziente si era messa a sedere sul letto e sembrava stare benissimo. Non aveva riportato alcuna ferita e aveva superato senza conseguenze il lieve trauma nervoso. Mi permise quindi di andare a trovarla, se anche lei lo desiderava, cosí mandai immediatamente a chiederle se mi permetteva di farle una breve visita.

La cameriera tornò immediatamente, dicendo che la ragazza ne sarebbe stata felice, e io non persi tempo.

La nostra ospite era stata sistemata in una delle piú belle camere del castello. Era forse un po' troppo solenne: di fronte al letto c'era un arazzo che raffigurava Cleopatra con un aspide sul seno, mentre gli arazzi, un po' sbiaditi, sulle altre pareti rappresentavano varie, imponenti scene classiche. Ma nelle altre decorazioni della stanza c'erano intagli dorati e colori vivaci che compensavano ampiamente la cupezza degli antichi arazzi.

La giovane era seduta sul letto, al lume delle candele. La sua figura sottile e armoniosa era avvolta in una vestaglia di seta ricamata a fiorami e bordata di un nastro di seta trapuntato, che sua madre le aveva gettato sui piedi mentre giaceva a terra.

Ma quando mi accostai al letto per salutarla e presentarmi, ammutolii e arretrai di qualche passo. Vi dirò subito il perché.

Vidi proprio lo stesso volto che mi era apparso in quella spaventosa notte della mia infanzia, che era rimasto impresso nella mia memoria e sul quale per anni avevo rimuginato con orrore, in segreto.

Era un viso grazioso, perfino bello, e con la stessa espressione malinconica della prima volta che l'avevo visto. Ma di colpo s'illuminò di uno strano, intenso sorriso, come se mi avesse riconosciuta.

Ci fu un silenzio che durò un minuto; alla fine, lei parlò. Io non ci riuscivo.

– Che strano! – esclamò. – Dodici anni fa ho visto il tuo viso in un sogno e da allora mi perseguita, non riesco a dimenticarlo.

– È strano davvero, – dissi, sforzandomi di superare il terrore che mi aveva bloccato le parole in gola. – Dodici anni fa, non so se in un'allucinazione o nella realtà, certamente ti ho vista anch'io. Da quella volta ho sempre il tuo viso davanti agli occhi.

Il suo sorriso si era addolcito. Quell'ombra strana che vi avevo scorto in un primo momento era scomparsa. Ora era un sorriso delizioso, sottolineato dalle graziose fossette sulle guance. Mi sentii rassicurata e continuai in tono garbato, dandole il benvenuto e dicendole quanto piacere il suo inaspettato arrivo avesse fatto a tutti noi, e in particolare a me. Parlando, le presi la mano. Ero un po' timida, come spesso sono le persone che vivono in solitudine, ma la singolarità della situazione mi rendeva eloquente e addirittura audace. Lei mi strinse la mano, la prese tra le sue, e intanto i suoi occhi brillavano, mentre mi fissavano in modo penetrante. Sorrise di nuovo, arrossendo. Rispose al mio benvenuto con molta grazia.

Le sedetti accanto, ancora in preda allo stupore, e lei mi disse: – Devo raccontarti la visione che ho avuto di te. È cosí strano che ci siamo sognate con una tale vividezza, che ci siamo viste esattamente come siamo ora, quando eravamo solo due bambine. Ero piccola, avrò avuto sei anni, e mi svegliai da un sogno confuso e agitato. Mi parve di trovarmi in una stanza completamente diversa dalla mia, con le pareti rivestite di legno scuro e dove c'erano armadi, letti, sedie e panche. I letti erano tutti vuoti e nella stanza c'ero solo io. Dopo essermi guardata intorno per un po' e aver ammirato un candelabro di ferro a due braccia, che riconoscerei senz'altro se lo rivedessi, mi infilai sotto un letto con l'intenzione di raggiungere la finestra. Ma quando sbucai dall'altra parte del letto, sentii qualcuno piangere e, guardando in su, ancora in ginocchio, ti vidi. Eri sicuramente tu, tu come sei ora, una ragazza bellissima coi capelli d'oro e grandi occhi azzurri, e le labbra... erano le tue labbra, come le vedo ora. Il tuo sguardo mi attrasse subito; saltai sul letto e ti abbracciai, poi ci addormentammo. Fui svegliata da un grido: tu eri seduta sul letto e stavi urlando. Mi spaventai e scivolai giú, sul pavimento, dove mi sembrò di perdere i sensi. Quando tornai in me, ero di nuovo a casa, nella mia camera. Da allora non ho mai piú dimenticato il tuo viso. Non si tratta di una semplice somiglianza. Sei *tu* la ragazza che vidi.

Era il mio turno di raccontare la visione che avevo avuto. Lo feci, e lessi sul volto della mia nuova amica una genuina meraviglia.

– Non so chi di noi due dovrebbe aver piú paura dell'altra, – commentò, sorridendo di nuovo. – Se tu fossi meno carina, credo che sarei molto spaventata ma, dato che sei cosí dolce e siamo entrambe cosí giovani, mi pare solo di averti conosciuta dodici anni fa e di essere quindi già una tua intima amica. Sembra proprio che siamo destinate a essere amiche, fin dalla nostra infanzia. Mi domando se tu ti senta attratta da me come io lo sono da te. Non ho mai avuto una vera amica. Ne troverò una, ora?

Sospirò, fissandomi intensamente con i suoi begli occhi neri. A dire il vero, la sensazione che provavo nei suoi confronti era enigmatica: ero, sí, attratta da lei, ma provavo anche una sorta di repulsione. In quel sentimento ambiguo, però, prevaleva di gran lunga l'attrazione. Quella ragazza mi interessava e mi piaceva: era cosí bella e incredibilmente affascinante. Mi accorsi che la stanchezza stava prendendo il sopravvento su di lei, e mi affrettai a darle la buonanotte.

– Il dottore pensa, – aggiunsi, – che per stanotte non dovresti rimanere sola. Fuori c'è una cameriera che aspetta. È molto premurosa e tranquilla.

– È davvero gentile da parte vostra, ma non riesco a dormire se c'è un'altra persona nella stanza. Non avrò bisogno di assistenza e, devo confessarti una mia debolezza, ho il terrore dei ladri. Una volta la nostra casa è stata svaligiata e due domestici sono stati uccisi, cosí da allora chiudo sempre la porta a chiave. È diventata un'abitudine per me, e tutti voi siete cosí cari che sono certa mi perdonerete. Vedo che c'è la chiave nella serratura.

Mi strinse in un lungo abbraccio affettuoso, poi mi sussurrò all'orecchio: – Buonanotte, tesoro. Mi dispiace molto separarmi da te, ma è ora di andare a riposarci. Ci rivedremo domattina, non troppo presto.

Si lasciò ricadere sul guanciale con un sospiro e i suoi begli occhi mi seguirono con uno sguardo amorevole e malinconico, mentre mormorava di nuovo: – Buonanotte, amica mia.

I giovani si affezionano, e si innamorano, d'impulso. Ero lusingata dall'evidente tenerezza che la nostra ospite mi dimostrava, sebbene non avessi ancora fatto nulla per meritarla. Mi faceva piacere che mi avesse accolta subito con tanta confidenza e che fosse convinta che saremmo diventate intime amiche.

Il mattino successivo ci rivedemmo, e io ne fui felice per molte ragioni. La luce del giorno confermò le mie impressioni: era senza dubbio la piú bella creatura che avessi mai visto, e lo sgradevole ricordo del volto comparso nel mio sogno infantile si era affievolito rispetto alla sera precedente, quando l'avevo incontrata per la prima volta.

Mi confessò d'aver provato anche lei lo stesso trauma nel vedermi e perfino la stessa lieve antipatia mista ad ammirazione. Ridemmo insieme del nostro momentaneo spavento.

4. *Le sue abitudini... e una passeggiatina.*

Vi ho detto che la mia nuova amica mi affascinava per molti aspetti.

Ma in lei c'era anche qualcosa che non mi piaceva.

Innanzi tutto, ve la descriverò fisicamente: era di media statura, snella e meravigliosamente aggraziata. A parte il fatto che i suoi movimenti erano languidi, molto languidi, nulla nel suo aspetto rivelava tracce di malattia. La sua carnagione era rosea e luminosa, i lineamenti erano fini e regolari, gli occhi grandi, neri e brillanti, e i suoi capelli erano splendidi, quando li scioglieva: non ho mai visto una chioma cosí lunga e folta. Li toccavo spesso, ridendo stupita del loro peso. Erano straordinariamente morbidi e corposi, di un bruno molto scuro con riflessi dorati. Mi piaceva scioglierli e accarezzarli, mentre, nella sua stanza, lei sedeva parlandomi con la sua voce dolce e bassa. Li intrecciavo, li pettinavo, giocherellavo con loro. Cielo! Se solo avessi saputo tutto!

Ma veniamo a ciò che non mi piaceva. Vi ho raccontato che la familiarità con cui mi aveva accolta la prima sera mi aveva conquistata. Scoprii però che, per quanto riguardava se stessa, sua madre, la sua storia e qualunque aspetto legato alla sua vita, ai suoi progetti e alla sua famiglia mostrava sempre un guardingo riserbo. Forse non mi comportavo in modo ragionevole e sbagliavo, cercando di indagare. Forse avrei dovuto rispettare la severa ingiunzione fatta a mio padre dall'austera signora vestita di velluto nero. Ma la curiosità è un sentimento indomabile e privo di scrupoli e nessuna ragazza sopporta pazientemente la riservatezza di un'amica. Che male poteva esserci nel dirmi ciò che desideravo cosí ardentemente sapere? Non aveva fiducia nel mio buonsenso e nella mia lealtà? Perché non mi credeva quando le assicuravo solennemente che non avrei fatto parola con nessuno di quel che mi avrebbe detto?

Mi pareva che ci fosse una freddezza non consona alla sua età in quel suo ostinato rifiuto, sempre accompagnato da un sorriso malinconico, di concedermi il benché minimo spiraglio di luce. Non posso dire che questo fosse causa di litigi fra noi, perché con lei era impossibile discutere. Certo, la mia insistenza era fuori luogo, e perfino maleducata, ma non riuscivo a trattenermi. E, in effetti, avrei davvero dovuto lasciar perdere.

Dal mio irragionevole punto di vista, ciò che mi disse era... niente. Lo si poteva riassumere tutto in tre rivelazioni alquanto vaghe: la prima era il suo nome, Carmilla. La seconda era il fatto che la sua famiglia era nobile e molto antica. La terza era che la sua casa si trovava a ovest.

Non mi rivelò né il cognome, né il titolo di nobiltà del suo casato, né il nome della loro proprietà e neppure il paese da cui proveniva. Non dovete credere che io la interrogassi continuamente in proposito: aspettavo l'occasione giusta e insinuavo le domande, piuttosto che porle in modo incalzante. Una o due volte, però, la affrontai piú direttamente. Ma, qualunque fosse la mia tattica, l'invariabile risultato era un totale fallimento. Rimproveri e moine erano del tutto inutili. Devo però aggiungere che il suo modo di evadere le mie domande era cosí malinconico e dolce, e accompagnato da cosí tante e appassionate dichiarazioni di affetto, di fiducia nella mia onestà e da ripetute promesse che alla fine mi avrebbe raccontato tutto, che non riuscivo a trovare nel mio cuore la forza di sentirmi offesa con lei.

Mi gettava le braccia al collo, mi attirava a sé e, appoggiando la sua guancia alla mia, mi sussurrava all'orecchio: – Mia cara, il tuo cuoricino è ferito. Non pensare che io sia crudele perché obbedisco alla legge irresistibile che è la mia forza e la mia debolezza. Se il tuo cuore a me cosí caro è ferito, il mio sanguina con il tuo. Con l'ardore della mia enorme mortificazione io vivo nella tua calda vita, e tu morirai, morirai dolcemente, nella mia. Non posso farci nulla. Cosí come io mi avvicino a te, tu, a tua volta, ti avvicinerai ad altri e conoscerai la foga di quella crudeltà che è tuttavia amore. Dunque, per ora, non cercare di sapere altro di me e della mia vita, ma credi in me con tutto l'affetto di cui è capace il tuo animo.

E, dopo aver pronunciato queste parole poetiche, mi stringeva ancor di piú in un abbraccio palpitante e le sue labbra mi ricoprivano le guance di lievi baci roventi.

Il suo turbamento e il suo linguaggio erano per me incomprensibili. Desideravo sempre sciogliermi da quegli assurdi abbracci, che non erano molto frequenti, ma sembrava che le mie energie venissero meno. Il suo mormorio riecheggiava dentro di me come una ninna nanna e vinceva la mia resistenza, trasformandola in una sorta di catalessi dalla quale mi riprendevo solo non appena le sue braccia si allontanavano da me. Quando si comportava in modo cosí inspiegabile, Carmilla non mi piaceva. Provavo una strana, violenta eccitazione che, pur essendo a tratti piacevole, si mescolava sempre a un vago senso di timore e disgusto. In quei momenti non pensavo razionalmente a lei, ma sentivo crescere in me un amore che rasentava l'adorazione, e anche la ripugnanza. So che tutto questo vi sembrerà paradossale, ma non saprei spiegare altrimenti le mie emozioni.

Ora, dopo piú di dieci anni, la mano mi trema mentre scrivo, in preda a confuse e orribili reminiscenze degli eventi e delle situazioni di quell'ordalia che stavo inconsapevolmente attraversando. Eppure, conservo un ricordo vivido e molto nitido del dipanarsi della mia storia. Credo che tutti noi abbiamo vissuto attimi di profonda emozione, in cui le passioni si scatenano selvagge e incontrollabili, e sono proprio quei momenti che affiorano alla nostra memoria in modo piú indistinto e offuscato.

A volte, dopo un periodo di indifferenza, la mia strana e bellissima amica mi prendeva la mano stringendomela a lungo e appassionatamente, mentre un lieve rossore le saliva alle guance, fissando il mio viso con occhi languidi ma scintillanti e respirando cosí affannosamente che il suo abito si alzava e si abbassava al ritmo di quel tumultuoso ansimare. Era come l'ardore di un innamorato, e io mi sentivo imbarazzata. Detestavo quel suo atteggiamento, eppure era irresistibile. Mi attirava a sé con occhi bramosi e le sue labbra ardenti ricoprivano di baci le mie guance, mentre mi sussurrava quasi singhiozzando: – Tu sei mia, tu *devi* essere mia, tu e io siamo una cosa sola, per sempre. Poi si abbandonava contro lo schienale della sedia, coprendosi gli occhi con le mani minute, e io mi ritrovavo a tremare come una foglia.

– Che legame c'è fra noi? – le domandavo allora. – Che cosa intendi con tutto questo? Forse ti ricordo qualcuno che hai amato? Ma non devi fare cosí, non mi piace. Non ti riconosco... Non riconosco nemmeno me, quando ti comporti in questo modo.

Di fronte alla mia veemenza lei sospirava, poi si voltava e lasciava andare la mia mano.

Mi sforzavo invano di trovare una spiegazione a questi suoi stranissimi impeti: non potevo attribuirli né alla simulazione né all'inganno. Erano senza alcun dubbio improvvisi sfoghi di un'emozione o di un istinto represso. Forse, nonostante le non richieste assicurazioni della madre, era preda di crisi di follia? O forse si trattava di un travestimento, come nei romanzi? Avevo letto in vecchi libri storie del genere: forse un giovane innamorato era riuscito a introdursi nella nostra casa con l'aiuto di un'abile e attempata avventuriera per cercare di conquistarmi? Ma, per quanto questa ipotesi lusingasse molto la mia vanità, troppe cose la contraddicevano. In ogni caso, fino a quel momento non potevo vantarmi di aver mai ricevuto le deliziose attenzioni offerte dalla galanteria maschile.

Fra queste manifestazioni di passione c'erano lunghi intervalli di normalità, di allegria, di pensosa dolcezza durante i quali, a parte il fatto che a volte la sorprendevo a fissarmi con gli occhi accesi da una fiamma malinconica, era come se io non significassi nulla per lei. Tranne che in quei brevi momenti di misteriosa eccitazione, i suoi modi erano del tutto femminili, e c'era sempre in lei un languore assolutamente incompatibile con un carattere maschile.

Sotto certi aspetti aveva abitudini strane, per quanto agli

occhi di chi vive in città risultino senza dubbio meno singolari di quanto possano sembrare a me. Si alzava molto tardi, in genere mai prima dell'una del pomeriggio, e prendeva solo una tazza di cioccolata, senza mangiare nulla. Poi uscivamo a fare una passeggiatina, in realtà solo due passi, perché subito sembrava esausta, cosí tornavamo al castello o ci sedevamo su una panchina tra gli alberi. Ma la sua costante debolezza fisica non rispecchiava mai quella mentale. Era una conversatrice vivace, brillante e molto acuta.

A volte accennava per un attimo alla sua casa, o a un episodio, una situazione o un ricordo d'infanzia che sembravano riferiti a una popolazione dai costumi bizzarri e molto diversi dai nostri. Da questi accenni occasionali dedussi che la sua terra natale doveva essere molto piú lontana di quanto avessi immaginato all'inizio.

Un pomeriggio, mentre sedevamo sotto gli alberi, passò davanti a noi un corteo funebre. Era quello di una ragazza molto graziosa che avevo visto spesso, essendo la figlia di uno dei guardaboschi. Il pover'uomo seguiva affranto il feretro della sua unica, adorata figlia. Dietro di lui venivano i contadini, che camminavano a coppie cantando un inno funebre.

Al loro passaggio mi alzai, in segno di rispetto, e mi unii a quella dolce melodia. La mia amica mi scosse con una certa rudezza e io mi voltai sorpresa. Mi disse bruscamente: – Non senti come stonano?

– Al contrario, penso che sia un canto molto gradevole, – risposi, irritata dall'interruzione e a disagio, temendo che le persone che componevano la piccola processione ci osservassero e si accorgessero di quanto stava accadendo.

Cosí ripresi subito a cantare, ma fui di nuovo interrotta.

– Mi stai assordando! – esclamò Carmilla con rabbia, tappandosi le orecchie con le dita sottili. – E come puoi dire che la mia religione è simile alla tua? Le vostre usanze mi urtano, e detesto i funerali. Tutto questo chiasso per nulla! Perché anche tu devi morire, *tutti* devono morire e tutti sono molto piú felici, dopo. Torniamo al castello.

– Mio padre è andato al cimitero con il prete. Pensavo tu sapessi che la seppelliranno oggi.

– Chi? Non mi preoccupo dei contadini. Non so chi sia, – ribatté, mentre un lampo le balenava negli occhi.

– È quella povera ragazza che ha immaginato di vedere un fantasma quindici giorni fa, e da allora la sua salute non ha fatto che peggiorare fino a ieri notte, quando è morta.

– Non parlarmi di fantasmi, altrimenti stanotte non riuscirò a dormire.

– Spero non ci sia un'epidemia in arrivo. Tutto lo farebbe pensare, – continuai. – Una settimana fa è morta la moglie del porcaro; credeva che qualcosa l'avesse afferrata alla gola mentre era a letto e l'avesse quasi strangolata. Papà dice che questo tipo di allucinazioni accompagna alcune forme di febbre. Il giorno prima la povera donna stava benissimo, ma da quella notte ha cominciato a deperire e nel giro di una settimana è morta.

– Bene, ormai il suo funerale è stato fatto e i suoi inni sono stati cantati, cosí le nostre orecchie non saranno piú tormentate da queste litanie incomprensibili. Mi innervosiscono. Siediti qui accanto a me. Piú vicino. Prendimi la mano e stringimela forte. Piú forte.

Eravamo arretrate di qualche passo e ci eravamo avvicinate a un'altra panchina. Carmilla si sedette. Il suo viso aveva subito una trasformazione tale che mi allarmai e mi spaventai: era cupo e terribilmente livido. Aveva i denti e le mani serrate, la fronte aggrottata e le labbra strette, teneva lo sguardo fisso per terra e tremava da capo a piedi, scossa da inarrestabili brividi. Sembrava lottare con tutte le sue forze contro quell'attacco che la lasciava senza respiro; alla fine emise un grido convulso e straziante, e a poco a poco la crisi si placò.

– Ecco quel che succede quando si soffocano le persone con gli inni, – disse poi. – Tienimi, tienimi stretta. Sta passando.

Piano piano si riprese e, forse per dissipare la fosca impressione che quella scena aveva suscitato in me, mentre ci dirigevamo verso il castello diventò insolitamente animata e ciarliera.

Quella fu la prima volta in cui la vidi manifestare chiaramente i sintomi di quella salute cagionevole di cui sua madre aveva parlato. E fu anche la prima volta che la vidi esprimere qualcosa di simile alla collera. Ma tutto passò in fretta, come una nuvola d'estate, e solo in un'altra occasione assistetti a una sua esplosione d'ira. Vi racconterò come successe.

Carmilla e io stavamo guardando fuori da una delle grandi finestre del salone, quando un vagabondo oltrepassò il ponte levatoio ed entrò nel cortile. Lo conoscevo bene: in genere veniva al castello due volte l'anno.

Era gobbo, e aveva le fattezze aspre e affilate che di solito accompagnano quella deformità. Aveva una barba nera e appuntita e un ampio sorriso che scopriva i grossi denti bianchi. Indossava abiti scamosciati neri e rossi, carichi di una quantità di campanelli e cinghie dalle quali pendeva ogni sorta di oggetti. Portava sulla schiena una lanterna magica e due scatole, di cui conoscevo il contenuto: in una c'era una salamandra e nell'altra una mandragola. Mio padre rideva sempre quando vedeva quei mostri. Erano composti di parti di scimmie, pappagalli, scoiattoli, pesci e istrici, essiccate e cucite insieme con grande cura, e facevano un effetto spaventoso. Appesi alla cintura aveva un violino, una scatola di giochi di prestigio, due maschere e parecchi altri misteriosi astucci che gli penzolavano intorno. In mano teneva un bastone nero con la punta di rame. Suo compagno era un cane magro e ispido, che gli stava sempre alle calcagna, ma che appena giunse sul ponte levatoio si bloccò, guardingo, e si mise a ululare in modo lugubre.

Intanto il saltimbanco, fermo in mezzo al cortile, si tolse il grottesco cappello e ci fece un inchino estremamente cerimonioso, offrendoci i suoi omaggi in un pessimo francese e in un tedesco non certo migliore. Poi, preso il violino, cominciò a suonare un'arietta vivace, accompagnata da un canto allegro e stonato e da un buffo balletto, che mi fece ridere nonostante il sinistro ululato del cane.

Avanzò quindi verso la finestra, profondendosi in larghi sorrisi e calorosi saluti e, tenendo il cappello nella mano sinistra e il violino sotto il braccio, elencò con veemente eloquenza, quasi senza prendere fiato, i talenti e le arti che avrebbe messo a nostra disposizione e le curiosità e i divertimenti che avrebbe potuto offrirci.

– Lor signorine vorrebbero comprare un amuleto contro l'upiro che, a quel che ho sentito, si aggira fra questi boschi come un lupo? – disse, gettando il cappello a terra. – Uccide gente a destra e a sinistra, ma qui c'è un incantesimo infallibile. Basta che lo appuntiate sul cuscino e potrete ridergli in faccia.

Il talismano era formato da lunghe strisce di pergamena ricoperte di cifre cabalistiche e disegni.

Carmilla ne prese subito uno, e cosí feci anch'io. Lui ci osservava e noi gli sorridevamo divertite. Almeno, questo vale per me. Mentre ci guardava, i suoi penetranti occhi neri parvero scorgere qualcosa che per un momento catturò la sua attenzione. In un attimo srotolò una custodia di cuoio piena di ogni sorta di strani, piccoli strumenti d'acciaio.

– Guardate qui, signorina, – mi disse, mostrandomeli. – Io esercito, fra altre attività meno utili, l'arte del dentista. Che il diavolo si porti questo cane! Zitto, bestiaccia! Ulula cosí forte che non sentirete una parola di quel che dico. La vostra nobile amica, la giovane alla vostra destra, ha il dente piú tagliente che esista: lungo, sottile, appuntito come un punteruolo, come un ago. Ah! Ah! Con la mia vista lunga e acuta, l'ho visto distintamente non appena l'ho guardata. La signorina potrebbe ferirsi, ma eccomi, ci son qua io con la mia lima, il mio punzone e le mie pinze. Con il permesso della signorina, lo arrotonderò e lo smusserò, cosí non avrà piú il dente di un pesce, ma uno degno della bellissima fanciulla che è. Oh! La signorina è seccata? Sono stato troppo sfacciato? Vi ho offesa?

Carmilla, infatti, sembrava molto arrabbiata mentre si ritraeva dalla finestra.

– Come osa quel saltimbanco offenderci cosí? Dov'è tuo padre? Voglio chiedergli di riparare a questo torto. Mio padre avrebbe già fatto legare quel disgraziato a un palo, lo avrebbe fatto frustare a sangue e marchiare a fuoco.

Si allontanò di qualche passo dalla finestra e si sedette. Appena non ebbe piú sotto gli occhi l'uomo che l'aveva offesa, la sua collera si spense, improvvisamente com'era nata, e la mia amica riacquistò il solito tono di voce, dimenticando il gobbo e le sue sciocchezze.

Quella sera mio padre era fuori di sé. Appena arrivato, ci raccontò che c'era stato un altro caso molto simile ai due fatali verificatisi di recente. La sorella di un giovane contadino della sua proprietà, che viveva a un solo miglio di distanza da noi, stava molto male. Sosteneva di essere stata aggredita come le altre, e le sue condizioni stavano lentamente ma inesorabilmente peggiorando.

– Tutto questo, – concluse mio padre, – è attribuibile a cause assolutamente naturali. Questi poveretti si suggestionano l'un l'altro con le loro superstizioni, e finiscono con l'avere le stesse allucinazioni.

– Anche se cosí fosse, è spaventoso, – disse Carmilla.

– In che senso? – chiese mio padre.

– Sono terrorizzata alla sola idea di avere certe visioni. Penso che sarebbe un'esperienza orribile, tanto quanto se fossero vere.

– Siamo nelle mani di Dio. Nulla può accadere contro la sua volontà e tutto andrà bene per quelli che lo amano. È il nostro creatore e dobbiamo aver fede in lui. Lui ci ha fatti e si prenderà cura di noi.

– Quale creatore? È la *natura*, – ribatté Carmilla, – e questa malattia che si sta diffondendo è un fenomeno naturale. Tutto viene dalla natura, non è vero? Ogni cosa in cielo, in terra e sottoterra agisce e vive secondo l'ordine naturale. Io la penso cosí.

– Oggi verrà il dottore, – riprese mio padre dopo qualche istante di silenzio. – Voglio sapere la sua opinione in proposito e che cosa ci consiglia di fare.

– I medici non mi hanno mai procurato alcun beneficio, – commentò Carmilla.

– Sei stata malata? – le domandai.

– Piú malata di quanto tu sia mai stata.

– Molto tempo fa?

– Sí, molto. Sono stata malissimo, ma ho dimenticato tutto, tranne il dolore e la debolezza, e forse anche quelli non erano nemmeno cosí gravi come in altri casi.

– Eri molto giovane?

– Sí, ma non parliamone piú. Non vorrai far soffrire la tua amica?

Mi fissò con uno sguardo languido e, cingendomi affettuosamente la vita, mi condusse fuori dalla stanza. Mio padre rimase a leggere i giornali vicino alla finestra.

– Perché tuo padre si diverte a impressionarci? – mi domandò Carmilla con un sospiro e un piccolo brivido.

– Non intende farlo, mia cara. È l'ultima cosa che vorrebbe.

– Ma tu hai paura?

– Ne avrei molta se pensassi che esistesse un serio pericolo di essere aggredita come quelle poverette.

– Hai paura di morire?

– Certo, come tutti.

– Ma morire come gli amanti, insieme, cosí da poter vivere insieme per sempre... Le ragazze sulla terra sono come bruchi, che diventano finalmente farfalle solo quando arriva l'estate. Ma nel frattempo sono solo crisalidi e larve, ognuna con le sue particolari attitudini e necessità. Cosí afferma Monsieur Buffon nel suo libro, che avete di là in biblioteca.

Piú tardi il dottore arrivò e parlò per un po' in privato con mio padre. Era un bravo medico, sui sessant'anni. Si incipriava e aveva il viso pallido e ben rasato, liscio come una zucca. Quando uscirono dallo studio, sentii papà che diceva, ridendo: – Be', mi sorprende da parte di un uomo saggio come lei. E che ne pensa degli ippogrifi e dei draghi?

Il dottore sorrise e rispose, scuotendo la testa: – In ogni caso, la vita e la morte sono un mistero, e sappiamo ben poco di entrambe.

Poi si allontanarono e non riuscii a sentire altro. Allora non sapevo di che cosa parlasse, ma ora credo di poterlo indovinare.

5. *Una somiglianza straordinaria.*

Una sera, giunse da Graz il serio e ombroso figlio del restauratore di quadri, con un cavallo e un carro che trasportava due grandi casse piene di quadri. Graz distava dieci leghe dal castello e quando arrivava qualcuno dalla nostra piccola capitale ci radunavamo tutti nell'atrio per farci raccontare le novità.

Questa visita portò un certo scompiglio nel nostro isolato rifugio. Le casse rimasero nell'atrio, mentre le cameriere servivano la cena all'ospite. Poi, in compagnia di alcuni aiutanti e armato di martello, scalpello e cacciavite, il giovane ci raggiunse nel grande atrio, dove ci eravamo tutti riuniti per assistere all'apertura delle casse.

Carmilla era seduta e guardava distrattamente i vecchi quadri, quasi tutti ritratti, che erano stati restaurati. Mia madre apparteneva a un'antica famiglia ungherese e la maggior parte di quei dipinti, che presto sarebbero tornati al loro posto sulle pareti, apparteneva a lei. Mio padre aveva in mano una lista da cui leggeva, mentre il giovane cercava i numeri corrispondenti. Non so se i quadri fossero di qualità, ma senza dubbio erano molto antichi e alcuni anche piuttosto curiosi. Per me era quasi come vederli per la prima volta, perché il fumo delle candele e la polvere accumulatasi negli anni li avevano quasi completamente nascosti.

– C'è un quadro che non ho mai visto neanch'io, – disse a un tratto mio padre. – Nell'angolo in alto ci sono un nome, che mi parve fosse «Marcia Karnstein», e una data, «1698». Sono curioso di vedere com'è dopo il restauro.

Me lo ricordavo. Era un dipinto piccolo e quadrato, di una cinquantina di centimetri, senza cornice e cosí annerito dal tempo da essere del tutto illeggibile. L'artigiano ce lo mostrò, orgoglioso. Era bellissimo, e ci lasciò sbalorditi tanto sembrava vivo. Era il ritratto di Carmilla!

– Carmilla cara, ma questo è un miracolo! Sei proprio tu, piena di vita e sorridente! Ti manca solo la parola! Non è incredibile, papà? Guarda, c'è perfino il piccolo neo che ha sulla gola!

Mio padre rise e disse: – Certo, è una somiglianza straordinaria.

Ma, con mia grande sorpresa, parve turbato e distolse subito lo sguardo, continuando a parlare con il restauratore degli altri quadri che la sua abile mano aveva riportato alla luce, mentre la mia meraviglia cresceva sempre piú man mano che guardavo il ritratto.

– Posso appenderlo in camera mia, papà? – domandai.

– Certamente, cara, – rispose sorridendo. – Mi fa piacere che tu lo trovi somigliante. Dev'essere ancora piú bello di quel che pensassi, se assomiglia alla tua amica.

Carmilla non si accorse del complimento: sembrava non averlo nemmeno sentito. Stava appoggiata allo schienale della poltrona; sotto le lunghe ciglia, i suoi begli occhi mi fissavano, in contemplazione, e sulle labbra le aleggiava un sorriso estatico.

– Ora si legge chiaramente il nome nell'angolo, – ripresi. Non è «Marcia». Sembra scritto in oro. Il nome è «Mircalla, contessa di Karnstein»; sopra c'è una piccola corona e sotto «Anno Domini, 1698». Io discendo dai Karnstein.

– Ah, – disse languidamente Carmilla, – credo di essere anch'io una loro lontana discendente, molto lontana. Ci sono ancora dei Karnstein in vita?

– Nessuno che porti ancora il nome, credo. Mi pare che la famiglia si sia estinta durante le guerre civili, molto tempo fa, ma le rovine del castello sono solo a tre miglia da qui.

– Interessante, – replicò lei con indifferenza. – Ma guarda che bella luna! – Volse gli occhi verso la porta d'ingresso, semiaperta: – Facciamo una passeggiata in cortile, a guardare la strada e il torrente?

– È proprio come la notte in cui sei arrivata, – dissi io.

Lei sospirò e sorrise. Poi si alzò e uscimmo, tenendoci per la vita. In silenzio, camminammo lentamente fino al ponte levatoio, dove una magnifica vista si apriva davanti a noi.

– Cosí, pensavi alla sera in cui sono arrivata? – mi sussurrò. – Sei contenta che io sia venuta qui?

– Felice, cara Carmilla, – risposi.

– E hai chiesto che il ritratto che mi somiglia sia appeso nella tua camera, – mormorò con un sospiro, stringendomi piú forte la vita e poggiando il suo grazioso capo sulla mia spalla.

– Come sei romantica, Carmilla, – le dissi. – Quando mi racconterai la storia della tua vita, di certo sarà come sentir leggere un romanzo.

Rimase in silenzio e mi diede un bacio.

– Sono sicura, Carmilla, che tu sei stata innamorata. Forse proprio in questo momento hai un affare di cuore.

– Non sono mai stata innamorata e mai lo sarò, – sussurrò lei, – a meno che non lo sia di te.

Com'era bella sotto quel chiaro di luna! Con uno strano, timido sguardo, nascose rapidamente il volto nel mio collo, tra i miei capelli, respirando cosí affannosamente che sembrava quasi singhiozzare, e mi strinse la mano, tremando. La sua morbida guancia bruciava contro la mia. Mormorò: – Tesoro, tesoro. Io vivo in te e tu morirai per me. Ti amo cosí tanto.

Mi staccai da lei. Ora, il fuoco e la passione erano scomparsi dai suoi occhi, il suo viso era pallido e inespressivo.

– C'è una corrente fredda nell'aria, cara, – disse con voce spenta, – ho i brividi. Ho forse sognato? Rientriamo. Vieni, vieni, vieni in casa.

– Mi sembra che tu stia male, Carmilla, sei pallidissima. Dovresti bere un po' di vino, – le suggerii.

– Sí, lo farò. Ora sto meglio. Fra qualche minuto mi riprenderò del tutto. Sí, dammi un po' di vino, – rispose, mentre ci avvicinavamo alla porta. – Lasciami guardare ancora per un momento, forse è l'ultima volta che vedo la luna con te.

– Come ti senti, cara Carmilla? Stai davvero meglio? – le domandai.

Cominciavo ad allarmarmi, temevo che anche lei fosse stata colpita dalla strana epidemia che si diceva avesse invaso la nostra regione.

– Mio padre sarebbe terribilmente addolorato, – continuai, – se sapesse che hai avuto anche solo un piccolo malore e non ce l'hai detto. Qui vicino c'è un medico bravissimo, quello che oggi era con papà.

– Non ne dubito. E so quanto siete gentili, voi tutti. Ma, mia cara, io sto bene. Non ho nulla, è solo un po' di debolezza. Dicono che sono affaticata, che non posso fare sforzi. Non riesco a camminare piú di quanto faccia un bambino di tre anni e ogni tanto le poche forze che ho vengono meno e divento come mi hai vista. Ma, dopo tutto, mi riprendo molto velocemente, in un attimo torno quella di prima. Vedi, ora sto benissimo.

E, in effetti, era vero. Rimanemmo a lungo a parlare; lei era molto esuberante e vivace, e il resto della serata trascorse senza ricadute di quella che io chiamavo la sua «esaltazione». Vale a dire, quel modo folle di guardarmi e di parlarmi, che mi imbarazzava e mi spaventava.

Ma quella notte accadde qualcosa che mi turbò profondamente e parve anche trasformare il naturale languore di Carmilla in improvvisa energia.

6. *Una stranissima angoscia.*

Quando entrammo nel salone e ci sedemmo a prendere il caffè e la cioccolata, per quanto Carmilla non volesse niente, sembrava tornata pienamente in sé. Madame Perrodon e Mademoiselle De Lafontaine si unirono a noi e facemmo una partita a carte, durante la quale ci raggiunse anche mio padre.

Finita la partita, papà sedette sul sofà accanto a Carmilla e le domandò, con una nota ansiosa nella voce, se da quando era con noi avesse avuto notizie della madre. Lei rispose di no. Allora lui le chiese se sapeva a quale indirizzo avrebbe potuto spedirle una lettera.

– Non posso dirlo, – replicò ambiguamente lei. – Ma ho pensato di lasciarvi. Siete stati davvero molto ospitali e gentili con me. Vi ho già dato anche troppo disturbo, perciò vorrei prendere una carrozza, domani, e correre a cercare mia madre. So dove potrò trovarla, anche se non oso dirvelo.

– Non dovete nemmeno pensare una cosa del genere, – esclamò papà, con mio gran sollievo. – Non potremmo tollerare di perdervi cosí, e io non acconsentirò che voi andiate via se non con vostra madre, che è stata cosí buona da permettere che rimaneste qui con noi fino al suo ritorno. Sarei molto felice se sapessi che avete avuto sue notizie. Questa sera le voci sulla misteriosa malattia che ha invaso questa zona si sono fatte ancora piú preoccupanti e, mia bella ospite, in assenza di vostra madre, mi sento investito di una grande responsabilità. Ma farò del mio meglio. E una cosa è certa: non dovete pensare di lasciarci se vostra madre non vi autorizza chiaramente a farlo. La vostra partenza ci addolorerebbe troppo perché possiamo accettarla a cuor leggero.

– Grazie infinite, signore, per la vostra ospitalità, – rispose Carmilla con uno splendido sorriso. – Siete stati tutti cosí gentili con me! Raramente sono stata piú felice nella mia vita di quanto lo sia nel vostro bellissimo castello, affidata alle vostre cure e in compagnia della vostra cara figliola.

Allora papà le baciò galantemente la mano, sorridendo compiaciuto per quelle parole.

Come sempre, accompagnai Carmilla nella sua camera e sedetti a chiacchierare con lei mentre si preparava ad andare a letto.

– Pensi, – le domandai a un certo punto, – che verrà il giorno in cui ti fiderai pienamente di me?

Si voltò con un sorriso sulle labbra, ma non disse nulla. Continuò solo a sorridermi.

– Non rispondi, – ripresi, – perché non puoi darmi una risposta soddisfacente. Non avrei dovuto chiedertelo.

– Hai perfettamente ragione a chiedermelo, e a chiedermi qualsiasi altra cosa. Non sai quanto tu mi sia cara, e non devi pensare che io non voglia metterti a parte delle mie confidenze. Ma sono legata da un voto; nemmeno una suora è legata in modo cosí terribile, e non oso parlare della mia storia nemmeno con te. È vicino il momento in cui saprai tutto. Forse mi giudicherai crudele e molto egoista, ma l'amore è sempre egoista, e piú è appassionato, piú è egoista. Non puoi immaginare quanto io sia gelosa di te. Tu devi venire con me, devi amarmi fino alla morte. Oppure odiarmi, ma venire ugualmente con me e odiarmi attraverso la morte, e oltre. La parola «indifferenza» non esiste nella mia pur apatica natura.

– Ora ricominci con le tue assurdità, Carmilla, – dissi impetuosamente.

– No. Sono sciocca e piena di capricci e fantasie. Ma per il tuo bene parlerò come se fossi saggia. Sei mai stata a ballare?

– No. Com'è? Dev'essere bellissimo!

– L'ho quasi dimenticato. È stato molti anni fa.

Scoppiai a ridere: – Non sei cosí vecchia. Non puoi certo aver dimenticato il tuo primo ballo.

– Ricordo tutto, ma con grande sforzo. Vedo tutto come se fossi sott'acqua e guardassi in alto attraverso una superficie densa e increspata, ma trasparente. Quella notte accadde qualcosa che confuse il quadro e ne sbiadí i colori. Fui quasi assassinata nel mio letto, ferita qui, – si toccò il petto, – e da allora non sono più stata la stessa.

– Stavi per morire?

– Sí. Un amore crudele, molto crudele, uno strano amore si è preso la mia vita. L'amore vuole i suoi sacrifici. Nessun sacrificio è senza sangue. Ma ora voglio dormire, sono sfinita. Come farò ad alzarmi per chiudere la porta a chiave?

Era sdraiata con la testa sul guanciale e teneva le piccole mani tra i folti capelli ondulati, sotto la guancia. I suoi occhi brillanti seguivano i miei movimenti con un sorriso timido che non riuscii a decifrare.

Le augurai la buonanotte e scivolai fuori dalla stanza accompagnata da una sensazione di disagio.

Mi domandavo spesso se la nostra bella ospite pregasse. Di certo, io non l'avevo mai vista inginocchiata. Al mattino scendeva quando ormai avevamo recitato da molto tempo le nostre preghiere e la sera rimaneva sempre in salotto mentre noi pregavamo nell'atrio.

Se durante una delle nostre conversazioni non avesse casualmente accennato al fatto di essere stata battezzata, avrei potuto pensare che non fosse cristiana. Non l'avevo mai sentita parlare di religione. Se avessi conosciuto meglio il mondo, questa peculiare negligenza o antipatia non mi avrebbe sorpresa cosí tanto.

Le manie delle persone nervose sono contagiose, e quasi sempre chi ha un temperamento affine dopo un certo tempo le imita. Suggestionata dalla sua paura di intrusi notturni e furtivi assassini, avevo preso anch'io l'abitudine di chiudere a chiave la porta della mia camera. Avevo anche adottato la precauzione di ispezionare la stanza per accertarmi che non vi si nascondesse qualcuno.

Quella sera, dopo aver preso le solite misure, andai a letto e mi addormentai subito. Avevo lasciato una candela accesa: un'abitudine di antica data che non avrei abbandonato per niente al mondo e che mi permetteva di riposare tranquilla. Ma i sogni attraversano i muri di pietra, illuminano le camere buie e oscurano quelle illuminate, e i personaggi che li animano entrano ed escono a loro piacimento, facendosi beffe dei catenacci.

Quella notte feci un sogno che segnò l'inizio di una strana angoscia. Non potrei definirlo un incubo, perché ero consapevole di essere addormentata. Ma ero ugualmente consapevole di essere nella mia stanza e nel mio letto. Vidi, o immaginai di vedere, la camera e i mobili cosí com'erano, solo che era molto buio, poi scorsi ai piedi del letto qualcosa che si muoveva e che in un primo momento non riuscii a distinguere. Ben presto, però, capii che si trattava di un grosso animale nero, che sembrava un gatto mostruoso. Doveva essere lungo circa un metro e mezzo, perché, quando ci passò sopra, mi accorsi che aveva la stessa lunghezza del tappeto. Continuava ad andare avanti e indietro con l'agile, sinistra irrequietezza di una bestia in gabbia. Non riuscivo a gridare, per quanto, come potrete ben immaginare, fossi terrorizzata. Si muoveva sempre piú rapidamente, e altrettanto velocemente la stanza diventava sempre piú buia, tanto che non vedevo piú nulla, tranne i suoi occhi. Sentii quella creatura balzare con leggerezza sul mio letto. I suoi occhi enormi si avvicinavano al mio viso e d'un tratto sentii un dolore lancinante nel petto, come se fossi stata trafitta da due grandi aghi distanti quattro o cinque centimetri l'uno dall'altro. Mi svegliai urlando.

Alla luce della candela che avevo lasciato accesa per la notte, vidi una figura femminile ai piedi del letto, un po' spostata sulla destra. Indossava un ampio abito scuro e aveva i capelli lunghi, sciolti sulle spalle. Era lí, immobile come una statua, e sembrava non respirare nemmeno. Anche se la fissavo, di colpo la figura parve essersi spostata. Ora era vicino alla porta. Poi la porta si aprí e lei uscí.

Mi sentii come liberata e finalmente riuscii a respirare e muovermi. Il mio primo pensiero fu che Carmilla avesse voluto farmi uno scherzo e che avessi dimenticato di chiudere a chiave la porta. Subito andai a controllare e la trovai chiusa, come sempre. Avevo paura di aprirla, ero in preda al panico. Mi rimisi a letto, mi tirai la coperta sulla testa e rimasi lí, piú morta che viva, fino al mattino.

7. *Il declino*.

Sarebbe inutile tentare di spiegarvi l'orrore con cui, ancora oggi, ricordo ciò che accadde quella notte. Non fu un terrore momentaneo come quello provocato dai sogni. Sembrava crescere con il passare del tempo e permeare la stanza e addirittura i mobili che avevano assistito a quella spaventosa apparizione.

Il giorno seguente non volli restare sola nemmeno per un istante. Avrei dovuto parlarne con mio padre, ma non lo feci per due opposte ragioni. Da un lato, credevo che avrebbe riso della mia storia e non avrei sopportato che mi prendesse in giro; dall'altro, temevo pensasse che anch'io fossi stata colpita dalla misteriosa malattia che si stava diffondendo nei dintorni. Dal momento che mio padre aveva avuto problemi di cuore, non volevo che si inquietasse.

Madame Perrodon e Mademoiselle De Lafontaine si accorsero però che ero fuori di me e molto nervosa, cosí, essendo in grande confidenza con loro, alla fine rivelai alle mie buone governanti che cosa mi pesava sul cuore.

Mademoiselle si mise a ridere, mentre Madame mi parve preoccupata.

– A proposito, – disse Mademoiselle De Lafontaine, continuando a ridere, – nel grande viale di tigli, dietro le finestre della camera di Carmilla, ci sono i fantasmi.

– Sciocchezze! – esclamò Madame Perrodon, che probabilmente doveva trovare quell'argomento inopportuno. – E chi racconta queste storie, mia cara?

– Martin dice che è venuto due volte a riparare il vecchio cancello prima dell'alba, e tutte e due le volte ha visto la stessa figura di donna camminare nel viale di tigli.

– Certo, è vero quanto è vero che nei campi scorrono ruscelli di latte, – commentò Madame.

– Sí, però Martin era spaventato, e non ho mai visto nessuno fingere cosí bene uno spavento.

– Non fatene parola con Carmilla, – intervenni, – perché le sue finestre si affacciano su quel viale e lei, se possibile, è anche piú impressionabile di me.

Quel giorno Carmilla scese ancor piú tardi del solito.

– Stanotte ho avuto tanta paura, – mi disse non appena rimanemmo sole, – e sono sicura che mi sarebbe successo qualcosa di terribile, se non avessi comprato l'amuleto da quel povero gobbetto che ho tanto insultato. Ho sognato che una creatura nera girava intorno al mio letto e mi sono svegliata terrorizzata. Per alcuni secondi ho visto realmente una figura scura vicino al caminetto, ma ho toccato il talismano sotto il cuscino e subito quell'essere è scomparso. Sono quasi certa che se mi fosse venuto accanto mi avrebbe fatto del male, forse mi avrebbe soffocata com'è successo a quelle poverette!

– Be', ora ascoltami, – dissi, e le raccontai la mia avventura. Lei mi guardò con orrore.

– E avevi l'amuleto vicino a te? – mi domandò precipitosamente.

– No, l'ho messo in un vaso di porcellana nel salone, ma stanotte lo terrò sicuramente con me, visto che tu credi tanto nel suo potere.

Ancora oggi non so dire né capire come riuscii, quella notte, a superare il terrore e a rimanere sola nella mia camera. Ricordo distintamente che appuntai il talismano al cuscino, mi addormentai quasi subito e dormii piú profondamente del solito.

Anche la notte successiva fu molto tranquilla. Caddi in un sonno profondo e senza sogni, ma mi svegliai pervasa dalla stanchezza e dalla malinconia; una sensazione che però era addirittura quasi piacevole.

– Vedi, avevo ragione, – disse Carmilla. – Anch'io stanotte ho dormito benissimo. Mi sono appuntata il talismano sulla camicia da notte. L'altra sera era troppo lontano da me. Sono sicurissima che siano state solo fantasie, a parte il brutto sogno. Credevo che fossero gli spiriti maligni a creare i sogni, ma il nostro medico mi ha assicurato che non è vero. È solo la febbre o qualche altra malattia che bussa alla porta, ha detto, e, non riuscendo a entrare, se ne va lasciandoci in uno stato di agitazione.

– E perché pensi che il talismano funzioni? – domandai.

– Credo che sia stato fumigato o imbevuto in qualche medicina e sia un antidoto contro la malaria, – rispose.

– Allora agisce solo sul corpo?

– Certamente. Non crederai che gli spiriti maligni si spaventino per qualche nastrino o un po' di profumo. No, queste malattie, vagando nell'aria, prima intaccano i nervi e poi infettano il cervello, ma l'antidoto le scaccia prima che possano penetrare nel nostro corpo. Sono sicura che è questo l'effetto che il talismano ha avuto su noi. Non c'è niente di magico, è un rimedio naturale.

Sarei stata felice di pensarla come Carmilla, ma non ci riuscivo. Feci però del mio meglio per convincermi che aveva ragione, e la mia apprensione si quietò un poco.

Per alcune notti dormii profondamente; tuttavia, ogni mattina mi sentivo addosso la stessa spossatezza e quel senso di languore non mi abbandonava per tutto il giorno. Mi sembrava di essere cambiata. Una strana malinconia mi pervadeva, senza che potessi fermarla. Cupi pensieri di morte attraversavano la mia mente; l'idea di stare lentamente morendo s'impossessò di me, ed era un'idea soave e in un certo qual modo benvenuta. Ciò rendeva il mio umore triste, ma anche dolce. Qualunque cosa fosse, la mia anima la accoglieva. Non volevo ammettere di essere malata, non volevo parlarne con mio padre né far chiamare il dottore.

Carmilla si dedicò a me piú che mai e i suoi strani parossismi di languida adorazione divennero piú frequenti. A mano a mano che le mie forze e il mio spirito venivano meno, mi guardava sempre piú avidamente, con crescente ardore. Quei momenti mi parevano improvvisi lampi di pazzia.

Senza saperlo, ero già a uno stadio molto avanzato della piú strana malattia di cui un essere umano abbia mai sofferto. C'era un inesplicabile incanto nei suoi primi sintomi, che mi faceva rassegnare al senso di impotenza che mi provocava. Per un certo tempo questa malia non fece che crescere, poi raggiunse un livello in cui si mescolò a un senso di orrore sempre piú profondo, finché tutto si offuscò, stravolgendo completamente la mia vita. La prima trasformazione che avvertii in me era quasi gradevole. Era qualcosa di molto simile alla svolta da cui comincia la discesa nell'Averno.

Nel sonno ero invasa da sensazioni vaghe e bizzarre. La piú frequente era un brivido piacevole, gelido, come quello che si prova quando si nuota controcorrente in un fiume. Subito dopo cadevo in preda a sogni che parevano interminabili, cosí confusi che non riuscivo mai a ricordarne né l'ambientazione, né i personaggi, né le loro azioni. Mi lasciavano però un'impressione terribile e un senso di sfinimento, come se avessi compiuto un grande sforzo mentale o avessi corso un grave pericolo. Dopo tutti questi sogni, al risveglio mi restava il ricordo di essere stata a lungo in un luogo estremamente oscuro e di aver parlato con persone che non potevo vedere, oltre all'eco di una voce femminile molto profonda che giungeva come da una lunga distanza, lentamente, suscitando in me sempre la stessa sensazione di indescrivibile solennità e paura. A volte avevo l'impressione che una mano mi sfiorasse dolcemente le guance e il collo, altre che labbra calde mi baciassero sempre piú a lungo e con sempre maggior amore a mano a mano che si avvicinavano alla mia gola, dove il bacio si fermava. Il mio cuore batteva piú veloce, il mio respiro si faceva piú rapido e affannato. Seguiva una sensazione di soffocamento che si trasformava in una spaventosa convulsione, poi perdevo i sensi.

Tutto ciò andava avanti da tre settimane, e il mio aspetto rivelava chiaramente queste sofferenze. Ero molto pallida, avevo le pupille dilatate, pesanti occhiaie e il languore che avvertivo da tempo era ormai evidente anche nei miei movimenti.

Mio padre mi chiedeva spesso se mi sentissi male ma, con un'ostinazione che ora mi sembra inesplicabile, insistevo a rassicurarlo che stavo benissimo. In un certo senso era vero. Non provavo dolore, non avevo alcun disturbo fisico. Credevo che la mia fosse una malattia immaginaria, nervosa e, per quanto penosi fossero i miei patimenti, li tenevo per me con una riservatezza morbosa.

Non poteva trattarsi di quell'essere maligno che i contadini chiamavano upiro, perché ormai mi sentivo cosí da tre settimane, mentre le altre donne erano state malate al massimo per quindici giorni, prima che la morte giungesse a porre fine ai loro tormenti.

Carmilla lamentava sogni e sensazioni febbrili simili, ma assolutamente non allarmanti come i miei. Se fossi stata in grado di capire cosa mi stava accadendo, avrei implorato in ginocchio che mi aiutassero e mi consigliassero. Ma ero sotto il narcotico effetto di un'influenza insospettata e i miei sensi erano ottenebrati.

Vi racconterò ora un sogno che mi portò repentinamente a una strana scoperta.

Una notte, invece della solita voce che sentivo nel buio, ne udii una dolce e tenera, e al tempo stesso spaventosa, che mi diceva: – Tua madre ti avverte di stare attenta all'assassino –. All'improvviso apparve una luce e vidi Carmilla in piedi in fondo al mio letto, nella sua camicia da notte bianca, immersa nel sangue dal mento ai piedi.

Mi svegliai urlando, convinta che Carmilla fosse stata uccisa. Saltai giú dal letto e mi precipitai nel corridoio, chiedendo aiuto. Madame Perrodon e Mademoiselle De Lafontaine uscirono di corsa dalle loro camere, allarmate. Sul pianerottolo c'era sempre una lampada accesa e, appena le vidi, raccontai loro che cosa mi aveva spaventata. Insistetti perché bussassero alla porta di Carmilla, ma non ci fu risposta. Allora cominciammo a bussare freneticamente, gridando il suo nome, invano. Eravamo sempre piú inquiete, perché la porta era chiusa a chiave. In preda al panico, tornammo nella mia stanza e suonammo il campanello a lungo e furiosamente. Se la camera di mio padre fosse stata in quell'ala della casa l'avremmo chiamato subito, ma, ahimè, lui non poteva sentirci e per raggiungerlo bisognava avventurarsi in una spedizione che nessuna di noi aveva il coraggio di intraprendere.

I domestici arrivarono di corsa. Nel frattempo, le governanti e io avevamo indossato la vestaglia e le pantofole. Sentendo le voci dei servitori sul pianerottolo, uscimmo tutte e tre insieme dalla mia camera e, dopo aver chiamato ancora e invano Carmilla, ordinai agli uomini di forzare la serratura. Cosí fecero; quindi, fermi sulla soglia con le candele in mano, guardammo nella stanza. La chiamammo, ma di nuovo non ci fu risposta. La camera era esattamente come quando avevo lasciato Carmilla, dopo averle dato la buonanotte. Lei, però, non c'era.

8. *La ricerca*.

Vedendo che la stanza era in perfetto ordine, a parte la confusione provocata dalla nostra irruzione, le governanti e io cominciammo a calmarci un poco e presto ci riprendemmo abbastanza da congedare gli uomini. Mademoiselle De Lafontaine pensava infatti che Carmilla si fosse svegliata sentendo tutto quel trambusto alla porta e, spaventata, fosse saltata giú dal letto e si fosse nascosta nell'armadio o dietro una tenda. In tal caso, non sarebbe naturalmente potuta uscire finché il maggiordomo e gli altri uomini non se ne fossero andati. Ricominciammo quindi a cercarla e a chiamarla, invano.

La nostra perplessità e la nostra agitazione crebbero. Esaminammo le finestre, ma erano chiuse. Implorai Carmilla, se si era nascosta, di non prolungare oltre quello scherzo crudele e di uscire, mettendo fine alla nostra angoscia. Ma fu tutto inutile. Ormai ero convinta che non si trovasse nella camera né nello spogliatoio, la cui porta era infatti chiusa dalla nostra parte. Di lí non poteva essere passata. Ero sconcertata. Forse Carmilla aveva scoperto uno di quei passaggi segreti che secondo il vecchio guardiano esistevano nel castello, anche se nessuno piú ricordava dove fossero esattamente. Senza dubbio, a breve il mistero sarebbe stato chiarito, ma per il momento rimanemmo attonite.

Erano ormai le quattro passate, e io preferii trascorrere le ore che ci separavano dall'alba nella camera di Madame Perrodon. Ma nemmeno la luce del giorno portò una soluzione all'enigma.

Al mattino, tutta la casa, e primo fra tutti mio padre, era in agitazione. Il castello fu frugato da cima a fondo e i dintorni furono perlustrati accuratamente. Non si trovò traccia della nostra ospite. Si cominciò a pensare di dragare il torrente. Papà era distrutto: che cosa avrebbe detto alla madre della povera ragazza, quando sarebbe tornata a prenderla? Anch'io ero fuori di me, ma la mia angoscia aveva altri motivi.

La mattinata passò nell'allarme e nell'eccitazione. Giunse l'una, e ancora non c'erano novità. Poi salii di nuovo in camera di Carmilla e la trovai davanti alla specchiera. Rimasi sbalordita. Non potevo credere ai miei occhi. Con il dito, mi fece cenno di avvicinarmi, senza parlare. Il suo viso era una maschera di paura. Mi precipitai da lei, pazza di gioia, la baciai e l'abbracciai piú volte. Poi corsi verso il campanello e suonai con furia, perché tutti accorressero e mio padre potesse finalmente smettere di preoccuparsi.

– Carmilla cara, che cos'hai fatto in tutto questo tempo? Eravamo terribilmente in ansia per te! – esclamai. – Dove sei stata? Come hai fatto a tornare?

– È stata una notte di prodigi, – mi rispose.

– Per l'amor di Dio, raccontami tutto.

– Verso le due sono andata a letto, dopo aver chiuso, come al solito, le porte, quella della mia camera e quella dello spogliatoio. Ho dormito di un sonno ininterrotto e, a quanto ricordo, senza sogni. Ma, ora, ecco che mi sveglio sul sofà dello spogliatoio e trovo la porta dello spogliatoio aperta e l'altra forzata. Com'è potuto succedere senza che mi sia svegliata? Dev'esserci stato un gran baccano, e di solito ho il sonno molto leggero. E come posso essere stata portata fuori dal letto senza che me ne rendessi conto?

Intanto, Madame Perrodon, Mademoiselle De Lafontaine, mio padre e diversi domestici erano entrati nella stanza. Naturalmente, Carmilla fu subissata di domande ed espressioni di felicità e sollievo. Ma ripeteva a tutti la storia che aveva raccontato a me, e sembrava lei la prima a non poter trovare una spiegazione a quanto le era successo.

Mio padre andava su e giú per la stanza, pensieroso. Per un attimo vidi Carmilla seguirlo con uno sguardo cupo e furtivo.

I domestici furono congedati e Mademoiselle De Lafontaine andò in cerca di una bottiglietta di valeriana. Rimanemmo solo papà, Madame Perrodon e io. Allora mio padre si avvicinò sollecito alla mia amica, le prese delicatamente le mani, la condusse verso il sofà e sedette vicino a lei.

– Perdonatemi, cara, se azzardo un'ipotesi e vi faccio una domanda?

– Nessuno ne ha piú diritto di voi. Ma io stessa sono sconcertata e brancolo nel buio. Non rammento assolutamente nulla. Chiedetemi ciò che volete, risponderò a tutto. Naturalmente, voi ricordate i limiti che mia madre mi ha imposto.

– Certo, cara bambina, non toccherò gli argomenti di cui vostra madre desidera che non parli. L'aspetto stupefacente di quanto è accaduto stanotte è che siete stata spostata dal vostro letto e dalla vostra camera senza svegliarvi, e che questo è avvenuto con le finestre e le porte chiuse dall'interno. Ora vi esporrò la mia teoria, ma prima vi farò una domanda.

Carmilla teneva il volto appoggiato a una mano, con aria avvilita, mentre Madame Perrodon e io ascoltavamo trattenendo il respiro.

– La mia domanda è questa: non avete mai sospettato di soffrire di sonnambulismo?

– Mai, – rispose Carmilla, – mai piú, da quando ero solo una bambina.

– Ma da piccola eravate sonnambula?

– Sí, lo so per certo. Me lo diceva sempre la mia balia.

Mio padre sorrise e annuí.

– Bene, ecco allora che cos'è successo. Vi siete alzata nel sonno, avete aperto la porta, non lasciando come al solito la chiave nella serratura ma chiudendola dall'esterno e portando la chiave con voi in una delle venticinque stanze di questo piano, o forse in una di quelle del piano superiore o inferiore. In questa casa ci sono cosí tanti ripostigli, camere, mobili e cianfrusaglie che ci vorrebbe una settimana per ispezionarla tutta. Capite quel che intendo?

– Sí, ma non tutto, – rispose Carmilla.

– E come spiegate, papà, che si sia ritrovata sul sofà dello spogliatoio, dove l'avevamo cercata a lungo?

– C'è arrivata dopo che voi eravate andate via, sempre nel sonno, e alla fine si è svegliata ed è rimasta sorpresa quanto noi di essere lí. Vorrei che tutti i misteri avessero una spiegazione cosí semplice e innocente come il vostro, Carmilla, – aggiunse mio padre ridendo. – Perciò possiamo rallegrarci che la ragione di quanto è accaduto sia del tutto naturale e non implichi la presenza di scassinatori, ladri, avvelenatori o streghe, nulla che debba far temere Carmilla, o chiunque altro, per la sua incolumità.

In quel momento Carmilla era piú bella che mai. La sua bellezza era ulteriormente accentuata dal quel suo peculiare languore. Probabilmente mio padre non poté fare a meno di paragonare il suo aspetto al mio, perché disse con un sospiro: – Vorrei che la mia povera Laura tornasse a essere se stessa.

Tutti noi potemmo cosí placare le nostre angosce, felici di riavere con noi Carmilla.

9. *Il medico.*

Poiché Carmilla non voleva saperne che una domestica passasse la notte con lei, mio padre decise che uno dei servitori avrebbe dormito davanti alla sua porta, cosicché se la ragazza avesse tentato altre sortite notturne avrebbe trovato qualcuno a fermarla sulla soglia.

Quella notte trascorse tranquilla. La mattina seguente venne a visitarmi il medico, che mio padre aveva mandato a chiamare senza dirmi nulla. Madame Perrodon mi accompagnò in biblioteca, dove il dottore, un uomo basso e dall'aria grave, mi stava aspettando. Mentre gli raccontavo la mia storia, lo vidi incupirsi sempre piú. Eravamo in piedi nel vano di una finestra, l'una di fronte all'altro. Quando finii di spiegargli tutto, si appoggiò al muro e mi scrutò attentamente, con quello che mi parve interesse misto a orrore. Dopo aver riflettuto per qualche istante, chiese a Madame di vedere mio padre. Papà entrò sorridendo e disse: – Mi auguro, dottore, che mi diciate che sono stato uno sciocco a farvi venire fin qui.

Ma il suo sorriso svaní quando il medico gli fece cenno di avvicinarsi con un'espressione preoccupata. Rimasero per un po' nello stesso vano della finestra dove avevo parlato con il dottore. Sembrava una conversazione seria e animata. La biblioteca è molto grande e Madame Perrodon e io ce ne stavamo all'estremità opposta, impazienti e curiose. Non riuscivamo però a sentire una sola parola, perché discutevano a voce molto bassa e il profondo vano della finestra nascondeva in parte il dottore e quasi del tutto mio padre, di cui vedevamo solo un piede, un braccio e una spalla. Dopo un po' comparve il viso di papà: era pallido, inquieto e turbato.

– Laura, cara, vieni qui. Madame, per il momento potete andare, – disse.

Mi avvicinai, per la prima volta un po' allarmata, perché, per quanto mi sentissi molto debole, non pensavo di essere ammalata e credevo di poter recuperare le forze a mio piacimento.

Mio padre mi tese la mano, ma teneva gli occhi fissi sul medico, mentre diceva: – Certamente è molto strano. Non riesco proprio a capire. Laura cara, ascolta il dottore e cerca di ricordare.

– Mi avete detto che la notte in cui avete fatto quel brutto sogno avete provato la sensazione di due aghi che vi foravano la pelle del collo. Quel punto vi fa ancora male?

– No, per niente, – risposi.

– Potete indicarmi con il dito il punto esatto?

– Proprio qui, sotto la gola.

Avevo un abito accollato, che copriva la parte che stavo indicando.

– Non vi dispiace se vostro padre vi scopre solo un po' il collo, vero? È necessario per capire di quale malattia soffrite.

Acconsentii: il punto in questione era solo un paio di centimetri sotto il colletto dell'abito.

– Mio Dio! È proprio cosí! – esclamò mio padre, impallidendo di colpo.

– Ora lo vedete con i vostri occhi, – disse il dottore, con aria tetra e trionfante al tempo stesso.

– Che cosa? – domandai, cominciando a spaventarmi davvero.

– Niente, cara signorina, è soltanto una piccola macchia blu, grande quanto la punta del suo mignolo –. Poi si rivolse a papà: – Ora si tratta di decidere che cosa fare.

– C'è pericolo? – insistetti ansiosa.

– Non credo, – rispose il dottore. – Non vedo perché non dovreste riprendervi, anzi, penso che potreste stare meglio da subito. È questo il punto in cui avvertite il senso di soffocamento?

– Sí, – risposi.

– Cercate di ricordare: è lo stesso punto da cui si irradia quel brivido che mi avete descritto, come quando si nuota controcorrente?

– Può darsi... penso di sí.

– Ah, vedete! – esclamò il dottore, voltandosi verso mio padre. – Vorrei parlare con Madame Perrodon, – aggiunse.

– Certo, – rispose papà.

Quando Madame Perrodon arrivò, il medico le disse: – Ho trovato la mia giovane amica tutt'altro che in buona salute. Spero non sia nulla di grave, ma è necessario prendere alcuni provvedimenti che le spiegherò piú avanti. Intanto, è importante che non lasciate mai la signorina Laura da sola, nemmeno per un attimo. Per ora, questa è la mia unica prescrizione, ma è indispensabile.

– So che possiamo contare sulla vostra disponibilità, Madame, – aggiunse mio padre.

La governante assicurò a entrambi che avrebbe fatto quanto le era stato chiesto.

Poi papà mi disse: – E so che tu, cara Laura, seguirai le indicazioni del dottore –. Quindi tornò a rivolgersi al medico: – Vorrei chiedervi il vostro parere su un'altra paziente, che presenta sintomi simili a quelli di mia figlia, molto piú lievi, in realtà, ma apparentemente della stessa natura. È una nostra giovane ospite. Però, considerato che stasera tornerete qui, potreste fermarvi a cena con noi e vederla subito dopo. Non scende mai prima del pomeriggio.

– Vi ringrazio per l'invito, – rispose il dottore. – Arriverò intorno alle sette.

Dopo aver ripetuto a me e a Madame Perrodon le sue raccomandazioni, uscí, accompagnato da mio padre. Li vidi attraversare lentamente il prato davanti al castello, assorti in una vivace conversazione. Poi il medico montò in sella, salutò e si allontanò nella foresta, diretto a est.

Quasi nello stesso momento arrivò da Dranfeld il postino, che scese da cavallo e consegnò la corrispondenza a mio padre.

Intanto, Madame Perrodon e io eravamo immerse in mille congetture, nel tentativo di capire le ragioni di quella strana prescrizione imposta dal medico e da mio padre. Secondo Madame, come mi disse in seguito, il dottore temeva che potessi essere colta da una crisi improvvisa; in tal caso, se non avessi ricevuto immediata assistenza sarei potuta morire o, quanto meno, avrei subito gravi danni.

Dal canto mio, e forse fortunatamente per il mio equilibrio nervoso, pensavo che la raccomandazione del medico fosse mirata solo ad assicurarmi una costante compagnia, incaricata di evitare che mi affaticassi troppo, o che mangiassi frutta acerba, o che commettessi una delle molte sciocchezze tipiche dei giovani.

Dopo circa un'ora e mezzo, mio padre mi raggiunse, con una lettera in mano.

– È del generale Spielsdorf, – disse. – Sarebbe dovuto arrivare ieri, invece sarà qui domani, o forse anche oggi stesso.

Mi tese la lettera aperta, ma non sembrava contento com'era sempre quando arrivava un ospite, specie un caro amico come in questo caso. Al contrario, dava l'impressione di desiderare che il generale se ne stesse a mille miglia da noi. Evidentemente, era concentrato su qualcosa che non voleva dire.

– Caro papà, volete spiegarmi che cosa succede? – domandai, posandogli la mano sul braccio e supplicandolo con gli occhi.

– Forse, – disse, accarezzandomi dolcemente i capelli.

– Il dottore crede che sia molto malata?

– No, cara. Dice che se saranno prese le misure necessarie ti rimetterai o, almeno, comincerai a stare meglio nel giro di un paio di giorni, – rispose un po' asciutto. – Avrei preferito che il nostro buon amico, il generale, scegliesse un altro momento per venire a trovarci, e che tu fossi in perfetta salute per riceverlo al meglio.

– Ma ditemi, papà, – insistetti, – che malattia pensate che abbia?

– Nessuna. Non tormentarmi con queste domande, – disse,

con un tono irritato che non aveva mai usato prima con me. Vedendo che ero mortificata, subito mi diede un bacio e aggiunse: – Saprai tutto fra un giorno o due, cioè saprai quel che so io. Nel frattempo, non devi preoccuparti.

Si voltò e uscí ma, prima che avessi il tempo di meravigliarmi per la bizzarria di tutto ciò, tornò indietro a dirmi che sarebbe andato a Karnstein. Aveva fatto preparare la carrozza per mezzogiorno; Madame Perrodon e io lo avremmo accompagnato. Doveva parlare con il prete che viveva da quelle parti e, dato che Carmilla non l'aveva mai conosciuto, ci avrebbe raggiunti piú tardi, non appena si fosse alzata, con Mademoiselle De Lafontaine, che avrebbe portato l'occorrente per un picnic fra le rovine del castello.

Mi feci trovare pronta per le dodici, e poco dopo partimmo. Oltrepassato il ponte levatoio, voltammo a destra, seguendo la strada che attraversava il ponte gotico e portava a ovest, verso il villaggio deserto e il castello diroccato di Karnstein. Era un percorso molto bello, disseminato di dolci colline e piccole valli, racchiuso fra boschi naturali non deturpati dalla mano dell'uomo.

Il terreno accidentato costringeva spesso la strada a compiere lunghe deviazioni, serpeggiando sull'orlo dei precipizi e sui ripidi fianchi delle colline, in un'inesauribile varietà di paesaggi. A una di queste svolte, incontrammo improvvisamente il nostro vecchio amico, il generale, che cavalcava verso di noi seguito da un domestico a cavallo e da un carro con i suoi bauli.

Ci fermammo e il generale ci venne incontro, poi, dopo i convenevoli di rito, accettò subito il posto vuoto nella nostra carrozza, affidando il cavallo al domestico perché lo portasse al castello.

10. *Ingannato*.

Erano passati dieci mesi dall'ultima volta che lo avevamo visto, ma in quel lasso di tempo il generale era cambiato come se fossero trascorsi anni. Era smagrito, e un'ombra di cupa ansia aveva preso il posto della cordiale serenità che lo aveva sempre contraddistinto. Nei suoi penetranti occhi azzurri riluceva ora uno sguardo austero, sotto le folte sopracciglia ingrigite. Non era solo la trasformazione che avviene in chi è stato colpito da un grande dolore: sembrava causata anche da violente passioni.

Eravamo appena ripartiti, quando il generale cominciò a parlare, nel solito modo diretto tipico dei militari, dell'inganno – come lui lo definiva – che aveva provocato la morte dell'adorata nipote e pupilla. Poi, con grande amarezza e furore, si mise a inveire contro le «arti diaboliche» di cui era stato vittima, esprimendo, piú con esasperazione che con rammarico, il suo stupore di fronte al fatto che il Cielo tollerasse con una tale mostruosa indulgenza la cupidigia e l'empietà dell'inferno.

Comprendendo che doveva essere accaduto qualcosa di veramente terribile, mio padre gli chiese, purché per lui non fosse troppo doloroso, di raccontarci le circostanze che pensava giustificassero quelle veementi parole.

– Ne sarei felice, – disse il generale, – ma non mi credereste.

– Perché non dovrei? – ribatté mio padre.

– Perché, – rispose con aria di sfida, – voi, amico, credete solo a ciò che si conforma ai vostri pregiudizi e alle vostre illusioni. Ricordo bene quando ero come voi, ma ora ho imparato qualcosa di piú.

– Mettetemi alla prova, – insistette papà. – Non sono cosí dogmatico come credete. Inoltre, so che basate sempre le vostre idee su chiari dati di fatto, e sono quindi molto ben disposto a rispettare le vostre opinioni.

– Avete ragione: non mi sono certo lasciato indurre facilmente a credere nell'esistenza di fatti prodigiosi, perché tali sono quelli cui ho assistito. Di fronte a prove incontrovertibili, sono stato costretto a riconoscere la realtà di ciò che andava contro tutte le mie convinzioni. Sono stato vittima di una cospirazione soprannaturale.

A questo punto, capii dal suo sguardo che mio padre, nonostante le professioni di fede nella capacità di giudizio dell'amico, nutriva seri dubbi sulla sua sanità mentale. Fortunatamente, il generale non se ne accorse. Era impegnato a scrutare cupamente le radure e i boschi che si stendevano davanti a noi.

– Andate alle rovine di Karnstein? – domandò. – Una fortunata coincidenza. In effetti, stavo proprio per chiedervi di portarmi là. Vorrei esaminarle con attenzione. C'è una chiesetta diroccata con le tombe di quella famiglia estinta, non è vero?

– Sí, e sono molto interessanti, – disse mio padre. – Intendete forse rivendicarne il titolo e le proprietà?

Pronunciò queste parole ridendo, ma il generale non rispose con una risata, né con quel sorriso di cortesia che è d'obbligo di fronte allo scherzo di un amico. Al contrario, sul suo volto era dipinta un'espressione torva e addirittura feroce, come se stesse riflettendo su qualcosa che suscitava la sua ira e il suo orrore.

– Tutt'altro, – ribatté arcigno. – Voglio esumare qualche membro di quella bella stirpe. Spero, con la benedizione di Dio, di compiere un pio sacrilegio che libererà la nostra terra da certi mostri, cosicché le persone perbene possano dormire sonni tranquilli, senza essere assalite da efferati assassini. Devo raccontarvi storie bizzarre, mio caro amico, storie che io stesso solo qualche mese fa avrei liquidato come incredibili assurdità.

Mio padre lo guardò di nuovo, ma questa volta nei suoi occhi non c'era piú diffidenza: c'erano anzi un vivo interesse e un'ombra d'inquietudine.

– La casata dei Karnstein, – disse, – si è estinta da molto tempo, almeno da un secolo. La mia cara moglie discendeva dai Karnstein per parte materna. Ma il nome e il titolo non esistono piú. Il castello è in rovina e il villaggio è abbandonato. Da almeno cinquant'anni non vi si vede fumare un camino e non c'è piú una sola casa che conservi ancora il tetto.

– Precisamente. Ne ho sentito parlare molto dall'ultima volta che ci siamo visti. Ho saputo cose che vi sbalordiranno. Ma è meglio che vi racconti tutto dall'inizio, – replicò il generale.

– Voi avevate visto la mia pupilla, la mia cara figliola, vero? Non c'era creatura piú bella e, solo fino a tre mesi fa, piú sana.

– Oh, sí, povera piccola! Era davvero incantevole, – disse papà. – Sono rimasto addolorato e sconvolto piú di quanto possa esprimere a parole, e so bene che colpo terribile è stato per voi perderla.

Prese la mano del generale e i due uomini si scambiarono una stretta affettuosa. Gli occhi del vecchio soldato si riempirono di lacrime, e lui non cercò di nasconderle.

– Noi due siamo amici da molto tempo. So che vi preoccupate per me, perché sono solo e non ho figli. Mia nipote mi era molto cara e ripagava le mie attenzioni con un affetto che rallegrava la mia casa e rendeva felice la mia vita. Ora tutto è finito. Forse non rimarrò ancora a lungo su questa terra ma, con la misericordia di Dio, spero di poter rendere un servizio all'umanità, prima di morire, e di promuovere la vendetta del Cielo sui mostri che hanno ucciso la mia povera bambina nel fiore delle speranze e della bellezza.

– Avete detto che intendete raccontarmi tutto per ordine, – intervenne mio padre. – Vi prego di farlo, e vi assicuro che il mio interesse non è dovuto a semplice curiosità.

Nel frattempo eravamo giunti al bivio fra la strada per Drunstall, da dove era arrivato il generale, e quella per Karnstein, dove eravamo diretti.

– Quanto distano le rovine? – domandò il generale, guardando ansiosamente davanti a sé.

– Circa mezza lega, – rispose papà. – Spero ci sia tempo a sufficienza per ascoltare la storia che avete promesso di raccontarci.

11. *La storia.*

Dopo una breve pausa in cui il generale parve raccogliere le idee, seguí uno dei racconti piú bizzarri che abbia mai sentito.

– La mia cara bambina aspettava con impazienza la visita

che voi eravate stato cosí gentile da organizzare perché potesse conoscere la vostra deliziosa figlia –. Cosí dicendo, mi fece un inchino galante ma malinconico. – Nel frattempo, ricevemmo un invito dal mio vecchio amico, il conte Carlsfeld, il cui castello dista circa sei leghe da quello dei Karnstein. Dovevamo partecipare alla serie di feste che, come ricorderà, il conte diede in onore del suo illustre ospite, il granduca Carlo.

– Sí, certo. Immagino che siano state splendide, – disse mio padre.

– Principesche! Ma la sua ospitalità è sempre regale. Sembra quasi che possieda la lampada di Aladino! La notte in cui ebbe inizio il mio tormento ci fu un magnifico ballo in maschera. Il parco era illuminato, gli alberi erano decorati con lampade colorate, e c'erano fuochi d'artificio come non se ne sono mai visti nemmeno a Parigi. E la musica... sublime! Sapete che ho un debole per la musica. C'era forse la migliore orchestra del mondo, e c'erano anche i piú famosi cantanti dei teatri d'opera europei. Camminando nei prati mentre il chiaro di luna accarezzava il castello, tingendo di una luce rosata le lunghe file di finestre, sembrava che quelle voci incantevoli nascessero dall'ombra dei boschetti o si levassero dalle barche che galleggiavano sul lago. Io mi guardavo intorno e ascoltavo, sentendomi riportare al romanticismo e alla poesia della mia gioventú.

– Finiti i fuochi artificiali, cominciò il ballo e tutti tornammo nelle sontuose stanze del castello. I balli in maschera sono sempre uno spettacolo affascinante, ma non ne avevo mai visto uno cosí sfarzoso. C'era il fior fiore della nobiltà; io ero l'unico «signor nessuno».

– La mia cara bambina era bellissima. Non si era mascherata. L'eccitazione e la gioia pervadevano di un fascino indefinibile i suoi lineamenti delicati. Notai una giovane donna, con un abito magnifico e in maschera, che osservava mia nipote con grande interesse. L'avevo già vista, quella sera, nel grande atrio del castello, e poi ancora, per qualche minuto, vicino a noi sulla terrazza, e anche in quelle occasioni mi era parso che scrutasse mia nipote. Una signora mascherata e sontuosamente abbigliata, con l'aria di una persona di rango, le faceva da chaperon. Se la giovane donna non avesse indossato una maschera, naturalmente avrei potuto stabilire con certezza se stava fissando la mia povera piccola. Ma non ne ero del tutto sicuro.

– Ci trovavamo in un salone. La mia bambina aveva ballato molto e si stava riposando, seduta su una sedia presso la porta. Io ero in piedi vicino a lei. Le due dame di cui parlavo si avvicinarono a noi; la piú giovane sedette accanto a mia nipote, mentre l'altra si mise al mio fianco e per un po' parlottò fra sé e sé a bassa voce, come se si rimproverasse. Poi, approfittando della maschera, si voltò verso di me e, con il tono di una vecchia amica e chiamandomi per nome, avviò una conversazione che suscitò la mia curiosità. Citò numerose occasioni in cui mi aveva incontrato, a corte o in varie case illustri. Fece allusione ad alcuni episodi cui da tempo non pensavo piú ma che le sue parole fecero subito riaffiorare alla mia memoria. Man mano che il tempo passava, diventavo sempre piú curioso di sapere chi fosse. Lei eludeva abilmente e con grande garbo i miei tentativi di scoprire la sua identità. Non riuscivo a spiegarmi come potesse sapere tante cose su di me, e pareva che si divertisse a vedermi cosí perplesso.

– Nel frattempo, la giovane, alla quale l'altra si rivolse un paio di volte chiamandola con lo strano nome di Millarca, aveva intavolato con la stessa grazia e disinvoltura una conversazione con mia nipote. Si presentò dicendo che sua madre era una mia vecchia conoscenza e parlò della piacevole audacia che deriva dall'essere mascherati. Le parlò come un'amica, le fece molti complimenti per il vestito ed espresse grande ammirazione per la sua bellezza. La divertí con le sue spiritose critiche sulle persone che affollavano la sala da ballo, ridendo con la mia povera bambina. Si dimostrò molto brillante e vivace, e in brevissimo tempo le due ragazze divennero amiche; allora, la giovane si tolse la maschera, rivelando un viso bellissimo. Non l'avevo mai vista prima, e cosí pure la mia amata nipote. Ma le sue fattezze erano cosí affascinanti e gradevoli che era impossibile non sentirsene subito potentemente attratti. Cosí fu anche per la mia povera piccola. Non ho mai visto nessuno tanto ammaliato al primo sguardo, a parte la sconosciuta, che sembrava aver perso la testa per la mia pupilla.

– Io, intanto, approfittando delle libertà che ci si possono concedere a un ballo mascherato, feci parecchie domande alla donna piú anziana. «Mi avete davvero sconcertato, – le dissi ridendo. – Non pensate che ora possa bastare? Vorreste trattare con me alla pari e farmi la gentilezza di togliervi la maschera?»

– «Una domanda davvero irragionevole, – rispose lei. – Chiedere a una signora di concedere un vantaggio! E poi, come potete essere certo di riconoscermi? Gli anni cambiano molto le persone».

– «Come certo potete vedere», replicai con un inchino e una risatina malinconica.

– «E come ci dicono i medici, – aggiunse lei. – Pensate davvero che vedere il mio viso potrebbe esservi d'aiuto?»

– «Correrò il rischio. Del resto, è inutile che vi fingiate vecchia, la vostra figura vi tradisce», insistetti.

– «Ma sono passati molti anni da quando ci siamo visti. Millarca è mia figlia, dunque non posso essere giovane, nemmeno agli occhi delle persone che il tempo ha reso indulgenti, e preferisco che non facciate confronti con il ricordo che avete di me. E poi, voi non avete nessuna maschera da togliere, quindi non potete offrirmi niente in cambio».

– «Per pietà, vi imploro di toglìervela», risposi.

– «E io vi imploro di lasciarmela tenere».

– «Allora ditemi almeno se siete francese o tedesca; parlate perfettamente entrambe le lingue».

– «Non credo che ve lo dirò, generale. Voi volete tendermi un tranello, e state cercando un punto da cui attaccare».

– «Non vorrete negarmi, dal momento che mi avete onorato della vostra conversazione, la possibilità di conoscere almeno il vostro nome. Devo forse chiamarvi "signora contessa"?»

– Lei rise, e senza dubbio avrebbe escogitato un altro modo per sfuggirmi, se non si fosse verificato un imprevisto, ammesso che una conversazione studiata fin nei minimi particolari, e ormai sono certo che cosí fosse, possa essere modificata dal caso.

– «Quanto a questo...» cominciò, ma fu subito interrotta dalla comparsa di un gentiluomo vestito di nero, molto elegante e distinto, nonostante avesse il viso mortalmente pallido, il piú pallido che avessi mai visto. Non era mascherato, indossava un normale abito da sera. Senza sorridere, ma con un inchino cortese e stranamente profondo, domandò: «Signora contessa permettetemi di dirvi qualcosa che può interessarvi?»

– La donna si voltò di scatto verso di lui e si mise un dito sulle labbra per invitarlo al silenzio, quindi si rivolse a me: «Tenetemi il posto, generale. Torno subito». E con questo ordine, impartito in tono scherzoso, si allontanò con il gentiluomo in nero, con cui parlò molto animatamente per qualche minuto. Poi si allontanarono insieme nella folla e li persi di vista per un po'.

– Mentre lei non c'era, provai a spremermi ancora le meningi per cercare di scoprire chi fosse quella donna che sembrava ricordarmi cosí bene. Pensai di introdurmi nella conversazione fra la mia giovane pupilla e la figlia della signora, cosí forse, al suo ritorno, avrei potuto sciorinarle il suo nome, il suo titolo e il nome del suo castello e delle sue proprietà. Ma in quel momento lei tornò, accompagnata dall'esangue uomo in nero, che le disse: «Verrò ad avvertirvi, signora contessa, quando la carrozza sarà alla porta». Poi si congedò con un inchino.

12. *Una richiesta.*

– «Dunque vi perdiamo, signora contessa? Spero sia solo per qualche ora», dissi, facendole a mia volta un profondo inchino.

– «Forse, – rispose. – Ma potrebbe anche trattarsi di qualche settimana. Sfortunatamente, ho ricevuto cattive notizie. E voi, avete scoperto chi sono?»

– «Purtroppo no».

– «Lo saprete, ma non ora. Voi e io siamo amici piú vecchi e intimi di quanto, forse, voi non sospettiate. Non posso ancora svelarvi la mia identità. Fra tre settimane passerò dal vostro bellissimo castello, su cui ho preso informazioni, e mi fermerò con voi qualche ora per rinnovare un'amicizia il cui pensiero suscita sempre in me mille piacevoli ricordi. Ma ora una notizia mi ha colpita come un fulmine a ciel sereno. Devo partire subito e percorrere molta strada, quasi cento miglia, con la massima rapidità possibile. Sono molto preoccupata. Solo la riservatezza che sono costretta a mantenere riguardo al mio nome mi impedisce di farvi una richiesta che potrebbe sembrarvi assai singolare. La mia povera bambina non si sente molto bene. È caduta da cavallo durante una battuta di caccia e non si è ancora ripresa del tutto. Il nostro medico le ha raccomandato di non affaticarsi per nessuna ragione, almeno per un po'. Infatti, siamo arrivate qui facendo molte tappe e percorrendo non piú di sei leghe al giorno. Ora, però, dovrò viaggiare giorno e notte. Si tratta di una questione di vita o di morte, estremamente grave e delicata. Le spiegherò tutto, senza reticenze, quando ci rivedremo, come spero, fra tre settimane».

– Poi avanzò la sua richiesta, con l'aria di farmi una concessione, piú che di chiedermi un favore. A ben guardare, era una richiesta assai strana, per non dire audace. In qualche modo la contessa mi disarmò, elencando tutte le obiezioni che si potevano muovere in proposito e affidandosi totalmente alla mia cavalleria. Nello stesso momento, per una fatalità che avrebbe influenzato tutto ciò che sarebbe accaduto in seguito, la mia povera bambina si avvicinò a me, supplicandomi a bassa voce di invitare la sua nuova amica Millarca a farci visita. Le aveva appena chiesto se le avrebbe fatto piacere e la giovane aveva risposto che, se sua madre fosse stata d'accordo, lei ne sarebbe stata felicissima.

– In qualsiasi altra occasione le avrei chiesto di aspettare ancora un poco, almeno finché non avessimo saputo chi erano quelle donne. Ma non ebbi il tempo di riflettere. Le due dame mi assalirono insieme e devo confessare che furono soprattutto il bel viso della ragazza, che era estremamente seducente, la sua eleganza e i suoi nobili natali a convincermi. Cosí cedetti e acconsentii ad assumermi la responsabilità di Millarca.

– La contessa chiamò con un cenno la figlia, che la ascoltò con grande attenzione mentre le spiegava per sommi capi come fosse stata mandata a chiamare improvvisamente e perentoriamente, e che l'avrebbe affidata alle mie cure, aggiungendo che ero uno dei suoi amici piú cari e di piú vecchia data.

– Naturalmente, io risposi con tutte le rassicurazioni del caso e come le circostanze richiedevano, ritrovandomi però in una posizione che non mi piaceva molto.

– L'uomo in nero tornò e accompagnò cerimoniosamente la signora fuori del salone. Il contegno di quel gentiluomo mi convinse che la contessa doveva avere una posizione molto piú elevata di quel che il suo modesto titolo lasciasse presumere.

– L'ultima preghiera che la donna mi rivolse fu di non cercare di saperne di piú su di lei prima del suo ritorno. L'illustre proprietario del castello in cui ci trovavamo quella sera, del quale lei era ospite, sapeva perché volesse mantenere tanto riserbo.

– «Ma mia figlia e io non potremmo essere al sicuro qui per piú di un giorno. Circa un'ora fa, ho imprudentemente abbassato la maschera per un istante, e ho creduto che voi mi aveste vista. Cosí ho cercato una scusa per avvicinarmi e parlare un po' con voi. Se voi mi aveste riconosciuta, avrei fatto appello al vostro senso dell'onore perché manteneste il mio segreto per qualche settimana. Sono dunque contenta che non abbiate visto il mio viso, ma se ora, o dopo aver riflettuto, doveste sospettare chi sono, di nuovo mi affiderei totalmente al vostro senso dell'onore. Mia figlia osserverà la stessa segretezza, e so che voi la richiamerete alla discrezione, se dovesse inavvertitamente dimenticarsene».

– Sussurrò qualche parola all'orecchio della figlia, le diede due rapidi baci e si allontanò, scortata dal pallido gentiluomo in nero, scomparendo in mezzo alla folla.

– «Nella stanza accanto c'è una finestra che dà sulla porta

d'ingresso, – disse Millarca. – Vorrei vedere un'ultima volta la mamma e mandarle un bacio».

– Naturalmente acconsentimmo e la accompagnammo alla finestra. Guardammo fuori e vedemmo una bella carrozza di foggia antica, con un equipaggio di servitori e postiglioni. Scorgemmo l'esile figura del pallido uomo in nero che posava sulle spalle della contessa un pesante mantello di velluto, coprendole poi la testa con il cappuccio. Lei gli fece un cenno e gli sfiorò lievemente le mani con le sue. Lui si inchinò ripetutamente, mentre la carrozza cominciava a muoversi.

– «Se n'è andata», disse Millarca con un sospiro.

– «Se n'è andata», ripetei dentro di me, riflettendo per la prima volta, dopo i momenti concitati che si erano susseguiti da quando avevo accolto la richiesta della contessa, sulla follia del mio gesto.

– «Non ha nemmeno guardato quassú», mormorò tristemente la giovane.

– «Forse si è tolta la maschera e non voleva essere vista, – tentai di consolarla. – E non poteva sapere che eravate alla finestra».

– Millarca sospirò di nuovo e mi fissò. Era cosí bella che mi fece intenerire. Mi sentii dispiaciuto per essermi pentito di averle concesso la mia ospitalità e decisi che mi sarei fatto perdonare per la scortesia con cui l'avevo segretamente accolta.

– La ragazza si rimise la maschera e si uní alla mia pupilla nel pregarmi di tornare nel salone, dove presto sarebbe ricominciato il concerto. Cosí facemmo, attraversando la terrazza che correva lungo le finestre del castello.

– Millarca entrò in grande confidenza con noi e ci intrattenne con le sue vivaci descrizioni e gli aneddoti sulle persone presenti al ballo. Ogni minuto che passava mi piaceva sempre di piú. Essendo stato per molto tempo lontano da quegli ambienti mondani, trovavo divertenti i suoi pettegolezzi, che non erano mai maligni, e pensavo a quanta allegria quella giovane avrebbe portato nelle nostre serate solitarie.

– Il ballo si protrasse fino alle prime luci dell'alba. Il granduca volle continuare a ballare tutta la notte, cosí gli altri ospiti non poterono congedarsi, né pensare di andare a dormire.

– Mentre stavamo attraversando un salone affollato, mia nipote mi chiese dove fosse Millarca. Io credevo che fosse accanto a lei, mentre lei pensava che fosse vicino a me. Invece, l'avevamo persa. La cercai a lungo, invano. Temetti che, nella ressa, ci avesse confusi con qualcun altro e avesse seguito le persone sbagliate, perdendosi poi nel vasto parco che circondava il castello. Fui nuovamente, e con maggior forza, assalito dal pensiero di quanto fosse stato folle da parte mia assumermi la responsabilità di una giovane donna senza nemmeno conoscerne il nome. Essendomi impegnato con una promessa, senza peraltro sapere la ragione per cui mi era stata imposta, non potevo neppure continuare le mie ricerche dicendo che la ragazza scomparsa era la figlia della contessa partita qualche ora prima.

– Venne l'alba, ma smisi di cercarla solo quando fu pieno giorno. Fu soltanto intorno alle due del pomeriggio che avemmo notizie di Millarca. Un domestico bussò alla porta della stanza di mia nipote, dicendo che una giovane in preda all'angoscia lo aveva pregato vivamente di dirle dove avrebbe potuto trovare il generale barone Spielsdorf e sua figlia, ai quali era stata affidata dalla madre.

– Non c'era dubbio, a parte il piccolo errore relativo al mio titolo, che la nostra giovane protetta fosse ricomparsa. Infatti, era proprio lei. Volesse il cielo che l'avessimo perduta!

– Raccontò alla mia povera bambina una storia per giustificare il fatto di non essere riuscita a ritrovarci per cosí tanto tempo. Disse che era ormai molto tardi quando, disperando di riuscire a rintracciarci, aveva bussato alla porta della camera da letto della governante, dove era caduta in un sonno profondo che, per quanto prolungato, le aveva a malapena permesso di recuperare le forze dopo le fatiche del ballo.

– Quel giorno Millarca venne a casa con noi. In fondo, ero felice di aver trovato una compagna cosí amabile per la mia amata nipote.

13. *Il taglialegna*.

– Ma presto apparve il rovescio della medaglia. Dapprima, Millarca si lamentò di un'estrema debolezza, uno strascico della sua caduta da cavallo, e non usciva mai dalla camera fino al pomeriggio inoltrato. Poi si scoprí per caso che, sebbene chiudesse sempre la porta dall'interno e non togliesse mai la chiave dalla serratura fino a quando faceva entrare la cameriera per aiutarla a vestirsi, talvolta non era nella sua stanza al mattino presto e in vari altri momenti della giornata in cui ci lasciava credere di essere lí dentro. Dalle finestre del castello, fu vista piú volte alle prime luci dell'alba camminare sotto gli alberi come se fosse in trance, diretta a est. Pensai che fosse sonnambula. Ma questa ipotesi non risolveva l'enigma: come faceva a uscire dalla sua stanza se la porta era chiusa dall'interno? Come poteva uscire di casa senza aprire né porte né finestre? Mentre ero in preda a tali perplessità, sopravvenne una preoccupazione ben piú imperiosa.

– La mia cara bambina cominciò a deperire, in modo cosí misterioso e terribile che ne rimasi atterrito. Dapprima fece sogni raccapriccianti, poi fu visitata, o cosí almeno immaginava, da uno spettro che a volte somigliava a Millarca e a volte assumeva l'aspetto di una bestia imprecisata che girava intorno al suo letto. Poi giunsero strane sensazioni. Una, non sgradevole ma assai singolare, mi disse, le ricordava il flusso di una corrente gelida contro il petto. Piú avanti si sentí come se due aghi la trafiggessero subito sotto la gola, provocandole un acuto dolore. Qualche notte dopo provò un senso di soffocamento, che sfociò in una convulsione. Infine perse conoscenza.

Io sentivo distintamente ogni singola parola del generale, perché, lasciata la strada, la carrozza stava attraversando il manto erboso che conduceva al villaggio con le case senza tetto, dove da oltre mezzo secolo non si era piú visto un camino fumare. Potete quindi indovinare che cosa provai nel sentire che i miei stessi sintomi avevano afflitto anche la povera ragazza che, se non fosse stato per la terribile disgrazia che l'aveva colpita, in quel momento sarebbe stata ospite nel nostro castello. Potete anche immaginare, quindi, come mi sentii ascoltando il generale descrivere le stesse abitudini e le misteriose stranezze della nostra bella ospite, Carmilla!

Una radura si aprí nella foresta e improvvisamente comparvero di fronte a noi i camini e le facciate del villaggio in rovina. Le torri e i bastioni del castello diroccato, circondati da alberi giganteschi, incombevano su di noi da una piccola altura.

Scesi dalla carrozza come immersa in un sogno pauroso; rimanemmo tutti in silenzio, avendo abbondante materia cui pensare. Salimmo lungo il pendio della collinetta e presto ci ritrovammo fra le sale spaziose, le scale a chiocciola e i bui corridoi del castello.

– Un tempo questa era la dimora dei Karnstein, – disse il generale, guardando da una grande finestra il villaggio e l'ampia, fluttuante distesa della foresta. – Era una famiglia malvagia, e qui furono scritti i suoi annali macchiati di sangue. È terribile che continuino ancora, dopo la morte, a tormentare l'umanità con la loro atroce avidità. Laggiú c'è la loro chiesetta.

Indicò i muri grigi di un edificio gotico seminascosto dalla vegetazione, vicino al pendio della collinetta.

– Sento l'ascia di un taglialegna fra gli alberi qui attorno, – aggiunse. – Forse potrà darmi le informazioni che cerco e indicarmi la tomba di Mircalla, contessa di Karnstein. Spesso questi contadini conservano il ricordo delle tradizioni che riguardano le grandi famiglie locali, anche se nell'ambiente dei ricchi e dei nobili la loro storia viene dimenticata non appena queste stirpi si estinguono.

– A casa ho un ritratto di Mircalla, contessa di Karnstein. Volete vederlo? – domandò mio padre.

– C'è tempo, caro amico, – rispose il generale. – Credo di aver visto l'originale. Uno dei motivi per cui voi e io ci siamo incontrati prima di quanto avessi stabilito è stata l'idea di venire a trovarvi qui, nella chiesetta alla quale ci stiamo avvicinando.

– Come? – esclamò mio padre. – Volete vedere la contessa Mircalla? Ma se è morta da piú di un secolo!

– Non tanto morta quanto lei crede, – ribatté il generale.

– Confesso, generale, che mi stupite, – replicò mio padre, e mi parve che nei suoi occhi tornasse un lampo di sospetto sulla sanità mentale dell'amico. Ma, anche se nel comportamento del generale a tratti c'erano rabbia e odio, non c'era nulla di folle.

– Non ho che un interesse, – disse mentre passavamo sotto il pesante arco che segnava l'ingresso della chiesetta, un arco le cui dimensioni erano tipiche dello stile gotico, – nei pochi anni che mi restano da vivere: scatenare su di lei la mia vendetta, che, grazie a Dio, può ancora essere compiuta da un braccio mortale.

– Di che vendetta parlate? – chiese mio padre, sempre piú stupito.

– Voglio decapitare il mostro, – rispose il generale in un impeto d'ira, battendo con forza un piede a terra e provocando un lugubre rimbombo fra le rovine deserte. Nello stesso tempo strinse e sollevò le mani, come se impugnasse un'ascia e la facesse oscillare ferocemente nell'aria.

– Che cosa? – gridò mio padre, completamente sbalordito.

– Le taglierò la testa! Sí, lo farò! Con un'accetta, una spada, qualunque cosa che possa recidere la gola di quell'assassina. Vedrete, – urlò, tremando di rabbia. Poi si precipitò in avanti, indicò qualcosa e disse: – Questo ci servirà da ceppo. Ma vedo che la vostra cara bambina è stanca. Fatela sedere. Presto porrò fine a questa storia orribile.

Sul pavimento ormai quasi ricoperto d'erba della chiesetta c'era un blocco di legno quadrato che formava una specie di panca, su cui fui felice di potermi riposare. Intanto il generale chiamò il taglialegna, intento a potare i rami che pendevano sugli antichi muri dell'edificio. Con l'accetta in mano, il robusto vecchio venne verso di noi. Non seppe dirci nulla di quelle rovine; c'era però un guardaboschi, che viveva nella casa del prete, a circa due miglia da lí, che conosceva tutte le tombe della famiglia Karnstein. Aggiunse che, per una piccola mancia, sarebbe andato a prenderlo e lo avrebbe portato da noi nel giro di mezz'ora, se gli avessimo prestato un cavallo.

– Lavorate da molto tempo in questa foresta? – gli domandò mio padre.

– Sono stato taglialegna, – rispose in dialetto, – con il guardaboschi fin da piccolo. E prima di me lo è stato mio padre, e tutta la mia famiglia, per generazioni. Posso mostrarvi le case del villaggio in cui hanno vissuto i miei antenati.

– Perché il villaggio fu abbandonato? – chiese il generale.

– Era infestato dagli spettri, signore. Parecchi furono inseguiti fin nelle tombe, esaminati con i soliti mezzi e annientati nel modo abituale, decapitati, infilzati con un palo e bruciati, ma non prima che molti contadini fossero uccisi. Eppure, anche dopo aver seguito accuratamente quelle procedure, dopo tante tombe riaperte e tanti vampiri privati della loro orribile esistenza, il villaggio non era ancora al sicuro. Ma un nobile moravo, che passò per caso da queste parti, venuto a sapere che cosa succedeva qui ed essendo esperto in materia, come molti del suo paese, si offrí di liberare il villaggio da quei mostri. Ecco come fece. in una notte di luna piena, poco dopo il tramonto salí in cima alla torre della chiesetta, da dove poteva vedere chiaramente il cimitero. Voi potete vederlo da quella finestra. Rimase lassú a guardare, finché scorse il vampiro uscire dalla tomba, deporre lí vicino il sudario bianco in cui era avvolto e scivolare via verso il villaggio, per tormentare i suoi abitanti. Allora lo straniero scese dal campanile, prese il sudario e lo portò in cima alla torre. Quando il vampiro tornò dalle sue scorribande e non trovò il sudario, si mise a urlare infuriato contro il moravo, che aveva visto sul campanile. Questi, per tutta risposta, gli fece cenno di salire a prenderlo. Il vampiro accettò il suo invito e cominciò ad arrampicarsi ma, quando arrivò in cima, il moravo gli spaccò il cranio in due con la spada, facendolo precipitare nella chiesa, poi scese la scala a chiocciola, lo raggiunse e lo decapitò. Il giorno seguente consegnò la testa e il corpo ai contadini, che lo impalarono e lo bruciarono. Il nobile moravo era stato autorizzato da quello che al tempo era il capofamiglia a spostare i resti della contessa Mircalla, cosa che fece, e da allora si è persa memoria del luogo in cui è stata sepolta.

– Sapete almeno dirmi dov'era prima? – domandò con impazienza il generale.

Il taglialegna scosse la testa e sorrise. – Non c'è anima viva che possa dirvelo, – rispose. – Inoltre, si dice che il suo corpo sia stato rimosso, ma nessuno ne è certo.

Subito dopo, il taglialegna parve ricordarsi di avere qualcosa di urgente da fare, perché depose l'ascia e se ne andò, lasciandoci ad ascoltare la conclusione della storia del generale.

14. *L'incontro*.

– Le condizioni della mia amata bambina peggioravano rapidamente. Il dottore che la curava non era riuscito ad agire in alcun modo sulla sua malattia. Perché allora io credevo che di una malattia si trattasse. Vedendomi molto preoccupato, propose un consulto, cosí chiamai uno dei migliori medici di Graz.

– Trascorsero parecchi giorni prima che arrivasse. Era un brav'uomo, molto pio e preparato. Dopo aver visitato insieme la mia bambina, i due medici si chiusero in biblioteca per conferire. Dalla stanza attigua, dove aspettavo che mi mandassero a chiamare, sentii le loro voci levarsi, con un tono troppo acceso perché si trattasse di una normale discussione scientifica. Bussai alla porta ed entrai. Il vecchio medico di Graz stava sostenendo la sua opinione e il collega ribatteva con aperta ironia, accompagnata da scoppi di risa. Al mio ingresso, questo inusitato comportamento cessò e l'alterco si interruppe.

– «Generale, – mi disse il primo medico, – a quanto pare il mio illustre collega pensa che a voi, piú che un dottore, occorra uno stregone!»

– «Perdonatemi, – replicò il vecchio medico di Graz, evidentemente contrariato, – vi darò il mio responso, e a modo mio, un'altra volta. Mi rincresce, signor generale, di non potervi essere d'aiuto con le mie capacità e la mia scienza. In ogni caso, prima di andarmene, sarò onorato di darvi un suggerimento».

– Con aria pensierosa, si sedette a un tavolo e si mise a scrivere. Profondamente deluso, gli feci un inchino e, mentre mi apprestavo ad andarmene, vidi l'altro medico che sbirciava sopra la testa del collega intento a scrivere e poi, facendo spallucce, si toccava la tempia con un dito, come per dire che era pazzo.

– Il consulto, dunque, non aveva risolto nulla. Uscii in giardino, confuso e turbato. Dopo circa un quarto d'ora, il medico di Graz mi raggiunse. Si scusò per avermi seguito, ma disse che in coscienza non poteva andarsene senza avermi spiegato qualcosa di piú. Affermò che era certo di non sbagliarsi: non c'era nessuna malattia di questa terra che si manifestasse con tali sintomi, e la morte era già molto vicina. Restava un giorno di vita, forse due. Ma se si fosse riusciti ad arrestare quel male fatale con grande sollecitudine e abilità, forse mia nipote avrebbe riacquistato le forze. Si era però sull'orlo del baratro: sarebbe bastato solo un altro attacco per spegnere in lei l'ultima scintilla di vita.

– «E di che natura è il male di cui parlate?» lo supplicai.

– «Ho scritto tutto in questa lettera, che vi affido a condizione che mandiate a chiamare un prete e la apriate e la leggiate solo in sua presenza. In caso contrario, voi certo non prestereste fede alle mie parole, ma è una questione di vita o di morte. Se non trovate un prete, allora leggetela ugualmente».

– Prima di congedarsi, mi chiese se volessi incontrare un uomo molto esperto di un argomento che, dopo aver letto quelle righe, probabilmente avrebbe avuto per me il massimo interesse, e mi pregò caldamente di invitarlo a farmi visita. Detto questo, se ne andò.

– Il prete non c'era, cosí lessi la lettera da solo. In un altro momento, o in altre circostanze, mi sarei messo a ridere. Ma a quale ciarlataneria non si darebbe credito quando si è disperati, quando tutti i mezzi noti hanno fallito e la vita di una persona amata è in pericolo? Certo, nulla poteva essere piú assurdo di quella lettera. Lo era al punto che sarebbe bastata per far rinchiudere il medico in manicomio. Diceva che l'ammalata soffriva a causa della visita di un vampiro! Le punture che aveva sentito alla gola erano state causate da due denti lunghi, sottili e appuntiti, propri, com'è ben noto, dei vampiri. Non c'era alcun dubbio in merito, aggiungeva, data la presenza del piccolo segno livido da tutti indicato come il tipico effetto delle labbra del mostro. E ogni sintomo descritto dalla paziente corrispondeva perfettamente a quelli riscontrati in ogni caso di attacco da parte di un vampiro.

– Io ero totalmente scettico riguardo all'esistenza di portenti di quel genere e, a mio parere, la teoria soprannaturale del medico era una dimostrazione del fatto che una grande erudizione e un'acuta intelligenza possono a volte andare di pari passo con la follia. Ma ero cosí disperato che, piuttosto di non tentare nulla, seguii le istruzioni contenute nella lettera.

– Mi nascosi nel buio spogliatoio che comunicava con la stanza di mia nipote, nella quale ardeva sempre una candela, e rimasi a osservarla finché si addormentò. Ero vicino alla porta e sbirciavo attraverso lo spiraglio, con la spada appoggiata su un tavolino accanto a me, secondo le indicazioni del medico. D'un tratto, vidi una grande figura nera, dai contorni molto indefiniti, strisciare, cosí mi parve, ai piedi del letto, per poi lanciarsi all'improvviso verso la gola della povera ragazza e in un attimo gonfiarsi, trasformandosi in una grande massa palpitante.

– Per qualche istante rimasi impietrito. Poi balzai fuori, impugnando la spada. La creatura nera si ritrasse di scatto e scivolò sul pavimento. Là, immobile a pochi passi dal letto, che mi fissava con uno sguardo di furtiva e terribile ferocia, vidi Millarca. Senza riflettere, la colpii immediatamente con la spada, ma lei era già accanto alla porta, incolume. Inorridito, le corsi dietro e la colpii ancora. Ma lei era sparita e la mia spada si frantumò contro la porta.

– Non so descrivere tutto ciò che avvenne in quella notte spaventosa. Tutta la casa si svegliò e si mise in agitazione. Lo spettro di Millarca era scomparso. Ma la sua vittima si aggravò rapidamente e prima dell'alba morí.

Il vecchio generale era sconvolto. Nessuno di noi parlò. Mio padre gli camminava a poca distanza, leggendo le iscrizioni sulle lapidi. Cosí concentrato, entrò in una cappella attigua per proseguire la sua ricerca. Il generale si appoggiò al muro, si asciugò gli occhi e sospirò profondamente. Fui sollevata di sentire le voci familiari di Carmilla e di Madame Perrodon, che si avvicinavano a noi. Poi le voci svanirono.

In quel luogo solitario, dopo aver ascoltato una storia cosí strana e cosí intimamente connessa ai nobili sepolti lí, sotto quei monumenti che si sgretolavano fra la polvere e l'edera, una storia in cui ogni particolare somigliava in modo cosí terribile al mio misterioso caso, là, in quel luogo infestato dagli spettri, ombreggiato dalla fitta vegetazione che svettava tutt'intorno arrampicandosi sui muri silenziosi, un inesprimibile orrore cominciò a invadermi ed ebbi un tuffo al cuore, pensando che forse i miei amici non sarebbero dovuti entrare a disturbare la quiete di quella scena tetra e minacciosa.

Il generale teneva gli occhi fissi a terra, mentre si appoggiava con la mano al basamento di una tomba in rovina.

All'improvviso, sotto uno stretto arco sormontato da uno di quei mostri grotteschi opera della cinica e lugubre fantasia di uno scultore gotico, vidi con gioia apparire il bel viso e il corpo aggraziato di Carmilla. Stavo per alzarmi e parlarle, rispondendo intanto con un cenno al suo seducente sorriso, quando con un urlo il vecchio generale, che mi stava a fianco, afferrò l'accetta del taglialegna e si avventò su di lei. Nel vederlo, i lineamenti di Carmilla si deformarono mostruosamente. Fu una trasformazione istantanea e brutale. Arretrò di scatto. Prima che potessi gridare, il generale la colpí con tutte le sue forze, ma lei parve tuffarsi sotto il colpo e, illesa, afferrò il polso del generale con la sua esile mano. Lui lottò un momento per liberarsi dalla stretta, ma poi la sua mano si aprí e lasciò cadere l'accetta. La ragazza era scomparsa.

Barcollando, il generale si appoggiò al muro. Aveva i capelli grigi ritti sulla testa e il viso imperlato di sudore: sembrava che stesse per morire. Quella scena spaventosa si era svolta in un istante. La prima cosa che ricordo, subito dopo, è Madame Perrodon di fronte a me, che mi ripete con impazienza: – Dov'è la signorina Carmilla?

Riuscii infine a risponderle: – Non lo so... Non lo so... È andata di là, giusto un attimo fa, – e indicai la porta da cui era entrata Madame Perrodon.

– Ma io ero qui sulla porta quando la signorina Carmilla è entrata, e non l'ho vista tornare indietro.

Poi cominciò a chiamarla dappertutto, da ogni porta, da ogni passaggio, da ogni finestra, senza ricevere risposta.

– Si fa chiamare Carmilla? – domandò il generale, ancora sconvolto.

– Sí, Carmilla, – risposi.

– Ah, – disse. – Cioè, Millarca. È la stessa persona che un tempo si chiamava Mircalla, contessa di Karnstein. Bambina mia, allontanatevi da questo posto maledetto piú in fretta che potete. Andate a casa del prete e rimanete lí ad aspettarci. Andate! Vi auguro di non vedere mai piú Carmilla. Qui, non la troverete piú.

15. *Ordalia ed esecuzione.*

Mentre mi parlava, uno degli uomini piú strani che io abbia mai visto comparve nella chiesetta, passando dalla porta da cui Carmilla era entrata e uscita. Era alto, aveva le spalle strette e curve ed era vestito di nero. Aveva il viso bruno, solcato da profonde rughe. Indossava un cappello di foggia singolare, con una gran piuma. I capelli, lunghi e brizzolati, gli ricadevano sulle spalle. Portava un paio di occhiali dalla montatura d'oro e camminava lentamente, con una strana andatura dinoccolata. Ora alzava la faccia al cielo, ora fissava gli occhi al suolo e sul volto gli aleggiava un eterno sorriso. Faceva oscillare le braccia lunghe e magre, mentre le mani scarne, calzate in un paio di vecchi guanti neri troppo larghi, si agitavano, gesticolando senza ragione.

– Eccolo! – esclamò il generale, andandogli incontro con evidente gioia. – Mio caro barone, come sono felice di vederla! Non speravo di incontrarla cosí presto.

Fece un cenno a mio padre, che nel frattempo era tornato, e gli presentò quel bizzarro personaggio, chiamandolo semplicemente «il barone». Subito si immersero in una fitta conversazione. Lo sconosciuto prese dalla tasca un pezzo di carta e lo stese sulla superficie corrosa di una tomba. Aveva in mano una matita con cui tracciava linee incomprensibili sulla carta; a giudicare da come tutti e tre guardavano prima il foglio e poi alcune parti dell'edificio, capii che quella doveva essere la pianta della chiesa. L'uomo accompagnava quella specie di conferenza leggendo di tanto in tanto alcuni passi da un libriccino sudicio, con le pagine ingiallite coperte di fitta scrittura.

Continuando a discutere, i tre uomini percorsero la navata laterale, opposta a quella in cui mi trovavo io, e cominciarono a misurare a passi le distanze, per poi fermarsi tutti insieme di fronte a un punto del muro che esaminarono con grande minuzia, sollevando l'edera che lo ricopriva, raschiando l'intonaco con la punta dei loro bastoni, scrostando e bussando qua e là. Scoprirono infine l'esistenza di una grande lapide di marmo su cui erano scolpite in rilievo alcune lettere.

Con l'aiuto del taglialegna, che aveva presto fatto ritorno, portarono alla luce un'iscrizione monumentale e uno stemma scolpito. Erano quelli del sepolcro da lungo tempo smarrito di Mircalla, contessa di Karnstein.

Il generale, di solito poco incline alla preghiera, alzò per qualche istante gli occhi e le mani al cielo, in un muto ringraziamento.

– Domani, – lo sentii dire, – il membro della commissione verrà qui e si terrà l'Inquisizione secondo i dettami della legge.

Poi si girò verso il vecchio con gli occhiali dalla montatura d'oro e gli strinse calorosamente le mani: – Barone, come posso ringraziarvi? Come possiamo tutti noi esprimervi la nostra gratitudine? Avete liberato questa regione da una piaga che ha flagellato i suoi abitanti per oltre un secolo. Grazie a Dio, l'orrendo nemico è stato infine scovato.

Mio padre prese da parte lo strano personaggio e il generale li seguí. Capii che gli stava raccontando il mio caso e li vidi lanciarmi frequenti occhiate, mentre parlavano.

Poi papà venne verso di me, mi baciò piú volte e, portandomi fuori dalla chiesetta, mi disse: – È ora di andare. Ma, prima di tornare a casa, dobbiamo fare in modo che si unisca a noi il prete che abita qui vicino e convincerlo a venire al castello.

La nostra richiesta fu subito accolta e io ne fui contenta, perché ero ormai esausta. Ben presto, però, il mio sollievo si trasformò in sgomento, scoprendo che a casa non c'era traccia di Carmilla. Non mi era stata data alcuna spiegazione di ciò che era accaduto nella chiesetta, ed era evidente che, per il momento, mio padre era determinato a mantenere il segreto.

L'inquietante assenza di Carmilla rese il ricordo di quella scena ancora piú agghiacciante. I preparativi per la notte furono singolari. Fu stabilito che due cameriere e Madame Perrodon sarebbero rimaste con me nella mia camera, mentre il prete avrebbe vegliato con mio padre nello spogliatoio.

Il sacerdote compí alcuni riti solenni, il cui scopo non mi era meno oscuro delle ragioni di quelle straordinarie precauzioni prese per la mia incolumità. Compresi tutto chiaramente qualche giorno piú tardi. Con la scomparsa di Carmilla, le mie sofferenze notturne cessarono.

Avrete certo sentito parlare della raccapricciante superstizione che circola nella Stiria superiore e inferiore, in Moravia, in Slesia, nella Serbia turca, in Polonia e anche in Russia: quella che potremmo chiamare «la superstizione del vampiro».

Se hanno un qualche valore le testimonianze, raccolte con ogni cura e solennità, in sedi giudiziarie, di fronte a innumerevoli commissioni formate da molti membri, tutti scelti in base alla loro intelligenza e alla loro integrità, testimonianze di mole piú cospicua di qualsiasi altro genere di casi, allora è difficile negare, o anche solo dubitare, dell'esistenza dei vampiri.

Da parte mia, non ho trovato altra teoria che possa spiegare ciò di cui io stessa sono stata testimone e che ho provato per esperienza diretta, se non quella fornita dalle antiche e ben attestate credenze di quella regione.

Il giorno seguente ebbe luogo il procedimento formale nella chiesa dei Karnstein. La tomba della contessa Mircalla fu aperta. Sia il generale sia mio padre riconobbero la loro perfida e bellissima ospite nel volto che si trovarono davanti agli occhi. Sebbene dal suo funerale fossero ormai trascorsi oltre centocinquant'anni, i suoi lineamenti erano coloriti dal calore della vita. Aveva gli occhi aperti e nessun fetore di cadavere esalava dalla bara.

I due medici presenti, uno dei quali era stato inviato dall'inquisitore, attestarono il fatto prodigioso che si riscontravano una debole ma percettibile respirazione e un battito cardiaco. Le membra erano perfettamente flessibili, la carne era elastica. La bara di piombo era piena di sangue, in cui il corpo era immerso per quasi venti centimetri.

C'erano dunque tutti i segni e le prove del vampirismo. Secondo l'antica consuetudine, il cadavere fu sollevato e un palo affilato fu conficcato nel cuore del vampiro, che in quell'istante emise un urlo acuto, del tutto simile al rantolo di un agonizzante. Poi la testa venne tagliata e un torrente di sangue sgorgò dal collo reciso. Il corpo e la testa furono quindi posti su una pira e ridotti in cenere. Le ceneri furono gettate nel fiume, che le trasportò lontano, e da allora quelle terre non furono mai piú funestate dalle visite di un vampiro.

Mio padre conserva una copia del rapporto della Commissione Imperiale, con le firme di tutti coloro che furono presenti all'esecuzione, per attestare la veridicità delle affermazioni che contiene. È da quel documento ufficiale che ho tratto la descrizione di quest'ultima, terribile scena.

16. *Conclusione*.

Forse penserete che io abbia scritto tutto questo con animo pacato. Non c'è nulla di piú lontano dal vero: non riesco a pensare a quegli avvenimenti senza tremare. Solo le fervide e ripetute richieste del dottor Hesselius hanno potuto spingermi a sedere a un tavolino e affrontare un argomento che mi ha lasciata per mesi con i nervi scossi, riproiettando cosí l'ombra di quell'indicibile orrore che per tutti questi anni ha continuato a incombere sui miei giorni e sulle mie notti, rendendomi intollerabile la solitudine.

Aggiungerò qui qualche riga a proposito del bizzarro barone Vordenburg, alla cui singolare erudizione fu dovuta la scoperta della tomba della contessa Mircalla.

Si era stabilito a Graz, dove viveva di un'esigua rendita, tutto ciò che gli restava dell'immenso patrimonio della sua famiglia, dedicandosi allo studio minuzioso e solerte delle tradizioni autentiche del vampirismo. Conosceva a menadito tutte le opere, grandi e piccole, sull'argomento: la *Magia posthuma*, il *Phlegon de mirabilibus*, l'*Augustinus de cura pro mortuis*, le *Philosophicae et christianae cogitationes de vampiris* di John Christofer Herenberg e mille altre, fra cui ricordo solo le poche che prestò a mio padre. Possedeva un voluminoso archivio di tutti i casi giudiziari di questo genere e ne aveva estratto una serie di principî che sembra informino – alcuni sempre e altri solo occasionalmente – la condizione di vampiro.

Posso dire, fra l'altro, che il mortale pallore attribuito a questa sorta di spettri è una pura finzione letteraria. In realtà, sia nella tomba sia quando appaiono agli esseri umani, mostrano un aspetto sano e vitale. Quando si portano alla luce aprendo le loro bare, rivelano tutte quelle caratteristiche che vi ho elencato come prove dell'esistenza vampiresca della contessa Karnstein, da lungo tempo defunta.

Come riescano a uscire dalla tomba e a tornarvi per qualche ora ogni giorno senza spostare la terra che la ricopre, né lasciare alcuna traccia di disordine nella bara o nel sudario, è sempre stato inspiegabile. L'esistenza anfibia del vampiro si sostiene grazie al sonno quotidiano nella tomba. La sua mostruosa avidità di sangue dei vivi gli fornisce il vigore per l'esistenza vigile. Il vampiro è incline a cadere preda di veementi ardori, simili alla passione dell'amore, nei confronti di particolari persone. Per arrivare a loro esercita un'inesauribile pazienza e fa uso di incredibili stratagemmi, perché l'accesso all'oggetto dei suoi desideri può essere sbarrato in centinaia di modi. Non desiste mai finché non ha saziato la propria frenesia e fino a quando non ha prosciugato la vita della vittima agognata. Ma arriva addirittura al punto di sposarla, prolungando il suo feroce piacere con la raffinatezza di un epicureo e accrescendolo con i graduali approcci di un abile corteggiamento. In quei casi sembra bramare la simpatia e il consenso. In genere, però, va dritto allo scopo, vince con la violenza e strangola e uccide in un solo festino.

Pare che in alcune situazioni il vampiro debba sottostare a particolari condizioni. Nell'esempio specifico che vi ho riferito, Mircalla sembrava doversi limitare all'uso di un nome che, se non era il suo, doveva per lo meno contenere in un anagramma tutte le lettere che lo componevano, senza ometterne né aggiungerne alcuna. Cosí era infatti per Carmilla e per Millarca.

Mio padre raccontò al barone Vordenburg, che rimase con noi per due o tre settimane dopo l'esecuzione del vampiro, la storia del nobile moravo e del vampiro del cimitero di Karnstein e poi gli chiese come avesse fatto a scoprire l'esatta posizione della tomba della contessa Mircalla, rimasta sconosciuta per cosí lungo tempo.

I grotteschi lineamenti del barone si contrassero in un sorriso enigmatico. Abbassò gli occhi, osservando il logoro astuccio degli occhiali e rigirandoselo fra le mani, senza smettere di sorridere. Poi, sollevando di nuovo lo sguardo, rispose: – Possiedo molti diari e altre carte di quell'uomo notevole. Lo scritto piú curioso è quello che tratta della visita di cui parlate, a Karnstein. Naturalmente, la tradizione offusca e distorce sempre un po' i fatti. Può darsi che l'abbiano preso per un nobile moravo, perché si era trasferito in quella regione ed era senz'altro un aristocratico. Ma, in realtà, era nato nella Stiria superiore. Vi basti sapere che nella sua prima giovinezza era stato l'appassionato e prediletto amante della bellissima Mircalla, contessa di Karnstein. La sua morte prematura lo gettò in un dolore inconsolabile. È nella natura dei vampiri crescere e moltiplicarsi, ma secondo una precisa legge riservata a questi fantasmi. Immaginate un luogo completamente libero da questo flagello. Come comincia e come si sviluppa? Ve lo spiego subito. Una persona, piú o meno malvagia, si uccide. In determinate circostanze, un suicida può diventare un vampiro. Lo spettro fa visita ai vivi mentre dormono; questi muoiono e, quasi invariabilmente, nella tomba si trasformano in vampiri. Cosí accadde nel caso della bellissima Mircalla, che era perseguitata da uno di questi demoni. Il mio antenato, Vordenburg, di cui porto il titolo, scoprí questo aspetto del vampirismo e, nel corso degli studi ai quali si dedicò, approfondí molto la sua competenza in materia. Fra l'altro, giunse alla conclusione che presto o tardi quel sospetto di vampirismo sarebbe caduto sulla defunta contessa, che era stata il suo idolo. Provò orrore all'idea che i suoi resti potessero essere profanati dall'oltraggio di un'esecuzione postuma. Fra l'altro, ha lasciato un singolare documento che prova come il vampiro, una volta espulso dalla sua esistenza anfibia, venga proiettato in una vita ancor piú atroce. Decise quindi di salvare da questo scempio la sua amata Mircalla. Adottò lo stratagemma di un viaggio in questi luoghi, finse una traslazione dei suoi resti e riuscí a far perdere le tracce della tomba di Mircalla. Ma dopo molti anni, giunto alla fine dei suoi giorni, ripensando al mondo che stava per lasciare, vide sotto un'altra luce quel che aveva fatto e ne rimase inorridito. Tracciò quindi i disegni e scrisse le note che mi hanno guidato fino al luogo della sepoltura, confessando l'inganno che aveva messo in atto. Forse aveva pensato di prendere anche altri provvedimenti, ma la morte glielo impedí. Solo la mano di un suo lontano discendente è riuscita a portare, troppo tardi per molti, alla tana del mostro.

Parlammo ancora un po' e, fra l'altro, il barone disse: – Una caratteristica tipica del vampiro è la forza delle mani. L'esile mano di Mircalla strinse con una morsa d'acciaio il polso del generale, quando questi sollevò l'accetta per colpirla. Ma il potere della sua mano non si limita alla stretta: lascia nelle membra che ha toccato un intorpidimento che scompare molto lentamente, e a volte rimane per sempre.

La primavera seguente, mio padre mi portò a fare un viaggio in Italia. Rimanemmo lontani dal castello per oltre un anno. Trascorse molto tempo prima che l'orrore di quegli avvenimenti si placasse. Anche ora l'immagine di Carmilla mi torna alla memoria nel suo duplice, ambiguo aspetto: a volte è la ragazza allegra, bellissima e languida, altre il mostro fremente d'odio che vidi tra le rovine della chiesetta. E spesso, mentre sono immersa in qualche fantasticheria, mi sembra di sentire il passo leggero di Carmilla dietro la porta del mio spogliatoio.

GUY DE MAUPASSANT

L'Horla

. . . .

8 maggio. Che giornata meravigliosa! Ho passato tutta la mattina steso sull'erba, davanti alla mia casa, sotto l'enorme platano che la ricopre, la protegge e la copre d'ombra. Amo questo paese, e mi piace viverci perché qui ho le mie radici, quelle profonde e delicate radici che legano un uomo alla terra in cui sono nati e morti i suoi avi, a ciò che si pensa e a ciò che si mangia, alle usanze e ai cibi, alle locuzioni locali, alle intonazioni dei contadini, agli odori del suolo, dei villaggi e dell'aria stessa.

Amo la casa dove sono cresciuto. Dalle mie finestre vedo scorrere lungo il mio giardino, proprio dietro la strada, quasi in casa mia, la Senna, la grande e ampia Senna che scende da Rouen a Le Havre, gremita di battelli che passano.

A sinistra, laggiú, c'è Rouen, la grande città dai tetti azzurri, una miriade di aguzzi campanili gotici. Sono innumerevoli, fragili o massicci, dominati dalla guglia di ferro della cattedrale, e ricchi di campane che suonano nell'aria azzurra delle belle mattinate, inviando fino a me il loro dolce e lontano rintocco metallico, il loro dolce canto di bronzo che la brezza mi porta, ora piú forte e ora piú fievole, a seconda che s'alzi o si attenui.

Come si stava bene stamattina!

Verso le undici un lungo convoglio d'imbarcazioni, trainate da un rimorchiatore grande quanto una mosca, e che sbuffava di fatica vomitando un fumo denso, sfilò davanti al mio cancello.

Dopo due golette inglesi, la cui bandiera rossa sventolava nel cielo, veniva un superbo tre alberi brasiliano, tutto bianco, mirabilmente pulito e lucente. Non so perché, lo salutai, tanto mi fece piacere vedere quella nave.

12 maggio. Da qualche giorno ho un po' di febbre; mi sento male o meglio mi sento triste.

Donde vengono le influenze misteriose che volgono in scoraggiamento la nostra felicità e in angoscia la nostra fiducia? Si direbbe che l'aria, l'aria invisibile sia piena di Potenze sconosciute, di cui subiamo la misteriosa vicinanza. Mi sveglio pieno d'allegria, mi sento in petto la voglia di cantare. – Perché? – Scendo lungo il corso del fiume, e d'improvviso, dopo una breve passeggiata, rientro affranto, come se a casa m'aspettasse una sciagura. – Perché? – È forse un brivido di freddo che, sfiorandomi la pelle, mi ha scosso i nervi e ottenebrato l'animo? È la forma delle nuvole, o il colore della luce, il colore delle cose, cosí variabile che passando attraverso i miei occhi mi ha turbato il pensiero? Chissà? Tutto quello che ci circonda, tutto quello che vediamo senza guardarlo, che sfioriamo senza conoscerlo, che tocchiamo senza palparlo, che incontriamo senza distinguerlo, ha forse su di noi, sui nostri organi, e, attraverso di essi, sulle nostre idee, sul nostro cuore stesso, degli effetti rapidi, sorprendenti e inspiegabili?

Come è profondo il mistero dell'Invisibile! Noi non possiamo sondarlo coi nostri miseri sensi, coi nostri occhi che non sanno scorgere né il troppo piccolo né il troppo grande, né il troppo vicino né il troppo lontano, né gli abitanti d'una stella, né gli abitanti d'una goccia d'acqua... con le nostre orecchie che ci ingannano, perché ci trasmettono le vibrazioni dell'aria in note sonore. Sono come delle fate che compiono il miracolo di trasformare in rumore quel movimento e attraverso questa metamorfosi dànno vita alla musica, che rende canora la muta agitazione della natura... col nostro odorato piú debole di quello d'un cane... col nostro gusto, che a malapena distingue l'età di un vino!

Ah! se avessimo altri organi che compissero altri miracoli in nostro favore, quante cose potremmo ancora scoprire attorno a noi!

16 maggio. Decisamente, sono malato! Stavo cosí bene il mese scorso! Ho la febbre, una febbre tremenda, o meglio un nervosismo febbrile, che mi fa soffrire nell'animo come nel corpo. Ho di continuo l'orribile sensazione di essere minacciato da un pericolo, l'apprensione d'una sciagura imminente o della morte che s'approssima, quel presentimento che è senza dubbio l'attesa d'un male ancora ignoto, germinato nel sangue e nella carne.

18 maggio. Ho consultato il mio medico, perché non potevo piú dormire. Mi ha trovato il polso rapido, la pupilla dilatata, i nervi vibranti, ma nessun sintomo allarmante. Devo sottomettermi alle docce e bere bromuro di potassio.

25 maggio. Nessun cambiamento! Il mio stato è proprio bizzarro. Man mano che s'avvicina la sera un'incomprensibile inquietudine mi invade, come se la notte nascondesse per me una tremenda minaccia. Ceno in fretta, poi cerco di leggere, ma non capisco le parole; distinguo appena le lettere. Allora cammino in lungo e in largo per il salotto, sotto l'oppressione di un timore confuso e irresistibile, il timore del sonno e il timore del letto.

Verso le dieci salgo in camera. Appena entro do due giri di chiave e tiro il catenaccio; ho paura... di che cosa?... Non avevo paura di nulla finora... apro gli armadi, guardo sotto il letto; ascolto... ascolto... che cosa?... Non è strano che un semplice malessere, un turbamento forse della circolazione, l'irritazione d'un filamento nervoso, un po' di congestione, una piccolissima perturbazione nel funzionamento cosí imperfetto e delicato del nostro meccanismo vivente, possa ridurre malinconico l'uomo piú allegro, e vigliacco il piú coraggioso? Poi mi corico, e aspetto il sonno come se aspettassi il carnefice. L'aspetto con la paura che venga, e il cuore mi batte, e le gambe mi tremano; tutto il mio corpo sussulta nel calore delle lenzuola, fino al momento in cui cado di colpo nel riposo, come se cadessi, per annegarmici, in un gorgo d'acqua stagnante. Non lo sento venire, come una volta, questo sonno perfido, nascosto accanto a me, che mi spia, che sta per afferrarmi alla testa, chiudermi gli occhi, annientarmi.

Dormo – a lungo – due o tre ore – poi un sogno – no – un incubo m'afferra. Sento perfettamente di essere coricato e di dormire... lo sento e lo so... ma sento anche che qualcuno mi s'avvicina, mi guarda, mi tocca, sale sul letto, mi s'inginocchia sul petto, mi prende il collo fra le mani e stringe... stringe... con tutta la sua forza per strangolarmi.

Io mi dibatto, impedito da quell'impotenza atroce che ci paralizza nei sogni; voglio gridare – non posso – voglio muovermi – non posso – tento, con sforzi tremendi, ansimando, di voltarmi, di respingere quell'essere che mi schiaccia e mi soffoca – non posso!

E a un tratto mi sveglio sconvolto, bagnato di sudore. Accendo il lume. Sono solo.

Dopo questa crisi, che si rinnova ogni notte, finalmente dormo, calmo, fino all'alba.

2 giugno. Il mio stato si è ancora aggravato. Che cos'ho, insomma? Il bromuro non giova; le docce non mi fanno niente. Poc'anzi, per affaticare il corpo, pure già cosí stanco, sono andato a fare un giro nella foresta di Roumare. Sul principio fu come se l'aria fresca, leggera e dolce, piena d'effluvi d'erbe e di foglie, mi versasse nelle vene un sangue nuovo, e nel cuore una nuova energia. M'inoltrai in un grande viale di caccia, poi voltai verso La Bouille, per un viale stretto, fra due file di alberi smisuratamente alti che formavano un tetto verde, fitto, quasi nero, fra il cielo e me.

D'improvviso provai un brivido, non un brivido di freddo, ma uno strano brivido d'angoscia.

Affrettai il passo, inquieto d'esser solo in quel bosco, impaurito senza ragione, stupidamente, dalla profonda solitudine. Ad un tratto mi parve che qualcuno mi seguisse, che qualcuno camminasse sui miei passi, vicinissimo a me, fin quasi a toccarmi.

Mi voltai bruscamente. Ero solo. Dietro di me non vidi altro che il viale largo e diritto, deserto, alto, paurosamente vuoto; e anche dall'altro lato s'estendeva a perdita d'occhio, tutto uguale, pauroso.

Chiusi gli occhi. Perché? E mi misi a girare su un piede solo, sveltissimo, come una trottola. Stavo per cadere, riaprii gli occhi; gli alberi ballavano, la terra ondeggiava; dovetti sedermi. Poi, ah! non sapevo piú donde fossi venuto! Idea bizzarra! Bizzarra! Idea bizzarra! Non sapevo piú nulla. Mi diressi verso destra, e tornai nel viale che m'aveva condotto in mezzo alla foresta.

3 giugno. La notte è stata orribile. Me ne andrò per qualche settimana. Un viaggetto mi rimetterà senz'altro.

2 luglio. Torno a casa. Sono guarito. Del resto, ho fatto una bellissima escursione. Ho visitato il Mont Saint-Michel che non conoscevo.

Che visione quando si arriva ad Avranches, come sono arrivato io, sul calar del giorno! La città è su una collina; mi condussero nel giardino pubblico, in fondo alla città. Lanciai un grido di meraviglia. Una baia smisurata si stendeva davanti a me, a perdita d'occhio, fra due coste aperte che si perdevano in lontananza fra le brume; e al centro di questa baia gialla, sotto un cielo d'oro e di luce, s'ergeva cupo e aguzzo un monte strano, in mezzo alle sabbie. Il sole stava per scomparire, e sull'orizzonte ancora infuocato si disegnava il profilo di quella fantastica roccia sormontata da un fantastico monumento.

All'alba mi avviai verso di essa. Il mare era basso, come la sera prima, e a mano a mano che mi avvicinavo vedevo ergersi davanti a me la straordinaria abbazia. Dopo parecchie ore di cammino raggiunsi l'enorme blocco di pietre su cui si trova la cittadina dominata dalla grande chiesa. Percorsa la via stretta e ripida, entrai nella piú meravigliosa dimora gotica eretta a Dio sulla terra, vasta come una città, piena di basse sale schiacciate sotto le volte e di alte gallerie sostenute da fragili colonne. Entrai in quel gigantesco gioiello di granito, leggero come un merletto, sormontato da torri, da piccole guglie slanciate su cui salgono scale a chiocciola, e che innalzano al cielo, azzurro di giorno, nero di notte, le loro bizzarre teste irte di chimere, di diavoli, di bestie fantastiche, di fiori mostruosi, e unite l'una all'altra da sottili arcate traforate.

Quando fui sulla cima, dissi al frate che mi accompagnava: – Come dovete star bene qui, padre!

Lui rispose: – C'è molto vento, signore –; e cominciammo a discorrere guardando il mare che saliva e correva sulla spiaggia, ricoprendola d'una corazza d'acciaio.

E il monaco mi raccontò delle storie, tutte le vecchie storie di quel luogo, delle leggende, sempre leggende.

Una mi colpí particolarmente. Gli abitanti del paese, quelli del monte, pretendono di sentir qualcuno parlare, di notte, sulla spiaggia, poi di sentire belare due capre, una forte, l'altra flebilmente. Gli increduli affermano che sono le grida degli uccelli marini, che rassomigliano sia a belati, sia a lamenti umani; ma i pescatori attardati giurano d'aver incontrato, fra una marea e l'altra, errante sulle dune, attorno alla cittadina cosí lontana dal mondo, un vecchio pastore, di cui non si vede mai la testa perché coperta dal mantello. Costui cammina conducendo, dietro di sé, un caprone dalla faccia d'uomo e una capra dalla faccia di donna, entrambi con lunghi capelli bianchi, i quali parlano senza tregua, litigando in una lingua sconosciuta, poi cessano di colpo di gridare per belare a tutta forza.

Chiesi al monaco: – Ci credete?

Mormorò: – Non so.

Io ripresi: – Se esistessero sulla terra degli esseri diversi da noi, come potremmo non conoscerli dopo tanto tempo? Come potremmo non averli mai visti, né voi né io?

Egli rispose: – Ma vediamo noi forse la centomillesima parte di ciò che esiste? Guardate, ecco il vento, la piú grande forza della natura, che rovescia gli uomini, abbatte gli edifici, sradica le piante, solleva il mare in montagne d'acqua, distrugge le rocce e getta contro gli scogli i grandi bastimenti, il vento che uccide, sibila, geme, muggisce... l'avete forse visto, e potete vederlo? Eppure, esiste.

Davanti a questo semplice ragionamento, tacqui. Quell'uomo era un saggio, o forse uno stolto. Non avrei potuto affermarlo con sicurezza; ma tacqui. Quel che diceva, l'avevo pensato spesso.

3 luglio. Ho dormito male; di certo, qui c'è un'influenza febbrile, perché il mio cocchiere soffre del mio stesso malessere. Ieri, quando sono tornato a casa, avevo notato il suo singolare pallore. Gli ho chiesto:

– Che avete, Jean?

– Ho che non posso piú riposare, signore, le notti mi divorano i giorni. Da quando il signore è partito è come se avessi il malocchio.

Gli altri domestici tuttavia stanno bene; ma ho una gran paura che mi riprenda.

4 luglio. Decisamente, mi ha ripreso. I vecchi incubi ritornano. Stanotte ho sentito qualcuno rannicchiato su di me, con la bocca sulla mia, mi beveva la vita dalle labbra. Sí, l'aspirava dalla mia gola, come avrebbe fatto una sanguisuga. Poi s'è rialzato sazio, e io mi sono svegliato, cosí affranto, stroncato, annientato, da non potermi piú muovere. Se continua ancora cosí qualche giorno, certamente ripartirò.

5 luglio. Ho perduto la ragione? Quel che è accaduto, quel che ho visto la notte scorsa è talmente strano che perdo la testa a pensarci!

Come adesso faccio ogni sera, avevo chiuso la porta a chiave; poi, avendo sete, bevvi mezzo bicchiere d'acqua, e per caso notai che la caraffa era piena fino al tappo di cristallo.

In seguito mi coricai e caddi in uno dei miei sonni spaventosi, da cui mi destò circa due ore dopo una scossa ancora piú spaventosa.

Figuratevi un uomo che dorme e viene assassinato, e che si sveglia con un coltello nel polmone, e rantola coperto di sangue, e non può piú respirare, e sta per morire, e non capisce – ecco.

Riacquistata finalmente la ragione, ebbi di nuovo sete; accesi un lume e andai verso il tavolo dov'era posta la caraffa. La sollevai chinandola sul bicchiere; non ne uscí nulla. – Era vuota! Era completamente vuota! Sul principio non ci capii nulla; poi, all'improvviso, provai un'emozione cosí terribile che dovetti sedermi, o meglio, caddi su una sedia! Poi mi rialzai di scatto per guardarmi attorno! infine mi sedetti di nuovo, smarrito di stupore e di paura, davanti al cristallo trasparente! Lo contemplavo con occhi sbarrati, cercando di capire. Le mani mi tremavano! Qualcuno aveva dunque bevuto quell'acqua? Ma chi? Io? Io, senza dubbio! Non potevo essere stato che io! Allora, ero sonnambulo, vivevo, senza saperlo, di quella duplice vita misteriosa che ci fa chiedere se vi siano due esseri in noi, e se un essere estraneo, ignoto o invisibile, animi a tratti, quando la nostra propria anima è intorpidita, il nostro corpo prigioniero che obbedisce a quell'altro come a noi stessi, piú che a noi stessi.

Ah! chi comprenderà la mia orribile angoscia? Chi comprenderà l'emozione d'un uomo, sano di mente, del tutto sveglio, perfettamente ragionevole, e che guarda spaventato, attraverso il vetro d'una caraffa, un po' d'acqua scomparsa mentre dormiva? E rimasi lí fino al mattino, senza osar tornare a letto.

6 luglio. Divento pazzo. Anche stanotte hanno bevuto tutta l'acqua della caraffa – o piuttosto, l'ho bevuta io!

Ma sono davvero stato io? proprio io? Chi, altrimenti? Chi? Oh! mio Dio! Divento pazzo? Chi mi salverà?

10 luglio. Ho fatto delle prove sorprendenti.

Decisamente, sono pazzo! Eppure...

Il 6 luglio, prima di coricarmi, ho messo sul tavolo un po' di vino, di latte, di pane, e delle fragole.

Hanno bevuto – ho bevuto – tutta l'acqua, e un poco di latte. Il vino e le fragole non sono stati toccati.

Il 7 luglio ho ripetuto la stessa prova, che ha dato lo stesso risultato.

L'8 luglio infine ho rimesso sul tavolo solo l'acqua e il latte, avendo cura d'avvolgere la caraffa in un panno di mussolina bianca, e di legare i tappi. Poi mi sono strofinato le labbra, la barba, le mani con della piombaggine e mi sono coricato.

Il sonno invincibile s'è impadronito di me, seguito poco dopo dall'atroce risveglio. Non m'ero mosso; le lenzuola stesse non avevano macchie. Mi slanciai al tavolo. I panni che avvolgevano le bottiglie erano rimasti immacolati. Slegai i cordoni, tremando di paura. Avevano bevuto tutta l'acqua! avevano bevuto tutto il latte! Ah! mio Dio!...

Partirò immediatamente per Parigi.

12 luglio. Parigi. Avevo proprio perduta la testa i giorni scorsi! Devo essere stato vittima della mia immaginazione sconvolta a meno che io non sia davvero sonnambulo, o che non abbia subito una di quelle influenze constatate, ma finora inesplicabili, chiamate suggestioni. In ogni caso, il mio smarrimento rasentava la demenza, e ventiquattr'ore di Parigi sono bastate per rimettermi in sesto.

Ieri, dopo alcune commissioni e visite che mi hanno infuso nell'animo un po' d'aria nuova e vivificante, ho chiuso la serata alla Comédie-Française. Si rappresentava un lavoro di Alexandre Dumas figlio; e quello spirito pronto e vigoroso mi ha guarito del tutto. Certo, la solitudine è pericolosa per le intelligenze che lavorano. Ci vogliono attorno a noi uomini che pensino e parlino. Quando rimaniamo soli a lungo, popoliamo il vuoto di fantasmi.

Sono tornato in albergo molto allegro, per i boulevards. Al contatto della folla, pensavo non senza ironia ai miei terrori, alle mie supposizioni della scorsa settimana, perché ho creduto, veramente creduto, che un essere invisibile abitasse sotto il mio tetto. Com'è debole la nostra mente, e come si spaventa, e subito si smarrisce, non appena siamo colpiti da un piccolo fatto incomprensibile!

Invece di concludere con queste semplici parole: «Non capisco, perché la causa mi sfugge», immaginiamo subito misteri spaventosi e potenze soprannaturali.

14 luglio. Festa della Repubblica. Ho passeggiato per le vie. I petardi e le bandiere mi divertivano come un bambino. Eppure è molto stupido essere allegri a data fissa, per decreto del governo. Il popolo è un gregge imbecille, talora stupidamente paziente e talaltra ferocemente ribelle. Gli dicono: – Divertiti –. Si diverte. Gli dicono: – Vota per l'imperatore –. Vota per l'imperatore. Poi, gli dicono: – Vota per la Repubblica –. E vota per la Repubblica.

Coloro che lo dirigono sono altrettanto sciocchi; ma invece di obbedire a uomini, obbediscono a principî, i quali non possono essere altro che inutili, sterili e falsi, per la ragione stessa che sono principî, ossia idee reputate certe e immutabili, in questo mondo dove non si è sicuri di nulla, giacché la luce è un'illusione, giacché il rumore è un'illusione.

16 luglio. Ieri ho visto alcune cose che mi hanno molto turbato.

Cenavo da mia cugina, Madame Sablé, il cui marito comanda il settantaseiesimo reggimento cacciatori a Limoges. Mi trovavo a casa sua con altre due giovani signore, di cui una ha sposato un medico, il dottor Parent, che si occupa particolarmente di malattie nervose e di manifestazioni straordinarie alle quali dànno luogo in questo momento le esperienze sull'ipnotismo e la suggestione.

Ci parlò a lungo di prodigiosi risultati ottenuti da alcuni scienziati inglesi, e dai medici della scuola di Nancy.

I fatti esposti mi parvero talmente bizzarri, che mi dichiarai senz'altro incredulo.

– Siamo, – diceva, – sul punto di scoprire uno dei piú importanti segreti della natura, voglio dire, uno dei suoi piú importanti segreti su questa terra; perché certamente ne ha altri di diversa importanza, lassú nelle stelle. Da quando l'uomo pensa, da quando l'uomo sa esprimere e scrivere il suo pensiero, si sente sfiorato da un mistero impenetrabile per i suoi sensi grossolani e imperfetti, e tenta di supplire, con lo sforzo dell'intelligenza, all'impotenza degli organi. Quando l'intelligenza era ancora allo stato rudimentale, questo terrore per i fenomeni invisibili ha assunto forme banalmente paurose. Donde le credenze popolari sul soprannaturale, le leggende sugli spiriti erranti, sulle fate, sugli gnomi, sui fantasmi, direi persino la leggenda di Dio, perché le nostre concezioni sull'operaio-creatore, da qualsiasi religione provengano, sono le invenzioni piú mediocri, piú stupide, piú inaccettabili che siano uscite dal cervello impaurito degli uomini. Nulla è piú vero delle parole di Voltaire: «Dio ha fatto l'uomo a sua immagine, ma l'uomo gli ha ben reso la pariglia».

– Ma, da oltre un secolo, sembriamo presentire qualcosa di nuovo. Mesmer[1] e qualche altro ci hanno messo su una strada inaspettata, e da quattro o cinque anni soprattutto, siamo arrivati veramente a risultati sorprendenti.

Mia cugina, anche lei piuttosto incredula, sorrideva. Il dottor Parent le disse: – Volete che provi ad addormentarvi, signora?

– Sí, volentieri.

Ella sedette in una poltrona, e il medico cominciò a guardarla fissamente, affascinandola. Io mi sentii d'un tratto un po' turbato, col cuore che mi batteva e la gola chiusa. Vedevo gli occhi di Madame Sablé appesantirsi, la bocca increspàrsi, il petto ansimare.

In capo a dieci minuti, dormiva.

– Mettetevi dietro a lei, – disse il medico.

[1] Franz Mesmer (1734-1815) formulò la teoria del magnetismo animale [*N.d.T.*].

E io sedetti dietro a lei. Le mise in mano un biglietto da visita dicendole: – Questo è uno specchio; che cosa vedete riflesso?

Ella rispose:

– Vedo mio cugino.

– Che cosa fa?

– Si torce i baffi.

– Ed ora?

– Estrae dalla tasca una fotografia.

– La fotografia di chi?

– La sua.

Era vero! E quella fotografia mi era stata appena consegnata, quella sera stessa, all'albergo.

– Come appare in quella fotografia?

– In piedi col cappello in mano.

Dunque, ella vedeva in quel biglietto, in quel cartone bianco, come se avesse guardato in uno specchio.

Le donne giovani, spaventate, dissero: – Basta! Basta! Basta! – Ma il dottore ordinò: – Domani vi alzerete alle otto; poi andrete a trovare vostro cugino in albergo, e lo supplicherete di prestarvi cinquemila franchi che vostro marito vi chiede, e che esigerà da voi la prossima volta che verrà.

Poi la svegliò.

Mentre rientravo in albergo pensavo a quella curiosa serata, e mi assalirono molti dubbi, non sull'assoluta, insospettabile buona fede di mia cugina, che conoscevo dall'infanzia come una sorella, ma su un possibile inganno del dottore. Non nascondeva forse nella mano uno specchio che mostrava alla giovane donna addormentata, insieme al biglietto da visita? I prestigiatori di professione fanno dei trucchi ben piú straordinari.

Rientrai e mi coricai.

Ora, quel mattino, verso le otto e mezzo, fui svegliato dal cameriere che mi disse:

– C'è Madame Sablé che chiede di parlare subito al signore.

Mi vestii in fretta e la ricevetti.

Ella sedette piuttosto agitata, con gli occhi bassi, e, senza togliersi il velo, mi disse:

– Caro cugino, ho un gran favore da chiedervi.

– Quale, cugina mia?

– M'imbarazza molto dirvelo, eppure è necessario. Ho bisogno, assoluto bisogno, di cinquemila franchi.

– Ma via, voi?

– Sí, io, o piuttosto mio marito, che m'incarica di trovarglieli.

Ero talmente stupefatto che balbettavo le mie risposte. Mi chiedevo se non si fosse veramente burlata di me insieme al dottor Parent, se non fosse quella una semplice scena preparata prima, e assai ben recitata.

Ma guardandola con attenzione tutti i miei dubbi disparvero. Tremava d'angoscia, tanto le era doloroso quel passo, e capii che aveva la gola stretta dai singhiozzi.

La sapevo ricchissima, e aggiunsi:

– Ma come! vostro marito non ha cinquemila franchi a sua disposizione! Vediamo, riflettete. Siete sicura che vi abbia incaricato di chiedermeli?

Esitò alcuni secondi come se facesse un grande sforzo per cercare di ricordare, poi riprese:

– Sí..., sí... ne sono sicura.

– Vi ha scritto?

Esitò ancora, riflettendo. Immaginavo il travaglio tormentoso del suo pensiero. Non sapeva. Sapeva solo che doveva avere un prestito da me di cinquemila franchi per suo marito. Quindi osò mentire.

– Sí, mi ha scritto.

– Ma quando? Non m'avete detto nulla, ieri.

– Ho ricevuto la sua lettera stamattina.

– Potete mostrarmela?

– No... no... io... conteneva cose intime... troppo personali... l'ho... l'ho bruciata.

– Allora, vostro marito fa dei debiti.

Esitò ancora, poi mormorò:

– Non lo so.

A un tratto, dichiarai:

– Il fatto è che non posso disporre di cinquemila franchi in questo momento, cara cugina.

Gettò una specie di grido di dolore:

– Oh! oh! ve ne prego, ve ne prego, trovateli...

Si esaltava, giungeva le mani come per pregarmi! Udivo la sua voce cambiare tono; piangeva e balbettava, ossessionata, dominata dall'ordine irresistibile che aveva ricevuto.

– Oh! oh! ve ne supplico... se sapeste come soffro... mi occorrono oggi.

Ebbi pietà di lei.

– Li avrete subito, ve lo giuro.

Gridò:

– Oh! grazie! grazie! Come siete buono.

Io aggiunsi: – Ricordate quanto è accaduto ieri in casa vostra?

– Sí.

– Ricordate che il dottor Parent vi ha addormentata?

– Sí.

– Ebbene! Vi ha ordinato di venire a chiedermi stamane cinquemila franchi in prestito, ed in questo momento voi obbedite a quella suggestione.

Rifletté alcuni secondi e rispose:

– Ma se è mio marito che li chiede.

Per un'ora cercai di convincerla, ma non ci riuscii.

Quando se ne fu andata corsi a casa del dottore. Stava per uscire, e m'ascoltò sorridendo. Poi disse:

– Ci credete, ora?

– Sí, per forza.

– Andiamo a casa della vostra parente.

Ella sonnecchiava già su una sedia a sdraio, sopraffatta dalla stanchezza. Il medico le prese il polso, la guardò per un momento, una mano alzata sugli occhi di lei, che a poco a poco si chiusero sotto lo sforzo insostenibile di quella forza magnetica.

Quando si fu addormentata:

– Vostro marito non ha piú bisogno di cinquemila franchi. Perciò dimenticherete d'aver pregato vostro cugino di prestarveli e, se egli ve ne parlerà, non capirete.

Poi la svegliò. Io trassi di tasca un portafogli:

– Ecco, cara cugina, ciò che m'avete chiesto stamane.

Fu talmente sorpresa che non osai insistere. Cercai tuttavia di ridestarle la memoria, ma lei negò vivacemente, credette che mi burlassi di lei, e alla fine, quasi si arrabbiò.

. . . .

Ecco! sono rincasato ora; e non ho potuto pranzare, tanto ero sconvolto da quest'esperienza.

19 luglio. Molte persone a cui ho raccontato questo fatto si sono burlate di me. Non so piú che pensare. Il saggio dice: – Sarà!

21 luglio. Sono stato a cena a Bougival, poi ho trascorso la serata al ballo dei canottieri. Decisamente, tutto dipende dai luoghi e dagli ambienti. Credere al soprannaturale nell'isola della Grenouillère sarebbe il colmo della follia... ma in cima al Mont Saint-Michel?... ma in India? Noi subiamo in modo pauroso l'influsso di ciò che ci circonda. Tornerò a casa la prossima settimana.

30 luglio. Da ieri sono tornato a casa mia. Tutto procede bene.

2 agosto. Niente di nuovo; il tempo è splendido. Passo le giornate a guardar scorrere la Senna.

4 agosto. Liti fra la mia servitú. Assicurano che qualcuno di notte rompe i bicchieri nelle credenze. Il cameriere accusa la cuoca, la quale accusa la guardarobiera, la quale accusa gli altri due. Chi è il colpevole? Chi potrebbe dirlo?

6 agosto. Questa volta non sono pazzo. Ho visto... ho visto... ho visto!... Non posso piú dubitare... ho visto!... Ho ancora freddo fin nelle unghie... ho ancora paura fin nelle ossa... ho visto!...

Passeggiavo alle due, in pieno sole, nel mio roseto... nel viale dei roseti d'autunno che cominciano a fiorire.

Mentre mi fermavo per osservare un *gigante delle battaglie*, che aveva tre fiori magnifici, vidi, vidi distintamente, vicinissimo a me, lo stelo d'una di quelle rose piegarsi, come se una mano invisibile l'avesse torta, poi spezzarsi, come se la mano l'avesse colta! Poi il fiore s'alzò, seguendo l'arco che avrebbe descritto un braccio per portarlo alla bocca, e rimase sospeso nell'aria trasparente, solo, immobile, impressionante macchia rossa a tre passi dai miei occhi.

Smarrito, mi slanciai per afferrarla! Non trovai nulla; era scomparsa. Allora fui preso da una collera furiosa contro me stesso; perché non è permesso a un uomo ragionevole e serio avere simili allucinazioni.

Ma era proprio un'allucinazione? Mi volsi per cercare lo stelo e lo ritrovai immediatamente sull'arbusto, spezzato di fresco, fra le altre due rose rimaste sulla pianta.

Allora tornai a casa con l'animo sconvolto; perché sono sicuro, adesso, sicuro come dell'alternarsi del giorno e della notte, che accanto a me esiste un essere invisibile, che si nutre di latte e di acqua, che può toccare gli oggetti, prenderli e cambiarli di posto, quindi dotato d'una natura materiale, sebbene impercettibile ai nostri sensi, e che abita con me, sotto il mio tetto...

7 agosto. Ho dormito tranquillo. Ha bevuto l'acqua della mia caraffa, ma non mi ha turbato il sonno.

Mi chiedo se sono pazzo. Mentre passeggiavo poco fa sotto il sole, lungo il fiume, mi sono venuti dei dubbi sulla mia lucidità di mente, non dubbi vaghi come avevo finora, ma dubbi precisi, assoluti. Ho visto dei pazzi; ne ho conosciuti certi che restavano intelligenti, lucidi, persino chiaroveggenti su tutte le cose della vita, tranne su un punto. Parlavano di tutto con chiarezza, con scioltezza, con profondità, e a un tratto il loro pensiero, cozzando contro lo scoglio della loro follia, si frantumava in mille pezzi, si sperdeva e s'oscurava in quell'oceano terribile e furioso, pieno di onde tumultuose, di nebbie, di burrasche, che si chiama «demenza».

Certo, mi crederei pazzo, assolutamente pazzo, se non fossi cosciente, se non conoscessi perfettamente il mio stato, se non lo sondassi, analizzandolo con una lucidità completa. Dunque, tutto sommato, io non sarei che un allucinato ragionevole. Uno sconvolgimento ignoto si sarebbe prodotto nel mio cervello, uno di quegli sconvolgimenti che oggi i fisiologi cercano di verificare e precisare; e questo sconvolgimento avrebbe determinato nella mia mente, nell'ordine e nella logica delle mie idee, una profonda frattura. Fenomeni simili si producono nel sogno, che ci trasporta attraverso le fantasmagorie piú inverosimili, senza che ne siamo sorpresi, perché l'apparecchio verificatore, perché il senso del controllo è addormentato; mentre la facoltà immaginativa veglia e lavora. Non potrebbe darsi che un impercettibile tasto della scala cerebrale si trovi in me paralizzato? Certi uomini, in seguito a un incidente, perdono la memoria dei nomi propri o dei verbi o dei numeri, o soltanto delle date. Le localizzazioni di ogni particella del pensiero sono oggi provate. Ora, quale meraviglia se la mia facoltà di controllare l'irrealtà di certe mie allucinazioni si trova in me assopita in questo momento?

Pensavo a tutte queste cose mentre seguivo la sponda del fiume. Il sole scintillava sull'acqua, rendeva la terra incantevole, colmava il mio sguardo d'amore per la vita, per le rondini, la cui agilità è la gioia dei miei occhi, per le erbe della riva, il cui fremito è la gioia delle mie orecchie.

A poco a poco, però, mi penetrava un inesprimibile malessere. Mi pareva che una forza, una forza occulta m'intorpidisse, m'arrestasse, m'impedisse d'andare piú lontano, mi richiamasse indietro. Provavo quel doloroso bisogno di rincasare che ci opprime quando lasciamo a casa un malato caro, e ci coglie il presentimento d'un aggravarsi del suo male.

Tornai dunque mio malgrado a casa, sicuro che avrei trovato una cattiva notizia, una lettera o un dispaccio. Non c'era niente; e rimasi piú sorpreso e preoccupato che se avessi avuto di nuovo una visione fantastica.

8 agosto. Ieri ho passato una serata spaventosa. Non si manifesta piú, ma io lo sento vicino, sento che mi spia, mi guarda, mi penetra, mi domina, e, peggio ancora, si nasconde in modo tale che è come se segnalasse con fenomeni soprannaturali la sua continua e invisibile presenza.

Tuttavia ho dormito.

9 agosto. Niente, ma ho paura.

10 agosto. Niente; cosa accadrà domani?

11 agosto. Sempre niente; non posso piú restare in casa con, dentro l'animo, questo timore e questo pensiero; partirò.

12 agosto, ore dieci di sera. Durante tutto il giorno ho voluto andarmene; non ho potuto. Ho voluto compiere quest'atto di libertà cosí facile, cosí semplice - uscire - salire in vettura per raggiungere Rouen - non ho potuto. Perché?

13 agosto. Quando si è affetti da certe malattie, tutte le molle dell'essere fisico sembrano spezzate, tutte le energie annientate, tutti i muscoli rilassati, le ossa diventano molli come la carne e la carne liquida come l'acqua. Provo questa sensazione nel mio essere morale in modo strano e desolante. Non ho piú alcuna forza, alcun coraggio, alcun dominio su di me, nemmeno piú il potere di mettere in moto la mia volontà. Non posso piú volere; ma qualcuno vuole per me; ed io obbedisco.

14 agosto. Sono perduto! Qualcuno possiede la mia anima e la dirige! qualcuno mi ordina tutti i gesti, i movimenti, i pensieri. Io non mi appartengo piú, sono solo uno spettatore schiavo e terrificato da tutte le cose che compio. Desidero uscire. Non posso. Lui non vuole; e io resto, smarrito, tremante, nella poltrona dove mi tiene seduto. Desidero anche solo alzarmi, sollevarmi, per credermi padrone di me stesso. Non posso! Sono legato alla sedia; e la sedia è incollata al suolo in modo tale che nessuna forza ci solleverebbe.

Poi, all'improvviso, devo, devo, devo andare in fondo al giardino a cogliere fragole e a mangiarle. E ci vado. Colgo le fragole e le mangio! Oh! mio Dio! mio Dio! mio Dio! C'è un Dio? Se ce n'è uno, liberatemi, salvatemi! soccorretemi! Perdono! Pietà! Grazia! Salvatemi! Oh! che sofferenza! che tortura! che orrore!

15 agosto. Ecco, cosí era certo posseduta e dominata la mia povera cugina, quand'è venuta a chiedermi in prestito cinquemila franchi. Subiva un volere estraneo entrato in lei, come un'altra anima, come un'anima parassita e dominatrice. Forse il mondo sta per finire?

Ma colui che mi governa, questo invisibile, questo inconoscibile, questo errante d'una razza soprannaturale, chi è?

Dunque, gli Invisibili esistono! Allora, come mai dall'origine del mondo non si sono ancora manifestati in maniera precisa come fanno per me? Io non ho mai letto nulla che assomigli a ciò che è accaduto nella mia dimora. Oh! se potessi lasciarla, se potessi andarmene, fuggire e non tornare. Sarei salvo, ma non posso.

16 agosto. Oggi ho potuto sfuggire per due ore, come un prigioniero che trovi aperta, per caso, la porta della sua segreta. Ho sentito a un tratto che ero libero e che lui era lontano. Ho dato ordine d'attaccare subito e sono andato a Rouen. Oh! che gioia poter dire a un uomo che obbedisce: – Andate a Rouen!

Ho fatto fermare davanti alla biblioteca, e ho pregato che mi prestassero il grande trattato del dottor Hermann Herestauss sugli abitanti sconosciuti del mondo antico e moderno.

Poi, al momento di risalire in carrozza, ho voluto dire: – Alla stazione! – e ho gridato – non ho detto, ho gridato – con voce cosí forte che i passanti si sono voltati: – A casa, – e sono caduto, fuori di me dall'angoscia, sul cuscino della vettura. Egli m'aveva ritrovato e riacciuffato.

17 agosto. Ah! che notte! che notte! E tuttavia mi sembra di dovermi rallegrare. Fino all'una di notte, ho letto! Hermann Herestauss, dottore in filosofia e in teologia, ha scritto la storia e le manifestazioni di tutti gli esseri invisibili erranti attorno all'uomo o da lui sognati. Descrive le loro origini, il loro campo d'azione, la loro potenza. Ma nessuno assomiglia a quello che mi ossessiona. Si direbbe che l'uomo, da quando pensa, abbia presentito e temuto un essere nuovo, piú forte di lui, suo successore in questo mondo; e che, sentendolo vicino e non potendo prevedere la natura di questo padrone, abbia cercato, nel suo terrore, tutta la schiera fantastica degli esseri occulti, vaghi fantasmi nati dalla paura.

Dunque, dopo aver letto fino all'una di notte, sono andato a sedermi vicino alla finestra aperta per rinfrescarmi la fronte e la mente al vento calmo della notte.

Il tempo era bello, e tiepido! Come avrei amato una simile notte, un tempo!

Non c'era luna. In fondo al cielo nero, le stelle emanavano tremuli scintillii. Chi abita quei mondi? Quali forme, quali esseri, animali e piante, esistono lassú? Coloro che pensano in quei lontani universi, che cosa sanno piú di noi? Che cosa vedono che noi non conosciamo? Forse, un giorno o l'altro, uno di loro, attraversando lo spazio, comparirà sulla nostra terra per conquistarla, come i normanni un tempo attraversarono il mare per sottomettere i popoli piú deboli?

Siamo cosí infermi, cosí disarmati, cosí ignoranti, cosí piccoli, noialtri, su questo granello di fango che ruota stemperato in una goccia d'acqua.

Mi assopii, cosí pensando, al vento fresco della sera.

Ora, dopo aver dormito circa quaranta minuti, riaprii gli occhi senza fare un movimento, destato da non so quale emozione confusa e bizzarra. Sul principio non vidi nulla, poi, a un tratto, mi parve che una pagina del libro rimasto aperto sul tavolo si stesse voltando da sé. Non un alito di vento era entrato dalla finestra. Fui sorpreso ed attesi. Di lí a quaranta minuti circa, vidi, vidi, sí, vidi con i miei occhi un'altra pagina sollevarsi e riabbassarsi sulla precedente, come se un dito l'avesse sfogliata. La poltrona era vuota, pareva vuota; ma capii che lui era lí, seduto al mio posto, e che leggeva. Con un balzo furioso, un balzo di belva ribelle che sta per sventrare il suo domatore, attraversai la stanza per afferrarlo, per stringerlo, per ammazzarlo!... Ma la sedia, prima che l'avessi raggiunta, si rovesciò come se qualcuno mi fuggisse davanti... il tavolo oscillò, la lampada cadde e si spense, e la finestra si chiuse come se un malfattore sorpreso si fosse slanciato nella notte, afferrando i battenti con tutte e due le mani.

Dunque, era fuggito; aveva avuto paura, paura di me, lui!

Allora... allora... domani... o dopo... o un giorno qualunque, lo potrei avere in pugno, e schiacciarlo al suolo! Forse che i cani non mordono e non strangolano a volte i loro padroni?

18 agosto. Ho pensato tutto il giorno. Oh! sí, gli obbedirò, seguirò i suoi impulsi, compirò tutte le sue volontà, mi farò umile, sottomesso, vile. Lui è piú forte. Ma verrà il momento...

19 agosto. So... So... so tutto! Nella «Revue du Monde Scientifique» ho appena letto quel che segue: «Una notizia piuttosto strana ci giunge da Rio de Janeiro. Una pazzia, un'epidemia di pazzia, paragonabile alla demenza contagiosa che colpí le popolazioni d'Europa nel medioevo, infierisce in questo momento nella provincia di San Paolo. Gli abitanti smarriti lasciano le case, disertano i villaggi, abbandonano i campi, dicendosi perseguitati, stregati, guidati come un branco umano da esseri invisibili sebbene tangibili, una specie di vampiri che si nutrono della loro vita durante il sonno, e che bevono inoltre acqua e latte senza toccare, a quanto pare, nessun altro alimento.

Il professor don Pedro Henriquez, accompagnato da parecchi studiosi di medicina, è partito per la provincia di San Paolo, per studiare sul posto le origini e le manifestazioni di questa sorprendente pazzia, e per proporre all'imperatore le misure che gli parranno piú idonee a ricondurre alla ragione quelle popolazioni in delirio».

Ah! Ah! Ricordo, ricordo il bel tre alberi brasiliano che mi passò sotto le finestre risalendo la Senna, l'8 maggio scorso! Lo trovai cosí grazioso, cosí bianco e gaio! L'Essere era lí sopra, veniva di laggiú, dov'era nata la sua razza! E mi ha visto! Ha visto anche la mia casa bianca; ed è saltato dal bastimento sulla riva. Oh! mio Dio!

Adesso, so, capisco. Il regno dell'uomo è finito.

È venuto Colui che nei loro primi terrori i popoli ingenui temevano, Colui che i preti preoccupati esorcizzavano, che le streghe evocavano nelle notti cupe, senza ancora vederlo comparire, a cui i presentimenti dei padroni provvisori del mondo attribuirono tutte le forme mostruose o graziose degli gnomi, degli spiriti, dei geni, delle fate, dei folletti. Dopo le grossolane concezioni della paura primitiva, uomini piú perspicaci l'hanno presentito piú chiaramente. Mesmer l'aveva intuito, e i nordici, già da dieci anni, hanno scoperto, in modo preciso, la natura della sua potenza prima che lui stesso l'avesse esercitata. Hanno scherzato con l'arma del nuovo Signore: il dominio d'un misterioso volere sull'anima umana divenuta schiava. Questo, l'hanno chiamato magnetismo, ipnotismo, suggestione... che so io? Li ho visti divertirsi come bambini imprudenti con quest'orrendo potere! Guai a noi! Guai all'uomo! È venuto, il... il... come si chiama... il... sembra che mi urli il suo nome, e io non l'odo... sí... urla... Ascolto... Non posso... ripeti... l'Horla... Ho udito... l'Horla... è lui... l'Horla... è venuto!

Ah! l'avvoltoio ha mangiato la colomba; il lupo ha mangiato l'agnello; il leone ha sbranato il bufalo dalle corna acuminate; l'uomo ha ucciso il leone con la freccia, con la clava, con la polvere; ma l'Horla ridurrà l'uomo come noi abbiamo ridotto il cavallo e il bue: cosa sua, suo servo e suo cibo, con la sola potenza della sua volontà. Guai a noi!

Eppure, l'animale, a volte, si ribella e uccide chi l'ha domato... anch'io voglio... potrei... ma bisogna conoscerlo, toccarlo, vederlo! Gli scienziati dicono che l'occhio della bestia, diverso da quello dell'uomo, non distingue come il nostro... E il mio occhio non può distinguere il nuovo venuto che mi opprime.

Perché? Oh! adesso ricordo le parole del monaco del Mont Saint-Michel: «Ma vediamo noi forse la centomillesima parte di ciò che esiste? Guardate, ecco il vento, la piú grande forza della natura, che rovescia gli uomini, abbatte gli edifici, sradica le piante, solleva il mare in montagne d'acqua, distrugge le rocce e getta contro gli scogli i grandi bastimenti, il vento che uccide, fischia, geme, muggisce, l'avete forse visto, e potete vederlo? Eppure, esiste!»

E pensavo anche: il mio occhio è cosí debole, cosí imperfetto, che non distingue nemmeno i corpi solidi, se sono trasparenti come il vetro!... Se un cristallo perfetto, di quelli da specchio, mi sbarrasse il cammino, ci cozzerei contro come un uccello, entrato in una stanza, sbatte la testa contro i vetri. Mille cose, inoltre, lo ingannano e lo confondono. Quale meraviglia, allora, se non sa scorgere un corpo nuovo attraverso la luce?

Un essere nuovo! perché no? Doveva sicuramente venire! Perché saremmo noi gli ultimi? Direte che non li distinguiamo, come distinguiamo le altre creature nate prima di noi? È che la sua natura è piú perfetta, il suo corpo piú fine e piú compiuto del nostro, del nostro cosí debole, cosí grossolanamente concepito, ingombro di organi sempre stanchi, sempre tesi come molle troppo complesse, del nostro corpo che vive come una pianta e come una bestia, nutrendosi faticosamente d'aria, d'erbe e di carne, meccanismo animale in preda alle malattie, alle deformità, alle putrefazioni, bolso, mal regolato, ingenuo e bizzarro, ingegnosamente mal fatto, opera grossolana e delicata, abbozzo d'un essere che potrebbe diventare intelligente e superbo.

Dall'ostrica fino all'uomo, siamo in pochi, cosí pochi in questo mondo. Perché, una volta esaurito il periodo che separa le successive apparizioni di tutte le diverse specie, non dovrebbe comparire nessun nuovo essere?

Perché no? Perché non potrebbero esserci nuovi alberi dai fiori immensi, fulgidi, capaci di profumare intere regioni? Perché non potrebbero esserci nuovi elementi oltre il fuoco, l'aria, la terra e l'acqua? – Sono quattro, solo quattro, queste nutrici degli esseri! Che pena! Perché non sono quaranta, quattrocento, quattromila? Come tutto è povero, meschino, miserabile! avaramente elargito, aridamente inventato, rozzamente costruito! Ah! l'elefante, l'ippopotamo, quanta grazia! il cammello, quanta eleganza!

Ma, la farfalla, direte voi, un fiore che vola! Io ne sogno una grande come cento universi, con ali di cui non potrei nemmeno descrivere la forma, la bellezza, il colore e il movimento. Ma io la vedo... vola di stella in stella, rinfrescandole e profumandole al soffio armonioso e leggero della sua corsa!... E i popoli di lassú la guardano passare, estasiati e rapiti!...

. . . .

Che cos'ho dunque? È lui, lui, l'Horla, che mi ossessiona, che mi fa pensare a queste follie! Lui è in me, diventa la mia anima; lo ammazzerò!

19 agosto. Lo ammazzerò. L'ho visto! Ieri sera mi sedetti al mio tavolo; e feci finta di scrivere con grande attenzione. Sapevo che sarebbe venuto a girarmi attorno, vicinissimo, cosí vicino che forse avrei potuto toccarlo, afferrarlo! E allora... allora, mi sarebbe venuta la forza della disperazione; avrei avuto le mani, le ginocchia, il petto, la fronte, i denti per strangolarlo, schiacciarlo, morderlo, sbranarlo.

E lo spiavo con tutti i miei organi sovreccitati.

Avevo acceso le due lampade e le otto candele del caminetto, come se in quella luce avessi potuto scoprirlo.

Di fronte a me, il letto, un antico letto di quercia a colonne; a destra, il caminetto; a sinistra, la porta accuratamente chiusa, dopo averla lasciata a lungo aperta, per attrarlo; dietro a me, un armadio molto alto, a specchi, che mi serviva ogni mattina per radermi, per vestirmi, e dove avevo l'abitudine di guardarmi dalla testa ai piedi, ogni volta che vi passavo davanti.

Dunque, facevo finta di scrivere, per ingannarlo, perché anche lui mi spiava; e a un tratto sentii, fui certo che leggeva sopra la mia spalla, che era lí, sfiorandomi l'orecchio.

Balzai in piedi, a mani tese, voltandomi cosí in fretta che per poco non caddi. Ebbene?... ci si vedeva come in pieno giorno, eppure non mi vidi nello specchio!... Lo specchio era vuoto, chiaro, profondo, pieno di luce! La mia immagine non c'era... e io stavo di fronte! Vedevo il grande cristallo limpido da cima a fondo. E lo guardavo con occhi sgomenti; e non osavo piú avvicinarmi, non osavo piú fare un movimento, pur sentendo ch'egli era lí, ma che sarebbe sfuggito ancora, lui, il cui corpo impercettibile aveva nascosto la mia immagine.

Come ebbi paura! Poi, all'improvviso, ecco che cominciai a distinguermi in una nebbia, in fondo allo specchio, in una nebbia come attraverso un velo d'acqua; e mi parve che quell'acqua scivolasse da sinistra a destra, lentamente, rendendo di minuto in minuto la mia immagine piú precisa. Era come la fine di un'eclissi. Ciò che mi nascondeva non pareva possedere contorni nettamente fissati, ma una specie di trasparenza opaca, che via via si rischiarava.

Infine potei distinguermi completamente, come faccio ogni giorno quando mi specchio.

L'avevo visto! Me ne è rimasto lo spavento, che mi fa ancora rabbrividire.

20 agosto. Ucciderlo, ma come, se non posso afferrarlo? Il veleno? ma mi vedrebbe mescolarlo nell'acqua; e i nostri veleni, del resto, avrebbero effetto su un corpo impercettibile? No... no... senza alcun dubbio... Allora?... allora?...

21 agosto. Ho fatto venire un fabbro da Rouen, e gli ho ordinato delle persiane di ferro per la mia camera, come se ne vedono a Parigi, al pianterreno di certi palazzi, per timore dei ladri. Inoltre mi farà anche una porta simile. Ho finto d'essere un pauroso, ma me ne infischio!...

. . . .

10 settembre. Rouen. Hôtel Continental. È fatto... è fatto... ma lui è morto? Ho l'animo sconvolto per ciò che ho visto.

Dunque, ieri, il fabbro pose le persiane e la porta di ferro e io lasciai tutto aperto fino a mezzanotte, sebbene cominciasse a far freddo.

All'improvviso ho sentito che era lí, e mi ha preso una gioia, una gioia folle. Mi sono alzato lentamente, e ho passeggiato a lungo a destra e a sinistra, perché non sospettasse niente; poi mi sono levato le scarpe e mi sono messo le pantofole, con aria indifferente; infine ho chiuso la persiana di ferro, e tornando a passo tranquillo verso la porta, ho chiuso anche quella a doppio giro. Tornato di nuovo verso la finestra, la fissai con un catenaccio, di cui misi la chiave in tasca.

A un tratto capii ch'egli mi si agitava attorno, che aveva paura a sua volta, che mi ordinava di aprirgli. Fui sul punto di cedere; non cedetti, e addossatomi alla porta la socchiusi, quel tanto che bastava per passarci io, a ritroso; e siccome sono molto alto, la mia testa toccava l'architrave. Ero sicuro che non aveva potuto sfuggirmi; e lo chiusi da solo, completamente solo. Che gioia! Era nelle mie mani! Allora scesi correndo; presi nel salotto, sotto la mia camera, due lampade e rovesciai tutto l'olio sul tappeto, sui mobili, dappertutto; poi vi appiccai il fuoco e fuggii, dopo aver ben chiuso a doppia mandata il portone d'ingresso.

E andai a nascondermi in fondo al giardino, in un boschetto d'alloro. Come fu lunga l'attesa! come fu lunga! Tutto era nero, silenzioso, immobile; non un soffio d'aria, non una stella, montagne di nuvole che non si vedevano, ma che mi gravavano sull'animo cosí pesanti, pesanti.

Guardavo la mia casa, e aspettavo. Come fu lungo! Credevo già che il fuoco si fosse spento da solo, o che l'avesse spento Lui, quando una delle finestre in basso si schiantò sotto la pressione dell'incendio, e una fiamma, una grande fiamma rossa e gialla, lunga, molle, carezzevole, salí lungo il muro bianco e lo lambí fino al tetto. Un bagliore corse fra gli alberi, fra i rami, fra le foglie, insieme a un brivido, un brivido di paura. Gli uccelli si risvegliarono; un cane si mise a urlare; mi sembrò che spuntasse il giorno! Ben presto altre due finestre si schiantarono, e io vidi che tutto il piano rialzato della mia casa non era ormai piú che un rogo spaventoso. Ma un grido, un grido orribile, acuto, lacerante, un grido di donna echeggiò nella notte, e due mansarde s'aprirono! Avevo dimenticato i domestici! Vidi le loro facce sgomente, e le loro braccia che si agitavano!...

Allora, sconvolto dall'orrore, mi misi a correre verso il villaggio urlando: – Aiuto, aiuto! al fuoco! al fuoco! – Incontrai gente che accorreva già e io tornai con loro, per vedere!

La casa, ora, non era piú che un orribile e magnifico rogo, un rogo mostruoso che illuminava tutta la terra, un rogo dove bruciavano degli uomini, e dove bruciava anche Lui, Lui, il mio prigioniero, l'Essere nuovo, il nuovo padrone, l'Horla!

All'improvviso tutto il tetto crollò dentro i muri, e un vulcano di fiamme si sprigionò verso il cielo. Da tutte le finestre aperte sulla fornace vedevo il focolaio dell'incendio, e pensavo ch'egli era là, in quel forno, morto...

Morto? Forse?... Il suo corpo? il suo corpo che la luce attraversava, non era forse indistruttibile ai mezzi che uccidono il nostro?

Se non fosse morto?... forse solo il tempo ha presa sull'Essere Invisibile e Temibile. Perché quel corpo trasparente, quel corpo inconoscibile, quel corpo di uno Spirito dovrebbe anche lui temere i mali, le ferite, le infermità, la distruzione prematura?

La distruzione prematura? di qui viene tutta la paura umana! Dopo l'uomo, l'Horla. Dopo colui che può morire ogni giorno, a ogni ora, a ogni minuto, per qualsiasi accidente, è venuto colui che deve morire solo in quel giorno, in quell'ora, in quel minuto, perché avrà toccato il limite della sua esistenza!

No... no... non c'è dubbio, non c'è dubbio... non è morto... Allora... allora... dovrò dunque uccidermi io!...

. . . .

BRAM STOKER

L'ospite di Dracula

Alla nostra partenza il sole splendeva luminoso su Monaco e l'aria era satura delle fragranze della prima estate. Proprio mentre stavamo per muoverci, Herr Delbrük, il proprietario del *Quattro Stagioni*, dove avevo preso alloggio, si avvicinò alla carrozza togliendosi il cappello e mi augurò buon viaggio. Poi, con la mano ancora appoggiata sulla maniglia della carrozza, disse al cocchiere:

– Ricordate, dovete tornare prima di sera. Ora il cielo è sereno, però questo freddo vento del nord annuncia un temporale. Ma sono sicuro che non tarderete –. Sorridendo, aggiunse: – Perché sapete bene che notte è questa.

– *Ja, mein Herr*, – rispose Johann con enfasi e, toccandosi il cappello, partí a tutta velocità.

Appena usciti dalla città, gli feci segno di fermarsi e gli domandai: – Dite, Johann, che notte è questa?

Si fece il segno della croce e replicò, laconico: – *Walpurgisnacht!*

Poi tirò fuori di tasca una grossa cipolla d'argento, guardò l'ora aggrottando le sopracciglia e si strinse nelle spalle con un moto d'impazienza.

Capii che era un modo rispettoso di protestare per quell'inutile perdita di tempo e mi lasciai ricadere sul sedile. Gli feci cenno di ripartire e subito lui lanciò la carrozza, per riguadagnare il tempo perduto. Ogni tanto i cavalli alzavano il muso e fiutavano l'aria, come se sentissero un odore che li insospettiva, e ogni volta io mi guardavo intorno, allarmato. La strada era deserta; stavamo attraversando un altopiano spazzato dal vento. Mentre procedevamo, scorsi un sentiero tortuoso che si inoltrava in una stretta valle. Aveva un'aria cosí invitante che, pur sapendo di irritare Johann, gli chiesi di fermarsi e, quando lo ebbe fatto, gli dissi che volevo percorrere quel sentiero. Rifiutò, accampando tutta una serie di scuse e facendosi ripetutamente il segno della croce mentre parlava. Quel comportamento stuzzicò la mia curiosità, cosicché gli feci parecchie domande. Le sue risposte furono evasive, e intanto guardava continuamente l'orologio, come in segno di protesta. Alla fine gli dissi: – Johann, voglio andare da quella parte. Non vi chiedo di venire con me, se non volete, ma ditemi almeno perché.

Per tutta risposta, si scaraventò giú dal suo posto, si avvicinò e, giungendo le mani, mi supplicò di non andare. Parlava in tedesco, inframmezzando però un numero sufficiente di parole inglesi perché potessi capirlo. Sembrava sempre sul punto di rivelarmi qualcosa il cui solo pensiero lo terrorizzava, ma ogni volta si interrompeva, si faceva il segno della croce e ripeteva: – *Walpurgisnacht!*

Provai a parlargli, ma è difficile discutere con un uomo se non si conosce la sua lingua. Di certo lui era in vantaggio su di me, perché anche quando si sforzava di esprimersi in un inglese molto duro e spezzato, alla fine per l'eccitazione ricadeva nel tedesco. E ogni volta guardava l'orologio. Poi i cavalli cominciarono a innervosirsi e a fiutare l'aria. Il cocchiere allora impallidí e, guardandosi intorno spaventato, d'un tratto balzò in avanti, afferrò le briglie e li condusse qualche metro piú in là. Lo seguii, chiedendogli perché li avesse spostati. Si fece ancora una volta il segno della croce, indicando il posto dove ci eravamo fermati, portò la carrozza un po' piú avanti e infine, mostrandomi una croce piantata in terra, mi disse, prima in tedesco e poi in inglese:

– Ci hanno sepolto lui, quello che si è ucciso.

Rammentai l'antica usanza di seppellire i suicidi ai crocicchi. – Ah, capisco, un suicida. Interessante! – Ma non riuscivo a spiegarmi perché i cavalli fossero cosí impauriti.

Mentre stavamo parlando, udimmo in lontananza un suono

a metà fra un guaito e un latrato. I cavalli divennero ancor piú irrequieti, e Johann ci mise un bel po' a calmarli. Era molto pallido quando si girò verso di me e disse:

– Sembra un lupo, ma qui non ci sono lupi, ora.

– No? È da molto che i lupi non vengono cosí vicini alla città?

– Da moltissimo tempo, – rispose. – Per lo meno in primavera ed estate. Ma con la neve se ne sono visti anche di recente.

Mentre accarezzava i cavalli, cercando di tranquillizzarli, grosse nuvole nere si addensarono in cielo, oscurando il sole, e un alito di vento freddo ci investí. Ma fu soltanto una folata, un'avvisaglia di cattivo tempo, perché subito il sole tornò a splendere. Riparandosi gli occhi con la mano, Johann scrutò l'orizzonte e annunciò:

– Fra poco arriverà una bufera di neve.

Poi guardò di nuovo l'orologio e, tirando con forza le redini perché i cavalli continuavano a scalpitare e a scuotere la testa, risalí a cassetta come se fosse tempo di riprendere il cammino.

Ma io, ostinatamente, non salii sulla carrozza.

– Ditemi almeno dove conduce quel sentiero, – insistetti indicandoglielo.

Un altro segno della croce accompagnato da una preghiera borbottata in fretta, prima che mi rispondesse:

– Sacrilego...

– Che cosa?

– Il villaggio.

– Dunque c'è un villaggio?

– No, no. Da secoli non ci vive piú nessuno.

Ero sempre piú incuriosito. – Ma avete detto che c'è un villaggio.

– C'era.

– E che ne è stato?

Si lanciò allora in una lunga storia, a tratti in inglese e a tratti in tedesco, cosicché mi era difficile comprendere esattamente ogni parola. Riuscii comunque a capire che molto tempo prima, secoli addietro, alcuni abitanti del villaggio erano morti ed erano stati sepolti là. Poi, però, si erano sentiti strani rumori sottoterra, allora le tombe erano state riaperte e si era visto che quegli uomini e quelle donne avevano un colorito roseo come se fossero vivi e le loro labbra erano rosse di sangue. Cosí, per salvare la propria vita, e ancor piú la propria anima (a questo punto Johann si fece nuovamente il segno della croce), quelli che ancora abitavano nel villaggio fuggirono altrove, dove i vivi vivessero e i morti fossero morti e non... non qualcos'altro. Evidentemente, il cocchiere stava per pronunciare una certa parola, ma la paura glielo impedí. Mentre parlava, era sempre piú agitato. Sembrava che la sua immaginazione si fosse impadronita di lui e concluse il racconto in preda a un vero e proprio parossismo di terrore: pallidissimo, madido di sudore, tremante, guardandosi intorno come se si aspettasse di vedersi materializzare accanto una spaventosa apparizione proprio lí, alla luce del sole, in quella piana aperta. Alla fine, con uno spasmo di disperazione, gridò:

– *Walpurgisnacht!* – e mi indicò la carrozza perché vi salissi.

Allora sentii ribollire il mio sangue inglese e, facendo un passo indietro, risposi:

– Voi avete paura, Johann! Avete paura! Andate a casa, tornerò da solo. La passeggiata mi farà bene.

Lo sportello della carrozza era aperto; presi dal sedile il bastone da passeggio di quercia, che portavo sempre con me nelle escursioni in campagna, chiusi lo sportello e, puntando il dito in direzione di Monaco, dissi:

– Tornate in città, Johann. *Walpurgisnacht* non fa paura a un inglese!

I cavalli erano sempre piú irrequieti e Johann cercava di trattenerli, mentre continuava a implorarmi di non commettere una simile sciocchezza. Provavo compassione per quel pover'uomo, che era seriamente preoccupato per me, ma non potevo fare a meno di sorridere. Ora non parlava piú inglese: l'ansia gli aveva fatto dimenticare che l'unico modo per comunicare con me era parlare la mia lingua, e insisteva a farfugliare in tedesco. Stava diventando noioso. Indicandogli ancora una volta la direzione con il dito, gridai: – Casa! – Poi mi voltai per incamminarmi lungo il sentiero che si inoltrava nell'angusta valle.

Con un gesto di disperazione, Johann girò la carrozza verso Monaco. Mi appoggiai al bastone e lo seguii con lo sguardo. Per un po' procedette lentamente, poi sulla cresta della collina apparve la figura di un uomo alto e magro, che riuscii a distinguere nonostante la lontananza. Quando si avvicinò ai cavalli, questi cominciarono a imbizzarrirsi e a scalciare, nitrendo di terrore. Johann non riuscí a trattenerli e si lanciarono al galoppo, fuggendo all'impazzata lungo la strada. Continuai a osservarli finché scomparvero alla vista, quindi cercai con gli occhi la figura dello sconosciuto, ma di lui non c'era piú traccia.

A cuor leggero, mi inoltrai lungo il viottolo che tanto aveva spaventato Johann. In verità, non c'era alcuna ragione che potesse giustificare la sua paura. Camminai per un paio d'ore senza rendermi conto del tempo che passava e della distanza che coprivo, senza incontrare una sola persona né vedere una casa: quel luogo era completamente deserto. Ma non ci feci caso finché, a una svolta del sentiero, mi ritrovai al limitare di una rada boscaglia. Solo allora mi accorsi che, inconsciamente, la desolazione di quel luogo mi aveva impressionato.

Mi sedetti per riposarmi e cominciai a guardarmi intorno. Ora faceva molto piú freddo, e udivo uno strano suono che sembrava un sospiro, inframmezzato ogni tanto da una sorta di ruggito soffocato. Grosse nubi nere attraversavano veloci il cielo a grande altezza, dirette da nord verso sud. C'erano segni di una tempesta imminente. Ero infreddolito; pensando che ciò fosse dovuto alla sosta dopo la passeggiata, ripresi il cammino.

Attraversavo ora un paesaggio piú pittoresco: non c'era nulla in particolare che attirasse l'attenzione, ma intorno a me aleggiava un fascino incantato. Avevo perso la cognizione del tempo e solo quando il crepuscolo cominciò ad avvolgermi mi domandai come avrei fatto a tornare in città. La fulgida luce del giorno era svanita, l'aria era fredda e le nuvole si ammassavano sempre piú minacciose, accompagnate da un lontano brontolio. Continuavo a udire, a intervalli, quel misterioso ululato che il cocchiere aveva attribuito a un lupo. Per un attimo esitai. Ma avevo detto che volevo vedere il villaggio abbandonato, perciò proseguii finché raggiunsi un'ampia spianata circondata da colline con i fianchi punteggiati da macchie d'alberi che si spingevano fino alla pianura. Seguii con lo sguardo il sinuoso sentiero e vidi che curvava in prossimità di un fitto boschetto, per poi perdervisi.

All'improvviso si levò un vento gelido e cominciò a nevicare. Pensai alle molte miglia di campagna deserta che avevo percorso e mi affrettai a cercare riparo nel bosco che avevo davanti. Il cielo si faceva sempre piú buio, la neve cadeva sempre piú fitta e veloce, e in breve tempo la terra davanti e intorno a me divenne un bianco tappeto scintillante che sfumava in un'indistinta foschia. Il sentiero era accidentato, i suoi limiti non erano ben marcati e presto mi accorsi di averlo smarrito, perché non sentivo piú una superficie dura sotto i piedi ma sprofondavo nell'erba e nel fango. Intanto il vento si era rinforzato e soffiava impetuoso, ostacolando i miei passi. L'aria era gelida e, nonostante fossi abituato a camminare, cominciai a sentirmi stanco. La neve era ormai cosí fitta e mi vorticava intorno cosí velocemente che a stento riuscivo a tenere gli occhi aperti. Ogni tanto il cielo era squarciato da lampi accecanti, alla cui luce vedevo davanti a me una gran massa di alberi, per lo piú tassi e cipressi ricoperti da una coltre di neve. Finalmente li raggiunsi e vi trovai riparo; nel silenzio del bosco sentivo l'ululare del vento sopra di me. L'oscurità della tempesta si mescolava a quella della notte.

A poco a poco la tormenta si placò e le raffiche di vento diminuirono d'intensità. Udivo ancora il misterioso ululato del lupo, che riecheggiava in mille altri suoni tutt'intorno a me.

Di tanto in tanto un raggio di luna filtrava attraverso le nuvole nere che correvano in cielo, rischiarando il paesaggio: vidi cosí che ero giunto al limitare del bosco. Non nevicava piú; lasciai allora il rifugio sotto gli alberi. Camminando, avevo oltrepassato diverse case in rovina: forse avrei potuto trovarne una, per quanto diroccata, che mi offrisse un ricovero. Costeggiando il bosco, scoprii che era circondato da un basso muro; lo seguii e dopo un po' vi trovai un'apertura. Due file di cipressi formavano un viale che conduceva a una costruzione squadrata, probabilmente un edificio. Ma feci appena in tempo a intravederla, quando le nuvole tornarono a nascondere la luna, cosicché percorsi il viale nell'oscurità piú completa. L'aria era diventata ancora piú gelida e cominciai a tremare. Sperando di raggiungere in fretta un rifugio, continuai a camminare brancolando nel buio.

Mi fermai, colpito dal grande silenzio che mi circondava. La bufera si era ormai sopita e, forse in sintonia con la quiete della natura, anche il mio cuore cessò di battere per un istante. D'un tratto la luna ricomparve fra le nubi e capii di trovarmi in un cimitero: quella che avevo creduto una casa era invece una grande tomba di marmo, bianca come la neve che la ricopriva e la circondava. Col chiaro di luna mi giunse un lontano brontolio di tempesta, che sembrò prolungarsi in un lungo, sordo ululato di cani o di lupi. Spaventato e inquieto, mi parve che la morsa del gelo stesse ormai stringendo anche il mio cuore.

Mentre la luna illuminava ancora la tomba di marmo, la tormenta cominciò a riprendere vigore, come se stesse tornando sui suoi passi. Attratto dal suo singolare fascino, mi avvicinai al sepolcro che si ergeva in quel punto solitario per osservarlo meglio. Gli girai attorno e sull'architrave della porta in stile dorico lessi un'iscrizione in tedesco:

CONTESSA DOLINGEN DI GRATZ
IN STIRIA
CERCÒ E TROVÒ LA MORTE
1801

Sulla sommità della tomba, composta da grossi blocchi, c'era un lungo palo di ferro, apparentemente piantato nel marmo. Spostandomi verso la parte posteriore del mausoleo, vidi queste parole incise in caratteri cirillici:

I MORTI SI MUOVONO VELOCI

Tutto era cosí insolito e sconcertante che mi sentii quasi mancare. Per la prima volta, cominciai a pentirmi di non aver seguito il consiglio di Johann. Poi un pensiero improvviso mi colpí, provocandomi un profondo turbamento: era la Notte di Valpurga!

La Notte di Valpurga, in cui, secondo la credenza di milioni di persone, il diavolo va in cerca di vittime, le tombe si aprono, i morti escono e camminano e tutte le creature malvagie dell'aria, della terra e dell'acqua si riuniscono in un'orrenda orgia. E questo era il posto che il cocchiere voleva assolutamente evitare, il villaggio abbandonato secoli fa. Qui era stata sepolta la suicida e io ero solo davanti alla sua tomba, inerme, tremante di freddo in un sudario di neve, mentre una violenta bufera stava nuovamente per abbattersi su di me! Dovetti fare appello alla ragione, alle mie credenze religiose, a tutto il mio coraggio per non accasciarmi a terra, sopraffatto dal terrore.

Di colpo la tempesta scoppiò. La terra tremava come sotto gli zoccoli di migliaia di cavalli al galoppo, e questa volta il vento portò sulle sue ali gelate non neve ma grandine, che cadeva con tanta violenza da strappare le foglie e spezzare i rami, rendendo inutile il rifugio offerto dai cipressi. Dapprima corsi sotto l'albero piú vicino, ma ben presto fui costretto a dirigermi verso l'unico punto che poteva costituire un vero riparo: il profondo portale dorico della tomba. Appoggiato contro la massiccia porta di bronzo, ero relativamente protetto dai chicchi di grandine, che mi colpivano solo di rimbalzo, dopo essere caduti a terra o sui blocchi di marmo.

Poi, sotto il mio peso, la porta si schiuse lentamente verso l'interno. Per fuggire a quell'implacabile bufera, anche il riparo offerto da un sepolcro era il benvenuto. Stavo per entrare, quando un lampo illuminò il cielo a giorno e in quell'istante, vero come sono vivo, vidi nell'oscurità della tomba una donna bellissima, con le guance piene e le labbra rosse, che sembrava dormire su un catafalco. Mentre esplodeva il boato di un tuono, mi parve che la mano di un gigante mi afferrasse, scaraventandomi fuori nella tempesta. Accadde tutto cosí in fretta che, prima ancora di rendermene conto, mi ritrovai sotto la grandine. Nello stesso tempo, ebbi la strana ma nitida impressione di non essere solo.

Guardai verso il sepolcro. Proprio in quel momento ci fu un altro fulmine accecante, che si abbatté sul palo di ferro che sormontava la tomba, facendosi strada fino alla terra e sbriciolando il mausoleo con un'esplosione. La morta si sollevò per un attimo, avvolta dalle fiamme, in preda ad atroci sofferenze, e il suo straziante grido di dolore si perse nel fragore dei tuoni. L'ultima cosa che udii fu il mescolarsi di quei suoni spaventosi, poi la mano ciclopica mi riafferrò e mi trascinò via, mentre la grandine mi colpiva con violenza e nell'aria echeggiava l'ululato dei lupi. Ricordo di aver visto una bianca massa indistinta, come se tutte le tombe del cimitero si fossero spalancate per lasciar uscire i fantasmi dei loro ospiti, che si avvicinavano a me attraverso il turbinio dei chicchi di grandine.

Piano piano ripresi i sensi e fui colto da una tremenda stanchezza. Per un po' non riuscii a ricordare nulla. Mi dolevano terribilmente i piedi, ma non potevo muoverli. Mi sembrava di avere la nuca e la schiena congelate e provavo un gran dolore alle orecchie, ma avvertivo un delizioso senso di calore nel petto. Era un incubo, un incubo fisico, per cosí dire: un immane peso mi opprimeva, impedendomi quasi di respirare.

Questo stato semiletargico mi parve durare a lungo, poi, quando si dissolse, sprofondai nel sonno oppure svenni nuovamente. Fui quindi assalito da una fortissima nausea e dal febbrile desiderio di liberarmi da qualcosa, ma non sapevo da cosa. Intorno a me regnava un profondo silenzio, come se il mondo intero dormisse o fosse morto, un silenzio rotto solo dall'ansito di un animale molto vicino a me. Sentivo un calore alla gola, e solo allora mi resi conto della spaventosa realtà, che mi raggelò il cuore: un grosso animale era sdraiato su di me e mi leccava la gola. Non osavo muovermi, un'istintiva prudenza mi spingeva a rimanere immobile; ma la bestia parve capire che qualcosa era cambiato in me, perché alzò la testa. Socchiudendo appena le palpebre, vidi su di me gli occhi fiammeggianti di un lupo gigantesco. Le sue lunghe e appuntite zanne bianche scintillavano nella bocca rossa, spalancata, e il suo alito caldo e acre incombeva su di me.

Per un breve lasso di tempo persi nuovamente i sensi. Quando rinvenni, udii un ringhio sordo, seguito da un latrato che si ripeteva a intervalli regolari. Poi, in lontananza, sentii delle voci che gridavano all'unisono: – Olà! Olà! – Sollevai la testa con cautela, guardando nella direzione da cui provenivano le grida, ma il muro del cimitero mi ostruiva la vista. Il lupo continuava a guaire in modo strano, e una luce rossastra cominciò a brillare lontano, intorno ai cipressi, come se stesse seguendo i latrati. A mano a mano che le voci si avvicinavano, gli ululati del lupo diventavano sempre piú forti. Non avevo il coraggio di emettere un solo suono, né di compiere il minimo movimento. Il bagliore rossastro si approssimava sempre piú sul manto di neve che si stendeva nell'oscurità intorno a me. All'improvviso, un gruppo di cavalieri che brandivano delle torce sbucò al trotto dagli alberi. Il lupo fuggí con un balzo, inoltrandosi nel cimitero. Vidi uno dei cavalieri (capii che erano soldati dal copricapo e dal lungo mantello militare) imbracciare una carabina e mirare. Un suo compagno gli urtò il braccio e la pallottola mi sibilò sopra la testa. Evidentemente, mi aveva scambiato per il lupo. Un altro soldato aveva invece visto l'animale allontanarsi, e udii un secondo sparo. Poi il gruppo avanzò al galoppo: alcuni si diressero verso di me e altri si lanciarono all'inseguimento del lupo, dileguatosi fra i cipressi carichi di neve.

Quando gli uomini si avvicinarono, cercai di muovermi ma non ci riuscii, sebbene potessi vedere e sentire tutto ciò che accadeva intorno a me. Due o tre soldati scesero di sella e mi si inginocchiarono accanto. Uno mi sollevò la testa e mi posò una mano sul petto, all'altezza del cuore.

– Tutto bene, compagni! – gridò. – Il cuore batte ancora!

Mi versarono un sorso di brandy in gola. Ripresi vigore e spalancai gli occhi per guardarmi attorno. Luci e ombre si muovevano fra gli alberi, sentivo gli uomini parlarsi. Le loro esclamazioni spaventate si sovrapponevano; poco dopo, fra i bagliori delle torce, quelli che avevano inseguito il lupo tornarono precipitosamente, alla rinfusa.

Quando uno di loro si avvicinò a noi, uno degli uomini che mi avevano soccorso gli domandò:

– Allora, lo avete trovato?

– No! No! Andiamocene subito, in fretta! Questo non è un posto in cui stare, e proprio questa notte! – rispose lui con foga.

– Che cos'era? – chiedevano tutti con diverse intonazioni. Ognuno diede una risposta diversa e impacciata, come se tutti volessero parlare ma temessero di rivelare ciò che pensavano.

– Era... era... Sí! – farfugliò uno di loro, evidentemente fuori di sé.

– Un lupo... ma non un vero lupo! – disse un altro, rabbrividendo.

– Non serve a niente spararagli se non si ha una pallottola benedetta! – aggiunse un terzo, apparentemente piú tranquillo degli altri.

– Abbiamo scelto la notte giusta per uscire! I nostri mille marchi ce li siamo proprio guadagnati! – esclamò un quarto uomo.

– C'era del sangue sui pezzi di marmo, – affermò un altro ancora. – Non è certo stato il fulmine a portarlo lí. E questo qui? Sta bene? Guardategli la gola! Guardate, il lupo gli si è sdraiato addosso, tenendolo caldo.

L'ufficiale si chinò su di me, poi disse:

– Non è niente di grave, è solo un graffio. Che significa tutto questo? Non lo avremmo mai trovato, se non fosse stato per l'ululato del lupo.

– Ma il lupo dove sarà andato? – chiese il soldato che mi reggeva la testa e che sembrava il piú calmo di tutti, perché le sue mani erano ferme. Sulla manica aveva i galloni di sottufficiale.

– Sarà tornato alla sua tana, – rispose il compagno, che era pallido e si guardava intorno tremando. – Qui ci sono abbastanza tombe dove può rifugiarsi. Andiamo, compagni, presto, lasciamo questo posto maledetto!

L'ufficiale mi aiutò a sedermi, impartendo degli ordini, e alcuni uomini mi issarono su un cavallo. Poi l'ufficiale balzò in sella dietro di me, mi cinse la vita con un braccio e diede ordine di partire. Ci allontanammo velocemente, in perfetta formazione militare, lasciandoci alle spalle il viale di cipressi.

Non riuscendo ancora a parlare, fui costretto a rimanere in silenzio. Devo essermi addormentato, perché ricordo solo di essermi ritrovato in piedi, sorretto da due soldati. Era quasi giorno e a nord un raggio di sole rosso si rifletteva come un sentiero di sangue sulla distesa di neve. L'ufficiale stava raccomandando ai suoi uomini di non fare parola di quello che avevano visto; dovevano dire soltanto di aver trovato un inglese con un grosso cane che gli faceva la guardia.

– Un cane! Quello non era un cane! – sbottò il soldato che era parso il piú spaventato del gruppo. – So riconoscere un lupo quando lo vedo!

Il giovane ufficiale rispose calmo: – Ho detto che era un cane.

– Un cane! – ribatté l'altro sarcastico. Era evidente che il suo coraggio stava risorgendo con la luce del sole. Indicandomi, continuò: – Guardategli la gola! Quella è opera di un cane, signore?

Istintivamente mi toccai il collo e subito gridai di dolore. Gli uomini mi si raccolsero intorno per guardare; quelli rimasti in sella si sporgevano per vedere meglio. Di nuovo risuonò la voce calma dell'ufficiale:

– Un cane, ho detto. Se raccontassimo la verità ci prenderebbero per matti.

Un soldato mi aiutò a risalire in sella e cavalcammo sino alla periferia di Monaco. Là ci imbattemmo in un carro; fui caricato e condotto al *Quattro Stagioni*. L'ufficiale mi accompagnò e un soldato ci seguí portando il suo cavallo, mentre gli altri si diressero verso i loro quartieri. Quando arrivammo, Herr Delbrük si precipitò giú dalle scale; era evidente che mi stava aspettando con ansia. Mi prese le mani e mi aiutò premurosamente a entrare. L'ufficiale mi salutò, pronto ad andarsene, ma io insistetti perché salisse nella mia stanza. Gli feci portare un bicchiere di vino e lo ringraziai calorosamente per avermi salvato la vita con i suoi uomini. Mi rispose semplicemente che era lieto di avermi aiutato, che era stato Herr Delbrük a organizzare una squadra di ricerca e che, in definitiva, non era stata un'avventura spiacevole. A quell'ambigua dichiarazione, il padrone della locanda sorrise, mentre l'ufficiale si congedava con un lieve inchino.

– Sentite, Herr Delbrük, – gli domandai allora, – perché quei soldati sono venuti a cercarmi?

Si strinse nelle spalle, come se il suo intervento non fosse stato importante, e rispose: – Il comandante del reggimento in cui in passato ho prestato servizio mi ha permesso di raccogliere dei volontari.

– Ma come facevate a sapere che mi ero perso?

– Il cocchiere è tornato con quel che restava della carrozza, che era stata quasi distrutta dai cavalli imbizzarriti.

– Ma di certo non sarà stato solo per questo che avete mandato un gruppo di soldati a cercarmi.

– Oh, no! Prima che il cocchiere tornasse, ho ricevuto un telegramma dal Boiardo di cui siete ospite. Trasse di tasca un foglietto e me lo porse. Vi lessi:

Bistritz

Abbiate cura del mio ospite: la sua sicurezza è assai preziosa per me. Se dovesse accadergli qualcosa, o se dovesse perdersi, fate tutto quel che è in vostro potere per ritrovarlo e salvarlo. È inglese, quindi ama l'avventura. La neve, i lupi e la notte sono spesso pericolosi. Non perdete un solo istante se pensate che corra qualche rischio. Ricompenserò lautamente il vostro zelo.

Dracula

Mentre stringevo il telegramma avevo l'impressione che la camera girasse intorno a me; se il premuroso proprietario dell'albergo non mi avesse sorretto, sarei caduto. C'era qualcosa di cosí strano in tutto questo, qualcosa di cosí assurdo e incredibile che cresceva sempre piú in me la sensazione di essere in balia di forze contrastanti. Solo a pensarci mi sentivo come paralizzato. Di certo ero sotto la protezione di una qualche misteriosa potenza: da un paese lontano era arrivato, giusto in tempo, un messaggio che mi aveva salvato dal pericolo di addormentarmi nella neve e dalle fauci del lupo.

LUIGI CAPUANA

Un vampiro

A Lombroso

– No, non ridere! – esclamò Lelio Giorgi, interrompendosi.

– Come vuoi che non rida? – rispose Mongeri. – Io non credo agli spiriti.

– Non ci credevo... e non vorrei crederci neppur io, – riprese Giorgi. – Vengo da te appunto per avere la spiegazione di fatti che possono distruggere la mia felicità, e che già turbano straordinariamente la mia ragione.

– Fatti?... Allucinazioni vuoi dire. Significa che sei malato e che hai bisogno di curarti. L'allucinazione, sí, è un fatto anch'essa; ma quel che rappresenta non ha riscontro fuori di noi, nella realtà. È, per esprimersi alla meglio, una sensazione che va dall'interno all'esterno; una specie di proiezione del nostro organismo. E cosí l'occhio vede quel che realmente non vede; l'udito sente quel che realmente non sente. Sensazioni anteriori, accumulate spesso inconsapevolmente, si ridestano dentro di noi, si organizzano come avviene nei sogni. Perché? In che modo? Non lo sappiamo ancora. E sogniamo (è la giusta espressione) a occhi aperti. Bisogna distinguere. Vi sono allucinazioni momentanee, rapidissime che non implicano nessun disordine organico o psichico. Ve ne sono persistenti, e allora... Ma non è questo il tuo caso.

– Sí; mio e di mia moglie!

– Non hai capito bene. Noi scienziati chiamiamo persistenti le allucinazioni dei pazzi. Non occorre, credo, che io mi spieghi con qualche esempio... Il fatto poi che siete due a soffrire la stessa allucinazione, e nello stesso momento, è un semplice caso d'induzione. Probabilmente sei tu che influisci sul sistema nervoso della tua signora.

– No; prima è stata lei.

– Allora vuol dire che il tuo sistema nervoso è piú debole o ha piú facile recettività... Non arricciare il naso, poeta mio, sentendo questi vocabolacci che i vostri dizionari forse non registrano. Noi li troviamo comodi e ce ne serviamo.

– Se tu mi avessi lasciato parlare...

– Certe cose è meglio non rimescolarle. Vorresti una spiegazione dalla scienza? Ebbene, in nome di essa, io ti rispondo che, per ora, non ha spiegazioni di sorta alcuna da darti. Siamo nel campo delle ipotesi. Ne facciamo una al giorno; quella di oggi non è quella di ieri; quella di domani non sarà quella di oggi. Siete curiosi voialtri artisti! Quando vi giova, deridete la scienza, non valutate nel loro giusto valore i tentativi, gli studi, le ipotesi che pur servono a farla progredire; poi, se si dà un caso che personalmente v'interessa, pretendete che essa vi dia risposte chiare, precise, categoriche. Ci sono, purtroppo, scienziati che si prestano a questo gioco per convinzione o per vanità. Io non sono di questi. Vuoi che te la dica chiara e tonda? La scienza è la piú gran prova della nostra ignoranza. Per tranquillarti, ti ho parlato di allucinazioni, di induzioni, di recettività... Parole, caro mio! Piú studio e piú mi sento preso dalla disperazione di sapere qualcosa di certo. Sembra fatto apposta; quando gli scienziati già si rallegrano di aver constatato una legge, pàffete! ecco un fatto, una scoperta che la butta giú con un manrovescio. Bisogna rassegnarsi. E tu lascia andare, quel che accade a te e alla tua signora è accaduto a tanti altri. Passerà. Che t'importa di sapere perché e come sia avvenuto? T'inquietano forse i sogni?

– Se tu mi permettessi di parlare...

– Parla pure, giacché vuoi sfogarti; ma ti dico anticipatamente che fai peggio. L'unico modo di vincere certe impressioni è quello di distrarsi, di sovrapporre a esse impressioni piú forti, allontanandosi dai luoghi che probabilmente han contribuito a produrle. Un diavolo scaccia l'altro: è proverbio sapientissimo.

– Lo abbiamo fatto; è stato inutile. I primi fenomeni, le prime manifestazioni piú evidenti sono avvenuti in campagna, nella nostra villa di Foscolara... Siamo scappati via. Ma la stessa sera dell'arrivo in città...

– È naturale. Che distrazione poteva darvi la vostra casa? Dovevate viaggiare, far vita d'albergo, un giorno qua, un giorno là; andare attorno l'intera giornata per chiese, monumenti, musei, teatri; tornare all'albergo a sera tardi, stanchi morti...

– Abbiamo fatto anche questo, ma...

– Voi due soli, m'immagino. Dovevate cercare la compagnia di qualche amico, di una comitiva...

– Lo abbiamo fatto; non è valso a niente.

– Chi sa che comitiva!

– Di gente allegra...

– Gente egoista vuoi dire, e vi siete trovati isolatissimi in mezzo a essa, capisco...

– Prendevamo anzi molta parte alla loro allegria, sinceramente, spensieratamente. Appena però ci trovavamo soli... Non potevamo mica condurre la comitiva a dormire con noi...

– Ma dunque dormivate? Ora non capisco piú, se tu intendi parlare di allucinazioni o pure di sogni...

– E picchia con le allucinazioni, coi sogni! Eravamo svegli, con tanto di occhi spalancati, nelle piú limpide funzioni dei sensi e dello spirito, come in questo momento che vorrei ragionare con te e tu ti ostini a non volermi concedere...

– Tutto quello che vuoi.

– Vorrei almeno esporti i fatti.

– Li so, me li figuro; i libri di scienza ne sono pieni zeppi. Potranno esservi diversità insignificanti nei minuti particolari... Non contano. L'essenziale natura del fenomeno non muta per ciò.

– Non vuoi darmi neppure la soddisfazione...?

– Cento, non una, giacché ti fa piacere. Tu sei di coloro che amano di crogiolarsi nei dolori, quasi vogliano centellinarseli... È stupido, scusa!... Ma se ti fa piacere...

– Francamente, mi sembra che tu abbia paura.

– Paura di che? Sarebbe bella!...

– Paura di dover mutare opinione. Hai detto: Io non credo agli spiriti. E se, dopo, fossi costretto a crederci?

– Ebbene, sí; questo mi seccherebbe. Che vuoi? Siamo cosí noi scienziati: siamo uomini, caro mio. Quando il nostro modo di vedere, di giudicare ha preso una piega, l'intelletto si rifiuta fin di prestar fede ai sensi. Anche l'intelligenza è affare di abitudine. Tu intanto mi metti con le spalle al muro. Sia. Sentiamo dunque questi famosi fatti.

– Oh!... – esclamò con un largo respiro Lelio Giorgi. – Già sai per quali tristi circostanze dovetti andarmene a cercar fortuna in America. I parenti di Luisa erano contrari alla nostra unione – e non dico che avessero torto – anch'essi badavano, piú che ad altro, alla situazione economica di colui che doveva essere il marito della loro figliuola. Non avevano fiducia nel mio ingegno; diffidavano anzi della mia pretesa qualità di poeta. Quel volumetto di versi giovanili pubblicato allora è stato la mia maggior disgrazia. Non che pubblicati, non ne ho scritti piú da quell'anno in poi; ma anche tu, poco fa, mi hai chiamato *caro poeta*! L'etichetta mi è rimasta appiccata addosso, quasi fosse stata scritta con inchiostro indelebile. Basta. Suol dirsi che c'è un Dio per gli ubriachi e pei bambini. Bisognerebbe aggiungere: E talvolta anche pei poeti, giacché devo passare per poeta.

– Ecco come siete voialtri letterati! Cominciate sempre *ab ovo*!

– Non spazientirti. Ascolta. Durante la mia dimora di tre anni a Buenos Aires, non avevo piú avuto nessuna notizia di Luisa. Piovutami dal cielo quell'eredità di uno zio che non s'era mai fatto vivo con me, tornai in Europa, corsi a Londra... e con dugentomila lire di cartelle della Banca d'Inghilterra volai qui... dove mi attendeva il piú bel doloroso disinganno. Luisa era sposa da sei mesi! E io l'amavo piú di prima!... La povera creatura aveva dovuto cedere alle insistenti pressioni dei suoi. Ci mancò poco, te lo giuro, che non commettessi una pazzia. Questi particolari, vedrai, non sono superflui... Commisi però la sciocchezza di scriverle una focosissima lettera di rimproveri, e di spedirgliela per posta. Non avevo previsto che potesse capitare in mano del marito. Il giorno dopo egli si presentò a casa mia. Compresi subito l'enormità del mio atto e mi proposi di esser calmo. Era calmo anche lui.

«Vengo a restituirle questa lettera, – mi disse. – Ho aperto sbadatamente, non per indiscrezione, la busta che la conteneva; ed è stato bene che sia accaduto cosí. Mi hanno assicurato che lei è un gentiluomo. Rispetto il suo dolore; ma spero che lei non vorrà turbare inutilmente la pace di una famiglia. Se può fare lo sforzo di riflettere, si convincerà che nessuno ha voluto arrecarle del male volontariamente. Certe fatalità della vita non si sfuggono. Lei intende qual è ormai il suo dovere. Le dico intanto, senza spavalderia, che sono risoluto a difendere a ogni costo la mia felicità domestica».

Era impallidito parlando e gli tremava la voce.

«Chiedo perdono dell'imprudenza, – risposi. – E, per meglio rassicurarla, le dico che domani partirò per Parigi».

Dovevo essere piú pallido di lui; le parole mi uscivano a stento di bocca. Mi stese la mano; gliela strinsi. E mantenni la parola. Sei mesi dopo, ricevevo un telegramma di Luisa: «Sono vedova. T'amo sempre. E tu?» Suo marito era morto da due mesi».

– Il mondo è cosí: la disgrazia di uno forma la felicità di un altro.

– È quel che egoisticamente pensai anch'io; ma non è sempre vero. Mi era parso di toccare il cielo col dito la sera delle nozze e durante i primi mesi della nostra unione. Evitammo, per tacito accordo, di parlare di *colui*. Luisa aveva distrutto ogni traccia del morto. Non per ingratitudine, giacché quegli, illudendosi di essere amato, aveva fatto ogni sforzo per renderle lieta la vita; ma perché temeva che l'ombra di un ricordo, anche insignificante, potesse dispiacermi. Indovinava giusto. Certe volte, il pensiero che il corpo della mia adorata era stato in pieno possesso, quantunque legittimo, di un altro mi dava tale stretta al cuore, che mi faceva fremere da capo a piedi. Mi sforzavo di nascondergliela. Spesso però l'intuito femminile velava di malinconia i begli occhi di Luisa. E per ciò la vidi raggiante di gioia, quando ella fu sicura di potermi annunciare che un frutto del nostro amore le palpitava nel seno. Ricordo benissimo: prendevamo il caffè, io in piedi, ella seduta con una posa di dolce stanchezza. Fu quella la prima volta che un accenno al passato le sfuggí dalle labbra.

«Come sono felice, – esclamò, – che questo sia avvenuto soltanto ora!»

Si udí un gran colpo all'uscio, quasi qualcuno vi avesse picchiato forte col pugno. Trasalimmo. Io corsi a vedere, sospettando una sbadataggine della cameriera o di un servitore; nella stanza allato non c'era nessuno.

– Vi sarà parso un colpo di pugno qualche schianto forse prodotto nel legno dell'uscio dal calore della stagione.

– Diedi tale spiegazione, visto il turbamento grandissimo di Luisa; ma non ne ero convinto. Un forte senso d'impaccio, non so definirlo altrimenti, si era impossessato di me e non riuscivo a celarlo. Stemmo alcuni minuti in attesa. Niente. Da quel momento in poi, però, notai che Luisa evitava di rimaner sola; il turbamento persisteva in lei, quantunque non osasse di confessarmelo, né io di interrogarla.

– E cosí, ora comprendo, vi siete suggestionati, inconsapevolmente, a vicenda.

– Niente affatto. Pochi giorni dopo io ridevo di quella sciocca impressione; e attribuivo allo stato interessante di Luisa l'eccessivo eccitamento nervoso che traspariva dai suoi atti. Poi parve tranquillarsi anch'essa. Avvenne il parto. Dopo qualche mese però, mi accorsi che quel senso di paura, anzi di terrore, l'aveva ripresa. La notte, tutt'a un tratto, ella si avvinghiava a me, diaccia, tremante. «Che cosa hai? Ti senti male?» le domandavo, ansioso. «Ho paura... Non hai udito?» «No». «Non odi?...» insistette la sera appresso. «No». Invece quella volta udivo un fioco suono di passi per la stanza, su e giú, attorno al letto; dicevo di no per non atterrirla di piú. Levavo il capo, guardavo. «Dev'essere entrato qualche topo in camera...» «Ho paura!... Ho paura!» Per parecchie notti, a ora fissa prima della mezzanotte, sempre quello scalpiccio, quell'inesplicabile andare e venire, su e giú, di persona invisibile, attorno al letto. Lo attendevamo.

– E le fantasie riscaldate facevano il resto.

– Tu mi conosci bene; non sono uomo da essere eccitato facilmente. Facevo il bravo anzi, per riguardo di Luisa; tentavo di dare spiegazioni del fatto: echi, ripercussioni di rumori lontani; accidentalità della costruzione della villa, che la rendevano stranamente sonora... Tornammo in città. Ma, la notte appresso, il fenomeno si ripropose con maggior forza. Due volte la spalliera appié del letto venne scossa con violenza. Balzai giú, per osservare meglio. Luisa, rannicchiata sotto le coperte, balbettava: «È lui! È lui!»

– Scusa, – lo interruppe Mongeri, – non te lo dico per metter male tra tua moglie e te, ma io non sposerei una vedova per tutto l'oro del mondo! Qualcosa permane sempre del marito morto, a dispetto di tutto, nella vedova. Sí. «È lui! È lui!» Non già, come crede tua moglie, l'anima del defunto. È quel *lui*, cioè sono quelle sensazioni, quelle impressioni di *lui* rimaste incancellabili nelle sue carni. Siamo in piena fisiologia.

– Sia pure. Ma io, – riprese Lelio Giorgi, – come c'entro con la tua fisiologia?

– Tu sei suggestionato; ora è evidente, evidentissimo.

– Suggestionato soltanto la notte? A ora fissa?

– L'attenzione aspettante, oh! fa prodigi.

– E come mai il fenomeno varia ogni volta, con particolari imprevisti, poiché la mia immaginazione non lavora punto?

– Ti pare. Non abbiamo sempre coscienza di quel che avviene dentro di noi. L'incosciente! Eh! Eh! fa prodigi anch'esso.

– Lasciami continuare. Riserva le tue spiegazioni a quando avrò finito. Nota che la mattina, nella giornata, noi ragionavamo del fatto con relativa tranquillità. Luisa mi rendeva conto di quel che aveva sentito lei, per raffrontarlo con quel che avevo sentito io, appunto per convincermi, come tu dici, se mai le fantasie sovraeccitate ci facessero, nostro malgrado, quel brutto scherzo. Risultava che avevamo sentito l'identico rumore di passi, nella stessa direzione, ora lento, ora accelerato; la stessa scossa alla spalliera del letto, lo stesso strappo alla coperta e nella stessissima circostanza, cioè quando io tentavo, con una carezza, con un bacio, di calmare il suo terrore, di impedirle di gridare: «È lui! È lui!» quasi quel bacio, quella carezza provocassero lo sdegno della persona invisibile. Poi, una notte, Luisa, aggrappandomisi al collo, accostando le labbra al mio orecchio, con un suono di voce che mi fece trasalire, mi sussurrò: «Ha parlato!» «Che dice?» «Non ho sentito bene... Odi? Ha detto: Sei mia!» E siccome anch'io la stringevo piú fortemente al petto, sentii che le braccia di Luisa venivano tratte indietro, violentemente, da due mani poderose; e dovettero cedere nonostante la resistenza che mia moglie opponeva.

– Che resistenza poteva opporre, se era lei stessa che agiva in quel modo, senza averne coscienza?

– Va bene... Ma ho sentito l'ostacolo anch'io, di persona che si frapponeva tra me e lei, di persona che voleva impedire, a ogni costo, il contatto tra me e lei... Ho visto mia moglie rigettata indietro con una spinta... Giacché Luisa voleva stare in piedi, per via del bambino che dormiva nella culla accanto al letto, ora che sentivamo scricchiolare i ferri a cui la culla era sospesa e vedevamo la culla dondolare, traballare e le copertine volare via per la camera, buttate per aria malamente... Non era allucinazione questa. Le raccoglievo; Luisa, tremante, le rimetteva a posto; ma di lí a poco esse volavano per aria di nuovo, e il bambino, destato dalla scossa, piangeva. Tre notti fa, peggio... Luisa sembrava vinta dal malefico fascino di *colui*... Non m'udiva piú, se la chiamavo, non si accorgeva di me che le stavo davanti... Parlava con *colui* e, dalle sue risposte, capivo quel che *colui* le diceva. «Che colpa ho io, se tu sei morto?» «Oh! no, no!... Come puoi pensarlo? Avvelenarti, io?... È un'infamia!» «E il bambino che colpa ha?» «Soffri? Pregherò per te, farò dire delle messe...» «Non vuoi messe?... Me, vuoi?... Ma come fai? Sei morto!...» Invano io la scotevo, la chiamavo per destarla da quella fissazione, da quell'allucinazione. Luisa si ricomponeva tutt'a un tratto. «Hai sentito? – mi diceva. – Mi accusa di averlo avvelenato. Tu non ci credi... Tu non mi sospetterai capace... Oh Dio! E come faremo pel bambino? Lo farà morire! Hai sentito?» Io non avevo udito niente, ma capivo benissimo che Luisa non era pazza, non delirava... Piangeva, abbracciando stretto stretto il bambino levato dalla culla per proteggerlo dal maleficio di *colui*. «Come faremo? Come faremo?»

– Il bambino però stava bene. Questo avrebbe dovuto tranquillarvi.

– Che vuoi? Non si assiste a fatti di tale natura senza che la mente piú solida non ne riceva una scossa. Io non sono superstizioso, ma non sono neppure un libero pensatore. Sono di quelli che credono e non credono, che non si occupano di questioni religiose perché non hanno tempo né voglia di occuparsene... Ma nel mio caso e sotto l'influenza delle parole di mia moglie: «Farò dire delle messe», pensai naturalmente all'intervento di un prete.

– L'hai fatta esorcizzare?

– No, ma ho fatto ribenedire la casa, con gran spargimento di acqua benedetta... anche per impressionare l'immaginazione della povera Luisa, se mai si fosse trattato d'immaginazione esaltata, di nervi sconvolti... Luisa è credente. Tu ridi, ma avrei voluto veder te nei miei panni.

– E l'acqua benedetta?

– Inefficace. Come se non fosse stata adoperata.

– Non l'avevi pensato male. Anche la scienza ricorre talvolta a mezzi simili nelle malattie nervose. Abbiamo il caso di quel tale che credeva gli si fosse allungato enormemente il naso. Il medico finse di fargli l'operazione, con tutto l'apparato di strumenti, di legatura di vene, di fasciature... e il malato guarí.

– L'acqua benedetta invece fece peggio. La notte dopo... Oh!... Mi sento rabbrividire al solo pensarci. Ora tutto l'odio di *colui* era rivolto contro il bambino... Come proteggerlo?... Appena Luisa vedeva...

– O le sembrava di vedere...

– Vedeva, caro mio, vedeva... Vedevo anch'io... quasi. Giacché mia moglie non poteva piú avvicinarsi alla culla; una strana forza glielo impediva... Io tremavo allo spettacolo di lei che tendeva desolatamente le braccia verso la culla, mentre *colui* – me lo diceva Luisa – chinato sul bambino dormiente, faceva qualcosa di terribile, bocca con bocca, come se gli succhiasse la vita, il sangue... Sono tre notti di seguito che la nefanda operazione si ripete e il bambino, il caro figliuolino... non si riconosce piú. Bianco, da roseo che era! come se realmente colui gli abbia aspirato il sangue; deperito in modo incredibile, in tre sole notti! È immaginazione questa? Vieni a vederlo.

– Si tratta dunque?...

Il Mongeri rimase alcuni minuti pensoso, a testa bassa, aggrottando le soppracciglia. Il sorriso un po' sarcastico e un po' compassionevole apparsogli sulle labbra mentre Lelio Giorgi parlava, si era spento tutt'a un tratto. Poi alzò gli occhi, fissò l'amico che lo guardava con ansiosissima attesa, e ripeté:

– Si tratta dunque?... Ascoltami bene. Io non ti spiego niente, perché sono convinto di non poter spiegarti niente. È difficile essere piú schietto di cosí. Ma posso darti un consiglio... empirico, che forse ti farà sorridere alla tua volta, specialmente venendoti da me... Fanne l'uso che credi.

– Lo eseguirò subito, oggi stesso.

– Ci vorrà qualche giorno, per parecchie pratiche che occorrono. Ti aiuterò a sbrigarle nel piú breve tempo possibile. I fatti che mi hai riferito non li metto in dubbio. Devo aggiungere che, per quanto la scienza sia ritrosa di occuparsi di fenomeni di tale natura, da qualche tempo in qua non li tratta con l'aria sprezzante di prima: tenta di farli rientrare nella cerchia dei fenomeni naturali. Per la scienza non esiste altro, all'infuori di questo mondo materiale. Lo spirito... Essa lascia che dello spirito si occupino i credenti, i mistici, i fantastici che oggi si chiamano spiritisti... Per la scienza c'è di reale soltanto l'organismo, questa compagine di carne e di ossa formante l'individuo e che si disgrega con la morte di esso, risolvendosi negli elementi chimici da cui riceveva funzionamento di vita e di pensiero. Disgregati questi... Ma appunto la quistione si riduce, secondo qualcuno, a sapere se la putrefazione, la disgregazione degli atomi, o meglio la loro funzione organica si arresti istantaneamente con la morte, annullando *ipso facto* la individualità, o se questa perduri, secondo i casi e le circostanze, piú o meno lungamente dopo la morte... Si comincia a sospettarlo... E su questo punto la scienza verrebbe a trovarsi d'accordo con la credenza popolare... Io studio, da tre anni, i rimedi empirici delle donnicciuole, dei contadini per spiegarmi il loro valore... Essi, spessissimo, guariscono mali che la scienza non sa guarire... La mia opinione oggi sai tu qual è? Che quei rimedi empirici, tradizionali siano i resti, i frammenti della segreta scienza antica, e anche, piú probabilmente, di quell'istinto che noi possiamo oggi verificare nelle bestie. L'uomo, da principio, quando era molto vicino alle bestie piú che ora non sia, divinava anche lui il valore terapeutico di certe erbe; e l'uso di esse si è perpetuato, trasmesso di generazione in generazione, come nelle bestie. In queste opera ancora l'istinto; nell'uomo, dopo che lo svolgimento delle sue facoltà ha ottenebrato questa virtú primitiva, perdura unicamente la tradizione. Le donnicciuole, che sono piú tenacemente attaccate a essa, ci han conservato alcuni di quei suggerimenti della natura medicatrice; e io credo che la scienza debba occuparsi di questo fatto, perché in ogni superstizione si nasconde qualcosa che non è unicamente fallace osservazione dell'ignoranza... Perdonami questa lunga digressione. Quello che qualche scienziato ora ammette, cioè che, con l'atto apparente della morte di un individuo, non cessi realmente il funzionamento dell'esistenza individuale fino a che tutti gli elementi non si siano per intero disgregati, la superstizione popolare – ci serviamo di questa parola – lo ha già divinato da un pezzo con la credenza nei vampiri, e ha divinato il rimedio. I vampiri sarebbero individualità piú persistenti delle altre, casi rari, sí, ma possibili anche senza ammettere l'immortalità dell'anima, dello spirito... Non spalancar gli occhi, non crollare la testa... È fatto, non insolito, intorno al quale la cosí detta superstizione popolare – diciamo meglio – la divinazione primitiva potrebbe trovarsi d'accordo con la scienza... E sai qual è la difesa contro la malefica azione dei vampiri, di queste persistenti individualità che credono di poter prolungare la loro esistenza succhiando il sangue o l'essenza vitale delle persone sane?... L'affrettamento della distruzione del loro corpo. Nelle località dove questo fatto si produce, le donnicciuole, i contadini corrono al cimitero, disseppelliscono il cadavere, lo bruciano... È provato che il vampiro allora muore davvero; e infatti il fenomeno cessa... Tu dici che il tuo bambino...

– Vieni a vederlo; non si riconosce piú. Luisa è pazza dal dolore e dal terrore... Mi sento impazzire pure io, anche perché invasato dal diabolico aspetto... Ma... Invano mi ripeto: «Non è vero! Non può esser vero!...» Invano ho tentato di confortarmi pensando: «E dato pure che fosse vero?... È una gran prova d'amore. Si è fatta avvelenatrice per te!...» Invano! Non so né posso piú difendermi da una vivissima ripugnanza, da una straziante violenza di allontanamento, altra malefica opera di *colui*! Egli insiste nel rimprovero: lo capisco dalle risposte di Luisa, quando *colui* la tiene sotto il suo orrido fascino, e la poverina protesta: «Avvelenarti?... Io?... Come puoi crederlo?...» Oh! Non viviamo piú, amico mio. Sono mesi e mesi che sopportiamo questo tormento, senza farne parola a nessuno per timore di far ridere di noi le persone che si dicono spregiudicate... Tu sei il primo al quale ho avuto il coraggio di fare la confidenza per disperazione, per invocare un consiglio, uno scampo... E avremmo ancora pazientemente sopportato tutto, lusingandoci che cosí strani fenomeni non avrebbero potuto prolungarsi troppo, se ora non corresse pericolo la nostra innocente creatura.

– Fate cremare il cadavere. È una prova che mi interessa, oltre che come amico, come scienziato. Alla moglie, quantunque non piú vedova, sarà facilmente concesso; ti aiuterò nelle pratiche occorrenti presso le autorità. E non mi vergogno per la scienza di cui sono un meschino cultore. La scienza non scapita di dignità ricorrendo anche all'empirismo, facendo tesoro di una superstizione, se poi potrà verificare che è superstizione soltanto in apparenza; ne riceverà impulsi a ricerche non tentate, a scoprire verità non sospettate. La scienza deve essere modesta, buona, pur di aumentare il suo patrimonio di fatti, di verità. Fate cremare il cadavere. Ti parlo seriamente, – soggiunse il Mongeri, leggendo negli occhi del suo amico il dubbio di essere trattato da donnicciuola, da popolano ignorante.

– E il bambino intanto? – esclamò Lelio Giorgi torcendosi le mani. – Una notte io ebbi un impeto di furore; mi slanciai contro *colui* seguendo la direzione degli sguardi di Luisa, quasi egli fosse persona da potersi afferrare e strozzare; mi slanciai urlando: «Va' via! Va' via, maledetto!...» Ma fatti pochi passi, ero arrestato, paralizzato, inchiodato là, a distanza con le parole che mi morivano in gola e non riuscivano a tradursi neppure in indistinto mugolio... Tu non puoi credere, tu non puoi immaginare...

– Se volessi permettermi di tenervi compagnia questa notte...

– Ecco: me lo chiedi con tale accento di diffidenza...

– T'inganni.

– Forse faremo peggio: temo che la tua presenza non serva che a irritarlo di piú, come la benedizione della casa. Questa notte no. Verrò a riferirti domani...

E, il giorno dopo, egli tornò cosí spaventato, cosí disfatto che il Mongeri concepí qualche dubbio intorno all'integrità delle facoltà mentali del suo amico.

– Egli sa! – balbettò Lelio Giorgi appena entrato nello studio. – Ah, che notte d'inferno! Luisa lo ha sentito bestemmiare, urlare, minacciare terribili castighi se noi oseremo.

– Tanto piú dobbiamo osare, – rispose il Mongeri.

– Se tu avessi visto quella culla scossa, agitata in modo che io non so spiegarmi come il bambino non sia cascato per terra! Luisa ha dovuto buttarsi ginocchioni, invocando pietà, gridandogli: «Sí, sarò tua, tutta tua!... Ma risparmia quest'innocente...» E in quel momento mi è parso che ogni mio legame con lei fosse rotto, ch'ella non fosse davvero piú mia, ma sua, di *colui*!

– Calmati!... Vinceremo. Calmati!... Voglio esser con voi questa notte.

Il Mongeri era andato con la convinzione che la sua presenza avrebbe impedito la manifestazione del fenomeno. Pensava: «Accade quasi sempre cosí. Queste forze ignote vengono neutralizzate da forze indifferenti, estranee. Accade quasi sempre cosí. Come? Perché? Un giorno certamente lo sapremo. Intanto bisogna osservare, studiare».

E, nelle prime ore di quella notte, accadeva proprio com'egli aveva pensato. La signora Luisa girava gli spauriti occhi attorno, tendeva ansiosamente l'orecchio... Niente. La culla rimaneva immobile: il bambino, pallido pallido, dimagrito, dormiva tranquillamente. Lelio Giorgi, frenando a stento l'agitazione, guardava ora sua moglie, ora il Mongeri che sorrideva soddisfatto.

Intanto ragionavano di cose che, nonostante la preoccupazione, arrivavano in alcuni momenti a distrarli. Il Mongeri aveva cominciato a raccontare una sua divertentissima avventura di viaggio.

Bel parlatore, senza nessuna affettazione di gravità scientifica, egli intendeva di deviare cosí l'attenzione di quei due, e intanto non perderli d'occhio, per notare tutte le fasi del fenomeno caso mai dovesse ripetersi; e già cominciava a persuadersi che il suo intervento sarebbe stato salutare, quando nell'istante che il suo sguardo si era rivolto verso la culla, egli si accorse di un lieve movimento di essa, il quale non poteva esser prodotto da nessuno di loro perché la signora Luisa e Lelio gli sedevano dirimpetto e discosti dal posto dov'era la culla. Non poté fare a meno di fermarsi, di farsi scorgere, e allora Luisa e Lelio balzarono in piedi.

Il movimento era aumentato gradatamente e quando la signora Luisa si volse a guardare là, dove gli occhi di Mongeri si erano involontariamente fissati, la culla si dondolava e sobbalzava.

– Eccolo! – ella gridò: – Oh, Dio! Povero figliuolino!

Fece per accorrere, ma non poté. E cadde rovesciata su la poltrona dov'era stata seduta fin allora. Pallidissima, scossa da un fremito per tutta la persona, con gli occhi sbarrati e le pupille immobili, balbettava qualcosa che le gorgogliava nella gola e non prendeva suono di parola, e sembrava dovesse soffocarla.

– Non è niente! – disse Mongeri, levatosi in piedi anche lui e stringendo la mano di Lelio che gli si era accostato con vivissimo atto di terrore, quasi per difesa.

La signora Luisa, irrigiditasi un istante, ebbe un tremito piú violento e subito parve ritornasse allo stato ordinario; se non che la sua attenzione era tutta diretta a guardare qualcosa che gli altri due non scorgevano, a prestar ascolto a parole che quelli non udivano, e delle quali indovinavano il senso dalle risposte di lei.

– Perché dici che voglio continuare a farti del male?... Ho pregato per te!... Ho fatto dire delle messe!... Ma non si può sciogliere! Tu sei morto... Non sei morto?... Dunque perché mi accusi di averti avvelenato...? D'accordo con lui? Oh!... Ti aveva promesso, sí; e ha mantenuto... Per finzione? C'intendevamo da lontano? Lui m'ha spedito il veleno?... È assurdo! Non dovresti crederlo se è vero che i morti vedono la verità... Va bene. Non ti stimerò morto... Non te lo ripeterò piú.

– È in istato di *trance* spontanea! – disse Mongeri all'orecchio di Lelio. – Lasciami.

Presala pei pollici, dopo qualche minuto, e ad alta voce, chiamò:

– Signora!...

Alla voce cupa e irritata, voce robusta, maschile, con cui ella rispose, Mongeri dié un salto indietro. La signora Luisa si era rizzata sul busto con tal viso rabbuiato, con tale espressione di durezza nei lineamenti, da sembrare altra persona. La speciale bellezza della sua fisonomia, quel che di gentile, di buono, quasi di verginale che risultava dalla dolcezza dello sguardo dei begli occhi azzurri e dal lieve sorriso errante su le labbra, come un delicato palpito di esse, quella speciale bellezza era compiutamente sparita.

– Che cosa vuoi? Perché t'intrometti tu?

Mongeri riprese quasi subito padronanza di sé. L'abituale sua diffidenza di scienziato gli faceva sospettare di aver dovuto sentire anche lui, per induzione, per consenso dei centri nervosi, l'influsso del forte stato di allucinazione di quei due, se gli era parso di veder dondolare o sobbalzare la culla che, ora, egli vedeva benissimo immobile, con dentro il bambino tranquillamente addormentato, ora che la sua attenzione veniva attirata dallo straordinario fenomeno della personificazione del fantasma. Si accostò, con un senso di dispetto contro se stesso per quello sbalzo indietro al rude suono di voce che lo aveva quasi investito, e rispose imperiosamente:

– Finiscila! Te l'ordino!

Aveva messo nell'espressione tale sforzo di volontà che il comando avrebbe dovuto imporsi all'esaltamento nervoso della signora, *superarlo* – egli pensava. La sardonica e lunga risata che rispose subito a quel *te l'ordino* lo scosse, lo fece titubare un istante.

– Finiscila! Te l'ordino! – replicò poi con maggior forza.

– Ah! Ah! Vuoi essere il terzo... che gode... Avvelenerete anche lui?

– Mentisci! Infamemente!

Mongeri non aveva potuto trattenersi di rispondere come a persona viva. E la lucidità della sua mente già un po' turbata, nonostante gli sforzi che egli faceva per rimanere osservatore attento e imparziale, venne sconvolta a un tratto quando si sentí battere due volte sulla spalla da mano invisibile, e nel medesimo istante vide apparire davanti al lume una mano grigiastra, mezzo trasparente, quasi fosse fatta di fumo, e che contraeva e distendeva con rapido moto le dita assottigliandosi come se il calore della fiamma la facesse evaporare.

– Vedi? Vedi? – gli disse Giorgi. E aveva il pianto nella voce.

Improvvisamente ogni fenomeno cessò. La signora Luisa si destava dal suo stato di *trance*, quasi si svegliasse da sonno naturale, e girava gli occhi per la camera, interrogando il marito e Mongeri con una breve mossa del capo. Essi s'interrogavano, alla lor volta, sbalorditi di quel senso di serenità, o meglio di liberazione che rendeva facile il loro respiro e regolari i battiti del cuore. Nessuno osava parlare. Solamente un fioco lamento del bambino li fece accorrere ansiosi verso la culla. Il bambino gemeva, gemeva, dibattendosi sotto l'oppressione di qualcosa che sembrava aggravarglisi sulla bocca e gli impedisse di gridare... Improvvisamente, cessò anche questo fenomeno, e non accadde piú altro.

La mattina, andando via, Mongeri non pensava soltanto che gli scienziati hanno torto di non voler studiare da vicino casi che coincidono con le superstizioni popolari, ma tornava a ripetersi mentalmente quel che aveva detto due giorni avanti al suo amico: *Non sposerei una vedova per tutto l'oro del mondo*.

Come scienziato è stato ammirevole, conducendo l'esperimento fino all'ultimo senza punto curarsi se (nel caso che la cremazione del cadavere del primo marito della signora Luisa non avesse approdato a niente), la sua reputazione di scienziato dovesse soffrirne presso i colleghi e presso il pubblico. Quantunque l'esperimento abbia confermato la credenza popolare, e dal giorno della cremazione dei resti del cadavere, i fenomeni siano compiutamente cessati, con gran sollievo di Lelio Giorgi e della buona signora Luisa, nella sua relazione, non ancora pubblicata, il Mongeri però non ha saputo mostrarsi interamente sincero. Non ha detto: «I fatti sono questi, e questo il resultato del rimedio: la pretesa superstizione popolare ha avuto ragione su le negligenze della scienza; il vampiro è *morto completamente* appena il suo corpo venne cremato». No. Egli ha messo tanti *se*, tanti *ma* nella narrazione delle minime circostanze, ha sfoggiata tanta *allucinazione*, tanta *suggestione*, tanta *induzione nervosa* nel suo ragionamento scientifico, da confermare quel che aveva confessato l'altra volta, cioè: che anche la intelligenza è affare d'abitudine e che il mutar di parere lo avrebbe seccato.

Il piú curioso è che non si è mostrato piú coerente come uomo. Egli che proclamava: «Non sposerei una vedova per tutto l'oro del mondo», ne ha poi sposata una per molto meno, per sessantamila lire di dote! E a Lelio Giorgi che ingenuamente gli disse: – Ma come?... Tu!... – rispose: – A quest'ora non esistono insieme neppure due atomi del corpo del primo marito. È morto da sei anni! – senza accorgersi che, parlando cosí, contraddiceva l'autore della memoria scientifica – *Un preteso caso di vampirismo* – cioè, se stesso.

DANIELE OBERTO MARRAMA

Il Dottor Nero

La serena giornata di maggio moriva in un tramonto dolcissimo che tingeva di rosa le cime del Monte Tiberio, sulle falde del quale s'inerpica la bianca Capri, con le sue villette civettuole e i suoi giardini fioriti. Giú, sulle prime case, nelle insenature della spiaggia, l'ombra, una discreta ombra violacea, si adagiava come un tenue velo.

– Magnifico spettacolo! – esclamò Fabio Spinedo, il novellatore, ospite come me del Comandante O'Nell sulla splendida terrazza della bella Villa Laura. – Come doveva essere colpita la fantasia del crudele Imperatore romano, artista e sanguinario insieme, che adorava quest'isola incantevole!

– E quale dolcezza deve avere una serata di luna, vista di quassú, Comandante! – aggiunsi io, abbracciando con un'occhiata tutto il paesaggio che si stendeva di sotto, fra le balze fiorite di ginestre e rose.

Il nostro anfitrione scosse la testa, e la cenere del suo *Londres* cadde per terra; poi si passò la mano sui baffi rossicci che già da tempo imbiancavano e rispose con voce sommessa:

– Non potrei dirlo...

Lo guardammo stupiti: quella strana risposta era assolutamente inattesa.

– Come! – azzardò Fabio. – Non avete mai passato una serata quassú, sulla vostra terrazza, voi, un innamorato delle bellezze di Capri?

Il Comandante ci fissò un istante, e un'ombra di tristezza si diffuse sul suo volto aperto e leale di vecchio marinaio, poi disse, levandosi in piedi:

– Mai, Signori. Il crepuscolo *mi fa paura*. Col calar del sole io mi ritiro in camera e, da diciotto anni, non ho piú visto brillar le stelle neppure attraverso i vetri delle finestre.

Tacque per un poco, poi riprese, crollando il capo:

– Da diciotto anni... è una vecchia storia, assai dolorosa...

Ci eravamo levati in piedi anche noi, sentendo che qualche cosa di bizzarro era nelle parole di lui: qualche cosa, anche, di assai triste...

– Se volete restare, – egli seguitò, – fate pure; siete in casa vostra e non vorrei privarvi di uno spettacolo che deve essere superbo. Io, col vostro permesso, mi ritiro... *È l'ora dei vampiri...*

Quella strana parola suonò come un singulto, nella pace del tramonto che andava morendo in un caldo pallore di oro bizantino, sulla conca del mare.

Fabio Spinedo mi diede un'occhiata: l'istinto del novelliere, dello scrittore di cose fantastiche, assurde, paurose, si ridestò in lui di fronte a quel mistero che egli indovinava nelle parole del nostro ospite.

– No, no, Comandante... – disse premurosamente, – noi ci ritiriamo con voi. Se il crepuscolo vi desta dei ricordi angosciosi...

– Ebbene, venite pure in salotto, Signori..., – disse O'Nell, inchinandosi leggermente e, con la calma dignitosa del patrizio irlandese. – Fumeremo un sigaro, e chiacchiereremo.

Mi voltai ancora una volta a dare una breve occhiata al cielo e al mare quando, tutt'a un tratto, sentii una mano potente che mi stringeva il braccio e mi trascinava verso la porta vetrata del salotto che s'apriva sulla terrazza.

– Presto, presto...! – mormorò una voce soffocata.

Il Comandante O'Nell, pallido, disfatto, mi cacciò nel salotto, si avventò alla porta a vetri, la richiuse in fretta e, con mano convulsa, abbassò le tendine. Ma, prima che esse si abbassassero, nel barlume crepuscolare, potei intravedere un palpitare di brevi ali nere che passò e scomparve radendo i vetri.

Alla luce tranquilla della lampada, che rischiarava quell'angolo di salotto severo come un sacrario, un angolo tutto pieno di stoffe grevi, di armi fantastiche, di trofei esotici, bizzarri come visioni di allucinati, il volto di O'Nell appariva, ora, un poco piú calmo, quasi irrigidito in una forzata espressione di statua: solo i grossi baffi rossicci, avevano un tremito impercettibile.

– Vi domando scusa, Signori, – cominciò a un tratto rompendo il silenzio che pesava come un incubo sopra di noi, – soprattutto a voi, Luca Doria, – e si volse a me fissandomi con due occhi che pareva implorassero, – se poc'anzi fui preso da uno scatto... strano... che a voi sarà parso inesplicabile...

S'interruppe, si passò le mani sulla fronte a lungo come per dissipare qualche cosa che vi si fosse fermata e, poiché nessuno di noi parlava, riprese:

– Sento che vi debbo una spiegazione... Il fatto è stato cosí brusco, che voi dovete *sapere*, per comprendere e per perdonarmi... E voi *saprete*: e io vi dirò quello che nessun altro al mondo sa: quello che io tento indarno di nascondere a me stesso per dimenticare.

Alla luce della lampada – una grossa lampada color opale dalle trasparenze d'ambra sulla quale pareva corressero fili di sangue – le lance, i turcassi, le pipe dei Pellirosse e i feticci dei Maori, avevano un aspetto come di cose vive che stessero in agguato nella penombra per colpire. Noi tacevamo vinti dalla suggestione dell'ambiente, dall'ora del mistero che le parole del Comandante ci avrebbero rivelato, fra un istante.

Ed egli ripigliò, a bassa voce, fissando un punto vago innanzi a lui, parlando forse per qualcun altro ch'egli vedeva in fondo al salotto, dove la luce della lampada non giungeva:

– Diciotto anni fa, io ero felice. Ricco, con un grado elevato nella Marina Britannica, fresco sposo di una bellissima fanciulla che mi adorava, non potevo desiderare di piú. Avevo conosciuto Laura Cavalcanti a Firenze, in uno dei miei viaggi in Italia, e l'avevo sposata in brevissimo tempo: il nome patrizio che portava, le sue squisite doti fisiche e morali erano state, per me, la miglior garanzia di una felicità che non mi mancò davvero nei primi tempi del matrimonio, in quei tempi che, ahimè, rimpiango con tutti i miei desideri piú angosciosi.

Dopo aver trascorso la luna di miele in Italia, facemmo un lungo viaggio in Francia e in Spagna e, finalmente, prima che scadesse la mia licenza, l'accompagnai a prendere possesso del mio castello, l'antica e grigia Rocca di Greencastle nella Contea di Kildare: quel castello del quale ella, l'ultima donna di casa O'Nell, sarebbe stata la padrona assoluta.

Temevo che la solitudine e la severità del paesaggio, grandioso ma triste, e l'aspetto cupo di Greencastle tutto cinto di edera fosca, dovessero spaventare la piccola italiana, nata nell'azzurro e nel sole: ma, quando dopo un viaggio di tre o quattro ore in carrozza, attraverso balze scoscese e boschi di abeti e di pini, apparvero i dintorni del vecchio castello, in un grigio crepuscolo di settembre, Laura ne rimase colpita come da un'apparizione fantastica e batté le mani esclamando: «Com'è bello! Com'è solenne! E io dovrò diventare la castellana di questi boschi e di queste torri!»

«Sí, tu sola, anima mia», le risposi, lieto della sua letizia. E, in un pallido raggio che balenò un istante attraverso la nuvolaglia cinerea, cingendo il castello come di un'aureola, mi parve di vedere un fausto auspicio, come una promessa di lunga felicità.

La sera ella cenò allegrissima, nell'ampia sala da pranzo del soffitto di quercia scolpita, e Patrick, il vecchio domestico che mi aveva allevato, volle aver l'onore di servire a tavola la giovane padrona, mostrandosi orgoglioso di vedere un fresco ramoscello di lillà innestato sul vecchio tronco degli O'Nell, e manifestando la sua soddisfazione con un certo tremito nelle vecchie gambe che pure, un tempo, erano state le gambe piú belle e piú solide del 1° Reggimento della Guardia Irlandese.

La mattina seguente, che era destinata alla visita del castello, Laura si levò all'alba, impaziente di entrare in possesso di ogni cantuccio di quel grande e severo edificio ove le erano riserbate, a ogni passo, delle sorprese, che il suo spirito accoglieva con una deliziosa gaiezza infantile.

Girò cosí, con me, tutto il pianterreno, la Sala d'Armi, la enorme cucina dal camino di pietra monumentale, la Sala delle Guardie, la Sala d'Onore, i corridoi allaccianti un lato del castello con l'altro, poi salí al piano di sopra, visitò le camere per gli ospiti, ascese nelle torri, passò sui ponti, visitò le casematte: non un angolo le sfuggiva, non una nicchia in cui ella non volesse cacciare la graziosa testina ricciuta di bimba curiosa e contenta.

Le riserbavo, per ultimo, la grande sala degli «antenati» al primo piano dove, infine, la condussi, indicandole le quattro interminabili pareti dove tutti gli O'Nell, guerrieri, magistrati, abati, dame e canonichesse, si drizzavano sul fondo nero degli enormi quadri incorniciati d'oro.

«Ecco tutti quelli che ci hanno preceduto nel dominio di Greencastle», le dissi, inchinandomi a lei e guidandola per mano fino al primo dei ritratti: un arcigno cavaliere rivestito di ferro e con la croce sulla corazza.

Ella volle vederli tutti, a uno a uno, domandandomi delle spiegazioni, facendo dei commenti, sorridendo o sgranando gli occhioni neri, innanzi alle fisionomie piú serene e piú cupe. Credevo che avessimo finito la visita, quando Laura mi disse, accennando a una porticina:

«E là, che cosa c'è?»

«Altri quadri, credo, – risposi. – Tele insignificanti...»

«Andiamo a vedere».

Mi prese per mano e mi trasse verso la porticina, che spalancò. Ci trovammo in una stanzetta rotonda, che riceveva luce da un foro aperto nella volta: una stanzetta che, a giudicare dall'abbandono in cui si trovava, doveva essere poco frequentata dal personale di Greencastle. A terra, delle scale, qualche cassa vuota, qualche tela sfondata: alle pareti, moltissime ragnatele e uno o due quadri.

«Sono paesaggi, – spiegai. – Sgorbi di nessun valore che son qui da qualche secolo».

Ella guardò, e stava per tornare indietro convinta, quando esclamò:

«No, no. Lí c'è un ritratto, guarda!»

C'era infatti, un ritratto: qualcuno che, nella penombra e a una certa distanza, non si discerneva bene.

Ci avvicinammo, egualmente curiosi tutti e due e, finalmente, ricordai di che si trattasse.

Era il ritratto di un giovane trentenne; un viso magro, affilato, pallido, incorniciato da una barba nera. Un viso i cui occhi turchini, acuti come due lame, pareva che brillassero. Era vestito tutto di nero, con un berretto nero in testa, alla foggia dei medici del secolo decimo settimo e, particolare bizzarro, stringeva al petto con la bianca mano sottile – una mano cerea, magra, fantastica – un vampiro dalle ali aperte. Era un simbolo? Era una stranezza dell'effigiato, o del pittore? Chi sa!

«Rammento, – dissi sorridendo. – È il ritratto di uno sconosciuto, che non sappiamo come sia qui, da duecento anni... Non è né un nostro antenato, né un personaggio che avesse, a nostra notizia, avvicinata – due secoli fa – la nostra famiglia. Già: il tipo non è neppure irlandese. Dall'abito penso che sia stato un medico o un naturalista. Quando ero piccino, e chiedevo notizie di lui, Betsy, la mia buona nutrice, mi rispondeva battezzandolo con un nome che gli era stato certo imposto da lei: *il Dottor Nero*...»

Non avevo finito la frase che Laura, la quale si era avvicinata al ritratto mentre io parlavo, diede a un tratto un grido soffocato e vacillò, aggrappandosi alla mia spalla. La sorressi, la presi tra le braccia e la portai fuori, spaventato del caso imprevisto, ancora troppo ignaro della psicologia muliebre per tentare di trovare una causa al suo svenimento. Chiamai la cameriera, mandai per un medico, misi a soqquadro tutta la servitú, ma quando, dopo poco, ella riaperse gli occhi e mi vide inginocchiato accanto al suo letto, pallido, ansante, mi sorrise con dolcezza e mormorò, piegandomi la testina sulla spalla:

«Un capogiro... Effetto della stanchezza... La visita al castello mi ha spossata un poco... Non spaventarti, sai, è passata...»

Le diedi un bacio sulla fronte, rassicurato: avevo bisogno di crederle, e le credetti, senza esitazione alcuna.

Passammo due giorni senza alcun incidente notevole; mi accorgevo però di un certo cambiamento nel carattere di mia moglie, per solito lieta e vivace come una cinciallegra e ora, invece, quasi sempre silenziosa, distratta, come vinta da un pensiero persistente e tormentoso.

Non mi sarei però mai risoluto a dirle nulla, se una mattina, molto presto, cercandola dappertutto, non l'avessi vista sgusciare dalla porticina della stanzetta rotonda. Ella sperava, evidentemente, che io non l'avessi vista uscire di là, perché rasentò la parete e venne a me come se si fosse trattenuta sino ad allora nella sala degli «antenati»; ma io, che nel suo piccolo stratagemma non potevo vedere che il ripiego ingenuo di una bambina sorpresa a mezzo di un suo capriccio, le andai incontro e la rimproverai dolcemente:

«Laura, amica mia, perché ti sei cacciata ancora una volta là dentro? Hai dimenticato che fu proprio lí che ti sentisti male l'altro giorno? Tu, ora, dovresti strapazzarti assai poco: da qualche tempo sei piú pallida, e sembra che tu soffra di qualche cosa».

La carezzai con aria paterna la nera chioma ricciuta, mentre ella socchiudeva gli occhi, abbandonandosi sulla mia spalla.

«È forse la tristezza di questo castello che ti rende malinconica? Sono questi foschi quadri? È forse quello strano ritratto del *Dottor Nero*?»

Avevo appena detto queste parole che ella sussultò fissandomi con gli occhi sbarrati e mettendomi una mano sulla bocca...

«No, no, taci... Perché dici questo? Andiamo via, andiamo presto, ti prego...»

Il volto le si era scolorato e la voce era affannosa, un po' tremante.

Si guardò intorno, quasi temesse che *qualcuno* avesse potuto ascoltare il nostro colloquio, e poi si strinse al mio braccio, ripetendo in tono piú sommesso:

«Andiamo via, te ne supplico....»

L'aria aperta del parco, ancora tutto pieno d'ombra nella

mattina di settembre, la rinfrancò alquanto. Passeggiammo per un po' in silenzio sotto i magnifici abeti, poi arrischiai la domanda che da tempo mi fremeva dentro:

«Ebbene, Laura, mi dirai finalmente...»

M'interruppe, abbracciandomi, celando il viso contro il mio petto.

«Non chiedere, ti prego. È una sciocchezza... Una sciocchezza da bimba...»

Pareva cosí piccola, cosí debole, avvinta a me, povero e gentile ramoscello di lillà perduto in un nero bosco di abeti!

«Ma c'è qualcosa a Greencastle che ti spaventa?», le chiesi poco dopo, sollevandole pian piano il visino, che l'aria pura del parco aveva soffuso lievemente di roseo.

Ella mi guardò con i neri occhioni di gazzella, e disse con un sorriso:

«Finché ci sei tu, non ho paura di nessuna cosa al mondo!»

La risposta invece di rinfrancarmi, mi fece sussultare. Ignorava, o aveva dimenticato che, fra quattro giorni, dovevo lasciarla per imbarcarmi nuovamente su una nave della Marina Britannica?

Quei quattro giorni, non occorre che lo dica, furono per me assai penosi: mi ero già da un pezzo rassegnato al pensiero di lasciare per qualche tempo la mia giovane sposa tutta sola nel grigio castello, ma confidavo nel suo carattere sereno e nella vigilanza dei camerieri e delle domestiche e, soprattutto, del maggiordomo, il buon Patrick che già adorava la sua padroncina, cosí come aveva adorato gli ultimi due O'Nell, mio padre e me.

Senonché, questi incidenti sopravvenuti, questi strani fenomeni di paure angosciose, mi facevano pensare ora con terrore alla mia prossima partenza. Sentivo che qualche cosa esercitava una suggestione su mia moglie, la teneva avvinta sotto il suo triste fascino, la rendeva sempre piú silenziosa e pallida mettendole come un sogno spaventoso negli occhi neri, e avrei voluto sapere chi o che cosa esercitasse quel maleficio: ma non osavo domandare, per non provocare in lei una nuova scossa...

Patrick, al quale chiesi fingendo indifferenza, se la padrona gli avesse mai detto che Greencastle era un po' troppo grave e opprimente per la sua anima italiana, mi rassicurò dicendomi che, al contrario, la signora era contentissima del suo soggiorno; soltanto – aggiunse – doveva temere dell'umidità dei boschi, perché gli aveva ordinato di chiudere tutte le finestre col calar del giorno...

Quest'ordine, dato in una stagione ancora eccezionalmente tepida, mi parve un poco strano, ma pensai subito dopo che il piccolo uccello italiano dovesse rabbrividire nell'ombra dei boschi irlandesi.

Volevo cosí forse rassicurare anche me stesso: avevo tanto bisogno di acquietare i miei timori, prima di partire, tanto piú che Laura, alla quale offersi di condurla a Dublino, dove avevo dei parenti presso i quali si sarebbe potuta trattenere sino al mio ritorno, si era rifiutata energicamente, dicendo che una O'Nell doveva restare a Greencastle, dove tutti gli O'Nell erano nati ed erano sepolti.

Ero cosí combattuto alternativamente da pensieri rassicuranti e da dubbi angosciosi, illudendomi a volte che *tutto ciò* fosse finito, temendo, a volte, che *qualche cosa* di piú terribile si preparasse quando, la penultima notte che ero al castello, ridestandomi bruscamente da un sonno breve e agitato come un incubo, intravidi un chiarore nella camera. Balzai a sedere sul letto e vidi Laura, con un accappatoio gettato sulle spalle, ritta in mezzo alla stanza, che guardava sotto la volta, levando in alto il lume: pareva che cercasse qualcosa, con gli occhi sbarrati dove si leggeva il terrore.

«Laura!», esclamai, correndo da lei.

Sussultò, bianca in viso, e per poco il lume non le sfuggí di mano.

«Laura! Che cosa è successo? Che cerchi? Parla, amica mia...»

Mi guardò in silenzio, poi mormorò:

«Nulla... Un rumore... Mi pareva che... Ma torna a letto, caro: mi sono ingannata...»

Tremava tutta ora, non so se per freddo o per paura. Volli rassicurarla e, gettandomi una mantellina addosso, mi armai della rivoltella e, col lume in mano, ispezionai tutta la camera e i corridoi vicini, mentre ella mi aspettava rannicchiata sotto le coperte.

Quando mi vide entrare mi fissò ansiosamente con uno sguardo che era un'interrogazione, ma poi che vide che io sorridevo, scrollando il capo, si rasserenò un poco anche lei e sussurrò, con un pallido sorriso:

«Sono ancora troppo bambina per essere una O'Nell...»

La giornata seguente trascorse tra i preparativi per la mia partenza. Avevo scritto a una mia parente, una cugina che si trovava per colpa di suo marito in condizioni molto modeste, di venire a Greencastle, dove avrebbe fatto da dama di compagnia a mia moglie ma, forse a causa del cattivo tempo che scatenò un vero diluvio sui boschi di Greencastle per tutto il giorno e parte della notte, ella non giunse.

Dovevo partire nella mattinata e, perciò decisi di non andare a letto, passando la notte a rivedere i miei piccoli bagagli che i domestici avrebbero portato l'indomani a Kingstown.

Laura voleva vegliare con me ma, alle mie insistenze, acconsentí a ritirarsi in camera, lasciando però aperto l'uscio che comunicava con la stanzetta dove io vegliavo.

Era da poco cessato l'ultimo scroscio di pioggia e un gran silenzio era calato sulla notte, quando, d'improvviso, sentii un piccolo grido nella camera di lei. Tesi l'orecchio, dubitando, ma subito dopo il piccolo grido si rinnovò e, prima ancora che io fossi balzato sulla soglia, ella era già là, discinta, con gli occhi sbarrati, tutta scossa da un lieve tremito.

«Dimmi, – esclamò, ansando, stringendomi tra le braccia, – dimmi, hai inteso? Mi sono forse ingannata anche questa volta?»

Io la guardavo stupito, cercando di comprendere, ed ella rispose, come vinta, piegando il capo:

«Ho sognato, dunque? Non vi sono *vampiri* a Greencastle?»

Questa parola, *vampiro*, mi colpí; e fu per me come un lampo di luce improvvisa.

«Comprendo, – esclamai. – È ancora una volta quell'orribile quadro che ti ritorna in mente. È quella schifosa bestiaccia dipinta in quel ritratto... Per un temperamento suggestionabile come il tuo, è bastato vederla per esserne colpita. Ma non temere, mia diletta: fra un quarto d'ora sfonderò quella tela, e tutto sarà finito...»

«No, no!», proruppe lei, con impeto. E, come vide che io la fissavo sbalordito, raddolcí la sua voce e riprese carezzevolmente: «Basterà che tu la faccia rimuovere di là e portare altrove, in una delle torri in una lontana soffitta... Ma non sfondarla... *Sai per caso chi sia la persona effigiata in quella tela?*»

Il pensiero di aver trovato la causa di tutti quei fenomeni che mi erano parsi sino a quel momento inesplicabili, mi calmò un poco: anche ella parve piú calma, e assistette con serenità agli ultimi preparativi per la mia partenza.

Quando, dopo alcune ore, la mia vettura era pronta nell'atrio per condurmi a Kingstown, e mentre mi congedavo dalla mia diletta compagna sul grande scalone d'onore che aveva visto altri guerrieri partire per imprese lontane e altre lacrime di spose, le dissi, abbracciandola:

«Sii tranquilla. Il buon Patrick veglierà su di te, e Matilde, mia cugina, arriverà in giornata. *Qual quadro in soffitta...* Non temere, e mostra di essere una castellana coraggiosa e degna del nome che porti».

Ella mi sorrise attraverso le lacrime, ed esclamò, stringendomi per l'ultima volta la mano:

«Saprò essere una O'Nell».

Poco dopo i quattro vigorosi cavalli, che tiravano la mia vettura da viaggio, si lanciavano al trotto per il largo sentiero selvaggio, e le torri di Greencastle sparirono ben presto tra le cime dei boschi.

Il Comandante tacque, per poco, e chinò il volto tra le mani: sorse cosí una pausa di silenzio, una pausa lunga e triste. Ardeva, tranquilla, la lampada, e le armi e i trofei esotici avevano, nella penombra, balenii che si spegnevano a tratti.

– Non fossi mai partito! – ricominciò, con un singhiozzo soffocato nella gola. – Ah, se le vecchie torri di Greencastle mi avessero tenuto prigioniero, e fossimo stati colpiti entrambi...

Sollevò il capo, ci guardò come stupito di vederci là, poi si ricordò e riprese:

– Ero in navigazione da venti giorni, quando la prima lettera di lei mi raggiunse. Era una lettera molto calma, in cui mi parlava di tante cose intime, ciò che mi confortò moltissimo. Solo un periodetto aggiunto alla lettera mi fece fantasticare un poco. Diceva: «Sarai di ritorno per il 26 Novembre?»

«Il 26 Novembre, – pensai. – E perché mai questa data che non mi rammenta, anzi che non *ci* rammenta nulla?»

– Risposi dandole buone notizie mie ed esortandola ad avere pazienza: quanto al mio ritorno, non c'era speranza prima di Gennaio: si trattava di una crociera di circa quattro mesi...

Passarono altri dodici giorni, ed ecco un'altra lettera che mi raggiunse mentre eravamo in navigazione: la lettera, fatale, la lettera *della confessione*.

O'Nell si alzò penosamente, dischiuse un cofanetto d'avorio che aveva accanto, e ne trasse un foglietto un po' ingiallito: – Eccola .

Noi tacevamo ansiosi, aspettando.

Amico mio, – egli disse, – io non devo tacerti piú oltre la verità. Devo confessarti ogni cosa prima che la vendetta di *lui* mi raggiunga, prima che io sia uccisa, lontana da te, senza che forza umana possa salvarmi, qui; nel castello di Greencastle che io non volli abbandonare, che io non lascerò se non quando mi porteranno via, morta, per seppellirmi nel cimitero degli O'Nell...

Ascolta, amico mio, e non rimproverarmi, perché nessuna colpa ho commesso verso di te, neanche col mio silenzio...

Prima di conoscerti, un anno avanti, a Fiesole in una gita di amici, m'imbattei in un giovane medico straniero, uno spagnuolo pallido, dalla barba nerissima, dagli occhi penetranti... Aveva un fascino strano, bizzarro, e mi conquistò subito, avvincendomi, parlandomi dei suoi sogni, delle sue chimere, di un futuro di gloria e di onori. Lo rividi a Firenze, divenne amico di famiglia, mi confessò il suo amore. Non seppi resistergli: *non potevo*. Soltanto, siccome le sue condizioni erano modeste, ed egli era troppo orgoglioso per ricevere una dote come un'elemosina, mi fece promettere che lo avrei atteso ancora per qualche tempo: egli sarebbe partito con una spedizione scientifica per la Terra del Fuoco, dove contava di farsi un nome per certi studi sulla fauna velenosa di quell'estremo lembo dell'America selvaggia. Glielo promisi ed egli, stringendomi la mano, mi disse, fissandomi stranamente negli occhi:

«Badate che gli uomini come me non si debbono dimenticare mai: essi si vendicano del tradimento come dell'abbandono, *con armi che nessun uomo al mondo conosce*!»

Fremetti, ma lo rassicurai: mi pareva di essere cosí sicura di lui e di me!

Partí e, per lungo tempo, non ne seppi piú nulla: non mi scrisse mai, né io gli scrissi. E, a poco a poco, le vicende della vita cominciarono a indebolirne l'immagine nella mia memoria. Restava del suo amore, per me, un vago ricordo che mi dava la sensazione bruciante di una cicatrice non interamente rimarginata...

Una sera, dopo circa nove mesi dalla sua partenza, *la sera del 26 Novembre*, mia madre, leggendo un giornale inglese, ebbe un sussulto ed esclamò: «Toh, quel povero amico nostro!»

Non so perché, provai un brivido e chiesi: «Chi?»

Mi tese il giornale senza parlare, accennando a una comunicazione nella rubrica dei viaggi. E lessi che una carovana di scienziati, nella Terra del Fuoco, aveva avuto la sventura di perdere due dei suoi componenti, uccisi, dopo un'orribile agonia, in seguito a un'infiammazione sviluppatasi per certe ferite che si erano riscontrate su di loro, dopo una notte passata bivaccando all'aperto. Non c'era da dubitare che si trattasse di vampiri, gli immondi e feroci pipistrelli dell'America del Sud. E a questo punto il giornale si diffondeva a lungo sulle abitudini di questo pericoloso e spaventoso chirottero, concludendo col rimpiangere, soprattutto, la fine di una delle due vittime: un giovane e valoroso dottore spagnolo, che gli indigeni di scorta veneravano come un essere soprannaturale, chiamandolo, per il colore delle chiome e della barba il «*Dottor Nero*»...

Non potevo dubitare: era lui!

Il dolore che mi diede la notizia della sua morte, mi fece sentire in pari tempo che il vincolo che avevo con lui era spezzato, e questo pensiero, non so perché, mi diede un senso di liberazione, come se mi fossi sottratta a una suggestione possente e invincibile... Sentivo allora, che il mio amore per lui era imposto da una specie d'influsso magnetico e che questo influsso, ora, era finito, e che io ero libera, interamente libera...

E un mese dopo conoscevo te, amico mio, e la tua bontà, la tua lealtà fiera e cavalleresca, mi fecero comprendere come ci fosse al mondo un amore diverso da *quell'altro*, un amore nobile e grande: quell'amore che, dopo sette mesi, ci conduceva all'altare e mi dava il nome di O'Nell.

E ora ascolta, amico mio. Ascolta la cosa assurda e terribile, ciò che tu solo saprai e che mi tiene sotto la potenza di una forza inesorabile che mi ucciderà...

Credevo che il vincolo antico fosse finito con la morte di lui: credevo che nulla piú mi legasse a quel morto. *Avevo dimenticato la vendetta*... Ed *egli* mi riapparve, un giorno: mi riapparve qui al castello, in quel ritratto che vedemmo insieme, quel fosco ritratto di uno sconosciuto... Rividi il suo volto pallido, la sua barba nerissima, i suoi occhi penetranti come lame... ed egli stringeva, ricordi?, fra le ceree mani la bestia orribile che lo aveva ucciso... Tu non *vedesti* altro, tu non *sentisti* altro... ma io vidi, *vidi* il palpitar delle ali di quel vampiro, e *sentii* che la sua bocca immota pronunciava una data: *26 Novembre*... Era la data della mia sentenza, la data fatale della vendetta, ch'egli pronunciava da quella tela che è qui da duecento anni e che voi non sapete chi sia...

Da allora, amico mio, io ho capito che ero perduta, e da allora la sua vendetta è cominciata... Tu non *sapevi* e non *sentivi*, ma, nella notte un palpitar d'ali era nella nostra camera: era *quel* vampiro, che veniva e si aggirava per la stanza, in larghe ruote, invisibile a tutti, muto ammonimento di *ciò che dovrà avvenire* e, forse, spaventevole strumento del suo castigo...

Volli illudermi da principio, cercai di confortarmi trattandomi da visionaria: ma, a poco a poco, finii col non dubitare piú...

Non ti dissi nulla: ma tu intuisti qualche cosa, nella notte che precedette la tua partenza, e facesti trasportare altrove quel ritratto, per rassicurarmi... Fu vano: il destino incombeva!

E il vampiro, l'orribile bestia, è venuto ancora, la notte, a onta che Matilde dormisse nel gabinetto accanto alla camera, e Patrick e i servi, ai quali non ho detto nulla, dormissero nel corridoio e nelle anticamere.

Ed è venuto ancora. E i suoi giri, ogni notte, si abbassano sempre piú, e lo sento sempre piú vicino al mio viso.

Il 26 Novembre: ecco la data in cui tutto ciò finirà: la data che egli ha *segnato* e che nulla varrà a protrarre...

Oh, amico mio, se tu non puoi venire, se tu non puoi salvarmi – e io sento che nessuno lo potrà al mondo – vieni almeno, in tempo per rivedermi sul letto di morte, prima che il cimitero degli O'Nell mi abbia per sempre. Vieni a baciarmi sulla fronte per l'ultima volta.

Cosí ti aspetta, morta, amandoti di là dalla vita come oggi, la tua Laura, infelice e innocente!

Le ultime parole furono lette dal Comandante con voce soffocata dal pianto. Stette cosí un poco guardando il biglietto ove era scritta quella storia dolorosa, poi disse piú sommessamente, come stanco:

– La lettera era troppo strana, terribile e vibrante di verità perché io la credessi dettata da un'allucinazione; e poi, fosse anche stata scritta in un accesso di follia, il dovere di correre accanto a mia moglie demente m'imponeva di non indugiare piú a lungo, di tornare a Greencastle al piú presto possibile.

26 Novembre! Quella data fatale suonava, ora, al mio orecchio come un rintocco funebre. Se fossi riuscito a giungere in tempo al castello!

Dal primo porto che toccammo, il giorno seguente, feci telegrafare d'urgenza all'Ammiragliato chiedendo di essere rimpatriato per motivi gravissimi. Attesi otto ore, nell'angoscia piú viva, che la risposta giungesse e, quando giunse, affermativa, era già noleggiato e pronto uno *schooner* per riportarmi a Kingstown: uno di quei solidi *schooner* che tentano con successo, guidati da abili capitani, le piú audaci e lunghe traversate.

Che cosa sentissi in quel viaggio interminabile, non lo potrei descrivere e nessuno potrebbe intenderlo... Avevo fretta e, allo stesso tempo, avevo paura di arrivare. E sempre quella data fatale, *26 Novembre*, che mi risuonava lugubremente nell'orecchio!

Intravidi come in un sogno il faro di Kingstown e il porto, e le case sulla spiaggia... Era già l'alba, una torbida alba di novembre... Avevo perduto la nozione del tempo e chiesi al pilota, fissandolo con occhio smarrito:

«Dite, amico, che giorno è oggi?

«Venerdí, Milord, Venerdí, 27 Novembre.

«Ventisette! Giungevo con ventiquattr'ore di ritardo!

– Che cosa mi dicesse Patrick, il buon Patrick, che mi attendeva con la pesante vettura da viaggio, che cosa io gli dicessi, come avessi passato le ore di quella trottata rapida attraverso i boschi, io non so... Solo una frase mi era rimasta nell'anima, una frase acuta come un colpo di pugnale: *troppo tardi*!

Ed era troppo tardi infatti. Matilde, che mi ricevette all'ingresso, non poté dire altro singhiozzando, che queste parole: «Venite a baciarla...»

Ella giaceva tutta bianca, sul gran letto scolpito, ed aveva sul viso pallido un sorriso triste, il sorriso, l'ultimo, che aveva serbato per me... E in quel sorriso era l'addio al nostro amore, alla vita, al sole, a tutte le cose belle, il sorriso di chi se ne va, rassegnata, vinta dalla fatalità...

Quando, passata la piena del dolore, potei levarmi in piedi, un bisogno imperioso di sapere tutto mi prese, piú forte dell'angoscia, piú forte dello schianto...

«Io non so e non posso dire quale strana cosa sia avvenuta, – balbettò Matilde, fra le lacrime. – Posso giurare, però, che questa notte, risvegliata da un suo gemito – ella si lagnava spesso, in queste ultime notti, ma al mio accorrere si rinfrancava subito –, mi sono avvicinata all'uscio come al solito. E questa notte, cugino, io giuro di aver sentito distintamente, *come un fremito d'ali che urtassero contro qualcosa*... Ho spalancato l'uscio: nessuno. Ho chiamato: ella taceva... Ogni cosa era già finita...»

– Ecco tutto quello che avevo potuto sapere. Ma un ultimo indizio mi apparve, alla fine, quando mi curvai ancora una volta su di lei, a baciarla: e vidi, fremendo, di *che era morta*...

Ella aveva, al sommo del petto, un solco sottile, una striscia rossa, quasi invisibile, *come l'impronta di un'ala tagliente*...

Due giorni dopo corsi alla torre, dove doveva trovarsi il ritratto funesto... Un domestico, a cui ne chiesi, mi rispose che il vento, tre notti innanzi, aveva diroccato una parete mezzo cadente e che le pietre lo avevano seppellito.

Mi precipitai sul mucchio di pietre: non c'era piú nulla... Solo un brandello di tela, nel quale due occhi turchini, acuti come lame, pareva brillassero...

Un caso di suggestione multipla? Uno di quei fatti bizzarri che nessuno può spiegare? Il dilemma che m'imposi, qualche ora piú tardi che il tragico fatto era finito, non poteva avere risposta.

E Fabio Spinedo rimase anch'egli chiuso nel silenzio piú profondo; guardando, come me, la porta vetrata del salotto dalla quale, attraverso la tendina, trapelava un raggio della lampada che illuminava la veglia dolorosa del Comandante O'Nell.

Sulla terrazza c'era una pace profonda. Capri, nell'ombra, dormiva. Alte, sulla divina conca del mare, tremolavano le prime stelle.

EMILIO SALGARI

Il vampiro della foresta

Le foreste dell'America meridionale, sotto certi aspetti, sono ben piú pericolose di quelle africane, quantunque anche queste siano popolate da un gran numero di fiere avide specialmente di carne umana.

L'uomo che le percorre a ogni istante si trova in procinto di lasciarvi la vita, perché non le sole belve lo insidiano, ma ben anche certi volatili pericolosissimi, perfino anche certe piante sotto la cui ombra non può sdraiarsi senza correre la triste sorte d'addormentarsi per sempre.

Nel 1886, nell'Uruguay, vi era stato un certo risveglio fra i numerosi coloni sbarcati dall'Europa. Essendosi sparsa la voce che si erano scoperti, nelle folte foreste bagnate dal Tocantin, dei filoni d'oro, numerosi emigranti avevano lasciate le borgate per cercare una piú rapida fortuna e tornarsene in patria poi colla cintura riboccante di *pepite* gialle.

Fra i primi a slanciarsi fra quelle foreste vergini forse mai prima attraversate da alcun europeo, vi erano i fratelli Puraco, due bravi giovani di poco piú di venticinque anni, pieni di audacia e di coraggio, che avevano lasciato, non senza rimpianti, la loro Sicilia onde cercare fortuna nel Nuovo Mondo.

Entrambi avevano già lavorato nelle miniere d'argento della Plata, ed essendo pratici negli scavi, contavano di arricchire rapidamente per tornarsene poi, altrettanto rapidamente, nella natía isola.

Provvedutisi d'un mulo, d'armi e di provviste per un mese, Giovanni e Marco, pieni di speranze, lasciavano Santa Rosa de Dilen, risalendo la riva destra dell'Uruguay.

Dopo quindici giorni di marcia faticosissima, giungevano senza aver fatto cattivi incontri sul margine di quelle immense foreste che si dicevano nascondessero oro.

Era un vero mare di vegetali. Alberi immensi si chinavano gli uni accanto agli altri, collegati da immense liane e da piante arrampicanti, in mezzo alle quali stavano stormi di pappagalli verdi e rossi e s'agitavano, facendo mille smorfie, delle piccole scimmie magrissime colle braccia lunghe quasi quanto le gambe e che perciò vengono chiamate scimmie ragno.

I due emigranti nel trovarsi dinanzi a quella selva gigantesca, s'erano arrestati in preda a una impressione profonda.

Si sentivano spaventati nel trovarsi cosí soli, a tanta distanza dal piú piccolo centro abitato e si stupivano di aver avuto tanto coraggio da spingersi fino a quel luogo.

La speranza però di trovare in breve qualche ricchissimo filone d'oro, rese a loro l'audacia e s'inoltrarono nella cupa foresta per trovare un luogo acconcio dove costruire una capanna ed accamparsi.

Dopo lungo e faticoso cammino attraverso a quei folti vegetali e a radici immense che erano costretti a recidere per poter far avanzare il mulo, giungevano in una radura circondata da superbi alberi di cocco e da banani già carichi di frutta.

– Fermiamoci qui, – disse Marco. – Mi sembra che questo luogo sia propizio e forse questo suolo nasconde l'oro che cerchiamo.

Un silenzio profondo regnava in quella radura la quale pareva che fosse sfuggita da tutti gli animali e dai volatili della foresta.

Prima cura dei minatori fu quella di costruirsi un ricovero, cosa facilissima avendo materiali in abbondanza, quindi di dissodare un pezzo di terra onde seminare del grano e del mais, per non esporsi al pericolo di morire di fame.

Avevano appena terminato quel lavoro e si preparavano a fare degli assaggi nel terreno per accertarsi se vi erano in quel luogo filoni d'oro, quando videro comparire sul margine della foresta un indiano di statura gigantesca, col viso dipinto in rosso e nero, le sopracciglia in azzurro e le labbra traforate in modo da poter reggere due zanne di cinghiale.

Nella destra teneva una specie di canna lunga circa due metri e nella sinistra un fascio di frecce.

Vedendo quel brutto selvaggio, Marco e Giovanni avevano interrotti i loro lavori per afferrare i loro fucili, perché in quella specie di canna avevano conosciuta una delle piú terribili armi degl'indiani dell'America del Sud e che soffiandovi dentro lanciano frecce avvelenate nel succo del curaro.

– Cosa fanno qui gli uomini bianchi? – chiese l'indiano con accento terribile. – Ignorano essi che questo è il territorio degli uomini rossi?

– Chi siete voi? – chiese Marco, che aveva ripreso coraggio e che comprendeva benissimo la lingua spagnuola parlata dal selvaggio.

– Io sono il *Vampiro della foresta* e se volessi potrei farvi dissanguare questa notte.

– Allora, signor *Vampiro*, – disse Marco, che temeva gl'Indiani meno di suo fratello, – è pregato di andarsene e di lasciarci lavorare tranquilli se non vuole provare le nostre armi.

– Voi non credete a quanto vi ho detto? – riprese l'indiano, dardeggiando su di loro uno sguardo feroce.

– Alle tue smargiassate non credo affatto.

L'indiano mandò un fischio e tosto dal folto d'un albero i due fratelli videro, con loro stupore, uscire un pipistrello enorme, dalle ali pelose e rossastre, e che andò ad appollaiarsi tranquillamente su una spalla del selvaggio.

– Ecco il volatile che dissanguerà gli uomini bianchi se essi non se ne andranno da queste terre che appartengono ai Patalos, – gridò l'indiano. – Ho detto.

Poi senza attendere alcuna risposta scomparve nella foresta senza nemmeno degnarsi di volgersi indietro.

Marco e Giovanni erano rimasti cosí sorpresi dall'improvviso arrivo di quello strano volatile, da non pensare nemmeno di far fuoco contro l'indiano.

– Fratello, – disse Marco che era il piú giovane. – Cosa ne dici di questa avventura?

– Che quell'indiano ha voluto spaventarci, – rispose Giovanni.

– Che uccello era quel pipistrello?

– Un vampiro addomesticato.

– Pericoloso?

– Sí, Marco, – disse Giovanni, il quale era diventato meditabondo. – Quei pipistrelli che sono abbastanza numerosi in queste regioni, quando vedono un uomo o un animale addormentato vi piombano addosso, aprono nella pelle, delicatamente, un forellino e per mezzo d'una piccola tromba succhiano il sangue.

– E uccidono?

– No, ma indeboliscono e continuando parecchie notti possono anche ammazzare l'uomo o l'animale scelto per loro vittima.

– Che quell'indiano ci abbia seriamente minacciati? – chiese Marco, spaventato.

– Lasciamo l'indiano e il suo vampiro e occupiamoci a cercare la fortuna che forse sta sotto i nostri piedi, – rispose Giovanni.

Ripresero i loro lavori senza piú ricordarsi della minaccia del terribile *Vampiro* dell'Uruguay.

Le loro ricerche avevano avuto subito buon esito. Dopo alcuni scavi avevano trovato un filone d'oro che prometteva una rapida fortuna e che veniva a confermare pienamente le voci corse circa le ricchezze favolose nascoste sotto il suolo di quelle vergini foreste.

Avendo trovato a breve distanza un piccolo corso d'acqua, necessario per la lavatura delle sabbie aurifere, i due fratelli, ansiosi di conoscere la ricchezza di quella vena, si misero alacremente all'opera.

La prima produzione fu semplicemente favolosa perché alla sera i due minatori poterono valutare l'oro estratto a circa mezzo chilogrammo equivalente a millecinquecento lire.

La fortuna era ormai assicurata. Se il filone non si esauriva, in pochi mesi i due minatori avrebbero potuto realizzare una somma ingente.

– Torneremo nella nostra Sicilia ricchi come cresi, – aveva

detto Giovanni, guardando avidamente la polvere d'oro raccolta nel piatto di stagno e che mandava bagliori fulvi.

– Sí, se non verranno a disturbarci, – aveva soggiunto Marco.

– Chi vuoi che venga a contenderci questa fortuna? Non vi è un uomo bianco a quaranta miglia all'ingiro.

– E l'indiano?

– Se ne sarà andato all'inferno. Ha voluto farci paura e nulla di piú.

Quella sicurezza doveva avere una ben pronta smentita.

Dopo una frugale cena di lardo fritto e di pane, pasto ordinario dei cercatori d'oro, e una pipata, i due fratelli si erano ritirati nella loro capanna portando con loro il tesoretto, quando verso la mezzanotte Giovanni, che aveva il sonno leggero, credette di udire al di fuori dei rumori.

Credendo che si trattasse di qualche giaguaro, animale pericolosissimo quanto una tigre indiana alle quali già molto somiglia, non osò aprire la porta per accertarsene.

Dopo di essere stato qualche po' sveglio, tenendo in mano il fucile, si ricoricò per riprendere il sonno interrotto.

Indovinate però quale fu il suo terrore, quando al mattino svegliandosi vide la camicia lorda di sangue e si sentí il viso incrostato pure di sangue coagulato.

In preda a un profondo spavento si alzò per accostarsi al fratello, e subito ricadde. Una estrema debolezza gli aveva recise le forze che il giorno innanzi erano ancora tanto gagliarde.

– Il vampiro dell'indiano! – esclamò, impallidendo. – Il miserabile selvaggio ha effettuata la sua atroce minaccia!

Con uno sforzo supremo si trascinò verso Marco e lo trovò pure lordo di sangue. Da un forellino appena visibile, aperto un po' sotto la tempia, uscivano ancora alcune gocce.

Scosse il disgraziato costringendolo ad aprire gli occhi.

– Sei tu, Giovanni? – chiese Marco. – Ma... io sono bagnato...

– E di sangue, fratello, – rispose Giovanni.

– Chi mi ha ferito? E anche tu sei insanguinato! Fratello, chi ci ha ridotti in questo stato?

– Il vampiro.

– Quel brutto uccellaccio che portava l'indiano?

– Sí, Marco.

– Come ha fatto?

– Approfittando del nostro sonno si è riempito del nostro sangue.

– Mi sento infatti debolissimo, – disse Marco. – Deve averne bevuto ben molto.

– Quei pipistrelli sono ingordi e non lasciano le loro vittime finché non sono pieni da scoppiare.

– E da quale parte si sarà introdotto?

– Dal buco che serve di sfogo al fumo, – disse Giovanni. – Non vi sono altre aperture. Quell'indiano me la pagherà.

– Che questa notte sia venuto qui?

– Non ne dubito, fratello. Ho udito dei rumori sospetti; credevo che fosse qualche giaguaro, mentre invece era l'indiano.

– Fratello, fuggiamo, – disse Marco. – Se rimaniamo qui, il vampiro finirà per dissanguarci.

– Io penso invece di uccidere l'indiano e il suo vampiro, – rispose Giovanni con accento risoluto. – Questa notte noi gli tenderemo un agguato e se torna non rientrerà mai piú nella sua foresta.

Andarono a lavarsi nel ruscello ma si sentirono impotenti a riprendere il duro lavoro della piccola miniera.

Decisero quindi di riposarsi almeno per quel giorno, certi di rimettersi ben presto con dei pasti abbondanti e con qualche sorsata di *aguardiente*, avendo portato con loro anche alcune bottiglie di quella eccellente acquavite spagnuola.

Giovanni però, che era meno debole del fratello e anche piú risoluto, percorse i dintorni della capanna per vedere se si trovava nascosto l'indiano e l'uccello, senza riuscire a scoprire l'uno né l'altro.

Trovò invece le orme lasciate dai piedi nudi del selvaggio su uno strato pantanoso.

– Se ritorna, – disse, – avrà la sua ricompensa.

Giunta la sera si ritirarono nella capanna e finsero di addormentarsi.

Erano trascorse alcune ore, quando Giovanni, come la notte precedente, avvertí dei leggeri rumori prodotti da alcuni rami che si agitavano.

– È l'indiano, – disse al fratello.

– Che sia invece qualche animale? – chiese Marco. – Tu sai che ve ne sono in queste foreste.

Giovanni si accostò a un pertugio che serviva da finestra e che era stato mascherato con alcune foglie e guardò fuori.

La luna che brillava in tutto il suo splendore, permetteva di distinguere i piú piccoli oggetti. Un uomo che avesse attraversata la radura non sarebbe sfuggito all'attenzione dei minatori.

Per alcuni minuti, Giovanni non vide nulla; udí invece un debole fischio che partiva da un gruppo di foltissime palme.

Un momento dopo vide uscire un bellissimo giaguaro sopra il quale svolazzava famigliarmente un vampiro, posandosi talora sul dorso della fiera.

– Che anche quella belva sia addomesticata? – si domandò il minatore. – Quell'indiano deve essere il diavolo in persona.

Si volse verso il fratello, dicendogli:

– Ricorichiamoci e teniamo i fucili pronti; il vampiro sta per venire.

Si gettarono sui loro giacigli composti di foglie secche e stettero in ascolto, tenendo un dito sul grilletto dei fucili.

Pochi momenti dopo udirono verso il foro che serviva di sfogo al fumo, un leggero starnazzare d'ali, poi un'ombra scese nella capanna.

Nell'istesso momento due spari rimbombarono ed il vampiro, crivellato dal piombo micidiale cadeva esanime al suolo.

Nell'istesso momento un urlo feroce risuonava al di fuori accompagnato da una voce ben nota la quale gridava:

– Se avete ucciso il vampiro vi farò mangiare dal mio giaguaro!

– L'indiano! – avevano esclamato a una voce Giovanni e Marco.

Ricaricati prontamente i fucili si slanciarono fuori, risoluti a finirla con quel briccone.

Quando però si trovarono all'aperto, l'indiano e il giaguaro erano scomparsi.

Gettarono alle formiche termiti il corpo puzzolente dello schifoso volatile e tornarono a ricoricarsi senza venire piú disturbati.

L'indomani essendosi un po' rimessi in forza e convinti che l'indiano si fosse definitivamente allontanato, ripresero il lavoro raccogliendo un altro mezzo chilogrammo di polvere d'oro.

Non osavano però piú dormire tutti e due per paura che l'indiano approfittasse del loro sonno per ritornare e tentasse d'ucciderli.

E non ebbero torto a vegliare per turno, perché udirono il giaguaro a brontolare parecchie volte attorno alla capanna.

Per parecchie notti di seguito la terribile fiera comparve, anzi una volta tentò perfino di forzare la porta.

I due minatori non potevano piú godersi un'ora di sonno. A poco a poco l'ansietà si era fatta cosí viva in quei due disgraziati, da non lasciarli riposare un solo momento.

Piú volte Giovanni aveva tentato di sorprendere la belva e anche l'indiano e sempre senza alcun risultato, perché appena la porta della capanna si apriva, il giaguaro con un salto immenso si rifugiava in mezzo agli alberi e l'indiano si allontanava con una velocità vertiginosa.

Quel supplizio di nuovo genere inventato dalla perfida e selvaggia fantasia dell'indiano per costringerli ad andarsene, non poteva durare a lungo, essendoché i minatori si esaurivano in quelle continue e angosciose veglie.

Un giorno Giovanni disse:

– O abbandoniamo la miniera o sbarazziamoci di quel maledetto selvaggio.

Lasciare la vena d'oro che dava sempre maggiori profitti, rincresceva a entrambi. La loro fortuna era assicurata ed in un paio di mesi potevano considerarsi ricchissimi. Era meglio quindi tentare una lotta disperata coll'ostinato avversario.

– Tendiamo un agguato anche al giaguaro, – disse Marco. –

M'immagino che l'indiano non avrà addomesticato tutte le belve della foresta.

– Sono pronto a farlo, – rispose Giovanni.

– Come prepareremo questo agguato?

– Fuori dalla capanna, nascosti fra i rami di qualche grosso albero. Ho veduto appunto un simaraba immenso che farà per noi.

– A questa sera, Giovanni.

– Sí, Marco.

Un'ora prima che tramontasse il sole sospesero i loro lavori, cenarono in fretta, poi fecero un giro attorno alla radura per assicurarsi che l'indiano non era ancora giunto.

Caricate le armi, scalarono, aiutandosi colle liane, l'enorme albero e si nascosero in mezzo al fogliame il quale era cosí folto da non permettere, fosse pure a un selvaggio, di scorgere nulla.

La luna poco dopo si levò, illuminando la pianura.

Mille strani rumori si udivano sotto la foresta vergine. Ora era una salva di fischi acuti che parevano sfuggissero attraverso le valvole di centinaia di macchine a vapore, e che invece erano mandati da certe specie di ranocchie. Ora invece risuonavano i muggiti assordanti delle *parraneche*, rospi grossi quanto la testa di un uomo.

Talora scoppiavano urla diaboliche, strazianti: erano delle scimmie rosse che si divertivano a dare qualche strepitoso concerto notturno.

Giovanni e Marco, abituati a quei rumori, non ci badavano. Tutte le loro facoltà erano invece raccolte per sorprendere il ruggito del giaguaro.

Erano trascorse due ore, quando Giovanni s'accorse che i rami d'un cespuglio si agitavano.

– Marco, – disse, – o il giaguaro o l'indiano si avvicinano.

– Io sono pronto a riceverlo e tu sai che non sono un cattivo bersagliere.

– Conto appunto sulla precisione del tuo tiro. Odi le fronde a muoversi?

– Sí e dalla parte dalla quale suole uscire il giaguaro.

– Non tarderà a mostrarsi, Marco.

Stettero immobili, trattenendo perfino il respiro e videro uscire lentamente il terribile felino.

Era una belva molto piú piccola delle tigri, col pelame giallastro picchiettato di nero, colla testa simile a quella di gatti.

Queste belve che in America rappresentano la razza delle tigri, sono dotate di una forza e d'una ferocia straordinaria. Quantunque di piccola mole, osano affrontare i cacciatori con un coraggio disperato e atterrano facilmente un bue, spezzandogli la spina dorsale con un solo colpo di artiglio.

Il giaguaro che doveva essere stato ammaestrato dall'indiano, si diresse con precauzione verso la capanna battendosi i fianchi colla lunga coda inanellata e si mise a girare intorno, tastando le pareti.

Essendo troppo lontano e volendo anche attendere la comparsa del selvaggio, Marco e Giovanni rimasero immobili.

– Faremo fuoco piú tardi, – disse Giovanni. – Si accorgerà che noi non siamo nella capanna e forse verrà a ronzare da questa parte.

La belva continuò a girare presso la casuccia per qualche minuto, poi mandò un urlo rauco. A quella chiamata si vide aprirsi un cespuglio e comparire l'indiano.

Era armato della cerbottana e d'un coltellaccio, la cui lama splendeva ai raggi della luna.

Eccessivamente prudente, come lo sono tutti i suoi compatrioti, non si avanzò che di qualche passo, per essere piú pronto a slanciarsi nella foresta e come sempre scomparire.

Doveva essersi accorto che il giaguaro era diventato inquieto. La fiera non sentiva piú l'odore della carne bianca e si irritava, mandando dei sordi brontolii.

– Quella bestia manderà a male la nostra imboscata, – disse Giovanni, sotto voce. – Se l'indiano si accorge che noi non ci troviamo nella capanna sospetterà subito qualche novità e girerà al largo.

– E si tiene tanto lontano da noi da non permettermi di mandargli una palla colla certezza di colpirlo, – disse Marco.

– Aspettiamo, fratello.

L'indiano e il giaguaro pareva che corrispondessero fra di loro. Il primo mandava dei deboli fischi e il secondo rispondeva con dei brontolii i quali cambiavano sempre intonazione.

– Che s'intendano? – chiese Marco stupito.

– Sono entrambi figli della foresta, – rispose Giovanni. – Forse si comprendono.

Il giaguaro dopo qualche po' s'accostò al suo padrone, piegando la testa contro le gambe di lui come se invece di essere la piú sanguinaria fiera dell'America meridionale fosse un cagnolino, poi si allontanò quasi strisciando.

Questa volta non si dirigeva piú verso la capanna bensí verso l'albero sul quale stavano nascosti i due cacciatori.

L'indiano si era messo a seguirlo lentamente, fermandosi ogni quattro o cinque passi.

– Prepariamoci, – disse Giovanni. – Questa volta li teniamo tutti e due.

– Io miro il giaguaro, – rispose Marco.

– E io l'indiano.

La belva non era che a sessanta o settanta passi e l'indiano forse a cento.

I due minatori mirarono attentamente per alcuni secondi, poi due spari ruppero il silenzio che regnava in quel momento nell'immensa foresta vergine.

Il giaguaro fece un capitombolo mandando un ruggito di dolore e si distese sull'erba; l'indiano era pure caduto al suolo, poi si era subito rialzato, fuggendo verso la foresta.

I due minatori in un momento si calarono a terra e si slanciarono dietro al fuggiasco, risoluti a finirla anche con lui.

Fu una corsa vana perché non si vedeva né si udiva piú nulla.

Pareva che il *Vampiro della foresta* fosse scomparso sotto terra.

– Eppure tu devi averlo ferito, – disse Marco.

– Sí, perché è caduto subito, – rispose Giovanni. – Lasciamolo correre per ora, lo cercheremo domani.

Tornarono là dove il selvaggio era caduto e videro delle goccie di sangue sulle punte delle erbe.

– Ne avrà abbastanza, – disse Giovanni. – Non oserà piú ritornare.

Scuoiarono il giaguaro desiderando conservare quella magnifica pelliccia, poi si rinchiusero nella capanna colla certezza di passare una notte tranquilla.

Nessuno infatti disturbò il loro sonno.

Tre giorni dopo, mentre stavano inseguendo un *pecari*, che è una specie di cinghiale, molto piú piccolo dei nostri e la cui carne sa di muschio, trovarono nella foresta uno scheletro perfettamente ripulito e subito lo riconobbero dal ciuffo di penne di pappagallo che era rimasto colà e dalla cerbottana che si trovava a due passi, appoggiata contro un albero.

Era quello dell'implacabile *Vampiro della foresta*.

Il selvaggio, ferito mortalmente dalla palla di Giovanni era caduto in quel luogo e le formiche termiti lo avevano divorato non lasciando intatte che le ossa.

Liberi ormai da quel pericoloso avversario, i due minatori ripresero i loro lavori con maggior energia, accumulando in un mese ben quaranta chilogrammi d'oro.

La loro fortuna era assicurata. Ritornarono verso il sud col loro tesoro, giungendo felicemente nel Paraguay, dove poco dopo s'imbarcavano per la loro lontana isola, portando, come ricordo di quella strana avventura, la pelle del giaguaro.

ALICE E CLAUDE ASKEW

Aylmer Vance e il Vampiro

Aylmer Vance abitava in Dover Street, a Piccadilly e, avendolo scelto come maestro nello studio delle materie psichiche, mi sembrò piú comodo alloggiare a casa sua. Ben presto diventammo amici, e Aylmer mi insegnò a sviluppare la facoltà della chiaroveggenza, che possedevo senza esserne consapevole. E posso dire che questa mia dote naturale ci fu di grande aiuto in numerose occasioni.

Allo stesso tempo, cercavo di rendermi utile in vari altri modi, uno dei quali era registrare le sue molte, strane avventure. A Vance non interessava farsi pubblicità e ci misi parecchio a convincerlo, nell'interesse della scienza, a permettermi di dare al mondo un resoconto dettagliato delle sue esperienze.

Gli avvenimenti che vi racconterò ebbero luogo poco dopo che mi ero trasferito da lui, quando ero ancora, per cosí dire, un novizio.

Una mattina, verso le dieci, ci fu annunciato l'arrivo di un visitatore; il biglietto da visita recava il nome di Paul Davenant.

Quel nome mi era familiare, e mi domandai se si trattasse dello stesso Davenant ben noto come giocatore di polo e come fantino non professionista, particolarmente nelle gare a ostacoli. Era un giovanotto ricco e di buona famiglia, e ricordai che un anno prima aveva sposato una ragazza bellissima. Tutti i giornali illustrati avevano pubblicato le loro fotografie e, guardandole, avevo pensato che formavano una coppia incredibilmente affascinante.

Paul Davenant fu fatto entrare e in un primo momento dubitai che fosse la persona che avevo in mente, tanto era pallido ed emaciato. All'epoca del suo matrimonio era un uomo alto e atletico, mentre ora le spalle erano cadenti, il passo era strascicato e il volto, soprattutto le labbra, era spaventosamente esangue.

Eppure era lui, perché, dietro quell'aspetto malsano, intravidi l'ombra del fascino che aveva un tempo.

Dopo i convenevoli di rito, si accomodò sulla sedia offertagli da Vance e mi lanciò uno sguardo dubbioso. – Vorrei parlarvi in privato, Mr Vance, – disse. – Si tratta di una questione di estrema importanza per me e, per cosí dire, di natura piuttosto delicata.

Mi alzai subito, pronto a lasciare la stanza, ma Vance mi posò una mano sul braccio.

– Se il problema ha a che fare con il mio particolare settore di ricerca, Mr Davenant, – gli rispose, – se desiderate affidarmi un'indagine, vorrei che consideraste anche Mr Dexter degno della vostra fiducia. Dexter è il mio assistente ma, naturalmente...

– Oh, no, – lo interruppe Davenant, – in tal caso vi prego di farlo rimanere –. Poi, rivolgendomi un sorriso amichevole, aggiunse: – Avete studiato a Oxford, vero, Mr Dexter? Probabilmente qualche anno prima di me, ma ho sentito il vostro nome in rapporto alle gare di canottaggio. Se non ricordo male, avete vinto a Henley.

Annuii, sentendomi decisamente orgoglioso. A quel tempo ero molto appassionato di canottaggio, e le prodezze compiute al college si rammentano sempre con grande piacere.

Dopo di che la nostra conversazione divenne subito amichevole e Paul Davenant ci raccontò la sua storia.

Cominciò richiamando la nostra attenzione sul suo aspetto fisico. – A stento si riconosce in me l'uomo che ero soltanto un anno fa, – disse. – Da sei mesi non faccio che dimagrire. Sono tornato dalla Scozia una settimana fa per consultare un medico a Londra. In effetti, ne ho visti due, che hanno fatto una specie di consulto, ma purtroppo il risultato è stato tutt'altro che soddisfacente. A quanto pare, non riescono a capire che cosa mi stia succedendo.

– Anemia... o il cuore, – suggerí Vance. Scrutava attentamente il nostro ospite, senza però farsi notare. – Credo accada abbastanza spesso che voi atleti pretendiate troppo da voi stessi, affaticando eccessivamente il cuore...

– Il mio cuore funziona benissimo, – ribatté Davenant. – È in perfette condizioni. Il problema è che sembra abbia troppo poco sangue da pompare nelle vene. I medici mi hanno chiesto se ho avuto un incidente che mi ha causato un'abbondante perdita di sangue. Ma non ho avuto alcun incidente. Quanto all'anemia, non presento i sintomi che di solito l'accompagnano. Il fatto inesplicabile è che perdo sangue senza sapere come, e a quanto pare questo accade da un certo tempo, infatti sto peggiorando costantemente. All'inizio era un malessere quasi impercettibile. Non si è trattato di un crollo improvviso, ma di un processo graduale.

– Mi domando per quale motivo abbiate deciso di rivolgervi proprio a me, – osservò Vance. – Perché naturalmente voi sapete qual è il mio campo d'indagine. Posso chiedervi se avete ragione di credere che il vostro stato di salute sia dovuto a una causa che si potrebbe descrivere come soprannaturale?

Un lieve rossore coprí le pallide guance di Davenant.

– Ci sono alcune singolari circostanze, – rispose serio, con un tono di voce basso. – Ci ho pensato e ripensato, cercando di spiegarmele. Ma mi sembra pura follia. E devo dirvi che non sono superstizioso. Tuttavia, non penso di essere completamente scettico, solo che non ho mai pensato a certe cose, avevo una vita molto attiva e impegnata. Ma, come ho detto, il mio caso presenta circostanze singolari, ed è per questo che ho deciso di consultarvi.

– Mi racconterete tutto, senza tenermi nascosto nulla? – gli chiese Vance. Era evidente che la faccenda lo interessava. Sedeva con i piedi su uno sgabello, i gomiti appoggiati alle ginocchia, tenendosi il mento fra le mani: la sua posizione preferita. – Avete notato, – aggiunse lentamente, – qualche strano segno sul vostro corpo, qualcosa che possiate associare, per quanto vagamente, alla vostra attuale debolezza?

– È davvero curioso che mi facciate questa domanda, – rispose Davenant, – perché, in effetti, da qualche tempo ho uno strano segno, una specie di cicatrice, e non so come me la sia procurata. L'ho mostrata ai medici, ma mi hanno assicurato che non ha nulla a che fare con le mie condizioni; in ogni caso, se anche cosí fosse, è qualcosa che trascende la loro esperienza. Penso che l'abbiano ritenuta una specie di voglia o di neo, perché mi hanno chiesto se ce l'ho dalla nascita. Ma posso giurare che non è cosí. L'ho notata per la prima volta circa sei mesi fa, quando ho cominciato ad avere problemi di salute. Guardate voi stesso.

Aprí il colletto della camicia e scoprí la gola. Vance si alzò ed esaminò attentamente la cicatrice sospetta. Si trovava subito sopra la clavicola sinistra, in corrispondenza delle grosse arterie del collo, come Aylmer fece notare. Mi invitò a osservarla a mia volta. Qualunque fosse l'opinione dei medici in proposito, Vance ne era profondamente interessato. Tuttavia, c'era ben poco da vedere: la pelle era pressoché intatta e non c'era traccia di infiammazione. C'erano due piccoli segni rossi, a meno di tre centimetri l'uno dall'altro, lievemente a forma di semicerchio. Risultavano visibili solo per via dell'incredibile pallore della pelle di Davenant.

– Non può essere niente d'importante, – disse Davenant con un sorriso che tradiva però una certa inquietudine. – Anzi, ho l'impressione che stia scomparendo.

– Per caso, vi è mai capitato di vederla infiammata? – gli chiese Vance. – Se sí, sapete dirmi in quale occasione?

Davenant rifletté per qualche istante. – Sí, – replicò, – è accaduto alcune volte. Spesso, anzi, sempre, al mattino; quando mi alzavo notavo che i segni erano piú larghi e irritati. E provavo una vaga sensazione di dolore, un formicolio, ma era molto lieve e non me ne sono mai preoccupato. Solo ora che mi ci fate pensare, rammento che in quelle stesse occasioni mi sentivo particolarmente stanco, una sensazione di spossatezza che non avevo mai provato. E una volta, Mr Vance, ricordo che c'era una gocciolina di sangue vicino al segno. Ma non ci feci caso e mi limitai ad asciugarla.

– Capisco –. Vance tornò a sedersi e invitò il nostro ospite a fare altrettanto. – E ora, Mr Davenant, – riprese, – avete detto che ci sono alcune singolari circostanze di cui volevate mettermi al corrente. Di che si tratta?

Davenant si riabbottonò il colletto della camicia e proseguí il suo racconto. Lo riassumo qui come meglio posso, senza riportare le interruzioni e le osservazioni di Vance e mie.

Come ho detto, Paul Davenant era un uomo ricco e di ottima famiglia; era dunque senza dubbio un buon partito, sotto tutti i punti di vista, per Miss Jessica MacThane, la giovane che divenne sua moglie. Prima di giungere agli avvenimenti concernenti il peggioramento delle sue condizioni di salute, il nostro ospite ci parlò a lungo di lei e della storia della sua famiglia.

La ragazza era di origini scozzesi e, sebbene possedesse alcune caratteristiche peculiari delle genti della sua terra, non ne aveva assolutamente l'aspetto: sembrava piú una bellezza del lontano Sud che delle Highlands, il luogo da cui proveniva la sua stirpe. Non sempre il nome è adatto a chi lo porta, e quello di Miss MacThane era particolarmente inappropriato. L'avevano infatti battezzata Jessica, in una sorta di patetico tentativo di controbilanciare la sua evidente diversità. Presto vedremo che c'era una ragione per questo.

La caratteristica piú peculiare della giovane erano gli splendidi capelli rossi, di una tonalità che difficilmente si vede fuori dell'Italia – non era, infatti, il rosso celtico – tanto lunghi da arrivarle ai piedi, e cosí lucenti da sembrare dotati di vita propria. Aveva la carnagione tipica di chi possiede questo tipo di chioma: bianca come l'avorio piú puro e non guastata dalle efelidi, che cosí spesso si accompagnano ai capelli rossi. Aveva ereditato la bellezza da un'antenata giunta in Scozia da un paese straniero. Nessuno sapeva precisamente quale.

Davenant se ne innamorò a prima vista e subito capí di essere corrisposto, nonostante i molti ammiratori che corteggiavano la ragazza. All'epoca sapeva ben poco di lei, soltanto che era molto ricca, orfana e ultima discendente di una stirpe che un tempo era stata famosa – o piuttosto infame – negli annali della storia, perché i MacThane si erano distinti piú per la loro efferata crudeltà che per le loro gesta cavalleresche. Erano stati un clan di banditi e rapinatori e avevano contribuito ad aggiungere molte pagine insanguinate alla storia del loro paese.

Jessica aveva vissuto con il padre, che possedeva una casa a Londra, fino alla sua morte, avvenuta quando lei aveva quindici anni. La madre era morta in Scozia quando lei era ancora molto piccola. Il grande dolore per la scomparsa della moglie aveva indotto MacThane a lasciare la sua dimora scozzese con la figlia, affidando le sue proprietà a un amministratore. Questi, in realtà, non aveva molto lavoro: erano infatti rimasti pochissimi fittavoli, perché da molti anni il castello di Blackwick aveva una reputazione tutt'altro che invidiabile.

Dopo la morte del padre, Miss MacThane era andata a vivere con una certa Mrs Meredith, lontana parente della madre, mentre dalla parte del padre non le era rimasto piú nessuno. Jessica era dunque l'ultimo membro di un clan cosí vasto che il matrimonio fra consanguinei era a lungo stato una tradizione di famiglia, ma che negli ultimi duecento anni si era assottigliato fino a estinguersi.

Mrs Meredith introdusse Jessica in società, privilegio che non le sarebbe mai stato concesso se Mr MacThane fosse rimasto in vita. Suo padre era infatti un uomo cupo, chiuso in se stesso e precocemente invecchiato, che sembrava consumato dal peso di un grande dolore.

Come ho detto, Paul Davenant si innamorò di Jessica a prima vista e in breve tempo chiese la sua mano. Con sua grande sorpresa, dato che aveva buone ragioni di credere che la ragazza ricambiasse il suo sentimento, Jessica rifiutò. Nel farlo, scoppiò in un pianto disperato, ma non volle dargli alcuna spiegazione.

Sconcertato e amareggiato, Davenant si rivolse a Mrs Meredith, con la quale intratteneva rapporti cordiali, e venne a sapere da lei che Jessica aveva già ricevuto parecchie proposte di matrimonio, tutte provenienti da ottimi partiti, ma, una dopo l'altra, le aveva rifiutate.

Paul si consolò pensando che probabilmente Jessica non amava gli altri pretendenti, mentre era quasi certo che provasse qualcosa per lui. Decise quindi di ritentare.

Cosí fece, e questa volta il risultato fu migliore. Jessica ammise di amarlo, ma allo stesso tempo ripeté che non lo avrebbe sposato. L'amore e il matrimonio non facevano per lei. Poi, lo lasciò di stucco dichiarando che una maledizione incombeva su di lei fin dalla nascita, una maledizione che, presto o tardi, si sarebbe manifestata e avrebbe avuto conseguenze crudeli, forse addirittura fatali, su chiunque si fosse legato a lei per la vita. Come avrebbe potuto far correre un simile rischio a un uomo che amava? Soprattutto, dal momento che la maledizione era ereditaria, aveva preso una decisione irremovibile: nessun bambino l'avrebbe mai chiamata mamma. La sua stirpe doveva estinguersi con lei.

Naturalmente, Davenant rimase sbalordito. Credeva però che, provando a farla ragionare, sarebbe riuscito a toglierle dalla testa quell'idea assurda. C'era solo un'altra possibile spiegazione: forse la ragazza temeva che si manifestasse in lei una vena di follia presente nella sua famiglia?

Ma, a questa domanda, Jessica scosse la testa: non c'era mai stato alcun segno di pazzia nei suoi consanguinei. Si trattava di qualcosa di piú profondo e sottile. Alla fine, gli raccontò tutto quello che sapeva.

La maledizione – usò questa parola in mancanza di una migliore – pesava sull'antica stirpe da cui discendeva. Suo padre ne era stato colpito, e prima di lui suo nonno e il suo bisnonno. Tutti e tre avevano sposato giovani donne che nel giro di pochi anni erano morte di una malattia misteriosa e devastante. Se avessero rispettato l'antica tradizione dei matrimoni fra consanguinei forse ciò non sarebbe accaduto, ma nel loro caso non era stato possibile, essendo la famiglia ormai prossima all'estinzione.

La maledizione – o qualunque cosa fosse – non colpiva infatti chi portava il nome dei MacThane. Li rendeva però pericolosi per gli altri. Era come se assorbissero dalle pareti trasudanti sangue del loro fatale castello un'infezione mortale che poi si diffondeva solo nelle persone con cui venivano a contatto, in particolare quelle a loro piú vicine e piú care.

– Mio padre mi disse che cosa diventiamo, – spiegò Jessica rabbrividendo. – Usò la parola «vampiri». Pensa, Paul, vampiri! Creature che si nutrono del sangue altrui.

Davenant si mise a ridere, ma la ragazza insistette. – No, – gridò, – non è impossibile. Pensaci. Siamo una stirpe decadente. Fin dall'inizio la nostra storia è stata segnata dal sangue e dalla ferocia. I muri del castello di Blackwick sono impregnati di malvagità; ogni pietra racconta una storia di violenza, di dolore, di bramosia e di assassinio. Che cosa ci si può aspettare da chi ha trascorso la propria vita fra quei muri?

– Ma tu non l'hai fatto! – esclamò Paul. – Ti è stato risparmiato, Jessica. Sei stata portata via dopo la morte di tua madre e non hai alcun ricordo del castello, proprio nessuno. E puoi benissimo non metterci mai piú piede.

– Temo che il male sia nel mio stesso sangue, – replicò tristemente lei, – sebbene ora io non ne sia consapevole. E quanto a non tornare a Blackwick, non sono sicura di poterlo fare. Almeno, mio padre mi disse che c'è qualcosa là, una forza irresistibile che mi richiamerà contro la mia stessa volontà. Ma, oh, non lo so... non lo so, ed è questo che rende tutto cosí difficile. Se solo riuscissi a credere che è un'assurda superstizione, potrei ancora essere felice, perché amo la vita e sono giovane, molto giovane. Ma mio padre mi raccontò queste cose in punto di morte –. Pronunciò le ultime parole piano, con la voce colma di angoscia.

Paul la pregò di raccontargli tutto ciò che sapeva, e alla fine Jessica gli rivelò un altro frammento della storia della sua famiglia collegato alla maledizione. Riguardava la sua impressionante somiglianza con l'antenata vissuta due secoli prima, la cui esistenza sembrava aver presagito il graduale declino dei MacThane.

Un certo Robert MacThane, contravvenendo alla tradizione familiare, che imponeva di non scegliere la sposa al di fuori del proprio clan, aveva portato a casa una moglie da un paese straniero, una giovane di straordinaria bellezza, dalla folta e lucente chioma rossa e dalla carnagione bianca come l'avorio, caratteristiche che da allora in poi avrebbero contraddistinto ogni donna della famiglia.

Ben presto le persone del luogo cominciarono a sostenere che la giovane era una strega; circolavano molte strane storie su di lei, e la reputazione del castello di Blackwick divenne pessima come non mai.

Poi, un giorno, la ragazza scomparve. Robert MacThane si era assentato per affari per ventiquattro ore e al suo ritorno scoprí che lei non c'era piú. La cercarono dappertutto, invano; allora Robert, che era un uomo violento e adorava la moglie, fece chiamare alcuni fittavoli che sospettava, a torto o a ragione, di essere responsabili della sua scomparsa e li fece uccidere a sangue freddo. A quel tempo l'omicidio era una pratica diffusa, tuttavia si levò un clamore tale che Robert fu costretto a fuggire, lasciando i suoi due bambini alle cure di una balia, e per lungo tempo il castello di Blackwick rimase senza un signore.

Ma la sua pessima reputazione non si estinse. Si diceva che Zaida, la strega, benché morta, facesse ancora sentire la sua presenza. Molti bambini e ragazzi dei dintorni si ammalarono e morirono, probabilmente per cause naturali. Tuttavia, un manto di terrore si distese sulla zona, perché si raccontava che Zaida fosse stata vista aggirarsi – una donna pallida, dai capelli rossi, vestita di bianco – fra le case di notte, e dove passava sopraggiungevano implacabili la malattia e la morte.

Fu allora che la fortuna dei MacThane cominciò gradualmente a declinare. Gli eredi si succedevano, ma non appena si installavano nel castello di Blackwick il loro carattere, qualunque fosse stato fino a quel momento, cambiava. Era come se assorbissero tutto il peso dell'empietà che macchiava il nome della famiglia, come se, davvero, diventassero vampiri, esercitando la loro influenza maligna su chiunque non fosse direttamente collegato alla loro stirpe.

Cosí, a poco a poco, i fittavoli abbandonarono Blackwick. Le terre divennero incolte e le fattorie deserte. Questo stato di cose perdurava ancora ai giorni nostri, perché i contadini superstiziosi continuavano a tramandarsi i racconti sulla misteriosa donna in bianco che vagava nella zona, la cui apparizione presagiva la morte, o forse anche qualcosa di peggio.

Tuttavia, sembrava che gli ultimi discendenti dei MacThane non potessero separarsi dalla dimora avita. Per quanto possedessero una ricchezza tale da poter vivere agiatamente dovunque volessero, costretti da un potere che non potevano combattere, avevano preferito trascorrere la loro esistenza nella solitudine del castello ormai semidiroccato, evitati dai vicini, temuti ed esecrati dai pochi fittavoli che ancora erano rimasti su quelle terre.

Cosí avevano fatto anche il bisnonno e il nonno di Jessica. Tutti e due avevano sposato una giovinetta, e in entrambi i casi la storia d'amore era stata troppo breve. Lo spirito del vampiro si aggirava ancora nei dintorni e si manifestava – o quanto meno cosí pareva – impossessandosi dei discendenti di quella stirpe segnata da generazioni di malvagità, chiedendo sangue giovane in sacrificio.

Poi c'era stato il padre di Jessica, che non aveva fatto tesoro delle esperienze del padre e del nonno ma aveva anzi seguito le loro orme. E lo stesso terribile destino aveva colpito la moglie che amava appassionatamente. Era morta di anemia perniciosa – cosí avevano detto i medici, – ma lui si considerava il suo assassino.

Tuttavia, a differenza dei suoi antenati, era riuscito a staccarsi da Blackwick, per il bene della sua bambina. All'insaputa della figlia, era però tornato anno dopo anno al castello, perché a volte lo coglieva un irresistibile desiderio delle cupe stanze e dei misteriosi corridoi dell'antico maniero, delle selvagge distese di brughiera e delle oscure pinete che lo circondavano. Si era cosí reso conto che per sua figlia, come per lui, non c'era scampo, e quando finalmente la morte era giunta a dargli sollievo l'aveva avvertita di quale sarebbe stato il suo destino.

Questa era la storia che Jessica raccontò all'uomo che l'aveva chiesta in moglie. Lui, dal canto suo, la considerò una sciocca superstizione, frutto di una mente sovreccitata. E alla fine – forse senza eccessiva difficoltà, dal momento che la ragazza lo amava con tutto il cuore – riuscí ad allontanare da lei quelle idee morbose e a convincerla a sposarlo al piú presto.

– Correrò tutti i rischi che vuoi, – affermò Paul. – Verrò anche a vivere a Blackwick, se questo è ciò che desideri. Ma pensare che tu sia un vampiro, mia amata Jessica! Non ho mai sentito una simile sciocchezza.

– Papà diceva che assomiglio moltissimo a Zaida, la strega... – protestò la giovane, ma lui la zittí con un bacio.

Cosí, si sposarono e trascorsero la luna di miele all'estero. Poi, in autunno, Paul accettò un invito in Scozia per una partita di caccia al fagiano, sport di cui era molto appassionato, e Jessica convenne che non c'era ragione per rinunciare a uno dei suoi passatempi preferiti.

Forse non fu una decisione saggia quella di avventurarsi in Scozia, ma ormai la giovane coppia, piú innamorata che mai, si era lasciata alle spalle ogni paura. Jessica era raggiante e scoppiava di salute, e in piú di un'occasione ripeté che se fossero capitati vicino a Blackwick le sarebbe piaciuto visitare l'antico maniero, per curiosità e per dimostrare a Paul che aveva superato l'assurdo terrore che nutriva un tempo.

Paul era lieto di sentirla parlare cosí e un giorno, dal momento che si trovavano a poca distanza, raggiunsero Blackwick in macchina. Cercarono l'amministratore e si fecero accompagnare al castello.

Era un grande edificio turrito, annerito dagli anni e parzialmente in rovina. Si ergeva sul ripido fianco di una collina e sembrava tutt'uno con la roccia. Su un lato della collina uno strapiombo precipitava a picco su una gola dove, una trentina di metri piú in basso, scorreva un torrente. Ai tempi in cui erano banditi, i MacThane non avrebbero potuto desiderare una roccaforte migliore. Alle sue spalle, sulle pendici delle montagne, si estendevano folte pinete interrotte qua e là da aspri spuntoni di roccia dalle forme fantastiche, simili a giganti o esseri umani deformi, che si innalzavano come se montassero la guardia al castello e alla stretta gola, unica via di accesso al maniero.

Nella gola riecheggiavano senza sosta suoni strani e misteriosi. Vi si rifugiavano i venti, che anche nei giorni piú calmi correvano su e giú come in cerca di una via di fuga, gemevano fra i pini, fischiavano nei dirupi e ridevano con scherno sferzando le pareti rocciose. Sembravano i lamenti delle anime dannate; Davenant usò proprio questa espressione.

La strada, poco piú di una mulattiera, attraversava la gola, poi, dopo aver costeggiato un lago piccolo ma profondo, che a stento vedeva la luce del sole, racchiuso com'era fra alberi altissimi, si inerpicava sulla collina fino al castello.

Quanto al maniero, Davenant lo descrisse con poche parole, ma in qualche modo mi parve di vedere con gli occhi della mente il cupo edificio e di percepire parte degli orrori racchiusi fra le sue mura. Forse mi venne in soccorso la mia chiaroveggenza perché, quando ne parlò, mi sembrarono familiari i grandi saloni di pietra, i lunghi corridoi, bui e freddi anche nelle giornate piú calde e luminose, le stanze con le pareti ricoperte di pannelli di quercia e l'ampio scalone centrale su cui uno dei primi MacThane aveva guidato una decina di uomini a cavallo all'inseguimento di un cervo che si era rifugiato all'interno del castello. E anche il maschio, le cui mura erano tanto possenti da non essere state neppure scalfite dal trascorrere del tempo, sotto il quale c'erano le prigioni, che avrebbero potuto raccontare storie terribili di antiche ingiustizie e lente agonie.

Dunque, mentre Mr e Mrs Davenant visitavano con l'amministratore il sinistro maniero, Paul, da parte sua, pensava compiaciuto alla sua casa nel Derbyshire, un'elegante dimora georgiana dotata di ogni moderna comodità, dove intendeva stabilirsi con la moglie. Rimase quindi sbalordito quando, mentre se ne stavano andando, Jessica gli prese una mano e gli sussurrò:

– Paul, mi hai promesso che non mi avresti rifiutato nulla, vero?

Prima di pronunciare queste parole era rimasta stranamente silenziosa. Paul, in preda a una vaga apprensione, le assicurò che non doveva far altro che chiedere, ma in cuor suo era inquieto, perché credeva di intuire il desiderio di Jessica.

Sua moglie voleva andare a vivere al castello, oh, solo per qualche tempo, perché era certa che presto si sarebbe annoiata. Ma l'amministratore le aveva detto che c'erano carte e documenti che avrebbe dovuto esaminare, dato che lei era la proprietaria. Inoltre, era incuriosita dalla dimora dei suoi avi e desiderava conoscerla meglio. Oh, no, non aveva neanche pensato a quella ridicola superstizione, non c'entrava niente l'attrazione fatale che il castello esercitava sui membri della sua famiglia, ormai si era tolta dalla mente quelle idee assurde. Paul l'aveva guarita e, dal momento che lui stesso riteneva che si trattasse di fantasie senza alcun fondamento, non doveva assolutamente preoccuparsi di soddisfare quel capriccio.

Sembravano argomenti plausibili, ai quali era difficile controbattere. Alla fine Paul cedette, non senza cercare di opporsi. Le disse che il castello doveva essere restaurato per poter essere piú accogliente e che ciò avrebbe richiesto tempo. Inoltre, l'inverno era alle porte: si sarebbero potuti trasferire l'anno successivo, d'estate.

Ma Jessica non voleva rimandare e odiava l'idea di ristrutturare il castello, perché in tal modo avrebbero rovinato il suo antico fascino e, oltre tutto, sarebbe stato uno spreco di denaro, visto che intendeva fermarsi non piú di una settimana o due. Fra l'altro, la casa nel Derbyshire non era ancora pronta e dovevano aspettare che i lavori fossero terminati, prima di potersi trasferire.

Cosí, una settimana piú tardi, quando si congedarono dai loro ospiti, andarono direttamente a Blackwick. L'amministratore aveva assunto qualche domestico, cercando di sistemare come meglio aveva potuto parte del castello per rendere la loro permanenza piú confortevole. Paul era preoccupato e in ansia, ma non poteva certo ammetterlo con la moglie, dopo aver proclamato con tanta veemenza le proprie teorie sull'assurdità delle superstizioni.

Quando si trasferirono al castello erano sposati da tre mesi; da allora ne erano trascorsi nove e non si erano mai allontanati da Blackwick per piú di qualche ora, finché Paul era venuto a Londra, da solo.

– Mia moglie mi ha implorato molte volte di andarmene, – disse. – Mi ha supplicato con le lacrime agli occhi, in ginocchio, di lasciarla. Io ho sempre rifiutato fermamente di andarmene senza di lei. Ma è questo il problema, Mr Vance: lei non può farlo. C'è qualcosa, qualche misterioso orrore, che la trattiene lí come se fosse incatenata! La trattiene ancor piú di quanto accadesse a suo padre. Abbiamo scoperto che trascorreva quasi sei mesi l'anno a Blackwick, mentre faceva credere a tutti di essere in viaggio all'estero. Come vedete, questo incantesimo, o comunque vogliate chiamare questa cosa maledetta, non ha mai allentato la presa su di lui.

– Avete mai tentato di portar via vostra moglie? – domandò Vance.

– Sí, parecchie volte, ma invano. Non appena varcavamo i confini della proprietà, Jessica cominciava a stare cosí male che invariabilmente dovevo riportarla indietro. Una volta arrivammo fino a Dorekirk, la città piú vicina, e pensai che ce l'avrei fatta, se solo fossi riuscito a far passare la notte. Ma lei scappò; si calò dalla finestra e tornò a Blackwick a piedi. Sono parecchie miglia. Poi, qualche tempo fa, feci venire dei medici. Ma pensavano che fossi io il malato, non lei, e mi prescrissero un viaggio. Io però mi sono rifiutato di seguire il loro consiglio, almeno fino a oggi.

– Avete notato un cambiamento in vostra moglie... un cambiamento fisico? – lo interruppe Vance.

Davenant rifletté per qualche istante. – Cambiata? Sí, ma in un modo cosí impercettibile che mi riesce difficile spiegarlo. È piú bella che mai, eppure non è piú la bellezza di prima, non so se capite quello che intendo –. Vance annuí. – Vi ho parlato della sua carnagione chiarissima; ebbene, ora appare ancora piú bianca, perché le sue labbra sono diventate vermiglie, tanto da sembrare una macchia di sangue. E il labbro superiore ha assunto una piega particolare che prima non aveva: quando ride, il suo non pare un sorriso. Capite cosa voglio dire? E i suoi capelli hanno perso la loro meravigliosa lucentezza. Naturalmente, so che è preoccupata per me, ma anche questa sua apprensione è strana, perché a volte mi scongiura di andarmene e qualche minuto dopo mi getta le braccia al collo, dicendo che non può vivere senza di me. Sento che dentro di lei si sta svolgendo una lotta, che sta cedendo lentamente all'orribile influenza del castello, qualunque cosa sia, e che quando mi implora di lasciarla è perfettamente in sé. Ma quando mi supplica di restare, ed è in quei momenti che il suo fascino diventa irresistibile, non posso fare a meno di ricordare quello che mi raccontò prima di sposarmi e quella parola... – la voce di Davenant si abbassò – la parola «vampiro»...

Si passò una mano sulla fronte per tergere il sudore che la imperlava. – Ma è tutto cosí assurdo, ridicolo, – mormorò. – Queste bizzarre credenze sono state sfatate secoli fa. Siamo nel Ventesimo secolo...

Ci fu qualche attimo di silenzio, poi Vance disse quietamente: – Mr Davenant, dato che mi avete onorato della vostra fiducia e che i medici non vi sono stati di alcun giovamento, permettete che vi offra il mio aiuto? Penso di potervi essere utile, se non è troppo tardi. Se acconsentirete, Mr Dexter e io verremo con voi a Blackwick al piú presto, anche stasera stessa. C'è un treno che fa al caso nostro. In circostanze normali vi avrei detto di non tornare al castello, se ci tenete alla vita...

Davenant scosse la testa tristemente. – È un consiglio che non seguirei mai, – rispose. – Avevo già deciso che sarei comunque tornato a Blackwick questa notte. Sono lieto che voi e Mr Dexter vogliate accompagnarmi.

Cosí, decidemmo di partire. Stabilimmo di incontrarci alla stazione e Paul Davenant si congedò, aggiungendo che ci avrebbe messi a parte di altri dettagli durante il viaggio.

– Un caso curioso e molto interessante, – disse Vance non appena rimanemmo soli. – Che ne pensi, Dexter?

– Suppongo, – risposi cautamente, – che il vampirismo esista anche nella nostra civiltà cosí avanzata. Una persona anziana può esercitare una pessima influenza su un giovane, se vivono a stretto contatto: il vecchio succhia la linfa vitale dal giovane per sostentarsi. Ci sono poi individui, e io stesso ne ho conosciuti alcuni, che sembrano deprimerci, minare le nostre energie, in modo del tutto inconsapevole, naturalmente, ma sentiamo che in qualche modo la nostra vitalità sta passando a loro. In questo caso, se la forza è vecchia di secoli e si manifesta misteriosamente attraverso la moglie di Davenant, è verosimile che lui ne soffra fisicamente, benché la cosa sia puramente mentale?

– Dunque tu pensi che si tratti di un problema esclusivamente mentale? – mi chiese Vance. – Ma se è cosí, come spieghi i segni sulla gola di Davenant?

Non trovai risposta a quella domanda e, per quanto insistessi perché mi dicesse il suo parere, Vance non aggiunse altro.

Sul nostro lungo viaggio fino in Scozia non c'è niente da raccontare. Giungemmo a Blackwick solo nel tardo pomeriggio del giorno seguente. Il posto era proprio come me l'ero immaginato e come l'ho descritto. Un senso di cupa oppressione si impossessò di me mentre l'auto procedeva sobbalzando sulla strada che attraversava la Gola dei Venti, e la sensazione si acuí quando entrammo nel vasto e freddo atrio del castello.

Mrs Davenant, informata da un telegramma del nostro arrivo, ci ricevette cordialmente. Non sapeva nulla della nostra vera missione e credeva che fossimo amici del marito. Fu estremamente premurosa con Paul, ma c'era una sfumatura forzata nel tono della sua voce, che mi fece sentire a disagio. Ebbi l'impressione che qualcosa, al di fuori di lei, la costringesse a pronunciare certe parole e a compiere certi gesti; ma, naturalmente, era possibile che fossi giunto a tale conclusione a causa di ciò che ero venuto a sapere. Per il resto, era una donna incantevole e aveva un aspetto e dei modi straordinariamente seducenti. Guardandola, mi tornò in mente un'affermazione fatta da Davenant durante il viaggio.

– Voglio vivere per il bene di Jessica, – aveva detto. – Portatela via da Blackwick, Vance, e sento che tutto andrà per il meglio. Attraverserei anche l'inferno, purché Jessica tornasse quella che era un tempo.

Ora che l'avevo vista con i miei occhi, capivo il senso di quelle parole. Il suo fascino era piú intenso che mai, ma aveva qualcosa di innaturale. Non era il fascino di una donna normale, quanto piuttosto quello di una Circe, di una strega, di un'incantatrice, e per questo era ancora piú irresistibile.

Poco dopo il nostro arrivo avemmo una prova inconfutabile del male che albergava in lei, grazie a uno stratagemma segretamente escogitato da Vance. Davenant aveva detto che a Blackwick non cresceva un solo fiore; allora Aylmer aveva prontamente replicato che dovevamo portare un mazzo di fiori alla signora del castello. Appena scesi dal treno, aveva quindi acquistato un bouquet di rose bianche nella cittadina dove l'autista di Davenant era venuto ad aspettarci.

Quando Vance le offrí il suo omaggio floreale, mi parve che Jessica si innervosisse e, non appena sfiorò le rose, queste si spezzarono e caddero a terra in una pioggia di petali appassiti.

– Dobbiamo agire immediatamente, – mi disse Vance quella sera, mentre scendevamo per andare a cena. – Non c'è tempo da perdere.

– Che cosa temi?

– Davenant si è assentato per una settimana, – mi rispose con aria cupa. – Ora è piú in forze di quando è partito, ma non abbastanza da sopravvivere a un'ulteriore perdita di sangue. Dobbiamo proteggerlo. È in pericolo.

– Vuoi dire che sua moglie costituisce una minaccia per lui? – Solo al pensiero, rabbrividii per l'orrore.

– Lo vedremo presto –. Vance si voltò verso di me e aggiunse gravemente: – Dexter, in questo momento Mrs Davenant è sospesa fra due mondi. La forza maligna non si è ancora completamente impossessata di lei. Ricordi che cosa ci ha detto Davenant, che lo supplica di andarsene e un attimo dopo lo implora di rimanere? Sta combattendo, ma sta gradualmente soccombendo e quest'ultima settimana, che ha trascorso da sola, ha rafforzato il male. E io devo combatterlo, Dexter. Sarà una battaglia fra due volontà, che andrà avanti finché una delle due avrà la meglio. Aspetta e vedrai. Se in Mrs Davenant si verificherà un cambiamento, allora saprai che ho vinto.

Cosí venni a sapere come intendeva agire il mio amico. Ci sarebbe stata una guerra fra la sua volontà e il misterioso potere che aveva avvolto nella sua maledizione il castello dei MacThane. Mrs Davenant doveva essere liberata dal fatale maleficio che la teneva prigioniera.

Essendo a conoscenza di ciò che stava accadendo, potei osservare e comprendere lo svolgersi dei fatti. Già durante la cena, mi resi conto che la lotta silenziosa era cominciata. La signora praticamente non toccò cibo; sembrava tesa, si agitava sulla sedia, parlava molto e rideva, con quella risata senza sorriso che Davenant ci aveva descritto. Non appena le fu possibile, si alzò da tavola.

Piú tardi, mentre sedevamo in salotto, percepii chiaramente lo scontro di volontà. L'atmosfera nella stanza era elettrica e pesante, carica di forze potentissime ma invisibili. Fuori, intorno al castello, il vento fischiava, ululava e gemeva, come se il tetro esercito di tutti i defunti MacThane si fosse riunito per combattere la battaglia piú grande, quella per la sua stirpe.

Tutto ciò mentre noi quattro eravamo impegnati nella tipica conversazione leggera del dopo cena! Questo era l'aspetto piú strano per me: Paul Davenant non sospettava nulla e io, che sapevo tutto, dovevo recitare la mia parte. Ma non riuscivo a staccare gli occhi dal volto di Jessica, cercando di cogliere ogni minimo mutamento.

Alla fine Davenant si alzò, spiegando che era stanco e voleva andare a letto, ma invitò Jessica a trattenersi ancora un po' con noi. Vance e io avremmo dormito nella stanza che fungeva da anticamera di Paul.

Fu proprio allora, mentre dava il bacio della buonanotte a Jessica e lei, incurante della nostra presenza, lo avvolgeva fra le sue braccia ammaliatrici con un avido scintillio negli occhi, che sopravvenne il cambiamento. Giunse accompagnato dall'urlo spaventoso del vento e dallo sbattere violento degli scuri delle finestre, come se un'orda di spettri stesse per irrompere nel castello. Un lungo, palpitante sospiro sfuggí dalle labbra di Jessica, che lasciò cadere le braccia dalle spalle del marito e si ritrasse, vacillando.

– Paul! – gridò con un timbro di voce impercettibilmente diverso. – Che sciagurata sono stata a farti tornare a Blackwick, malato come sei! Ma ce ne andremo, caro. Sí, verrò con te. Oh, mi porterai via... mi porterai via, domani?

Aveva parlato con tono intenso e grave; evidentemente non si rendeva conto di ciò che le stava succedendo. Lunghi tremiti le scuotevano il corpo. – Non so perché ho voluto venire qui, – ripeteva. – Odio questo posto, davvero... è malvagio, malvagio.

A queste parole esultai, convinto che Vance avesse vinto. Ma avrei presto scoperto che il pericolo non era ancora stato scongiurato.

Marito e moglie si separarono e ognuno raggiunse la propria camera. Notai lo sguardo riconoscente, seppure un po' disorientato, che Davenant rivolse a Vance, come se fosse vagamente consapevole che il mio amico era in qualche modo responsabile di quanto era accaduto. Fu deciso che il mattino seguente avremmo organizzato la partenza.

– Ho vinto, – disse Vance in fretta quando rimanemmo soli, – ma il cambiamento potrebbe essere solo temporaneo. Devo stare in guardia stanotte. Va' pure a letto, Dexter, non c'è niente che tu possa fare.

Obbedii, ma anch'io avrei vegliato per scongiurare un pericolo che andava al di là della mia comprensione. Mi ritirai nella mia stanza, un ambiente tetro e spoglio, ben sapendo che non sarei riuscito a dormire. Perciò rimasi vestito e mi sedetti accanto alla finestra aperta, perché il vento che prima infuriava contro il castello era scemato fino a trasformarsi in un basso gemito che si udiva fra i pini, come un esausto, triste uggiolio.

Dopo qualche tempo scorsi una figura bianca sgusciare fuori da una porta del castello che non potevo vedere; con le mani giunte attraversò rapidamente il terrapieno e scomparve nel bosco. La vidi solo per un attimo, ma bastò a convincermi che si trattava di Jessica Davenant.

Istintivamente, sentii che stava per accadere qualcosa di terribile. Forse questa impressione fu dovuta al senso di disperazione che trasmettevano quelle mani giunte. In ogni caso, non esitai. La finestra si trovava a una certa altezza dal suolo, ma il muro al di sotto era ricoperto d'edera e poteva fornirmi un solido appiglio. Cosí, mi calai giú senza grandi difficoltà e mi lanciai subito all'inseguimento della donna, inoltrandomi nel fitto bosco che ricopriva il fianco della collina.

Non dimenticherò mai quella folle corsa. Fra gli alberi c'era lo spazio appena sufficiente per seguire l'accidentato sentiero. Avevo perso di vista la mia preda ma, fortunatamente, quella era l'unica direzione che avrebbe potuto prendere: non c'erano altri viottoli e il bosco era tanto fitto da non poter essere attraversato se non seguendo il sentiero.

Tutt'intorno a me echeggiavano suoni terrificanti: gemiti, lamenti e spaventose risate. Naturalmente, erano solo il vento e le grida degli uccelli notturni; a un certo punto, infatti, sentii un fremito di ali a pochi centimetri dal viso. Eppure, non riuscivo a liberarmi del pensiero di essere a mia volta inseguito e che le forze del male si fossero alleate contro di me.

Il sentiero terminava bruscamente sulla riva del tenebroso laghetto che ho già menzionato. Capii di essere arrivato appena in tempo, perché di fronte a me, già entrata nell'acqua fino alle ginocchia, riconobbi la bianca figura della donna che avevo inseguito. Udendo il rumore dei miei passi, si voltò di scatto, poi sollevò le braccia e lanciò un grido. I capelli rossi le ricadevano arruffati sulle spalle e il suo viso quasi non pareva umano, stravolto com'era da un'espressione di angosciato rimorso.

– Andatevene! – urlò. – Per l'amor di Dio, lasciatemi morire!

Ma prima che finisse di parlare io ero gia accanto a lei. Lottò, cercando inutilmente di divincolarsi dalla mia stretta; respirando affannosamente, mi implorò di lasciarla annegare.

– È l'unico modo per salvarlo! – disse con un rantolo. – Non capite che sono maledetta? Perché sono io, io che gli sto succhiando la vita bevendo il suo sangue! Ora lo so, questa notte ho scoperto la verità! Sono un vampiro, per me non c'è speranza né in questo né nell'altro mondo. Perciò, per il suo bene, per il bene del suo bambino non ancora nato, lasciatemi morire, lasciatemi morire!

Mai avevo udito parole piú strazianti. Ma che cosa potevo fare? Con dolcezza, a poco a poco vinsi la sua resistenza e la riportai indietro. Quando raggiunsi la riva mi accorsi che aveva perso i sensi; la deposi allora sul tappeto di muschio che circondava il lago. Mi inginocchiai accanto a lei e osservai attentamente il suo volto.

Allora seppi di avere fatto la cosa giusta, perché il viso che guardavo non era quello di Jessica il vampiro, che avevo visto nel pomeriggio, ma quello della Jessica che Paul Davenant aveva amato.

Piú tardi anche Aylmer Vance mi raccontò la sua storia.

– Ho aspettato finché Davenant si è addormentato, poi sono entrato nella sua camera e mi sono seduto accanto al letto per vegliare su di lui. A un certo punto, come avevo supposto, è arrivato il vampiro, quell'essere maledetto che si è impossessato delle anime dei suoi congiunti, rendendoli simili a lei quando sono entrati nel Regno delle Ombre, traendo sostentamento per la sua orrida impresa dal sangue di coloro che non appartenevano alla sua stirpe. Abbiamo lottato per il corpo di Paul e per l'anima di Jessica, Dexter.

– Ti riferisci a Zaida, la strega? – gli domandai esitante.

– Proprio cosí. È il suo spirito malvagio che si è impadronito del castello dei MacThane. Ma ormai credo di averla esorcizzata per sempre.

– Raccontami come hai fatto.

– Stanotte, com'era già accaduto molte volte in precedenza, è entrata nella stanza di Davenant dopo avere assunto l'aspetto di sua moglie. Sai che Jessica somiglia moltissimo alla sua antenata. Paul ha aperto le braccia per accoglierla, ma io le ho sottratto la preda. Avevo preso le mie precauzioni, sistemando sul petto di Paul, mentre dormiva, un crocifisso, che ha privato il vampiro dei suoi malvagi poteri. Si è precipitata fuori dalla camera urlando, un'ombra, lei che un minuto prima lo aveva guardato con gli occhi di Jessica e gli aveva parlato con la sua voce. Le sue labbra rosse erano quelle di Jessica ed erano vicine alle sue quando lui ha aperto gli occhi e l'ha vista per quello che realmente era: uno spettro ripugnante putrefatto dai secoli. E cosí l'incantesimo si è spezzato e lei è tornata da dove era venuta.

Tacque per un istante.

– E ora, che cosa succederà? – gli domandai.

– Il castello di Blackwick deve essere raso al suolo, – rispose. – È l'unico modo per assicurarsi che non torni. Ogni pietra, ogni mattone deve essere ridotto in polvere e bruciato, perché è qui l'origine di tutto il male. Davenant ha acconsentito.

– E Mrs Davenant?

– Penso, – disse Vance cautamente, – che ormai sia fuori pericolo. La maledizione scomparirà con la distruzione del castello. Grazie a te, è riuscita a non soccombere alla perfida influenza di Zaida. È meno colpevole di quanto creda: è lei la vittima. Ma puoi immaginare il suo rimorso quando si è resa conto del ruolo che ha avuto in questa vicenda? E come dev'essersi sentita sapendo di aspettare un bambino, al quale sarebbe toccata la sua fatale eredità?

– Capisco, – mormorai rabbrividendo. Poi aggiunsi con un sospiro: – Grazie a Dio, è tutto finito.

HORACIO QUIROGA

Il cuscino di piume

Alicia aveva trascorso l'intera luna di miele in balia di sentimenti contrastanti. Bionda, timida, con un viso d'angelo, fin da ragazzina aveva sognato di sposarsi e di essere moglie: ma tutte queste illusioni erano state presto infrante dal ruvido carattere del marito. Tuttavia Alicia lo amava moltissimo, benché a volte, quando a notte fonda rincasavano insieme, non potesse impedirsi di rabbrividire spiando di nascosto l'imponente statura del suo Jordan che era rimasto in silenzio per ore. Da parte sua, lui l'amava profondamente, anche se preferiva non mostrare i propri sentimenti.

Per tre mesi – si erano sposati in aprile – vissero felici e contenti. Certo, Alicia avrebbe preferito che Jordan fosse meno severo, piú prodigo di tenerezze ed effusioni, ma i suoi modi freddi e imperturbabili la frenavano.

Anche la casa in cui avevano deciso di vivere contribuí ad acuire le inquietudini di Alicia. Il silenzioso patio bianco – ornato da fregi, colonne e statue di marmo – le produceva la strana sensazione di abitare in un palazzo incantato. All'interno, il brillio glaciale degli stucchi, le pareti spoglie, accentuavano la sgradevole impressione di gelida freddezza. Quando attraversava le diverse stanze, i suoi passi producevano in tutta la casa un'eco interminabile come se un immemorabile abbandono ne avesse esaltato la sonorità.

In questo singolare nido d'amore Alicia trascorse l'intero autunno. Aveva deciso di dimenticare i suoi antichi sogni e di vivere come addormentata in quella casa che sentiva ostile, cercando di non pensare a nulla fino al rientro del marito. Non è strano che dimagrisse.

Qualche tempo dopo, una lieve influenza, che si protrasse per diversi giorni, minò irrimediabilmente la sua salute. Finalmente, un pomeriggio, appoggiandosi al braccio del marito, poté uscire in giardino. Si guardava intorno distrattamente, quando all'improvviso Jordan le accarezzò i capelli con profonda tenerezza: Alicia scoppiò subito in un pianto irrefrenabile, gettandogli le braccia al collo. Pianse a lungo tutte le lacrime che aveva trattenuto per mesi e che a ogni carezza del marito aumentavano copiosamente. Poi d'un tratto smise di singhiozzare e rimase con il viso nascosto tra le braccia di Jordan senza muoversi e senza dire una parola.

Fu l'ultimo giorno in cui Alicia riuscí a trascorrere qualche ora in piedi. Quando, il mattino seguente, si svegliò si sentiva priva di ogni energia. Il medico di Jordan la esaminò scrupolosamente, prescrivendole riposo assoluto.

– Non capisco, – disse sottovoce a Jordan sulla porta di casa. – È afflitta da una debolezza che non riesco a spiegarmi. Niente vomito, né diarrea... Chiamatemi, se anche domani si sveglierà nelle stesse condizioni.

Il giorno dopo, Alicia peggiorò. Ci fu un consulto. Le fu diagnosticata un'anemia acuta, del tutto inspiegabile. Alicia non era piú svenuta, ma era evidente che stesse morendo. Nella sua camera la luce era accesa giorno e notte e il silenzio regnava assoluto. Passavano ore senza che si udisse il piú piccolo suono. Alicia dormiva. Jordan ormai viveva nella stanza lí accanto, anch'essa sempre illuminata; camminava senza posa da un lato all'altro della camera, con instancabile ostinazione. A volte entrava nella stanza della moglie, continuando a passeggiare nervosamente e lanciandole occhiate cariche di ansia.

Improvvisamente, Alicia cominciò ad avere delle allucinazioni; vaghe fantasticherie che prima fluttuavano nell'aria e poi scendevano a terra. Con gli occhi sbarrati fissava il tappeto accanto al suo letto. Una notte rimase a guardarlo insistentemente per ore. Stava per urlare, mentre il sudore le imperlava il viso, ma riuscí solo a bisbigliare: – Jordan! Jordan! – continuando a fissare terrorizzata il tappeto.

Jordan si precipitò nella sua stanza e quando Alicia lo vide lanciò un urlo terrificante.

– Sono io, Alicia! Sono io!

Lo guardò smarrita, poi si mise a fissare il tappeto, tornò di nuovo a guardare il marito e, dopo qualche istante, lo riconobbe e si tranquillizzò. Gli sorrise, stringendogli le mani e accarezzandogliele tutta tremante.

Tra le sue allucinazioni, la piú persistente era quella di un antropoide che, appoggiato con le dita sul tappeto, la fissava.

I dottori tornarono invano a visitare Alicia. Si rendevano chiaramente conto che la vita la stava abbandonando, giorno dopo giorno, ora dopo ora, senza capire perché. Nel loro ultimo consulto Alicia giaceva ormai in uno stato di torpore mentre le tastavano inutilmente il polso inerte. La osservarono a lungo in silenzio e uscirono dalla stanza.

– Ma..., – iniziò uno dei medici. – È un caso molto difficile. Possiamo fare ben poco...

– Eravate la mia ultima speranza! – gridò Jordan. Poi barcollò contro il tavolo.

L'anemia di Alicia stava raggiungendo la fase del delirio, che peggiorava nelle ore serali e le concedeva una tregua soltanto alle prime luci dell'alba. Durante il giorno la malattia non peggiorava mai, ma ogni mattina si svegliava pallida, quasi priva di sensi. Sembrava che soltanto di notte il sangue le venisse prosciugato. Al risveglio aveva sempre la sensazione di giacere immobile con un peso intollerabile sul petto. Dopo il terzo giorno il suo fisico crollò. Poteva a stento muovere debolmente la testa. Non voleva che nessuno toccasse il suo letto, neanche per sistemarle il cuscino. I suoi terrori crepuscolari le si presentarono sotto forma di mostri che si trascinavano lentamente verso di lei, arrampicandosi sul letto e talvolta infilandosi sotto la coperta.

Poi perse conoscenza. Trascorse altri due giorni in un muto delirio; le luci continuavano a rimanere funereamente accese nella camera da letto e nella sala. Nel silenzio mortale che avvolgeva tutta la casa si udivano soltanto il monotono delirio che proveniva dalla stanza di Alicia e la sorda eco dei continui passi di Jordan.

Alla fine morí. Quando, piú tardi, la domestica si recò nella stanza per disfare il letto ormai vuoto, osservò perplessa il cuscino e chiamò subito Jordan.

– Signore! Sul cuscino ci sono delle strane macchie che sembrano sangue!

Jordan raggiunse subito la domestica e si chinò sul cuscino. Aveva ragione. Nell'incavo del cuscino lasciato dalla testa di Alicia c'erano due piccole macchie scure.

– Sembrano punture di spillo, – disse la domestica dopo aver osservato un attimo.

– Portatelo qui in piena luce, – le chiese Jordan.

La domestica prese il cuscino ma subito lo lasciò cadere fissandolo terrorizzata. Era pallida e tremante come se avesse visto uno spettro. Senza sapere perché, Jordan sentí i capelli rizzarglisi sulla nuca.

– Cosa c'è? – le chiese con un filo di voce.

– È molto pesante, – balbettò la domestica, continuando a tremare.

Jordan raccolse il cuscino; in effetti era straordinariamente pesante. Lo portò fuori e sul tavolo del salotto strappò la federa. Le piume volarono tutto intorno e la domestica lanciò un urlo, coprendosi il viso con le mani. Nel fondo del cuscino, tra le piume, c'era un animale mostruoso che muoveva lentamente lunghe zampe pelose, una sorta di palla viscida e nerastra, tanto gonfia che non si riusciva a distinguerne la bocca.

Notte dopo notte, da quando Alicia aveva cominciato a dormire in quel letto, l'immonda bestia aveva applicato la sua bocca – o meglio, la sua proboscide – alle tempie della ragazza, succhiandole il sangue. La puntura era quasi invisibile. All'inizio, la rimozione quotidiana del cuscino aveva impedito il progredire delle vampiresche incursioni, ma quando Alicia non era stata piú in grado di alzarsi, la suzione era diventata pressoché continua e vertiginosa. In cinque giorni e in cinque notti il mostro aveva succhiato ad Alicia ogni goccia di sangue e con esso la vita.

Questi parassiti degli uccelli, solitamente minuscoli nel loro ambiente naturale, in determinate condizioni possono raggiungere proporzioni enormi. Il sangue umano li attira particolarmente, e non è raro si annidino nei cuscini di piume.

HOWARD PHILLIPS LOVECRAFT

Nella cripta

A C. W. Smith, che ha suggerito lo spunto di questa storia

A mio modo di vedere, non c'è nulla di piú assurdo della tradizionale associazione, che sembra pervadere la psicologia delle masse, fra ciò che è semplice e ciò che è salutare. Prendete un paesaggio bucolico americano, un impresario di pompe funebri rozzo e maldestro e un disgraziato incidente in una camera mortuaria: da queste premesse, il lettore medio si aspetterà una storia all'insegna di un sano umorismo. Solo Dio sa, invece, se la prosaica vicenda che la morte di George Birch mi permette ora di raccontare non presenti aspetti tali al cui confronto le piú fosche tragedie appaiono quasi divertenti.

Nel 1881 Birch divenne invalido e fu costretto a cambiare lavoro; se poteva, preferiva però evitare l'argomento. E cosí pure il suo vecchio medico, il dottor Davis, che morí qualche anno fa. Si diceva che la sua invalidità e lo shock che aveva subito fossero il risultato di una sfortunata disattenzione in seguito alla quale Birch era rimasto chiuso per nove ore nella camera mortuaria del cimitero di Peck Valley, riuscendo a liberarsi soltanto con metodi sommari e rovinosi. Ma, anche se questo era indubbiamente vero, c'erano altri e piú agghiaccianti particolari che Birch mi sussurava nei suoi deliri di alcolizzato verso la fine dei suoi giorni. Si fidava di me perché ero il suo medico e perché probabilmente, essendo scapolo e non avendo parenti, dopo la morte di Davis sentiva il bisogno di confidarsi con qualcuno.

Fino al 1881 Birch era stato l'impresario di pompe funebri di Peck Valley, ed era un tipo molto rude e grossolano, come spesso sono gli uomini che fanno quel genere di lavoro. Le pratiche che ho sentito attribuirgli sarebbero impensabili al giorno d'oggi, almeno in città, ma anche Peck Valley avrebbe certo tremato un poco se fosse stata a conoscenza della disinvolta etica del suo artista funerario in alcune discutibili questioni; per esempio, chi fosse il proprietario dei costosi abiti dei morti, invisibili sotto il coperchio della bara, o il grado di dignità da rispettare nel deporre e adattare, a casse di dimensioni non sempre calcolate con eccelsa precisione, le membra, anche queste invisibili, dei defunti.

In definitiva, Birch era negligente, del tutto insensibile e privo di qualsiasi coscienza professionale; tuttavia, continuo a pensare che non fosse cattivo. Semplicemente, era rozzo per natura e per abitudine: era sciatto, incurante, ubriacone – com'è evidente dalle peripezie qui descritte, che avrebbe facilmente potuto evitare – e sprovvisto di quel minimo di immaginazione che mantiene l'uomo comune entro i limiti stabiliti dal buon gusto.

Non essendo un abile narratore, mi risulta difficile decidere da dove cominciare a raccontare la storia di Birch. Suppongo però sia bene iniziare da quel freddo dicembre del 1880, quando la terra gelò e i becchini del cimitero si resero conto che non avrebbero potuto scavare altre fosse fino a primavera. Fortunatamente il villaggio era piccolo e la percentuale di decessi era bassa, perciò fu possibile dare temporaneo asilo agli inanimati clienti di Birch nell'unica, vecchia camera mortuaria. Con il cattivo tempo l'impresario di pompe funebri divenne ancor piú letargico, riuscendo perfino a superare se stesso quanto a negligenza. Non aveva mai assemblato bare piú raffazzonate e sconquassate e trascurato cosí platealmente di oliare la serratura arrugginita del portone della cripta, che apriva e chiudeva sbatacchiandolo con somma noncuranza.

Finalmente arrivò la primavera e furono prontamente scavate le fosse per accogliere i nove muti raccolti della spietata mietitrice che giacevano in attesa nella camera mortuaria. Benché riluttante a sobbarcarsi la seccatura della rimozione e dell'inumazione delle salme, Birch cominciò a trasferirle in uno sventurato mattino d'aprile. Prima di mezzogiorno, quando aveva collocato nella sua eterna dimora un solo cadavere, fu però costretto a interrompere l'operazione a causa di un violento temporale che innervosí il suo cavallo. Si trattava del novantenne Darius Peck, la cui tomba era la piú vicina alla cripta. Birch decise che avrebbe ripreso il lavoro il giorno seguente con la salma del piccolo Matthew Fenner, un vecchietto la cui fossa era a sua volta abbastanza vicina, ma poi rimandò per altri tre giorni, rimettendosi all'opera solo il 15, Venerdí Santo. Non essendo superstizioso, non si curò minimamente di che giorno fosse; in seguito, però, si rifiutò sempre di fare qualsiasi cosa di una certa importanza nel fatidico quinto giorno della settimana. Certo, gli eventi di quella sera cambiarono profondamente George Birch.

Il pomeriggio di venerdí 15 aprile, dunque, l'impresario si diresse verso la camera mortuaria con il carro e il cavallo per seppellire il cadavere di Matthew Fenner. Come piú tardi ammise, non era perfettamente sobrio, per quanto a quel tempo non si fosse ancora dato al bere come avrebbe fatto poi, nel tentativo di dimenticare certi avvenimenti. Era solo inebetito e distratto quanto bastava per infastidire il suo sensibile cavallo; mentre lo conduceva malamente verso la camera mortuaria, questo prese infatti a nitrire, scalciare e scuotere la testa molto piú di quanto avesse fatto qualche giorno prima, quando era stato disturbato dalla pioggia.

La giornata era tersa ma si era levato un vento freddo, e Birch fu contento di trovarsi al riparo quando aprí il portone di ferro ed entrò nella cripta scavata nel fianco della collina. Probabilmente un altro non si sarebbe sentito cosí tranquillo in quell'ambiente umido e impregnato di odori sgradevoli, con quelle otto bare buttate lí alla rinfusa, ma all'epoca Birch era del tutto indifferente a questi particolari e si preoccupava solo di mettere la cassa giusta nella fossa giusta. Non aveva dimenticato le critiche ricevute quando i parenti di Hannah Bixby, volendo traslare i suoi resti nel cimitero della città dove si erano trasferiti, avevano trovato sotto la sua lapide la bara del giudice Capwell.

La cripta era scarsamente illuminata, ma Birch aveva buoni occhi e non confuse la bara di Fenner con quella di Asaph Sawyer, anche se erano molto simili. In effetti, aveva preparato quella cassa per Matthew Fenner, poi però l'aveva scartata perché troppo fragile e sgangherata, in uno strano impeto di sentimentalismo suscitatogli dal ricordo di quanto fosse stato gentile e generoso il vecchietto cinque anni prima, quando l'impresario aveva avuto gravi problemi finanziari. Cosí riservò al vecchio Matt quanto di meglio sapesse produrre, ma fu abbastanza parsimonioso da conservare anche il lavoro piú scadente e utilizzarlo per Asaph Sawyer, quando morí di febbre perniciosa. Sawyer non era un uomo simpatico e si raccontavano molte storie sulla sua vendicatività quasi disumana e la sua incrollabile tenacia nel ricordare i torti subiti, reali o immaginari che fossero. Birch non aveva provato alcun rimorso nell'assegnargli la bara sbilenca che ora spingeva da parte cercando quella di Fenner.

Proprio nel momento in cui trovò la cassa di Matt una folata di vento chiuse con violenza la porta, precipitandolo in un'oscurità ancor piú fitta. La sottile fessura dell'architrave lasciava trapelare solo un filo di luce e lo stretto pozzo di aerazione che la sormontava neppure quello, cosí dovette farsi strada a tentoni, annaspando in modo sacrilego fra le bare per raggiungere la porta. Immerso nel funereo crepuscolo, tirò con forza le maniglie arrugginite e spinse i pannelli di ferro del pesante portone, domandandosi perché mai all'improvviso si rifiutasse di aprirsi. Armeggiando nel buio, cominciò poi a intravedere la verità e si mise allora a urlare a squarciagola, come se il cavallo, fuori, potesse fare qualcosa, a parte nitrire una risposta indifferente. Perché ovviamente la serratura, trascurata per tutto l'inverno, si era rotta, e il negligente impresario si trovava intrappolato nella cripta, vittima della sua stessa sbadataggine.

Tutto ciò accadde verso le tre e mezzo del pomeriggio. Birch, che aveva un temperamento flemmatico e pragmatico, non gridò a lungo e ben presto iniziò a brancolare alla ricerca di alcuni attrezzi che ricordava di aver visto in un angolo della cripta. Non sappiamo se fosse in qualche modo turbato dall'orrore e dall'assoluta bizzarria della sua situazione, ma il semplice fatto di trovarsi imprigionato in un luogo cosí lontano da ogni presenza umana fu sufficiente per esasperarlo.

Per quel giorno il suo lavoro era stato miseramente interrotto e se il caso non avesse fatto passare qualcuno da quelle parti, Birch sarebbe potuto rimanere lí tutta la notte, o anche di piú. Trovò velocemente gli attrezzi e, munitosi di martello e scalpello, tornò al portone scavalcando le bare. L'aria si era fatta vieppiú maleodorante, ma non prestò attenzione a questo dettaglio mentre batteva sul pesante e corroso metallo della serratura. Avrebbe dato qualsiasi cosa per un lume o un moccolo di candela ma, dovendo farne a meno, armeggiava quasi alla cieca.

Quando si rese conto che la serratura non si sarebbe arresa, almeno con quegli arnesi inadeguati e con quel buio, Birch si guardò intorno in cerca di altre possibili vie di fuga. La cripta era stata scavata nel fianco di una collina, quindi il piccolo pozzo di aerazione aperto nella volta attraversava parecchi metri di terra prima di sbucare all'aperto: l'idea di uscire di lí non era nemmeno da prendere in considerazione. In alto sopra la porta, però, la fessura nell'architrave della parete di mattoni poteva forse essere allargata, lavorando alacremente. Birch fissò a lungo la feritoia, spremendosi le meningi per trovare un modo di raggiungerla.

Là dentro non c'era nulla che assomigliasse a una scala, e le nicchie per le bare scavate nelle pareti laterali e in quella di fondo – che raramente l'impresario si prendeva la briga di utilizzare – non fornivano alcun appiglio per arrampicarsi sopra il portone. Rimanevano solo le bare come possibili scalini. Non appena questa idea gli attraversò la mente, cominciò a pensare a come avrebbe potuto sistemarle. Tre casse sovrapposte gli avrebbero permesso di raggiungere l'apertura, ma sarebbe stato ancora meglio usarne quattro. Le otto bare erano abbastanza regolari da poter essere impilate, perciò cominciò a calcolare come collocarle per innalzare una piattaforma scalabile alta quattro. Mentre era intento in questi ragionamenti, certo dovette trovarsi a desiderare che i gradini della sua improvvisata scala fossero stati costruiti con maggior perizia. Si può però dubitare che la sua immaginazione si spingesse al punto di desiderare che le bare fossero vuote.

Alla fine decise di approntare una base con tre casse disposte parallelamente al muro, di collocarvi al di sopra due piani di due casse ciascuno e di coronare il tutto con l'ultima bara, che avrebbe fatto da piattaforma. Questa sistemazione gli avrebbe permesso di arrampicarsi senza troppa difficoltà, assicurandogli al contempo di poter raggiungere l'altezza desiderata. Meglio ancora, però, sarebbe stato usare solo due casse come base, lasciandone una di riserva nel caso che per uscire fosse stato necessario spingersi ancora piú in alto. Cosí il prigioniero si mise al lavoro nell'oscurità, sollevando senza tante cerimonie i resti mortali, mentre la sua Torre di Babele in miniatura cresceva a poco a poco.

Spinte e trascinate con pochi riguardi, alcune bare cominciarono a rompersi, cosí Birch decise di mettere in cima la piú robusta, quella di Matthew Fenner, per poter poggiare i piedi su un sostegno il piú solido possibile. Al buio, si affidava per lo piú al tatto per cercare quella giusta, e infatti la trovò quasi per caso: gli cadde fra le braccia, come se fosse dotata di una sua misteriosa volontà, dopo che l'aveva involontariamente sistemata accanto a un'altra al terzo piano dell'improbabile struttura.

Ultimata la torre, si prese una pausa per far riposare le braccia doloranti, sedendosi sul gradino piú basso della macabra scala, quindi vi si arrampicò cautamente con i suoi attrezzi, ergendosi davanti alla fessura dell'architrave. I bordi dell'apertura erano di mattoni e Birch pensò che non avrebbe impiegato molto tempo ad allargarla tanto da poterci passare. Alle prime martellate, il cavallo, fuori, nitrí in un modo che sarebbe potuto essere incoraggiante ma anche beffardo. In entrambi i casi, quel nitrito era appropriato, perché l'imprevedibile resistenza di quei mattoni apparentemente cosí fragili era senza dubbio un sardonico rimarcare la vanità delle umane speranze e al tempo stesso rendeva l'impresa cosí ardua da meritare ogni possibile incitamento.

Scese il crepuscolo e trovò Birch ancora al lavoro. Ormai procedeva pressoché alla cieca, dato che le nubi erano sopraggiunte a coprire la luna. Progrediva lentamente, ma era rincuorato dall'ampiezza crescente del varco. Era sicuro che per mezzanotte sarebbe stato fuori di lí, ed era tipico del suo carattere che questo pensiero non fosse minimamente turbato da un'ombra di inquietudine. Neppure sfiorato da angoscianti riflessioni sull'ora, il luogo e la compagnia che gli stava sotto i piedi, scalpellava con filosofia i mattoni duri come pietre, bestemmiando se una scheggia lo colpiva in faccia e ridendo se colpiva invece il cavallo, che scalpitava con crescente nervosismo vicino a un cipresso. Con il passare del tempo il foro diventava sempre piú largo e di tanto in tanto Birch provava a infilarvisi, spingendo e facendo leva sulle bare, che oscillavano e scricchiolavano sotto di lui. Si rese conto che non avrebbe avuto bisogno di aggiungerne un'altra sulla cima dell'improvvisata piattaforma, perché il varco era all'altezza giusta. Bastava solo allargarlo ancora un po'.

Doveva essere quasi mezzanotte quando infine Birch decise che sarebbe certamente riuscito a passare attraverso l'apertura. Stanco e sudato nonostante le numerose pause, scese dall'impalcatura e si sedette sulla prima bara per raccogliere le forze in vista dell'impeto finale e del salto che lo avrebbe condotto fuori di lí. Il cavallo, affamato, continuava a nitrire in modo quasi inquietante, e Birch desiderò che la smettesse. Stranamente, l'idea che sarebbe presto uscito dalla cripta non gli dava la minima euforia e anzi quasi temeva lo sforzo, ben sapendo che l'incipiente mezza età lo aveva reso flaccido e indolente. Mentre tornava a scalare la pila di bare sgangherate, avvertí intensamente tutta la pesantezza del suo corpo, specialmente quando, raggiunta la cassa piú in alto, udí il prolungato scricchiolio che preannuncia la resa totale del legno. A quanto pareva, non era servito scegliere la bara piú solida per la sommità della struttura, infatti, non appena vi fu sopra, il coperchio marcio si sfondò e Birch si ritrovò mezzo metro piú in basso, a contatto con una superficie che persino lui avrebbe preferito non immaginare. Imbizzarrito dal rumore o dai miasmi che subito si diffusero anche fuori della cripta, il cavallo in attesa emise una sorta di grido, troppo frenetico per essere definito nitrito, e fuggí all'impazzata nella notte, sbatacchiando furiosamente dietro di sé il carro.

Nella sua nuova, orribile posizione, Birch era troppo in basso per arrampicarsi agevolmente nel varco che aveva scavato; fece allora appello a tutte le energie residue per un tentativo disperato. Aggrappandosi ai bordi dell'apertura, tentò di issarsi a forza di braccia, ma si accorse che qualcosa sembrava trattenerlo per le caviglie. Un istante dopo, per la prima volta in quella notte, conobbe la paura: per quanto si divincolasse, non riusciva ad allentare la misteriosa morsa che gli imprigionava inesorabilmente i piedi. Atroci dolori, come di violente pugnalate, gli trafissero i polpacci, e la sua mente cadde in un vortice di terrore misto a un inestinguibile materialismo, che gli evocò immagini di schegge, chiodi o altri frammenti prodotti da una bara di legno sfasciata. Forse urlò. Di certo scalciò e si dimenò forsennatamente, cadendo in una sorta di delirio che lo portò quasi a perdere conoscenza.

Spinto dall'istinto, riuscí infine a contorcersi nel varco e a strisciare via dal punto in cui era rovinosamente caduto sulla terra umida. Non poteva camminare e la luna sorgente assistette all'orribile spettacolo di Birch che si trascinava con le caviglie sanguinanti verso la casetta del custode del cimitero, artigliando affannosamente il terriccio nero, mentre il suo corpo si muoveva con l'esasperante lentezza che si prova in un incubo quando si è inseguiti da qualcosa di spaventoso. Ma, naturalmente, nessuno lo stava inseguendo, ed era solo e vivo quando Armington, il custode, sentí grattare debolmente alla porta e la aprí.

Armington lo fece sdraiare su un letto e mandò il figlio Edwin a chiamare il dottor Davis. Il ferito era vigile, ma non diceva niente di sensato, limitandosi a mormorare: – Oh, le mie caviglie! Lasciami! – o – Chiuso nella cripta.

Poco dopo giunse il dottore con la sua valigetta, fece poche, secche domande, poi tolse al paziente i pantaloni, le scarpe e i calzini. Entrambe le caviglie erano orribilmente lacerate intorno ai tendini d'Achille e le ferite parvero sconcertare, quasi spaventare, il vecchio medico. Rivolse a Birch altre domande, e le sue mani tremavano mentre medicava quelle membra straziate e le bendava come se volesse nascondere al piú presto le lesioni.

L'atteggiamento inquieto e timoroso del medico, in genere sempre assai distaccato, divenne sempre piú bizzarro a mano a mano che cercava di strappare al debolissimo impresario ogni minimo dettaglio della sua terribile avventura. Era stranamente ansioso di sapere se Birch fosse sicuro, assolutamente sicuro, dell'identità della salma nella bara in cima alla catasta, come avesse fatto a riconoscerla, come potesse essere certo, dato che era al buio, che si trattasse proprio della cassa di Fenner e come avesse fatto a distinguerla da quella, cosí simile, del perfido Asaph Sawyer. Possibile che il solido coperchio della bara di Fenner avesse ceduto cosí facilmente? Davis, da anni medico condotto del villaggio, aveva partecipato sia alle esequie di Fenner sia a quelle di Sawyer e aveva assistito entrambi durante la malattia che li aveva portati alla morte. Si era anche domandato, al funerale di Sawyer, come potesse l'astioso contadino stare disteso in una cassa di dimensioni quasi identiche a quella del piccolo Fenner.

Dopo oltre due ore il medico se ne andò, esortando Birch a sostenere sempre che le sue ferite erano state provocate esclusivamente dai chiodi e dalle schegge di legno. In ogni caso, aggiunse, che cos'altro si poteva provare o credere? Ma era opportuno parlarne comunque il meno possibile e non permettere a nessun altro dottore di curargli le ferite. Birch seguí il consiglio di Davis per il resto della sua vita, finché mi raccontò la sua storia. E quando vidi le cicatrici, per quanto vecchie e schiarite ormai fossero, pensai che avesse fatto una scelta saggia. Rimase storpio per sempre, perché i tendini erano stati recisi, ma credo che l'invalidità piú grave gli pesasse sull'anima. La sua mente, un tempo cosí flemmatica e razionale, era rimasta segnata in modo indelebile. Ed era penoso vedere la sua reazione ad alcune allusioni casuali a parole quali «venerdí», «tomba», «bara», o anche altre che suscitavano in lui associazioni meno ovvie.

Il suo terrorizzato cavallo era tornato a casa, ma la sua ragione sconvolta non fece mai altrettanto. Cambiò mestiere, eppure qualcosa continuò a tormentarlo per sempre. Forse era soltanto paura, o forse alla paura si univa uno strano e tardivo rimorso per la sua rudezza di un tempo. Il bere, naturalmente, non fece che aggravare ciò che tentava di alleviare.

Quella notte, uscito dalla casa del custode, il dottor Davis prese una lanterna e si diresse alla vecchia cripta. La luna brillava sui frammenti di mattone disseminati tutt'intorno e sulla facciata deturpata, e la serratura del portone cedette docilmente alla mano che l'apriva dall'esterno. Temprato dalla lunga esperienza nelle sale anatomiche, il medico entrò e si guardò intorno, soffocando la nausea fisica e mentale causatagli da ciò che vide e dal fetore che permeava l'ambiente. Urlò solo una volta e subito dopo emise un rantolo piú terribile di qualsiasi grido. Poi si precipitò di nuovo a casa del custode e infranse tutte le regole professionali, scuotendo con forza il paziente e investendolo con un fiume di parole frementi d'orrore, che ustionarono gli orecchi sconcertati dell'impresario come se vi avessero versato il vetriolo.

– Era la bara di Asaph, Birch, proprio come pensavo! L'ho riconosciuto dai denti, che conoscevo bene: gli mancavano gli incisivi superiori... Per l'amor di Dio, non mostrare mai quelle ferite! Il corpo era già in avanzato stato di decomposizione, ma se mai ho visto la vendetta dipinta su un volto, o su quello che era un volto... Sai bene quanto fosse feroce nelle sue vendette, occhio per occhio... Ricordi come rovinò il vecchio Raymond trent'anni dopo quella causa per i confini delle loro terre? E come schiacciò sotto i piedi il cucciolo che lo aveva morso l'anno scorso ad agosto? Era un demonio, Birch, e credo che la sua furia vendicatrice possa sfidare la morte stessa. Occhio per occhio! Dio, la sua ira! Mai e poi mai vorrei che si rivolgesse contro di me! Che cos'hai fatto, Birch? Era un uomo spregevole e non ti biasimo per avergli dato una bara di scarto, ma ti sei spinto troppo oltre, maledizione! Va bene cercare di farlo stare nella cassa, ma sapevi com'era basso il vecchio Fenner. Non riuscirò mai a togliermi dalla mente quell'immagine, finché vivrò. Hai scalciato forte, perché la bara di Asaph era a terra. Aveva il cranio sfondato, e tutto il resto era sparso sul pavimento. Ne ho viste di cose finora, ma quel che ho visto lí era troppo. Occhio per occhio! Dio del cielo, Birch, hai avuto quello che ti meritavi. Il cranio mi ha rivoltato lo stomaco, ma il resto era peggio: *quelle caviglie tranciate di netto per farlo entrare nella bara che avevi preparato per Matt Fenner!*

ARTHUR CONAN DOYLE

Il vampiro del Sussex

Dopo aver letto attentamente un messaggio giunto con l'ultima posta, Sherlock Holmes me lo passò con quel sogghigno asciutto che era per lui quanto di piú simile a una risata.

– Come miscuglio di moderno e medievale, di pratico e sfrenatamente fantastico, credo che questo sia certamente impareggiabile, – disse. – Che ne pensa, Watson?

Lessi quanto segue:

46, Old Jewry, 19 novembre

Oggetto: Vampiri.

Egregio signore,

il nostro cliente, Mr Robert Ferguson, della Ferguson & Muirhead, importatori di tè, di Mincing Lane, in una recente comunicazione ci ha richiesto alcune informazioni a proposito di vampiri. Dal momento che la nostra ditta è esclusivamente specializzata nella valutazione di macchinari, l'argomento non è di nostra competenza; pertanto, abbiamo consigliato Mr Ferguson di rivolgersi a lei e di esporle la questione. Non abbiamo infatti dimenticato il suo risolutivo intervento nel caso di Matilda Briggs.

Sinceramente suoi

Morrison, Morrison e Dodd
E. J. C.

– *Matilda Briggs* non è il nome di una donna, Watson, – disse Holmes con lo sguardo perso nei ricordi. – Era una nave, il cui nome è collegato al ratto gigante di Sumatra. Una storia per la quale il mondo non è ancora pronto. Ma noi che cosa sappiamo dei vampiri? Non esulano forse dalla nostra competenza?

Certo, qualsiasi cosa è meglio di questa inattività, ma pare proprio che siamo capitati in una favola dei Grimm. Allunghi il braccio, Watson, e guardi che cos'ha da dirci la lettera V.

Mi piegai all'indietro e presi dallo scaffale il grosso volume cui Holmes si riferiva. Lui lo appoggiò sulle ginocchia e cominciò a sfogliare lentamente, amorevolmente, gli appunti di vecchi casi e le annotazioni accumulati nel corso di un'intera vita.

– Viaggio del *Gloria Scott*, – lesse. – Brutto affare, quello. Mi sembra di ricordare che lei ne ha tratto un racconto, Watson, anche se finora non sono mai riuscito a congratularmi con lei per il risultato... Victor Lynch, il falsario. Veleno: la lucertola velenosa, o mostro di Gila, un caso straordinario! Vittoria, la bella del circo. Vanderbilt e lo scassinatore. Vipere. Vigor, la meraviglia di Hammersmith. Oh! Oh! Buon vecchio schedario! Imbattibile. Senta questa, Watson. Vampirismo in Ungheria. E, ancora, Vampiri in Transilvania –. Girò infervorato le pagine, ma dopo un breve, accurato esame mise da parte il grosso volume con un grugnito di disappunto.

– Sciocchezze, Watson, sciocchezze! Che cosa c'entriamo noi con cadaveri che camminano e possono essere trattenuti nella tomba solo conficcando loro un palo nel cuore? È pura follia.

– Certo, – osservai, – ma il vampiro non è sempre un morto! Anche un essere vivente potrebbe avere questa abitudine. Per esempio, ho letto di vecchi che succhiano il sangue dei giovani per mantenere la giovinezza.

– Lei ha ragione, Watson. È una leggenda citata anche in una delle mie schede. Ma davvero dobbiamo prestare attenzione a cose di questo genere? La nostra agenzia sta con i piedi saldamente per terra, e là deve rimanere. Abbiamo infinite possibilità di azione. Non c'è bisogno che ci occupiamo di fantasmi. Temo che non potremo prendere sul serio il caso di Mr Robert Ferguson. È però possibile che questa provenga da lui e ci illumini su ciò che lo preoccupa.

Cosí dicendo, prese dal tavolo una seconda lettera che non avevo notato mentre parlavamo della prima. Cominciò a leggerla con un sorriso divertito, che a poco a poco si trasformò in un'espressione di intenso interesse e attenta concentrazione. Subito dopo sedette per un po' assorto nei suoi pensieri, con la lettera che gli penzolava fra le dita. Infine, si riscosse con un sussulto dalle sue riflessioni.

– Cheeseman's, Lamberley. Dove si trova Lamberley, Watson?

– Nel Sussex, a sud di Horsham.

– Non molto lontano, eh? E Cheeseman's?

– Conosco quella zona, Holmes. È piena di antiche magioni che portano il nome di chi le ha costruite, secoli fa. Ci sono Odley's, Harvey's e Carriton's. Gli uomini sono ormai dimenticati, ma i loro nomi continuano a vivere in quelli delle loro dimore.

– Precisamente, – disse con freddezza Holmes. Era una peculiarità della sua natura orgogliosa e indipendente che, sebbene memorizzasse con grande rapidità e accuratezza ogni nuova informazione, raramente dimostrava la sua riconoscenza a chi gliela forniva. – Credo che prima di aver chiuso la faccenda sapremo molto di piú su Cheeseman's, Lamberley. Come speravo, questa lettera è di Robert Ferguson. A proposito, sostiene di conoscerla.

– Davvero?

– Sarà meglio che la legga.

Mi porse la lettera, che nell'intestazione recava l'indirizzo citato nel biglietto. Diceva:

Caro Mr Holmes,

lei mi è stato raccomandato dai miei avvocati ma, in effetti, la questione è cosí straordinariamente delicata che è difficilissima da spiegare. Riguarda un amico, che mi ha incaricato di parlarne a suo nome. Circa cinque anni fa questo gentiluomo sposò una donna peruviana, figlia di un mercante peruviano, che aveva conosciuto occupandosi dell'importazione di nitrati. La signora era bellissima, ma la sua origine straniera e la sua diversa fede religiosa sono sempre state causa di una divergenza di interessi e sensibilità fra marito e moglie, cosicché dopo un certo tempo il suo amore verso questa donna può essersi affievolito e il mio amico può essere giunto a considerare la loro unione un errore. Sentiva che c'erano lati del suo carattere che non avrebbe mai potuto sondare né comprendere. Ciò era tanto piú doloroso in quanto la signora era la moglie piú amorevole che un uomo potesse desiderare e, secondo ogni apparenza, gli era totalmente devota.

Le fornirò maggiori particolari quando ci incontreremo. In realtà, con questa lettera intendo darle un'idea generale della situazione e accertarmi di un suo eventuale interesse per il caso. La signora cominciò a manifestare alcuni comportamenti del tutto estranei alla sua indole, solitamente dolce e gentile. Il mio amico si è sposato due volte e ha avuto un figlio dalla prima moglie. Il ragazzo, che ora ha quindici anni, è molto simpatico e affettuoso ma, disgraziatamente, è rimasto menomato in seguito a un incidente occorsogli durante l'infanzia. La moglie è stata sorpresa due volte ad aggredire senza alcuna ragione questo povero giovinetto. In un caso lo ha colpito con un bastone, provocandogli una grossa ecchimosi sul braccio.

Ciò è però ben poca cosa rispetto al comportamento che ha nei confronti di suo figlio, un bambino che non ha ancora compiuto un anno. In un'occasione, circa un mese fa, il neonato fu lasciato solo per pochi minuti dalla balia, la quale, udito un forte grido di dolore del piccolo, tornò immediatamente da lui. Entrando nella stanza, vide la signora china sul bambino, nell'atto di mordergli il collo, sul quale c'era una piccola ferita da cui sgorgava un rivolo di sangue. La balia ne fu inorridita e stava per chiamare il marito, ma la signora la implorò di non farlo e le diede cinque sterline perché non facesse parola di ciò che aveva visto. Si rifiutò però di fornirle qualsiasi spiegazione e per il momento l'episodio passò sotto silenzio.

Tuttavia, la bambinaia era rimasta sconvolta e da allora in poi cominciò a osservare attentamente la padrona, senza mai perdere di vista il bambino, che amava moltissimo. Le pareva però che, mentre controllava la madre, la madre a sua volta controllasse lei, e che ogni volta che era costretta a lasciare solo il piccolo, la signora si precipitasse accanto al figlio. La balia stava giorno e notte con la creatura, e giorno e notte la silenziosa, vigile madre sembrava rimanere in agguato come il lupo che aspetta l'agnello. Tutto ciò le parrà assolutamente incredibile, ma la prego di credermi, poiché sono in gioco la vita di un bambino e la sanità mentale di un uomo.

Giunse infine un giorno terribile in cui non fu piú possibile tenere il marito all'oscuro dei fatti. I nervi della balia cedettero. Non resse piú alla tensione e rivelò tutto al mio amico. A lui la storia parve assurda come sicuramente sembra a lei. Sapeva che sua moglie era una moglie affettuosa e, a parte l'aggressione al figliastro, una madre amorevole. Perché mai avrebbe dovuto fare del male alla sua stessa creatura? Disse alla balia che si era immaginata tutto, che i suoi erano i sospetti di una pazza e che non avrebbe tollerato simili calunnie sul conto della moglie. Mentre stavano parlando, all'improvviso udirono un grido di dolore. Entrambi corsero nella stanza del bambino. Immagini che cosa provò il mio amico, Mr Holmes, quando vide la moglie in ginocchio accanto alla culla e notò alcune macchie di sangue sul collo del figlio e sul lenzuolo. Urlando per l'orrore, girò verso la luce il viso della moglie e vide che aveva le labbra insanguinate. Era lei, senza alcun dubbio, era lei che aveva bevuto il sangue del povero piccino.

Questo è quanto è accaduto. Ora la signora è confinata nella sua camera. Non ha voluto dare spiegazioni. Il marito è quasi impazzito. Come me, non sa nulla di vampirismo. Conosciamo soltanto la parola, e credevamo si trattasse di storie bizzarre di terre straniere. Eppure, qui, proprio nel cuore del Sussex... Ma discuteremo di questo a voce. Vorrebbe incontrarmi? Vorrebbe impiegare le sue grandi doti per aiutare un uomo disperato? Se è disposto a farlo, abbia la cortesia di telegrafare a Ferguson, Cheeseman's, Lamberley, e io verrò da lei domattina alle dieci.

Cordialmente suo

Robert Ferguson

PS. Credo che il suo amico Watson giocasse a rugby nel Blackheath quando io ero trequartista nel Richmond. È la sola referenza che posso fornirle.

– Certo, me lo ricordo, – dissi posando la lettera sul tavolo. – Big Bob Ferguson, il miglior trequartista che il Richmond abbia mai avuto! Era proprio un gran bravo ragazzo. È tipico di lui prendere cosí a cuore i problemi di un amico.

Holmes mi guardò pensoso e scosse la testa.

– Lei non finisce mai di stupirmi, Watson, – rispose. – Ci sono in lei possibilità inesplorate. Da bravo, gli telegrafi: «Esaminerò con piacere il suo caso».

– Suo caso!

– Non dobbiamo lasciargli credere che questa agenzia sia un rifugio per idioti. È ovvio che è il suo caso. Gli mandi il telegramma e dimentichiamo la questione fino a domattina.

Alle dieci in punto, Ferguson entrò nella nostra stanza. Ricordavo un ragazzo alto, allampanato, molto agile e dotato di un ottimo scatto, che gli permetteva di saltare facilmente l'avversario. Senza dubbio, non c'è nulla di piú penoso nella vita che incontrare il relitto di un bell'atleta conosciuto nel fiore degli anni. La sua imponente figura era come crollata, i capelli biondi erano ormai radi e le sue spalle si erano incurvate. Temo di aver suscitato in lui emozioni analoghe.

– Salve, Watson, – disse. La sua voce era ancora profonda e cordiale. – Non sembri lo stesso uomo che ho scaraventato al di là delle corde, in mezzo al pubblico, all'Old Deer Park. Suppongo di essere cambiato anch'io. Ma in realtà sono invecchiato negli ultimi due giorni. Vedo dal suo telegramma, Mr Holmes, che è inutile fingermi il rappresentante di qualcun altro.

– È piú semplice trattare in modo diretto, – disse Holmes.

– Naturalmente. Ma lei può immaginare quanto sia difficile, quando si parla della donna che ci si è impegnati a proteggere e aiutare. Che cosa devo fare? Come potrei andare alla polizia e raccontare una storia del genere? Eppure, anche i bambini devono essere protetti. Si tratta di pazzia, Mr Holmes? O di qualcosa nel sangue? Le è mai capitato un caso simile? Per l'amor di Dio, mi dia un consiglio, perché io non so piú dove sbattere la testa.

– Si calmi, Mr Ferguson. Si sieda, riprenda il controllo e risponda con chiarezza alle mie domande. Posso assicurarle che io sono ben lungi dal non sapere dove sbattere la testa, e sono certo che riusciremo a trovare una soluzione. Innanzi tutto, mi dica che provvedimenti ha preso. Sua moglie è ancora accanto ai bambini?

– C'è stata una terribile scenata. È una donna molto affettuosa, Mr Holmes. Se mai una donna ha amato un uomo con tutto il cuore e tutta l'anima, questa donna è mia moglie. È straziata dal fatto che io abbia scoperto questo orribile, questo incredibile segreto. Non voleva parlarne, si rifiutava di replicare alle mie accuse e mi guardava con un'espressione folle e disperata negli occhi. Poi è corsa nella sua camera e si è chiusa dentro. Da allora non ha piú voluto vedermi. È assistita dalla cameriera che era con lei prima del nostro matrimonio, Dolores... piú un'amica che una domestica. È lei che le porta da mangiare.

– Dunque al momento il bambino non è in pericolo?

– Mrs Mason, la balia, ha giurato che non si allontanerà da

lui per un solo istante, né di giorno né di notte. Mi fido di lei nel modo piú assoluto. Sono piú preoccupato per il povero, piccolo Jack, perché, come le ho scritto nella lettera, mia moglie lo ha aggredito due volte.

– Senza mai ferirlo, però?

– No. Lo ha picchiato selvaggiamente. E questo è tanto piú terribile in quanto è un povero, piccolo storpio inoffensivo –. Mentre parlava del figlio, il viso scavato di Ferguson si addolcí. – Le condizioni del ragazzo intenerirebbero il cuore di chiunque. Una caduta quando era ancora piccolo gli ha leso la spina dorsale, Mr Holmes, ma è la creatura piú dolce e affettuosa che si possa immaginare.

Holmes aveva ripreso la lettera ricevuta il giorno precedente e la stava rileggendo. – Chi altri abita in casa sua, Mr Ferguson?

– Due domestici che sono con noi da poco tempo. Un garzone di stalla, Michael, che dorme in casa. Mia moglie, io, mio figlio Jack, il piccolo, Dolores e Mrs Mason, la balia. Questo è tutto.

– A quanto ho capito, lei non conosceva bene sua moglie quando l'ha sposata.

– La conoscevo solo da poche settimane.

– Da quanto tempo si trova con sua moglie la cameriera Dolores?

– Da alcuni anni.

– Perciò, è possibile che Dolores conosca la signora meglio di lei?

– Sí, è probabile.

Holmes prese un appunto.

– Credo, – disse poi, – di poterle essere piú utile a Lamberley che qui. È chiaramente un caso che necessita di investigazione diretta. Se la signora rimane nella sua camera, la nostra presenza non potrà seccarla o infastidirla. Naturalmente, noi alloggeremo in albergo.

Ferguson fece un gesto di sollievo.

– È ciò che speravo, Mr Holmes. C'è un treno che parte alle due da Victoria Station, ammesso che possiate prenderlo.

– Certo che lo prenderemo. Al momento non abbiamo impegni. Posso dedicarle tutte le mie energie. Naturalmente, Watson verrà con noi. Ma, prima di cominciare a occuparmi del caso, vorrei chiarire un paio di punti. Da quanto ho capito, la signora si è avventata contro entrambi i bambini, il suo e il figliastro?

– Esatto.

– Ma le aggressioni hanno assunto forma diversa, non è vero? Ha picchiato suo figlio.

– Una volta con il bastone e un'altra con le mani, molto violentemente.

– E non ha voluto spiegare perché lo ha colpito?

– No, ha detto soltanto che lo odiava, e lo ha ripetuto piú volte.

– Be', questo non è raro in una matrigna. Una gelosia postuma, come si suol dire. La signora è gelosa di natura?

– Sí, moltissimo... è gelosa con tutto l'impeto del suo focoso temperamento tropicale.

– Ma il ragazzo... da quanto lei mi dice ha quindici anni, e probabilmente avrà un'intelligenza molto sviluppata, dal momento che il suo corpo è limitato nei movimenti. Le ha spiegato i motivi di queste aggressioni?

– No, ha detto che sono avvenute senza alcuna ragione.

– Lui e sua moglie erano in buoni rapporti, prima?

– No, non c'è mai stato affetto tra loro.

– Eppure lei dice che è un ragazzo amorevole.

– Non potrebbe esistere al mondo un figlio piú devoto. La mia vita è la sua vita. Quello che dico o faccio è oro colato per lui.

Holmes prese un altro appunto, poi rimase per un po' assorto nei suoi pensieri.

– Senza dubbio lei e suo figlio dovevate essere molto legati, prima del suo secondo matrimonio. Stavate spesso insieme, non è vero?

– Spessissimo.

– E il ragazzo, essendo di natura cosí affezionata, è senza dubbio molto devoto alla memoria della madre...

– Infatti.

– Dev'essere un ragazzino molto interessante. C'è un'altra cosa che vorrei sapere a proposito di queste aggressioni. Gli atti violenti sul bambino e su suo figlio sono avvenuti contemporaneamente?

– Nel primo caso, sí. È stato come se una sorta di frenesia si fosse impossessata di lei e mia moglie avesse sfogato la sua rabbia su entrambi. Nel secondo caso, invece, è stato solo Jack a soffrirne. Mrs Mason mi ha assicurato che non è accaduto niente al bambino.

– Questo certamente complica le cose.

– Non riesco a seguirla, Mr Holmes.

– È possibile, infatti. A volte formuliamo teorie provvisorie, e solo con il tempo o una piú piena conoscenza possiamo demolirle. È una brutta abitudine, Mr Ferguson, ma la natura umana è debole. Temo che il suo vecchio amico qui presente le abbia fornito una visione esagerata dei miei metodi scientifici. In ogni caso, allo stato attuale dei fatti, dirò soltanto che il suo problema non mi sembra insolubile e che può essere certo di trovarci a Victoria Station alle due.

Era la sera di una cupa e nebbiosa giornata di novembre quando, dopo aver lasciato i bagagli al *Chequers* di Lamberley e percorso in carrozza una strada lunga e sinuosa attraverso l'argillosa terra del Sussex, finalmente raggiungemmo l'antica e isolata dimora dove vivevano i Ferguson. Era un grande edificio irregolare, con la parte centrale molto vecchia e le ali nuovissime, svettanti comignoli Tudor e il tetto di lastre di Horsham, molto spiovente e chiazzato di muschio. Gli scalini erano consunti e incurvati dal tempo e le antiche mattonelle che delimitavano il portico recavano il curioso simbolo di una forma di formaggio e di un uomo, in memoria del costruttore della casa. All'interno, i soffitti erano di pesanti e ondulate travi di quercia e i pavimenti irregolari a tratti sprofondavano, formando spigoli aguzzi. Un odore di vecchio e di decadimento permeava tutto l'edificio, che si stava sgretolando.

Ferguson ci fece entrare in una grande sala centrale dove, in un enorme e antiquato camino protetto da una lastra di ferro su cui era incisa la data 1670, sfavillavano e crepitavano grossi ceppi.

Guardandomi intorno, notai che la stanza era un singolare miscuglio di date e luoghi. Le pareti, rivestite fino a metà altezza di pannelli di legno, potevano benissimo risalire al proprietario terriero del diciassettesimo secolo che aveva fatto erigere la dimora. Tuttavia, nella parte inferiore erano ornate da una fila di acquerelli moderni scelti con gusto, mentre in alto, dove uno stucco giallo prendeva il posto della quercia, era appesa una magnifica collezione di utensili e armi sudamericani, sicuramente portata lí dalla signora peruviana ora chiusa nella sua camera. Holmes si alzò di colpo, con quella rapida curiosità che scaturiva dalla sua mente irrequieta, ed esaminò con attenzione quegli oggetti. Tornò indietro con aria pensierosa.

– Perbacco! – esclamò. – Perbacco!

In un angolo, c'era uno spaniel accucciato in una cesta. Si avvicinò lentamente al suo padrone, avanzando con difficoltà. Le sue zampe posteriori si muovevano a fatica e teneva la coda cosí bassa che toccava per terra. Il cane leccò la mano di Ferguson.

– Che c'è, Mr Holmes?

– Il cane. Che cos'ha?

– In un primo momento il veterinario è rimasto perplesso. È una specie di paralisi, e crede sia dovuta a una meningite cerebro-spinale. Ma sta passando. Presto starà di nuovo bene... non è vero, Carlo?

Lungo la coda abbassata passò un tremolio di assenso. Gli occhi tristi della bestiola si posarono a turno su ciascuno di noi. Aveva capito che stavamo discutendo il suo caso.

– È successo all'improvviso?

– Nel giro di una notte.

– Quanto tempo fa?

– Saranno quattro mesi.

– Davvero straordinario. Molto interessante.

– Che cosa vede in questo fatto, Mr Holmes?

– Una conferma di quanto avevo già supposto.

– Per l'amor del Cielo, mi dica che cosa pensa, Mr Holmes! Forse per lei questo non sarà nient'altro che uno stimolante rompicapo, ma per me è questione di vita o di morte! Mia moglie una potenziale assassina... i miei figli in costante pericolo! Non giochi con me, Mr Holmes, è una faccenda terribilmente seria.

L'imponente trequartista di rugby tremava. Holmes gli posò una mano sul braccio con un gesto rassicurante.

– Temo che lei soffrirà, Mr Ferguson, qualunque possa essere la soluzione, – disse. – Vorrei risparmiarle il piú possibile il dolore. Per il momento non posso aggiungere altro, ma prima che io lasci questa casa spero di essere giunto a una conclusione definitiva.

– Prego Dio che sia cosí! Ora, se volete scusarmi, signori, andrò da mia moglie per vedere se c'è stato qualche cambiamento.

Rimase assente alcuni minuti, durante i quali Holmes riprese a osservare la collezione sulla parete. Quando il nostro ospite tornò, fu subito evidente dall'espressione afflitta stampata sul suo viso che non c'erano novità. Era accompagnato da una ragazza alta e snella, dalla carnagione scura.

– Il tè è pronto, Dolores, – disse Ferguson. – Fa' in modo che la tua padrona abbia tutto quello che desidera.

– Lei molto malata, – gridò la ragazza, fissandolo con occhi indignati. – Lei non vuole mangiare, lei molto malata, lei bisogno dottore. Io paura stare sola con lei senza dottore.

Ferguson mi lanciò uno sguardo interrogativo.

– Sarei felice di poter essere d'aiuto, – dissi.

– Credi che la tua padrona vorrebbe vedere il dottor Watson?

– Io porto lui. Io non chiedo permesso. Lei bisogno dottore.

– Allora andiamo.

Seguii la ragazza, che tremava per l'agitazione, su per le scale e lungo un antico corridoio alla cui estremità c'era una massiccia porta disseminata di borchie di ferro. Vedendola, pensai che se Ferguson avesse tentato di entrare a viva forza nella camera della moglie, certo non avrebbe avuto un facile accesso.

La ragazza prese una chiave dalla tasca e le pesanti assi di quercia scricchiolarono sui vecchi cardini. Entrai, e lei mi seguí rapida, richiudendo a chiave la porta dietro di sé.

Sul letto era distesa una donna, evidentemente febbricitante. Era semincosciente, ma non appena entrai alzò due occhi spaventati e bellissimi, guardandomi con apprensione. Parve sollevata nel vedere un estraneo, poi ricadde sul guanciale con un sospiro. Mi avvicinai mormorando parole rassicuranti e lei rimase immobile mentre le tastavo il polso e le misuravo la temperatura. Il polso era veloce e la febbre alta, tuttavia ebbi l'impressione che le sue condizioni fossero dovute a un'eccitazione nervosa e mentale, piú che a una malattia vera e propria.

– Lei cosí un giorno, due giorni. Io paura lei muore, – disse la ragazza.

La donna girò verso di me il bel viso arrossato.

– Dov'è mio marito?

– È di sotto, e vorrebbe vederla.

– Non voglio vederlo, non voglio vederlo –. Poi sembrò cadere nel delirio. – Un demonio! Un demonio! Oh, cosa posso fare contro quel demonio?

– Posso esserle d'aiuto?

– No, nessuno può aiutarmi. È finita. Tutto è perduto. Qualunque cosa io possa fare, tutto è perduto.

Doveva avere avuto una qualche misteriosa delusione. Non riuscivo a immaginarmi l'onesto Bob Ferguson nei panni di un demonio.

– Signora, – dissi, – suo marito l'ama molto. È profondamente addolorato per quanto è accaduto.

La donna tornò a posare su di me i suoi splendidi occhi.

– Mi ama, sí. E forse io non l'amo? Non l'amo fino al punto di sacrificarmi, piuttosto che spezzargli il cuore? Ecco quanto lo amo! Eppure lui ha potuto pensare... ha potuto parlare di me in quel modo!

– È afflitto, e non riesce a capire.

– No, non può capire. Ma dovrebbe aver fiducia in me.

– Non vuole vederlo? – suggerii ancora.

– No, no, non posso dimenticare quelle terribili parole e l'espressione del suo viso. Non voglio vederlo. Ora se ne vada. Lei non può fare nulla per me. Gli dica solo una cosa: che voglio il mio bambino, ho diritto di averlo. Questo è l'unico messaggio che posso mandargli –. Si voltò verso la parete e non aggiunse altro.

Tornai nella sala al pianterreno, dove Ferguson e Holmes erano ancora seduti accanto al fuoco. Ferguson ascoltò accigliato il racconto del mio colloquio con la moglie.

– Come posso mandarle il bambino? – disse. – Come posso esser certo che non sia colta da un qualche strano impulso? Come posso dimenticare l'attimo in cui si è alzata dalla culla con le labbra sporche di sangue? – A quel ricordo fu scosso da un brivido. – Il piccolo è al sicuro con Mrs Mason, e là deve rimanere.

Un'elegante cameriera, l'unico tocco moderno che avessi visto in quella casa, entrò portando il tè. Mentre lo serviva, la porta si aprí e un ragazzino entrò nella stanza. Era un bel giovinetto, dal viso pallido e i capelli biondi; un lampo di eccitazione palpitava nei suoi occhi azzurro chiaro, che brillarono di un'improvvisa fiamma di emozione e gioia non appena si posarono sul padre. Si precipitò verso di lui e gli buttò le braccia al collo con l'abbandono di una fanciulla innamorata.

– Oh, papà, – gridò. – Non sapevo che saresti arrivato, altrimenti sarei venuto ad aspettarti. Oh, sono cosí contento di vederti!

Ferguson si sciolse dolcemente dall'abbraccio, mostrando un lieve imbarazzo.

– Caro ragazzo, – disse, accarezzandogli teneramente i capelli dorati. – Sono arrivato prima del previsto perché i miei amici, Mr Holmes e il dottor Watson, si sono lasciati convincere a venire qui per trascorrere una serata con noi.

– Quello è Mr Holmes, l'investigatore?

– Sí.

Il ragazzo ci osservò con uno sguardo penetrante e, cosí almeno mi parve, ostile.

– E l'altro suo bambino, Mr Ferguson? – domandò Holmes. – Possiamo vederlo?

– Chiedi a Mrs Mason di portare giú il piccolo, – disse Ferguson.

Il ragazzo si allontanò con una curiosa andatura; il mio occhio clinico stabilí subito che si trattava di una deformazione della spina dorsale. Tornò poco dopo, seguito da una donna alta e magra che teneva in braccio un bellissimo bambino, con gli occhi scuri e i capelli biondi, una splendida miscela di caratteri sassoni e latini. Era evidente che Ferguson lo adorava, poiché lo prese tra le braccia vezzeggiandolo con estrema dolcezza.

– E pensare che qualcuno ha avuto il coraggio di fargli del male, – mormorò, osservando la piccola piaga rossa e infiammata sulla gola del figlio.

Fu in quel momento che per caso il mio sguardo si posò su Holmes, cogliendo sul suo viso un'espressione di singolare intensità. La sua faccia era impassibile come se fosse scolpita nell'avorio e i suoi occhi, che si erano soffermati per un momento sul padre e sul bambino, scrutavano ora con avida curiosità qualcosa all'altro capo della stanza. Seguendo il suo sguardo, mi parve che stesse fissando, attraverso la finestra, il giardino malinconico e gocciolante di pioggia. È vero che un'imposta era stata chiusa per metà dall'esterno, ostruendo cosí la visuale, ma era senza dubbio su quella finestra che Holmes stava concentrando tutta la sua attenzione. Poi sorrise, e i suoi occhi tornarono a posarsi sul neonato. Sul suo collo cicciottello c'era quel piccolo segno arrossato. In silenzio, Holmes lo esaminò con cura. Infine scosse uno dei minuscoli pugni che si agitavano davanti a lui.

– Arrivederci, ometto. Hai avuto uno strano inizio, nella tua vita! – Quindi si rivolse alla balia. – Vorrei parlarle un momento in privato, – disse.

La prese in disparte e le parlò animatamente per qualche minuto. Riuscii a cogliere solo le sue ultime parole: – Spero di poter alleviare presto la sua ansia –. La donna, che sembrava un essere silenzioso e scontroso, si ritirò con il neonato.

– Che tipo è Mrs Mason? – domandò Holmes.

– Esteriormente non fa una grande impressione, come avete potuto vedere, ma ha un cuore d'oro e ama molto il bambino, – rispose Ferguson.

– Le vuoi bene, Jack? – Holmes si girò all'improvviso verso il ragazzo, il cui viso vivace ed espressivo si oscurò, mentre scuoteva la testa.

– Jacky nutre fortissime simpatie e antipatie, – osservò Ferguson stringendo a sé il figlio. – Per fortuna io sono una delle sue simpatie.

Il ragazzo tubò e si accoccolò contro il petto del padre. Ferguson lo allontanò dolcemente.

– Va', piccolo, – disse. E lo seguí con sguardo amorevole finché non fu scomparso. – E ora, Mr Holmes, – proseguí, – temo proprio di averla fatta venire fin qui per nulla, perché che cosa può fare se non offrirmi la sua comprensione? Dal suo punto di vista deve essere una faccenda estremamente delicata e complessa.

– È certamente delicata, – replicò il mio amico con un sorriso divertito, – ma non mi pare particolarmente complessa. Si parte da una pura deduzione razionale ma, quando questa deduzione iniziale è confermata punto per punto da tutta una serie di fatti indipendenti, allora il soggettivo diventa oggettivo e possiamo affermare con sicurezza di aver raggiunto il nostro scopo. In effetti, io lo avevo raggiunto prima di lasciare Baker Street: il resto è stato semplicemente osservazione e conferma.

Ferguson si passò la mano sulla fronte corrugata.

– Per l'amor del cielo, Holmes, – disse con voce roca, – se sa la verità, non mi tenga sulla corda. Come devo comportarmi? Che cosa devo fare? Non m'importa di come lei abbia scoperto i fatti, l'importante è che li abbia realmente scoperti.

– Certo le devo una spiegazione, e l'avrà. Mi permette però di affrontare la questione a modo mio? Watson, pensa che la signora sia in grado di riceverci?

– Sta male, ma è in sé.

– Molto bene. Potremo chiarire tutto soltanto in sua presenza. Saliamo da lei.

– Non vorrà vedermi! – esclamò Ferguson.

– Oh, sí che lo vorrà, – ribatté Holmes. Scrisse qualche riga su un foglio di carta. – Lei ha ingresso libero, Watson. Vuole farmi la cortesia di portare questo biglietto alla signora?

Andai di sopra; Dolores aprí cautamente la porta e io le porsi il messaggio. Un minuto dopo udii un grido, un grido in cui sembravano mescolarsi gioia e sorpresa. Subito dopo comparve Dolores.

– Lei vedere loro, lei ascoltare, – disse.

Andai a chiamare Ferguson e Holmes, che salirono immediatamente. Appena entrammo nella stanza, Ferguson fece per avvicinarsi alla moglie, che si era messa a sedere sul letto, ma lei allungò una mano per respingerlo. Allora lui si lasciò cadere in una poltrona, mentre Holmes gli si sedeva accanto, dopo aver fatto un inchino alla signora, che lo guardò stupita, con gli occhi spalancati.

– Credo che potremo fare a meno di Dolores, – disse Holmes. – Benissimo, signora, se preferisce che rimanga io non ho obiezioni. E ora, Mr Ferguson, io sono un uomo impegnato e ricercato, perciò mi vedo costretto a essere breve e diretto. Il taglio netto è sempre il meno doloroso. Innanzi tutto, mi lasci dire una cosa che la solleverà. Sua moglie è una donna molto buona, molto innamorata e molto incompresa.

Ferguson si alzò con un grido di gioia.

– Me lo provi, Mr Holmes, e gliene sarò debitore per tutta la vita.

– Glielo proverò, ma nel farlo dovrò ferirla profondamente in un altro modo.

– Non m'importa, purché lei riesca a discolpare mia moglie. Qualunque altra cosa sarà del tutto irrilevante rispetto a questo.

– Lasci allora che le spieghi la successione di ragionamenti che mi passarono per la mente a Baker Street. L'idea del vampiro mi parve subito assurda. Queste cose non accadono nella pratica criminale in Inghilterra. Tuttavia, la sua osservazione era ben precisa. Lei ha visto sua moglie alzarsi dalla culla del bambino con le labbra sporche di sangue.

– Infatti!

– Non le è venuto in mente che una ferita sanguinante può essere succhiata per un altro scopo, oltre che per trarne sangue? Non c'è forse stata una regina d'Inghilterra che succhiò una ferita per toglierne il veleno?

– Veleno?

– Una famiglia per metà sudamericana. Il mio istinto intuí la presenza di quelle armi appese alle pareti prima ancora che i miei occhi le vedessero. Si sarebbe potuto trattare anche di un altro veleno, ma io pensai a delle armi. Poi notai la piccola faretra vuota accanto all'arco per la caccia agli uccelli: era proprio quello che mi aspettavo di vedere. Se il bambino fosse stato punto con una di quelle frecce intinte nel curaro o in qualche altra sostanza velenosa, ciò avrebbe significato la morte, se il veleno non fosse stato aspirato via.

– E il cane! Se qualcuno aveva intenzione di usare un veleno, non lo avrebbe prima sperimentato, per assicurarsi che non avesse perso la sua efficacia? Non avevo previsto il cane, ma quando lo vidi compresi subito che si inseriva perfettamente nella mia ricostruzione dei fatti.

– Capisce, ora? Sua moglie temeva un simile pericolo. Assistette alla scena e salvò la vita del piccino, ma evitò di dirle la verità, perché sapeva quanto lei amasse il ragazzo e temeva di spezzarle il cuore.

– Jacky!

– L'ho osservato prima, mentre lei coccolava il bambino. Il suo viso si rifletteva nitidamente nel vetro della finestra nel punto in cui l'imposta faceva da sfondo. C'era una tale gelosia, un odio tanto feroce quanto raramente ne ho visto su un volto umano.

– Il mio Jacky!

– Deve affrontare la realtà, Mr Ferguson. È ancor piú doloroso perché è stato un amore distorto e maniacale per lei, e probabilmente per la madre morta, a spingerlo a compiere questo gesto. La sua anima è rosa dall'odio per questo splendido bambino, la cui salute e bellezza contrastano con la sua menomazione.

– Mio Dio! È incredibile!

– Non ho forse detto la verità, signora?

La donna singhiozzava, con il volto affondato nei guanciali. Ora, però, si rivolse al marito.

– Come potevo dirtelo, Bob? Sapevo che per te sarebbe stato un colpo terribile. Ho preferito aspettare che tu lo sapessi da altre labbra, non dalle mie. Quando questo signore, che sembra dotato di poteri magici, mi ha scritto che sapeva tutto, mi sono sentita sollevata.

– Credo che la cura migliore per il signorino Jacky sarebbe un viaggio di un anno in mare, – disse Holmes alzandosi. – C'è però ancora un punto oscuro, signora. Comprendiamo perfettamente le sue aggressioni a Jacky. La pazienza di una madre ha i suoi limiti. Ma perché ha osato lasciare solo il bambino in questi ultimi due giorni?

– Avevo avvertito Mrs Mason. Lei sapeva.

– Proprio come avevo immaginato.

Ferguson era in piedi accanto alla moglie, con le braccia tese e tremanti, e piangeva.

– Credo sia giunto il momento di andarcene, Watson, – mi sussurrò Holmes. – Se vorrà prendere per un braccio la troppo fedele Dolores, io la prenderò per l'altro. Ecco, – aggiunse quando ebbe richiuso la porta dietro di sé, – penso che ora possiamo lasciarli a sistemare il resto da soli.

Devo aggiungere un'unica nota a questo caso, la lettera di risposta di Holmes a quella con cui ha inizio il racconto. Diceva:

Baker Street, 21 novembre

Oggetto: Vampiri.

Egregio signore,

in riferimento alla sua lettera del 19, mi pregio comunicarle che ho assunto l'incarico del caso sottopostomi dal suo cliente, Mr Robert Ferguson, della Ferguson & Muirhead, importatori di tè, di Mincing Lane, e che la questione si è conclusa in modo soddisfacente.

Ringraziandola per la sua raccomandazione, mi creda cordialmente suo

Sherlock Holmes

Fonti.

Diamo qui di seguito i riferimenti bibliografici dei racconti pubblicati in questa antologia.

John William Polidori, *The Vampyre*, 1819, trad. di Luca Lamberti.

E. T. A. Hoffmann, *Vampirismus*, 1821, tratto da *Romanzi e racconti*, trad. di Carlo Pinelli, © 1969 Giulio Einaudi editore, Torino.

Edgar Allan Poe, *Berenice*, 1835, tratto da *I racconti*, trad. di Giorgio Manganelli, © 1983 Giulio Einaudi editore, Torino.

Théophile Gautier, *La Morte Amoureuse*, 1836, trad. di Luca Lamberti.

Thomas Preskett Prest e James Malcolm Rymer, *Varney the Vampire*, 1845, trad. di Nicoletta Brazzelli.

Aleksej Konstantinovič Tolstoj, *La Famille du Vurdalak*, 1847, trad. di Luca Lamberti.

Alexandre Dumas, *La Belle Vampirisée*, 1849, trad. di Luca Lamberti.

Aleksandr N. Afanasjev, *Vampir*, 1855, tratto da *Antiche fiabe russe*, trad. di Gigliola Venturi, © 1953 Giulio Einaudi editore, Torino.

Sheridan Le Fanu, *Carmilla*, 1872, trad. di Luca Lamberti.

Guy de Maupassant, *Le Horla*, 1887, tratto da *Racconti e novelle*, trad. di Viviana Cento, © 1968 Giulio Einaudi editore, Torino.

Bram Stoker, *Dracula's Guest*, 1897, trad. di Luca Lamberti.

Luigi Capuana, *Un vampiro*, 1907.

Daniele Oberto Marrama, *Il Dottor Nero*, 1907.

Emilio Salgari, *Il vampiro della foresta*, 1908.

Alice e Claude Askew, *Aylmer Vance and the Vampire*, 1914, trad. di Luca Lamberti.

Horacio Quiroga, *La Almohada de Plumas*, 1917, trad. di Luca Lamberti.

Howard Phillips Lovecraft, *In the Vault*, 1925, trad. di Luca Lamberti.

Arthur Conan Doyle, *The Sussex Vampire*, 1927, trad. di Luca Lamberti.

Indice

Stampato per conto della Casa editrice Einaudi
presso Mondadori Printing S.p.a., Stabilimento N.S.M., Cles (Trento)
nel mese di settembre 2010

C.L. 20487

Edizione							Anno			
1	2	3	4	5	6	7	2010	2011	2012	2013